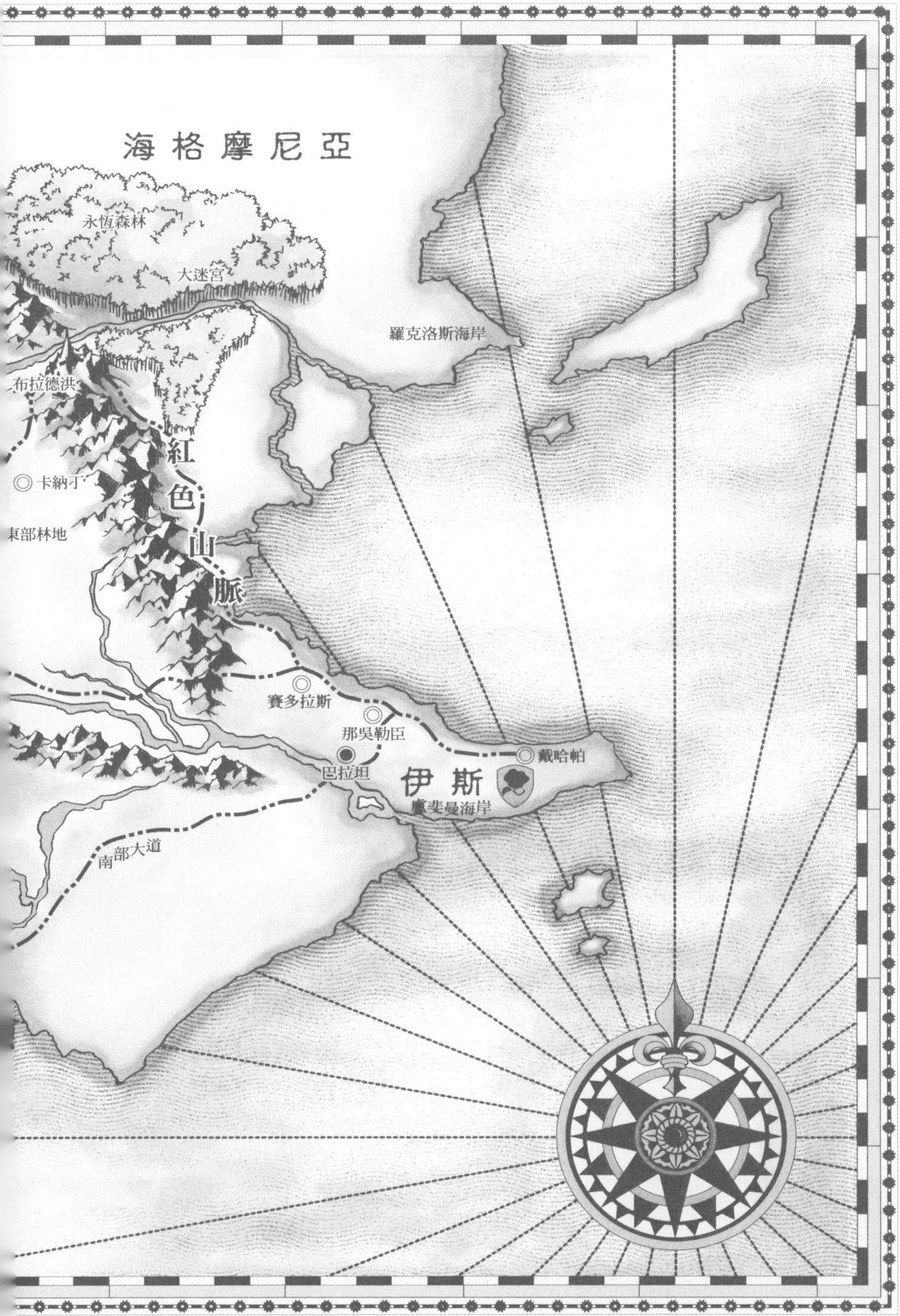

海格摩尼亞
永恆森林
大迷宮
羅克洛斯海岸
布拉德洪
紅色山脈
卡納汀
東部林地
賽多拉斯
那吳勒臣
巴拉坦
戴哈帕
伊斯
摩斐曼海岸
南部大道

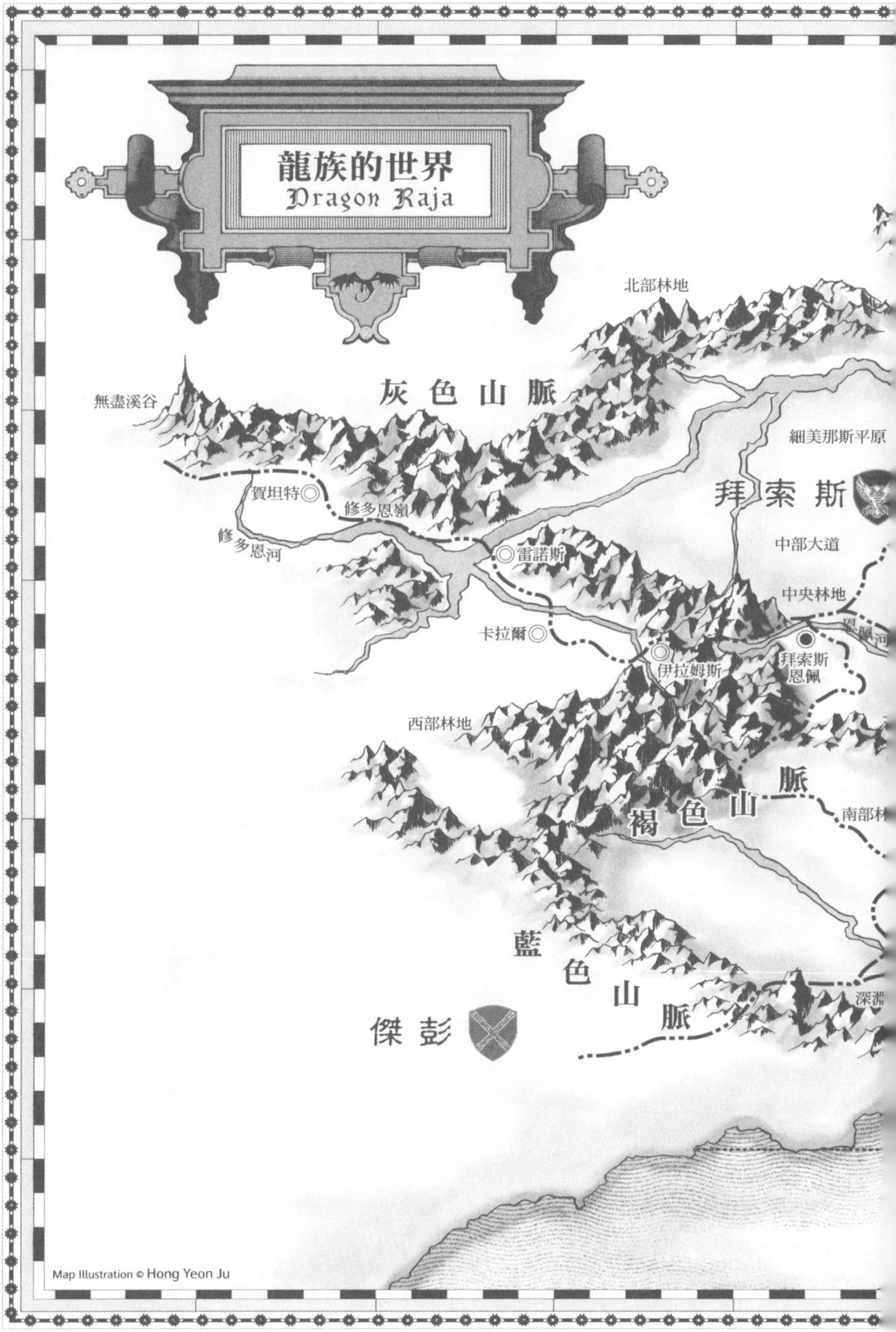

Map Illustration © Hong Yeon Ju

龍族

4

李榮道—著　王中寧、邱敏文—譯

龍族

4

港口的少女

目錄

第7篇

港口的少女

……因此，龍魂使奮然而起。他是愛龍與愛人類者，然而他亦是愛自己的人。他成為龍與人的媒介，不但是自己與他人連結的媒介，同時也是他自己本身。就像我們所有人改變自己，以作為與他人之間的媒介一樣。看啊！你在父母面前呈現的是不同的臉孔，在愛人面前呈現的是不同的行為，不是嗎？面對仇人時你的言語會不同，呈給你恩人的謝禮會不同，不是嗎？因此，連結你和他人的媒介正是你自己本身。這對龍魂使而言，也是一樣的……

——摘自《在風雅高尚的肯頓市長馬雷斯・朱伯烈的資助下所出版，身為可信賴的拜索斯公民且任職肯頓史官之賢明的阿普西林克・多洛梅涅，告拜索斯國民既神祕又具價值的話語》一書，多洛梅涅著，七七〇年。第三冊五二七頁。

01

大家的生理時鐘都亂了，但仍然勉強起床。

我們所有人起床是在將近傍晚時分。亞夫奈德告訴我們，高階祭司曾進來過好幾次。

「高階祭司？」

「是的。他說一起床就去見他。」

「他要見所有的人？」

「沒有，他說只要卡爾去見他就可以了。」

「是嗎？嗯。」

房門被打開來。接著有幾個修煉士走了進來。

他們怎麼會知道我們已經起床了呢？那些修煉士慌慌張張地拿來臉盆和水，我們很感激地洗了臉。然後修煉士們還拿餐點給我們吃。吉西恩很感激地說：

「哎呀，艾德布洛伊的權杖啊，真抱歉讓你們這麼忙碌。」

一個臉上長了些痘子的修煉士，靦腆地笑著說道：

「您別這麼說。我們還不夠資格當神的權杖。」

「是，那麼，艾德布洛伊的幼苗啊，宗規裡應該有嚴格規定吃飯的時間吧？」

「是的。但那是用來警戒我們這些在尋道的人，要我們不可鬆懈我們的心，而不是用來拘束客人們的行動。」

吉西恩聽完之後歪著頭想了一下，但隨即適當地做了一番感謝，就把那些修煉士給送了出去。因為現在已經是將近傍晚時刻，他怕耽誤到修煉士們奉讀經典的時間。那些修煉士們說完「祝用餐愉快」，就退出去了。

吉西恩一面開始吃東西一面說：

「高階祭司對我們真是照顧得無微不至啊！」

卡爾也點點頭說：

「沒有錯。我們錯過了用餐時間，還這樣拿餐點給我們……嗯，我們應該要完成他們的心願才可以。這樣一來我真的覺得很有負擔。」

杉森把其他人大概要吞五、六口才吃得完的麵包，一口全塞進了嘴裡，他一面不小心噴出麵包屑，一面說：

「可是，嘖嘖，現在首都裡，嘖，嗝！應該已經引起一陣騷動了吧？」

「嗯？你怎麼了，費西佛老弟？」

「啊，沒事。嗯，我們有必要去盜賊公會嗎？」

「嗯？這是什麼意思？」

「消息不會傳開來嗎？『沒有人進得去的宅邸被搶了』這一類的消息或許已經傳開了。首都裡有可能會戒備森嚴吧？所以我們應該要堅持叫涅克斯帶妮莉亞來這裡。他應該也已經聽到消息，知道我們成功地拿出了那本書吧。我們去盜賊公會會不會太危險了？」

「是很危險，哼嗯。」

沒錯。一定很危險。「各位辛苦了。那你們去死吧！」嗯，以前的故事情節不是常出現這種壞人嗎？嗯，雖然涅克斯和那些故事情節裡的壞人差很多，他不僅看來很有氣質，而且還是在家修行祭司。卡爾搖了搖頭，說道：

「雖然我不確定，但是消息應該是還沒有傳開來。」

「咦？那麼大的房子被搶了，消息怎麼不會傳開來？」

「費西佛老弟，你好像很想炫耀的樣子哦？說得也是，因為我們闖進了盜賊公會的人全都闖不進去的房子！」

杉森聽到這句話之後，露出了自豪的表情。真的值得這樣炫耀嗎？那終究只能算是一樁竊案罷了。只不過因為我們成功做到了近乎不可能的事，所以他才會想炫耀一番吧。但是卡爾搖頭說：

「可是消息並不會傳開來。」

「為什麼呢？」

「因為被偷走的東西，是不能被公開的物品。」

「啊！原來如此。」

杉森打了一下自己的頭。亞夫奈德聽到卡爾的話之後，點頭說：

「您說得對。可是杉森先生的意見也有道理。」

吉西恩聽到這話，也點了點頭。艾賽韓德剛才在吃飯上顯出了不甘落後於杉森的態度，令我相當地感動，這個偉大的矮人敲打者一面打了幾個偉大的飽嗝，一面說：

「那麼，嗝呃！嗯，叫那傢伙來這裡吧！」

卡爾點了點頭，說道：

「看來非得這樣做不可。一方面是為了我們的安全著想，一方面是要交換妮莉亞小姐和文件，應該在安全的地方進行。」

我聽到卡爾這麼說，笑了出來。哎喲，他還真陰險！

「卡爾，你應該說得正確一點。是交換妮莉亞和假文件啊！」

「嗯？呵呵。對哦！」

其他人也都嘻嘻笑了出來。我簡直就像是在寒冬裡挖土時出現蠕動蛇群的地洞裡。呃呃呃……身處在這些邪惡的人之中，我細緻純真的品性會不會受打擊啊？

卡爾離開房間去見高階祭司了。而無聊的杉森則是邀我比賽腕力，想開始欺負我。哼。我的OPG都沒了，才這樣欺負我！我跳起來做出想和他拚命的動作，杉森馬上轉向吉西恩，邀他比武。吉西恩啼笑皆非地說：「你要在神殿裡比武？」

於是，這句話讓杉森跑到角落裡，露出非常可憐的臉。亞夫奈德看到他那副模樣，笑了幾聲，然後就拿起和伊露莉的魔法書一樣大本的書開始看。艾賽韓德則是拿出磨刀石，開始磨起他的斧頭。嚓嚓，沙沙。

大家都看起來很平靜，但是在外表平靜之中，卻隱藏著內心的波濤洶湧。大家都在心裡揣測，為什麼哈修泰爾侯爵會有這一份軍事機密文件。突然間遇到這種事，大家一時都無法理出頭緒，正在苦惱不已。結果是艾賽韓德率先停止磨斧頭，像是在發牢騷似的說道：

「哈修泰爾侯爵怎麼會有這種文件啊？」

亞夫奈德停下翻書的動作，把書放好，說道：

「簡單地想，他當然是在做間諜。」

「是為了什麼？」

「他是想和傑彭做交易，不是嗎？」

吉西恩的表情看起來像是很感興趣，他用沉重但很認真的語氣說：

「卡爾曾說過，認為自己是世界上最美麗的端雅劍……不要再講了！嗯，哦，對不起。卡爾曾說過：『在戰爭中，什麼事都可能發生』。侯爵有可能是想和傑彭手牽手轉圓圈跳舞……喂，你這把該死的劍！」

吉西恩的認真態度已經消失不見，他開始跳起了劍舞。於是，一直在角落裡面露可憐表情的杉森拚命逃跑。因為吉西恩太氣憤了，一面胡亂揮劍一面破口大罵，只要稍有差池，可能就會被劍刺死。亞夫奈德接續吉西恩的話：

「侯爵想和傑彭攜手合作，征服拜索斯，您是這個意思嗎？」

吉西恩這才勉強按捺住氣憤，說道：

「是，正是這個意思。我覺得這似乎是非常有可能的事。」

「嗯，您說得很有道理。那麼說來，國王陛下應該會把他逮捕，囚禁起來了。」

「他不太可能會這麼做。」

亞夫奈德聽到吉西恩這句話，歪著頭疑惑地問道：

「啊，這是什麼意思？您的意思是，國王陛下無法將叛徒治罪嗎？」

「如果能論罪行罰就好了。但是哈修泰爾侯爵是惹不起的人物，因為他被侵犯的時候是非常敏感的……不是！嗯，因為他的勢力太大了。雖然卡賽普萊戰敗了，但是他還有別的龍。」

還有別的龍？我問道：

「是克拉德美索嗎？」

「不是。我是指在前線和傑彭打仗的基果雷德。基果雷德的龍魂使雖然也是侯爵家認養的養子，但是為了基果雷德，還是不要惹侯爵才是明智之舉。」

呃，原來這是沒辦法論罪行罰的事。真是的。亞夫奈德緊皺眉頭，說道：

「啊，是這樣子嗎？可是這事應該交由國王陛下來決定，我們所需要做的事是把文件呈給國王陛下。」

吉西恩聽了之後，點了點頭。但他還是面帶著猶豫的表情。我看到他那個樣子，所以對他說：

「您不是說對戰爭不關心，可是好像還是很擔心的樣子？」

「嗯？你的意思是？」

吉西恩聽到我這句話，轉過頭來看了看我。

「現在您正在擔心國家的事，不是嗎？可是我還記得有人說過，國王陛下旁邊有很多專家，可以不用擔心。」

吉西恩噗哧笑了出來，然後又往窗戶方向望了一下。他粗大的眉毛溫柔地移向窗外那些灌木的方向。他低聲地說：

「說實在的，我不得不擔心。因為那是我的弟弟，我們的國家。」

他說「我們的國家」，我倒覺得他可以說：原本可能會成為我的國家的國家。總而言之，他不能算是純種的冒險家。哼嗯。就在我們講得差不多的時候，房門被打開了。

開門走進來的正是卡爾。

「您回來了！」

卡爾聽到杉森這句話，點了點頭。然而，他似乎有些急躁地走向我們，並且說道：

「真奇怪。消息竟然傳開來了！」

「咦？」

卡爾一坐到桌子旁邊，就叫我們全都集合。大家便以快速動作圍坐在桌子周圍，卡爾立刻低聲地說：

「高階祭司是找我去問話。他首先跟我說，哈修泰爾侯爵的宅邸遭小偷了。我像是不知道這回事似的回答他，但是高階祭司又很懷疑地問我，為什麼昨天晚上我們要那麼晚才進來大暴風神殿。」

「咦？」

大家都是一副覺得不可思議的表情。亞夫奈德斜歪著頭，難以置信地說：

「侯爵他瘋了嗎？啊，這實在是太奇怪了。如果把遭小偷的事說出去的話，那一定得說出遭竊的是什麼東西，不是嗎？」

「沒錯。真是奇怪的事！不管怎麼樣，反正我們現在可以肯定的是，高階祭司還不知道是怎麼一回事。」

艾賽韓德用力搔了搔頭，說道：

「哼嗯……唉！真令人頭痛啊！不知道該怎麼辦才好！」

卡爾點點頭並且說：

「我們一定要盡快把文件呈交給國王陛下，那麼就得先趕緊救出妮莉亞才可以。尼德法老弟，尼德法老弟！」

「是。」

「你帶我們去吧。我們去盜賊公會把書……不對，如果說消息已經傳開了，那盜賊公會那邊應該也已知道了。我們帶著那本書，嗯，吉西恩？首都裡最多人來來往往的地方是在哪裡？」

「嗯？當然是中央廣場嘍。那裡有一座路坦尼歐大王紀念館。」

「我知道了。今天天氣還不錯，尼德法老弟和費西佛老弟，你們去跟涅克斯說，我們會拿書在中央廣場等他，請他帶妮莉亞出來。不管他說什麼都不要聽，要他務必一定要馬上去中央廣場。知道了嗎？」

「現在馬上？」

卡爾點了點頭，站起身，然後把放在房間角落的亞夫奈德的背包拿起來，說道：

「好。然後吉西恩，請您拿著這份文件即刻前往皇宮。您應該可以直接見得到國王陛下吧。亞夫奈德，請打開背包拿出文件。」

亞夫奈德打開了背包。吉西恩接過文件，說道：

「如果涅克斯知道那本書是假的，一定不會放過你們。如果我也在場是不是比較好？」

「沒關係。在人多的地方，他不會輕舉妄動的，而且在那種場所，他應該是無法翻書確認那些紙張的。我們一接到妮莉亞小姐，就會趕去皇宮。這是我們的請求，雖然可能也可以向國王陛下請求在皇宮接應，但還是請您去準備好在皇宮接應我們，可以嗎？」

吉西恩點了點頭，說道：

「好，我知道了。」

此時，亞夫奈德用猶豫不決的聲音說：

「嗯，我們一定要去皇宮嗎？」

「是的。還是你覺得有什麼地方比那裡安全嗎？」

「嗯，好吧，我知道了。」

亞夫奈德的表情看起來有些慌張，點了點頭。怎麼了？難道巫師不喜歡去皇宮？

不管怎麼樣，我和杉森立刻就出發前往盜賊公會。然後卡爾、亞夫奈德和艾賽韓德則是拿著書到中央廣場。吉西恩帶著他們到達中央廣場之後，就是會直奔皇宮。

大路上並不如預期般騷動，但我們還是引來了周圍一些令人不快的目光。特別是杉森，仍然用他那凶悍的表情和過分有力的動作，讓周圍的人們不敢說出什麼不滿。當然啦，那些人在我們走遠之後，一定會說一些耳語，但那其實是首都市民的自由。

「他們應該不會說什麼吧。」

「你這個……腦袋裡面只想著女人的傢伙！你當然看不出來啊！」

我瞪了杉森一眼之後，不管他，逕自彎進下一條巷道。馬匹踩著輕快的腳步，我配合著這個步調輕快地用鼻子哼著：

「城外水車磨坊的……」

「不要再唱了！不要再把馬轉來轉去了！」

「可惡，我人也在轉啊！我只跟著妮莉亞去過那裡一次。真是的，這裡的巷道怎麼這麼複雜呀？這裡很像那裡，那裡又很像這裡，到處都看起來很像！」

講了那麼多個這裡那裡，我的下巴都痛了。杉森才不管「人類很健忘」這個事實，一直說「可是你還是得記起來，笨蛋！走過一次的路，當然應該要認得出來，你要是從懸崖掉落過一次，那下一次你還會走去懸崖嗎？」這一類有點沒道理的話，而且他還以很大的說話聲音吼道：

「你這樣找太慢了啦！」

「在那裡！」

「呃？哪裡，在哪裡？」

「那裡，就在那裡！就是在那裡呀！你需要的東西！你去那裡降一下火氣吧！」

杉森順著我指的方向看去，在乾草商店前面有一個餵馬的飼料水桶，他猛然跳起來，開始咆哮大聲喊道：

「喂！你這個混帳傢伙！」

杉森好像叫得太大聲了，連流星也有些被嚇了一跳的樣子。在杉森站著的位置旁邊的布匹店，老闆可能是受不了這麼大聲，還拿著剪布的剪刀衝出來看，喊道：

「喂！你再不住口，我就用這個把你舌頭給剪下來！」

「什麼？你說完了沒？喂！你給我剪看看，來剪看看啊！」

杉森氣得火冒三丈，下了馬，開始走過去，要和那個年輕的布匹店老闆用拳頭較量。哎呀，再這樣下去就糟了！我趕緊從傑米妮身上下來，抓住杉森。媽的，我都快被拉著走了。我一面使盡全力試著拉住杉森，一面代替杉森向那個布匹店老闆道歉，說道：

「對不起！這個年輕人看起來好像很正常，其實他是個會說話但不會聽的智障。我是正常人，我來代替他道歉……」

咚！哦！好久沒聽到頭被打的聲音了。可惡。

奇怪，我記得明明是在這附近啊！杉森拉著我的耳朵，說道：

「喂！你不是說怎樣都一定可以找得到？你是說什麼來著？過了布匹店，轉到乾草商就會看到了，閉著眼睛也可以找得到，啊，啊……」

「呃……？」

等等，布匹店和乾草商？

杉森和我互相對望了一眼，然後抓著韁繩，又再往回走，經過剛才停留過的布匹店，往它後面的乾草商走過去，隨即看到它後面的皮鞋店。

杉森用可怕的聲音說：

「你這個腦袋像史萊姆的傢伙……」

杉森竟然把我的頭腦比喻成史萊姆！而且還不是別人，是被杉森說成這樣！想要一頭撞死的心情，竟然是這麼容易就感受得到的。呃呃。不過，我也實在是無話可說啦。

我們把馬綁好之後，走進了皮鞋店。

沒錯，我記起來了。就是這裡沒有錯！那個年邁的老人賈克，正坐在那裡拿著皮鞋緩慢地縫製著。老人賈克瞄了我一眼就立刻認出我的臉孔。我都還沒開口說話，他就起身，拉了一下掛在牆上的其中一隻鞋，說道：「下去吧。」

「謝謝。」

我不知道這樣說有沒有什麼不妥的，不過，反正我就先這樣回答他了。老人賈克用怪異的眼神看了看我，就又再回到他的位子上，手拿錘子敲打皮鞋。杉森看到牆上的皮鞋一拉、角落那面牆就開了的景象，驚訝地睜大了眼睛，但是沒說什麼就開始往前走。

我一進到裡面，就看到那條通往下面的螺旋階梯。杉森用很慎重的步伐走下階梯，而我也跟在他後面走了下去。杉森一走到下面，就立刻敲門。應該是我去敲門吧？

「誰呀？」

杉森稍微愣了一下，隨即用從容不迫的表情回答：

「是我。」

哎喲我的天啊！我把頭稍微搖了一下，幫他答道：

「我們按照約定來帶走妮莉亞。把門打開吧。」

「進來。」

門被打開了。杉森開了門之後，只是站在外面不進去，觀察著裡面的情形。裡面有好幾名男子，有一些圍坐著桌子，有一些倚靠著牆壁站著。我也看到了涅克斯・修利哲。他坐在上一次我來的時候，青年賈克坐著的那張桌子後面。涅克斯看了看我們，說道：

「是你們啊！」

杉森搖了搖頭，說：「他媽的。原來你真的是公會會長啊！祭司竟然是盜賊公會的會長！未免也太荒謬了。哼！」

裡面那些男子一聽到杉森這番話，個個表情變得很凶悍。可是涅克斯面不改色地說：

「嗯，你們要一直站在那裡說話嗎？」

杉森並沒有走進去裡面。可能是因為他怕進去裡面會被包圍住。

「那是我的事。妮莉亞在哪裡？」

「她很好啊。東西呢？」

「你們應該已經聽到消息了吧？」

隨即，角落的一名男子高興地說：

「我們聽說了。你們真的大鬧了那間宅邸……」

他還沒把話說完，因為涅克斯狠狠地瞪了那個男的一眼。涅克斯用近乎咬牙切齒的聲音說道：

「不要給我插嘴！」

那個男的臉色蒼白地退到旁邊。涅克斯又再回頭看著我們，說道：

「恭喜你們了。你們到底是從哪裡找來的小偷？」

「嗯？」

我們兩個都一副糊裡糊塗的表情，可是還好，因為是站在昏暗的外面，他們好像都看不到我們的表情。涅克斯說道：

「看來那個小偷是我不認識的人，應該不是公會的成員。能夠闖進哈修泰爾宅邸的小偷竟然是個無名小卒，真令我大吃一驚。我真想知道他叫什麼名字呢！」

杉森微微笑了笑，我也咯咯地笑了出來，我對他說：

「你沒有必要知道，反正我們已經替你拿到那本怪書了。不過，我很好奇你幹嘛要那種書？」

「你看了內容了？」

「是啊。你為什麼需要介紹酒店的書？」

「我有必要告訴你們我要那本書的理由嗎？」

「是沒有必要。而且我們也沒興趣知道。不過，妮莉亞在哪裡？」

涅克斯突然間站了起來。

我不知不覺地往後面退了一步。可是杉森一動也不動地看著前方。涅克斯站在房間正中央，背向著燈光站著，所以整個人看來黑漆漆的，只看得到他那雙炯炯發亮的眼睛正盯著我們。我屏住呼吸，看了看杉森。

杉森處在外面的黑暗之中，看著裡面的涅克斯。杉森也一樣，在黑暗之中只看得到他那雙燃燒著熊熊怒火的眼睛。如果說涅克斯是炯炯發亮的眼神，那杉森的就是燃著熊熊怒火的眼神。溫柴！我現在好像可以理解你是怎麼做到的。杉森的眼神就是殺氣嗎！

涅克斯說道：

「我當然有見識到你那天早上比武的模樣。」

「我知道。」

「你那時一直在讓吉西恩那個廢太子。」

什麼？杉森被嚇得身體一震，但又再嘻嘻笑著說：

「你眼力滿好的。是啊，要找個實力相當的對手來比武確實是很難。可是我不是來這裡聽你這種讚美的。妮莉亞在哪裡？我已經問你幾遍了，嗯，呃，修奇？」

「第三遍了。」

「好。第三遍了。快回答我們。」

涅克斯突然間看了一下旁邊，隨即站在一旁的其中一個男的打開旁邊的門走了進去。過了一會兒，他抓著妮莉亞的手臂走進來。杉森用擔心的表情看了看妮莉亞，正要說話的時候，妮莉亞張大了嘴巴，說道：「呵啊啊啊……哎呀，幹嘛把我叫醒啊？真是的。」

杉森用啼笑皆非的表情，對她說：「呵，真是的。妳看起來好像過得還不錯！」

妮莉亞揉了一下眼睛之後，聽到杉森的聲音，表情驚訝地環視周圍，隨即發現到我們站在門外。

「嗯，好睏，咦？哎呀！喂！修奇！你怎麼又來了？」

「哎呀，我要瘋掉了！我跟大家說妳現在被當人質扣留在這裡，然後大家都拚了命去拿那本藍皮書，結果妳現在居然說這種話！」

妮莉亞圓睜著眼睛，說道：

「什麼呀？你們真的偷到那本書了？」

妮莉亞一面說話一面往我們這裡走來。可是這時候，涅克斯的手快速移動。他抓住妮莉亞的手臂。

「啊啊啊啊！」

妮莉亞發出一聲慘叫，就在原地一屁股坐了下來。這個混帳傢伙！杉森先大聲喊道：

「你這算什麼行為啊！」

涅克斯嬉皮笑臉地看了看杉森。而在同時，妮莉亞掙脫著想要甩開他的手。我看到她的眼睛滴出了眼淚。

「啊，呃啊！拜託你小力一點，喂，你這個狗崽子！呃，呃！你，你快放開我！」

「你這個混蛋！」

我想要往前衝過去。如果不是杉森抓著我的肩膀，我早就衝進去了。我被杉森抓得緊緊的，怒視著涅克斯。該死的混帳東西！他竟然戴著我的ＯＰＧ！

「那是我的東西！還我！」

「不要。」

真是荒謬的回答。我一時不知道該怎麼回他。他既無恥又無情而且殘酷地回答，根本一點也不講道理。我表情呆滯地看著涅克斯。他噗哧笑了出來，說道：「這麼好的東西，我幹嘛要還你？我又不是笨蛋！」

「你、你！」

我實在沒辦法和他溝通，好，那就改變攻擊方向吧！我向著他旁邊的那些男的喊道：

「你們怎麼跟著這種像乞丐、拿人家東西的頭目啊！你們真的是狐群狗黨。呵！你們吃到嘴巴裡的東西，也分一點給那個傢伙吧。你們的老婆或者情人是不是也分給他用啊？沒話說了吧？」

我也覺得自己說得太過分了，那些男的表情當然是變得極度凶悍。其中一個人爆出了一句話：「這個兔崽子！抓住他！過來，你這個兔崽子！」

「你過來啊，只要把頭伸出門外就好，我會讓你的肩膀涼爽一點！」

這時，涅克斯吼道：

「你給我閉嘴！」

而同時，杉森則是抓著我的肩膀，說道：

「不要再說了，修奇。」

涅克斯用的是比杉森還要激烈的方法，他罵了他的部下。他放下妮莉亞的手臂，立刻走向剛才喊話叫囂的那個部下。其他部下都紛紛慌張地往旁邊避開的時候，涅克斯則是很快地走向那個男子。那個男子表情恐懼地看著涅克斯，躊躇地往後退。啪！涅克斯一腳踹進他的肚子，他抱著肚子倒了下去。

涅克斯繼續踢著他，嘴裡還嘟囔著：

「你怎麼會中了那種小鬼的圈套？嗯？你還算不算得上是公會的小偷啊？」

啪！啪啪！那個男子吐出了呻吟聲。涅克斯踢了那個倒在地上的男子好幾下，最後用力一踹，把他踹往牆的方向，那個男子就這樣滾到牆邊。周圍那些男人根本不敢輕舉妄動，只能站在那裡看。

坐在地上的妮莉亞看了，驚慌地趕忙跑過去。她用身體擋住那個滾落在牆邊呻吟的男子。涅克斯眼神凶狠地看著妮莉亞，但是她瞇起眼睛瞪著涅克斯，一副死也不避開的表情。涅克斯怒不可遏地舉起腳，妮莉亞緊閉著眼睛。就在這時候——

「你敢踢下去，就死路一條！」

杉森低沉的聲音阻止了涅克斯的腳。他回頭看了看門外的杉森，杉森則是表情僵硬地盯著涅克斯，低聲地說：

「你敢試看看，我就要你死！」

涅克斯遲疑了一下之後，站直了身體。杉森一動也不動地盯著他看。涅克斯深吸一口氣之後，說道：

「我們應該說說交易的事。書拿來。」

杉森用一種像是喉嚨哽著什麼東西的聲音，說道：

「跟我來。」

「嗯？」

「你以為我們的腦袋是稻草做的呀！我們怎麼可能把書拿來這裡。那本書現在在我們其他的同伴那裡。我帶你去，你帶著妮莉亞跟我來。」

「你們真是準備充分啊！」

突然間，杉森大聲喊道：

「這個混蛋！我跟你說過我不是來聽你讚美的！帶著妮莉亞乖乖地跟我來。還有！」

杉森先緩息了一下，然後低沉地說：

「跟我來，可是你不可以再碰妮莉亞一根寒毛。」

杉森他用岩石般堅硬的語氣說道。我吞了一口口水。

涅克斯長吁了一口氣，看了看擋在那個男子前面的妮莉亞。妮莉亞的手臂泛紅，她正在低頭撫摸著手腕。但是她仍擋在倒地男子的面前，不想退開。

我覺得脖子在發燙。妮莉亞雖然沒有讓我們看到她的臉，但她的肩膀正上下抖動著。她正在哭。涅克斯再次轉過頭去，冷靜地說：

「看來妳是認真的。好了，走吧！」

杉森不說二話就轉身，開始爬上階梯。我稍微再看了一眼妮莉亞之後，慌張地跟著杉森走了上去。我們一走出外面，就各自騎上馬。

在馬匹上等待涅克斯的時候，我問杉森：

「真的嗎？」

「什麼？」

「你真的有讓吉西恩？你真的會殺了涅克斯嗎？」

「你不可以跟吉西恩說我讓他的事。第二件事，連我自己也搞不清楚。可是我很有可能會衝進去。」

我呆愣地看了杉森好一陣子，可是杉森只是面無表情地盯著皮鞋店的大門。然後過了不久，我就看到旁邊的乾草店裡有人騎馬出來。

02

我一回頭，看到了五匹馬。馬匹上面坐著涅克斯，四名男子跟隨在他的後方。四名男子裡有一名是肩上背著長劍、看起來沉默寡言的那個馬夫，妮莉亞便坐在他的背後。在亮處，我看到妮莉亞的臉上布滿了淚痕。可是勇敢的她毫不在乎地擦去臉上的淚痕，投給我們一個笑容。

涅克斯往我們這邊走來，說道：

「準備好要出發了嗎？」

哦？換了一種口氣了哦？是因為到了外面，才換成這樣的口氣嗎？這也難怪，每一個經過的市民看到了這麼多騎著高大馬匹的男子聚集在此，不免會投以異樣的眼光。

我看到杉森一時回不過神來的表情，於是就先開口回答了。

「我們準備好出發了，涅克斯先生。但是我們要去中央廣場，可不可以請涅克斯先生幫我們帶路呢？」

涅克斯眼中瞬間閃出一道光芒。這臭小子！你們竟然要到市民們來來往往最為頻繁的中央廣場去？涅克斯心裡一定在這樣臭罵著。哈，中計了吧？但是涅克斯卻一反常態，用冷靜的，甚至有些溫和的口氣說：

「要到中央廣場是嗎？我知道了。跟我來吧！」

「那就勞駕您了。」

我、杉森還有涅克斯開始慢慢移動馬匹。妮莉亞和另外四名男子也用平穩的步伐跟在我們後面。

後方一行人的步伐較為緩慢地行走著，可是涅克斯依舊是一臉的平靜，他開口對杉森說：

「天氣很好吧？我覺得還是秋天比較好！」

杉森眼神呆滯地望著前方，慢吞吞地回道：

「我喜歡冬天。」

涅克斯嘻嘻笑著，接著又說了一些話。不管是誰看到這幅景象，都不會認為這是兩群敵對人馬走在一起的模樣。他媽的，這個叫涅克斯的混蛋。

在涅克斯的帶路下，我們一路走到了中央廣場。涅克斯不斷地和杉森或我說話，都是一些禮貌、溫和的談話。我真想對他吐吐舌頭，做個鬼臉。杉森呢，根本就是懶得理他，不然就是慢吞吞地說幾句應付他一下，我則是毫不留情地和他對答。

「修奇，你說你是蠟燭匠？」

「是啊。我是蠟燭匠。您想想看。職業是不分貴賤的。從這個觀點來看，我是非常以身為蠟燭匠自豪的。在這個世界上，還有一種職業叫盜賊。啊，真是的。到底是什麼樣的人，才會跑去做那種醜陋的職業呢？啊，當然這其中有些人是逼不得已去做小偷的。但是那個靠再次從這些小偷身上掠奪來維生的盜賊公會會長，根本不夠格當一個人，應該說他是胡作非為、令人作嘔的卑鄙小人。涅克斯，您認為呢？」

「……你是這麼想的啊。嗯，好吧。我們姑且不談這件事，你看太陽已經快下山了啊！」

「是啊。太陽快下山了呢！這代表著接近小偷開始活動的時間了。這樣說來，盜賊公會會長當然會看著下山的太陽，開心地咧嘴而笑。我的小偷們啊！看著紅色的夕陽，磨亮你們的刀鋒吧！現在出發把填飽我肚子的寶物偷回來吧！我不知道是不是有這種歌在傳唱著。說不定比紅色的夕陽更紅的舌頭，正在咕嚕咕嚕地滴著口水呢。您難道沒有那麼想過嗎？」

杉森開始咯咯笑了出來，涅克斯依舊一臉平靜地說道：

「嗯……當然也是有那種可能的。啊，看到那邊那棟建築物了嗎？那就是路坦尼歐大王的紀念館。」

「是啊。所有的市民看到路坦尼歐大王紀念館，都會想起並讚頌讓我們有一個國家的稱號，也就是在這塊大陸上建立我國的路坦尼歐大王。但如果是盜賊公會會長看到這棟建築物的反應，大概只是把它當成是一棟毫無用處的廢建築吧。因為他會認為一棟屋子裡沒有可以偷取的東西，是不配稱作屋子的。本來嘛，他那種醜陋的本性，怎麼可能會有景仰路坦尼歐大王紀念館的孺慕之情呢？所謂的盜賊公會會長這種人，是絕對的低賤人種，而且如果說有份名單記載著除掉也無妨的人物，盜賊公會會長應該第一個被登上去吧。對於我的想法，您認為如何呢？」

不知道涅克斯是否對其他人笑了，不過他倒是對我做出露齒而笑的表情。而杉森卻是一副快要扭曲、想大笑而強忍住的表情。

我由於要和涅克斯胡扯一番，事實上根本沒心神觀賞那座紀念館。但是在我狠狠地瞪著涅克斯之時，也順便用視線瀏覽了一下那寬闊的廣場，以及在廣場正中央的一棟小型建築物。

像巨型三層大蛋糕一般的階梯呈圓形環繞著，建築物則是聳立在上面。階梯又大又寬，但是它上面的建築物並沒那麼大。它的大小大概容不下四間大房間。

但這卻是一棟美麗的建築。屋子的外觀呈巨大的八角形，在八根柱子上，每一根都裝飾有帶刀的騎士雕像，好像代表著這建築物是靠著這八位騎士而存在，那就是俗稱的八星嗎？

還有，柱子和柱子間的牆壁上也有浮雕裝飾。那些浮雕看起來，像是將路坦尼歐大王的功績分階段地畫出來。現在正面看到的浮雕像，描繪著一位巨人正舉起大石頭，而巨人前面有一名緊緊握著劍的騎士。那個應該就是指當時與深山巨人的戰鬥吧。這麼說，那個小小的騎士浮雕像應該就是路坦尼歐大王吧。可能是雕刻家的鬼斧神工，將想像力發揮到極致，雖然巨人和路坦尼歐大王的浮雕像是按大小比例所製作，但是路坦尼歐大王看起來卻也不渺小，真是太帥了！

在迎接著夕陽餘暉的中央廣場上，有坐在階梯上正閒話家常的人們，也有不知和誰有約、正在等待，站著四處張望的人們，到處是忙碌的人們來來往往。這裡的確有相當多的人潮呢！

「下馬吧。」

涅克斯一面說，一面下了馬。什麼？他媽的，我為什麼要聽你的話？涅克斯接著說明了情況：

「不可以騎馬經過紀念館的前面。」

啊，是這樣的嗎？杉森一副無法相信的模樣環顧了四周。可是他看到原來騎著馬的人們，經過紀念館前時都下了馬，牽著韁繩走了過去，於是他也下了馬。

往後一看，跟著我們走的四名男子也下了馬。那個馬夫拿著妮莉亞的三叉戟，像戀人一樣地緊緊抱著妮莉亞的雙臂，妮莉亞雖一臉的不屑，卻也沒有掙脫而逃的膽量。而另外三名壯漢則幾乎是圍著妮莉亞站著。

涅克斯突然說：

「這裡可真是個好地方！你們真的做得很徹底喲！」

杉森只顧著緩緩往前走，並沒有回他的話。我也不太注意他的話，而是環顧著四周。就在此刻——

「嗨，涅克斯先生！真高興見到你。」

是卡爾的聲音。卡爾站在位於中央廣場的第一格階梯上，正俯視著我們。站在卡爾身旁的艾賽韓德，用刀劍射出的光芒般的眼神俯視我們。卡爾牽著曳足和黑夜鷹的韁繩站著，艾賽韓德則是牽著理選的韁繩。矮人牽著韁繩站著的模樣可真是難得一見的奇景啊。咦，亞夫奈德哪裡去了？

涅克斯一點怔忪的樣子也沒有，很親切地說：

「啊，讓您久等了，不好意思。」

兩邊的人馬似乎都各懷鬼胎。哼嗯。

杉森突然間加快了腳步，我也緊跟在杉森後面走去。我們在階梯前停了下來，回頭看著涅克斯。我們兩個沒有說什麼，橫字排開，就像是要保護卡爾和艾賽韓德般，擋在涅克斯前面。

卡爾笑容可掬地走向涅克斯，但是沒有超出我和杉森站的位置。艾賽韓德也跟在卡爾後面走過來。涅克斯二話不說走向卡爾，向卡爾伸出了手。可怕的傢伙。卡爾的表情雖有些不悅，但也隨之放鬆了臉上的肌肉，伸出了手。怎麼會這樣，千萬不可以和他握手！

果不出我所料。卡爾握了涅克斯的手之後，出現了畏懼的表情。我感覺卡爾在咬牙忍耐著。該死的傢伙！涅克斯緊緊握住卡爾的手，低沉地說：「我聽說一群土包子的腦袋瓜變聰明了……我想一定是你們的腦袋瓜吧？而且我也聽說了你們在皇宮裡讓國王震驚不已的事。」

我突然感到一股電流在全身流竄。涅克斯不再是之前一路騎馬走來時既沉著又溫和的模樣，而是用邪惡的聲音在說話。

卡爾的臉因懼怕而漲紅起來，前額直冒汗。他被涅克斯握著的手，變得蒼白無血色。杉森表情凶惡地怒視著涅克斯，隨時要拔劍的樣子。可是對方還抓著妮莉亞。我和杉森下巴顫抖地怒視著涅克斯。

此時艾賽韓德站了出來。

「喲哦，真高興見到你！你叫做涅克斯是吧。」

艾賽韓德一邊說一邊伸出手來。如此一來，涅克斯不得不放下卡爾的手。卡爾多虧有艾賽韓德而得救了，他雖是鬆了一口氣，但馬上就很緊張地看著艾賽韓德。涅克斯則是握起了艾賽韓德的手。

「在下涅克斯・修利哲。老早就聽高階祭司提起過您的大名，敲打者大人。」

「啊，你說你是在家修行祭司是吧？艾賽韓德・愛因德夫，就是……在下。」

艾賽韓德拖長了尾音地說完了話。涅克斯也將艾賽韓德的手緊緊地握住。艾賽韓德的鬍鬚在抖動著，手臂爆出了青筋，和涅克斯面對面握著手。艾賽韓德似乎全身都在發抖。現在隨便說一句什麼都好。艾賽韓德正在使出生平最大的力氣，可是涅克斯卻是一臉他那種舉世無雙的溫柔表情。該死的傢伙。偷用別人物品的傢伙！

一直到不論是誰看了都會起疑心的程度，涅克斯才鬆開了手。艾賽韓德咬緊了牙根，瞪著涅克斯。他媽的，艾賽韓德的手都變白了。杉森雖因憤怒而肩膀在顫抖著，涅克斯卻是一副悠哉的表情說：「啊，對了。你們帶來了要給我的書吧？」

嗯？他媽的，現在不可以交出那本書！先放了妮莉亞！我應該怎麼跟他們說才好呢？卡爾把一直在發抖的右手垂放了下來，說道：

「是啊，帶來了。妮莉亞要是拿到這本書也會很高興的。哦？一起來了嘛！妮莉亞！」

卡爾在涅克斯回答之前就先大聲叫了妮莉亞的名字。這樣一來，在對方手中的妮莉亞也就可以對著卡爾舉起手來大喊：

「卡爾叔叔！卡爾叔叔！哇，好久不見了！」

妮莉亞故意大吵大鬧地喊叫著，抓著妮莉亞的馬夫不得不放開了她的手臂。不管馬夫一臉的驚恐，妮莉亞就像是看到了失散多年的親人般，揮動著雙臂跑了過來。妮莉亞什麼也不怕地死命跑向卡爾，一把抱住他。卡爾連一點驚慌的眼神都沒有，很高興地說：

「哎喲喂呀，讓我看看，妳長高了呀？妳現在已經完全是個美少女嘍？」

真是令人敬佩……比起我和杉森，他們兩個更是天生一對，配合得天衣無縫呢。我和杉森一臉的恍惚，看著大口喘著氣的妮莉亞和卡爾，涅克斯則是一副恨恨的模樣。妮莉亞把臉靠在卡爾的胸前，大力地一邊撒嬌一邊大叫著：

「您知不知道我有多想您啊？您實在太過分了！難道您不想看看美麗的妮莉亞嗎？至少也該給我寫封信啊！」

「知道了知道了，對不起嘛。我這不是來了嗎？」

在周圍的人，不管是誰都會認為這是一幕洋溢著溫暖的親情，感人肺腑的畫面。路過的人們都是看了一眼，知道是這麼一回事之後就離開了。涅克斯正想要開嘴說話時，卡爾決定先下手為強。

「太感激您了！涅克斯先生。啊，對了。那邊那位亞夫奈德說有東西要交給您，於是就和我們一起過來了。」

涅克斯看了看卡爾手指著的方向。亞夫奈德突然出現在廣場的另一邊。

亞夫奈德牽著移動監獄的韁繩，站在廣場周圍的某棟建築物前。亞夫奈德的腳邊放了一個類似背包的東西。亞夫奈德看到了卡爾舉起手，用手勢示意，輕輕地指著他身邊的背包。涅克斯訝異地輪流看著卡爾和亞夫奈德。

卡爾和妮莉亞彼此緊握著手，往後面退了下去。涅克斯皺著眉頭往前跨了一步。此刻杉森跟我在他前面擋了下來。涅克斯狠狠地瞪著我們兩個，露出了牙齒。這個時候，廣場另一邊的亞夫奈德用顫抖的聲音喊著：

「啊，涅克斯！您好！」

亞夫奈德一邊大叫著，一邊再次指了指身邊的背包。涅克斯雖然恨恨地看了亞夫奈德，亞夫奈德卻沒有往這裡走過來。卡爾想快刀斬亂麻，於是說道：

「謝謝您，涅克斯。那在下告辭了。」

卡爾已趁著空檔將黑夜鷹的韁繩交到了妮莉亞的手上。妮莉亞接過了韁繩，以凶狠的眼神瞪了涅克斯好一會兒。這一瞬間，涅克斯似乎也不知道該如何走下一步。但是他要的那本書很明顯就放在另一頭亞夫奈德腳邊的背包裡。涅克斯快速地舉起手，做出手勢示意站在身後的馬夫。

「快去把書拿過來。」

那位馬夫立刻走向亞夫奈德。他媽的！卡爾的臉上浮現出困窘的表情。

我大概知道了。若涅克斯一行人全部向亞夫奈德走過去的話（因為在這裡沒辦法騎馬），我猜想卡爾原本是要趁這個空檔逃離此處，然後亞夫奈德不用去管背包，騎上馬迅速逃離即可。可是涅克斯並未如卡爾所願，他依舊站在我們面前，他的部下們也是一樣。只有那個嘴巴緊閉的馬夫走向亞夫奈德。卡爾吃力地開口說道：

「那，我們另有要事……失禮了。」

「別這樣說，您這樣說我很難過呢。許久未見，怎麼才剛見面就說再見呢！再多留些時間敘舊吧。」

涅克斯一口氣流利地說完挽留的客套話，卡爾的臉僵硬了起來。可惡，另外一邊的馬夫幾乎已經走到亞夫奈德面前了。此刻亞夫奈德大聲喊叫著：「喂，喂！」

亞夫奈德雖然聲音是顫抖的，卻是用清楚的語氣在喊叫。然後，亞夫奈德立刻拉著馬匹向我們這邊奔跑過來。馬夫因為考慮到周圍人群的目光，而未制止亞夫奈德的行動。亞夫奈德的袍子衣角在風中強勁地飄揚，他往我們這裡快速跑來。

可是亞夫奈德是留下背包跑過來的。

涅克斯因為畏懼，身體有些傾斜向亞夫奈德來的方向。亞夫奈德毫不猶豫地跑來，而同時另一邊原來走向亞夫奈德的馬夫，在亞夫奈德和背包之間，選擇了往背包的方向走去。在這段空檔，亞夫奈德已經跑到我們這邊來了。涅克斯的部下們雖擺出了凶狠的姿勢，仍未阻止住亞夫奈德走向我們這裡。

亞夫奈德走到卡爾身邊，慌張地抓住卡爾的手臂說：

「快，是緊急事件！大家都在等您！」

卡爾一時間不知所措，不過馬上就恍然大悟般，一邊點頭一邊對涅克斯說：

「那麼，無論如何，我必須要先走一步了。那就告辭了。」

接著卡爾二話不說，一轉身，往亞夫奈德反方向走了過去。亞夫奈德拉著卡爾的手臂走著，並且似乎在拚命加速。艾賽韓德和妮莉亞也照著他們兩個人的樣子走了過去。我和杉森則在他們後方，以防範涅克斯跟著走過去。涅克斯一時間在另一邊的背包和漸行漸遠的我們之間，不知該選哪一邊而徬徨不已。就在這短短的關鍵時刻，我們已經走了相當遠的距離。因為亞夫奈德一邊製造了些騷動，一邊拉著卡爾走的關係。

走在最後的我，不時地輕輕撇過頭去察看另一邊的馬夫。馬夫拿起提包，向背包內做了一個確認的表情，立刻向涅克斯點了點頭。而後涅克斯馬上做出了一個安心的表情，向我們投以一個微笑，那種喪心病狂的微笑！該死，我現在的心情根本不想逃，甚至想狠狠地打那傢伙一巴掌。

就在我們走到廣場末端，正準備要騎上馬鞍之時。

原來在廣場另一邊的馬夫，不知何時已走回來將背包拿給了涅克斯。涅克斯急忙扯破了背包將藍皮書拿出，翻著書頁的模樣，從遠處看來有些模糊。喂，你這混蛋。書還是那本書，只是資料不見了！

咦？那邊在幹什麼？

涅克斯突然把書一丟，大叫大喊著。整個廣場都是他的刺耳吶喊聲。

「該死，把他們給我抓起來！把東西搶回來！」

怎麼會這樣！怎麼會這麼快就知道了？涅克斯讀得到我的心裡在想什麼嗎？我們立刻飛快上馬。杉森幾乎是用丟的，把艾賽韓德丟到理選的背上，艾賽韓德像是要掐死理選一般，緊抱著牠的脖子。然後杉森自己騎上流星，妮莉亞則是身手矯健地跨上了黑夜鷹。但是亞夫奈德因為跑得太快，有幾次險些跌倒。他媽的！急忙要騎上傑米妮的我往後一看。那幾個男的正拉著馬，快步向我們疾走而來。好啊！是誰說在廣場內不可以騎馬的？（如果是這樣的話，時間對我們來說應該是夠充分的。）但在下一瞬間看到騎上了馬、正在急速飛馳的涅克斯，我才恍然大悟自己是多麼天真被他擺了一道。涅克斯對他的部下們大叫著：

「你們瘋了不成！幹嘛拉著馬跑！我看你們乾脆背著馬跑算了！」

他們被這突來一喝給嚇到了，不知道應該要遵守在廣場內不可騎馬的規定，還是該聽令於主人大聲呼叫的命令。但是看到自己的主人早已用飛快的速度騎馬奔馳，他們也就快速地騎到馬背上。市民們的哀叫與罵喊聲，此起彼落。

「哎呀！救命啊！」

「那群人瘋了嗎？」

「這群混蛋！不知道這裡是什麼地方嗎？哦，呃啊！」

其中一位也在高聲大罵的市民，看到涅克斯拔起長劍的模樣，嚇得趕快逃跑。這算什麼跟什麼啊，那個混球！我們走到哪，你就全程跟到哪是吧？廣場內的市民向左右邊一致避開。空蕩蕩的廣場中央瞬間充滿了恐怖的氣氛。那個時候，我聽到後面有人高喊：

「修奇！快跑！」

是杉森在喊叫。我一回頭，看見亞夫奈德正很吃力地要騎到移動監獄的背上。而卡爾已做好立刻出發的動作，杉森和妮莉亞也已出發了。我也騎上傑米妮。

「呀啊，哈啊哈啊！」

該死，沒想到杉森那傢伙竟然就這麼橫衝直撞了起來！那份文件真的有這麼重要嗎？就算是份很重要的文件，但他怎麼敢這樣直衝過去呢？

「讓開！請讓開！」

杉森在前面一邊嘶喊著喉嚨大叫，一邊往前跑。我往旁邊一看，艾賽韓德的臉像張白紙。我第一次看到臉孔如此白的矮人。妮莉亞也正全速前進著。流星和黑夜鷹這兩匹大型馬匹的體積，幾乎佔滿了整個巷道在奔馳著。然後亞夫奈德和艾賽韓德跑在流星和黑夜鷹之後，卡爾和我則跑在最後面。

「呃啊啊啊啊！」

周圍的市民都在馬匹奔來前死命地逃跑。五匹馬在巷弄中奔馳可不是常見的光景。為了避開我們，整個人都貼在牆壁上的人還算幸運，我還看到一些為了要急忙躲避而摔到泥地上、滾來滾去的人。就在這個時候——

前面那條巷子裡，不知為何有一個小孩呆望著坐在地上。大約是五歲大吧？還是六歲？小孩子一臉茫然地坐在地上，看著正騎馬飛馳而來的我們。真該死！巷道實在太狹窄，根本來不及緊急煞車！

「呀啊啊！」

旁邊傳來的一聲悲慘的尖叫。是小孩子的媽媽嗎？周圍的人雖然強力地抓住她，不讓她衝入危險地帶，但是畢竟是孩子的媽媽，她用那驚人的力氣掙脫了所有人的攔阻，跑進巷道裡。

「請不要動！」

「咦嘻嘻嘻！」

咻——！流星就這樣飛躍而過。在那女子的背上，有太陽光映照出流星一躍而飛馳的身影。流星輕輕地飛越了女子和小孩。那名女子驚嚇地抬頭一望，又看見後面接著飛馳而來的黑夜鷹，再次趕緊低下頭來。

「黑夜鷹跳吧！跳不過就用飛的！」

妮莉亞宏亮的聲音配上黑夜鷹高大的身軀，合作無間地輕輕地躍過了那名女子和小孩。周圍一時讚嘆聲四起。接下來是亞夫奈德。亞夫奈德是閉著眼騎馬跳過的。移動監獄也是輕輕地躍過，真是讓人捏了把冷汗。哦，艾賽韓德！

「我向卡里斯・紐曼發誓，如果你跳不過，我就把你殺來吃了！」

飛也要飛過去。理選，那匹曾經載過精靈的馬，即使像艾賽韓德那種爛技術，理選就像按照自己的意識般，輕易地就躍過去了。艾賽韓德接著嘶聲大喊：

「你們看到沒！世界頂尖的矮人騎乘術！唔哈哈！」

這句話還沒說完，曳足已經躍過了那名女子和小孩了。等等，曳足跳過後下一個是誰？那名女子根本不敢抬起頭來。他媽的！這個我連練習都沒有練過呢！反正人生是無法先預演一遍的。傑米妮！一切都交給你了！

「哈啊！」

傑米妮！你辦到了！

傑米妮很輕柔地跳過了。我心裡放下了一塊大石頭，還正覺得周圍的屋簷都快掉到我眼前。傑米妮一落地，我立刻屁股就感到一陣劇烈的衝力。好啊！就算屁股裂了也沒關係！四周馬上響起了熱烈的掌聲。那名女子抬著頭，流下了歷劫後的眼淚。這個時候，周圍突然又傳來了慘叫的聲音。

「喂，快低下頭來！」

「把頭低下來，大嬸！」

那名女子害怕地低下頭。另一邊奔馳而來的是涅克斯和他的隨從們，人們都緊張地流了手汗，期待他們再一次地成功演出高超的騎術。大家都等著看到那名女子快速低下頭後，馬匹們一躍而過的場景。但是那個期待破碎了。

「呀啊——！」

匡咯，匡咯！

「呃啊——！」

我再也無法忍受了。我把馬頭轉向。你這個該死的混蛋！滾落在巷道上的屍體已經不成人形，血水流向四處。該死，該死的混蛋！下十八層地獄的混蛋！涅克斯竟讓馬踩踏在女子和小孩的身上跑過！他後面的部下們又接著在被涅克斯踩死的屍體上，再度踩過。那對母子被殺了兩次，兩次啊！周圍的人們嚇得臉色蒼白，無法相信自己眼裡所看到的是活生生的場面。女子的衣裙和血肉模糊的孩子像碎布一般散開在地上。我的眼睛瞬間紅腫了起來。

「你，我要殺了你！」

我拔起巨劍的手冰冷而僵硬。他媽的，被寒氣所凍僵的手因為太冷而差點把巨劍給滑落掉。我擦了一下眼睛。再把巨劍握緊。涅克斯，我要取下你的人頭！

「我要殺了你！」

我踢了一下傑米妮的腰，傑米妮開始向前跑。離涅克斯越來越近了。王八蛋！嘴角還掛著笑意！涅克斯拔起長劍往前一揮。我也舉起巨劍以突擊的方式揮砍出去。全身已筋疲力盡的馬和全身痙攣的我快要不支倒地。所有的東西都在晃動。但是，在這混沌之中只有一樣東西是絕對不動之物。那就是冰冷地瞄準我的絕對不動之物——涅克斯的眼睛！那不是人類的眼睛。那不是人！

「Magic Missile!」（魔法飛彈！）

這是亞夫奈德使盡全力的高喊聲。一道白光之箭從我背後飛來。那道白光從我身旁穿過飛向涅克斯。慌張的涅克斯雖然急忙揮劍，但是那道白光直接穿透長劍，命中涅克斯，不，是命中了涅克斯的馬。受到刺激的馬立刻瘋狂飛奔起來，然而這樣對付涅克斯，已經綽綽有餘了。馬兒瘋狂地胡亂狂奔，把涅克斯拋到空中，摔到旁邊的屋子，應聲跌落到屋裡。匡！匡咯！木造的房子牆壁破了一個大洞，剛才一直緊跟在他後面的那幾個部下，因為被揚起的灰塵和木屑阻擋住視線，緊急地拉住馬兒的韁繩停了下來。杉森突然說道：

「快掉頭！你這傢伙，快掉頭！」

「我要拿下他的人頭為止！一定要殺了這個該死的混蛋！」

那時和杉森一道回來找我的艾賽韓德，急切地說道：

「快將馬掉頭！」

我看了一下艾賽韓德。他坐在理選背上，那張蒼白的臉正看著我。他的眼睛不是在命令我，而是請求我。

「真該死！」

我把傑米妮轉了向，身後揚起了厚重的塵土，還有人們呼天搶地的悲慘哭聲。我將身體轉了過去，騎著傑米妮離開了。

我感覺臉頰一陣冰冷。被淚水沾濕的臉頰一碰到冰冷的風，正如同刀割般地刺痛著。我茫然地流著眼淚。我為什麼要流這麼多眼淚？我們要是不往這裡逃過來的話，那名女子和那個小孩就應該不會死。那個小孩會長大，然後應該會幸福地生活，甚或為愛癡狂吧。他一定會長大成人。長大後那個小孩會做什麼職業呢？他會成為一名什麼樣的人物呢？

然而，現在所有的可能性，那個小孩來不及成長的未來，所有一切都煙消雲散了。留下的，就只是在冰冷的大路上漸漸冰冷的血塊殘屍。蒼蠅會不會一擁而上？灰塵會不會覆蓋上去啊？

「呃啊啊啊啊！」

03

「國王有令，依戰時特別命令第八十九條逮捕涅克斯・修利哲。必須不擇手段將其緊急收押，並逮捕到案。若有任何人保護或藏匿涅克斯・修利哲，即視為國王的叛徒。即刻前往修利哲伯爵家，扣押所有文件及財產，並無期限凍結伯爵家及其旁系家族之所有不動產及權利。立刻行動！」

「是！」

這是皇宮警備隊分隊長們竭力嘶吼的命令聲。但是我依然無精打采，在陽臺上一臉茫然地俯視這一切。

到了秋天依舊百花盛開的皇宮，景色真美。隨著秋風飛舞的花朵和葉子，將皇宮的灰色石壁點綴得更加美麗。但是面對這些迷人的景致，我內心所想到的竟都是一些煞風景的事！

在趕往皇宮的路上，觸目所及的瞬間光景，仍在我腦海裡發昏發脹。

杉森焦急的臉孔，看著我們看到連眼珠子都快掉出來的市民們，奔馳的馬匹，刺痛地刮過我臉龐的大風，在皇宮前等著我們、然後直接引領我們進去的吉西恩，還有我們被帶到二樓來的景象，那些在耳畔又急又快的話語，一句接著一句傳來，但是我卻什麼東西、什麼話都不記得了。

在那樣的每個瞬間當中，一直在我腦海中揮之不去的，是被馬蹂躪過的零散屍體、被血濡濕的大地、還有那鋪在道路上的石塊間留下幾何圖形般的血水、筆直地流下再呈直角般彎折流出的血水、在血水上映照著涅克斯奔馳而來的模樣，他那猙獰的面孔，還有他那不屬於人類的冷酷無情的笑。除了這些以外，我什麼都看不見了，天空潔白得刺眼，啊，不，是一片模糊的乳白，只看到涅克斯的臉。他在笑。他在笑？

有人用手撫摸著我的頭髮。

「你這頭亂髮！」

是妮莉亞。我轉過頭望著妮莉亞，妮莉亞笑得好燦爛。那是我這輩子第一次看到這種微笑，不過我也馬上可以做出一樣的微笑。

「因為我是用跑的……」

妮莉亞聽了我的回答之後點點頭，將手指頭張開呈耙子狀，替我梳理頭髮。我靜靜地將她的手抓了下來。

「沒關係，妮莉亞。」

妮莉亞把雙手合握在一起，抬頭看著我的臉。她突然抓起我的手臂說：

「進去吧，修奇，哈修泰爾侯爵說他會說明一切。」

「好吧！」

我從陽臺上轉身進了房裡。這裡是皇宮三樓的會議室，會議室裡的一行人各自用不同的姿勢坐著。周圍有一些房間的門。我好不容易記起來了，那些房間是剛才分配給我們，用來當作我們寢室的房間。我環視著坐在桌子前的每個人。

卡爾一臉嚴肅，直挺挺地坐在會議室中央的桌子前，杉森和艾賽韓德也圍坐在靠近桌子的位置。但是亞夫奈德因為剛才騎在馬上施展魔法而筋疲力盡，坐進有扶手的搖椅上，好像快要不支倒地似的。卡爾對他說道：「你沒關係嗎，亞夫奈德？」

「啊，是，對不起，是我的能力不夠。」

「你千萬別這樣說。如果不是你的話，還有誰能夠阻止涅克斯呢？」

亞夫奈德不好意思地笑了。

我轉過頭看了桌子的另一邊。吉西恩和哈修泰爾侯爵坐在一起。吉西恩一看到我，就舉起手，向我揮了揮。我向他行了注目禮後，在桌子前坐下。妮莉亞也在我旁邊坐下。

哈修泰爾侯爵開口說話了。

「對於各位的辛勞，我非常地感激。」

卡爾聽到這句話，尷尬地笑了一下。我們為哈修泰爾侯爵立了什麼功勞？只不過把他的家給毀掉罷了。哈修泰爾似乎想展現一下幽默感，但是從絲毫感受不到幽默感的臉上說出這樣的話，我們大家都不好意思地低下了頭。

哈修泰爾侯爵繼續冷冷地說：

「雖然說你們辛苦了這句話有些奇怪，但不管怎麼說，多少還是對我們有些幫助。」

「您可以解釋給我們聽嗎？」

「當然可以。」

侯爵首先拍了拍華麗袖子上的皺褶，接著將手輕輕舉起，一面做手勢一面說明。

「就如同各位所知，涅克斯・修利哲一直都在操控著盜賊公會。他對於恢復失去的家族光榮一直充滿著渴望。在他叔叔卡穆・修利哲死去之後，克拉德美索對中部林地造成的危害是不可言喻的。」

「我們知道。」

「沒錯。不管怎麼說，修利哲伯爵家因此喪失了許多的地位與權力。好在他們家族在過去的歲月中，一直對拜索斯王國忠誠不二，國王陛下感念於此，御賜隆恩，才不至於喪失伯爵的地位，但最後羅內・修利哲的下場卻和軍隊中的平民沒什麼兩樣。這個可以從他們名門後代的戰將竟然被派到像你們那種領地，而不是傑彭戰爭最前線的領地，便可略知一二。」

你們那種領地？哼！我們賀坦特領地又怎樣了？國王陛下也曾經如此看不起我們領地，而現在哈修泰爾侯爵也是語帶諷刺。喂，你們這些人沒聽過路坦尼歐大王的話嗎！國王就是騎士中的騎士，是萬人的僕人！國王不是單純只服從一名高貴仕女的騎士，而是要服從於萬人的騎士。至於國王理所當然的隨從，也就是貴族們，和我們百姓比起來豈不就是更下層的人了！但是卡爾仍面無表情地聽著哈修泰爾侯爵的說詞。

哈修泰爾侯爵繼續用他那毫無感情的冷峻口氣說著：

「但不幸的是，叛逆的性格大概是他們家的傳統吧。涅克斯・修利哲竟然開始裝出一副艾德布洛伊祭司的樣子，這是當時大家都意想不到的事。可能也是因為這件事，羅內・修利哲伯爵看出自己的孩子沒什麼好期待的，才會想用自己的力量將家族的榮譽再找回來，所以他參加了阿姆塔特征討軍。」

「原來如此啊……」

「就是這樣。但是，雖然涅克斯讓他的父親非常地失望，成為艾德布洛伊的在家修行祭司，可是在我看來，他內心似乎仍有無法釋懷之處。所以我一直注意著他。他並不合適成為祭司這樣的人，也許旁人看不出來，但是我很清楚知道，他是一個比他父親有更強烈野心的人。說不定他當艾德布洛伊的在家修行祭司，是為了要掩飾他的野心……我當時就有這種想法。」

「是嗎？」

「是的。所以我特別地留意他，不巧的是，我的眼光精準無誤。他的父親肩膀上扛著刀槍直奔戰爭前線，是為了要尋回家族的榮耀，是一位應該受到尊敬的戰士。但是涅克斯寄望的，卻是一個比恢復家族名譽還更大的目標，他大大不敬，竟然像在覬覦國王的寶座啊！」

所有的人都聽到了哈修泰爾侯爵提高嗓門的聲音。他繼續著冷淡的語氣：「雖然不知道他是從什麼時候開始悄悄進行的，但涅克斯確實已經在操控著拜索斯恩佩的盜賊公會。當然，他們的力量還不足以成為做出反叛行為的一支軍隊，但對於正與敵國交戰的拜索斯來說，是一股相當危險的勢力。」

從杉森那裡傳來了沉重的呼吸聲。難道說，在與敵國交戰的拜索斯王國裡，光是一個盜賊公會就可以一舉打倒這個國家嗎？嗯。他這番話似乎別有用意。卡爾也曾經這麼說過：「在戰爭中，什麼事都有可能發生。」

「還有第二點，涅克斯曾企圖與傑彭通力合作。」

「果然沒錯！」

吉西恩說話了。曾經有一次，在雷伯涅湖邊，卡爾也這樣猜想過。卡爾又再次一語中的。在外可與傑彭聯手出擊，對內則可透過盜賊公會掌控內部。這就是他的叛亂計畫啊！我們都屏氣以待凝視著哈修泰爾侯爵。侯爵依舊是一臉地冷酷說道：

「還好，我已經抓到了涅克斯派遣至傑彭的密使。涅克斯是艾德布洛伊的在家修行祭司，他委任的人選當然可以輕而易舉地通過國境。但是，他可能不知道有誰正在懷疑他，注意他的一舉一動吧。不曉得各位是否聽過，我的兒子托爾曼正在戰爭前線和基果雷德一起作戰。」

「有，我們聽過。」

啊啊！這個叫托爾曼的人，好像也和迪特律希一樣是哈修泰爾侯爵的養子吧？他現在正和名叫基果雷德的龍一起參加傑彭之戰嗎？哈修泰爾侯爵繼續說：

「嗯。我兒子在收到我的密令後，就將涅克斯的密使抓了起來。從那密使身上搜出的書讓我吃了一驚。還記得吧！就是你們從我家帶走的書。」

我們又點了頭。哈修泰爾侯爵臉上第一次浮現了似有若無的笑容。哇，那種臉上也會出現笑容呢！但卻是一種冷冷的笑。

「雖然你們聽了會不太舒服，我可不是在責怪你們啊！」

「對不起，侯爵大人。」

「別這麼說。我已經從吉西恩王子殿下那裡聽到事情的經過了。聽說你們是為了救同伴？真是人算不如天算。不管怎麼說，資料是拿到手了，但是那密使卻不肯吐露半句實話，最後他自殺了。」

「自殺……」

「是的。當時我真是進退兩難，不知道該怎麼辦才好！因為資料雖然在我手上，卻無法證明這份資料是涅克斯要轉交給傑彭的。對涅克斯心存懷疑、持續跟監的人就只有我啊，也沒辦法向他人提出什麼證據來。」

「那麼，魚餌又是怎麼一回事呢？」

卡爾的話有點怪異。但這時，哈修泰爾侯爵眉毛卻微微上揚了一下。

「是啊！你真是一位有智慧的人士。我把這本書在我家的消息散布出去了。這只是小事一樁。因為想隱瞞盜賊公會任何事情是很困難的，但要洩露消息給他們卻很簡單。所以說不管哪一個小子跑來找這本書，我都打算把他抓起來，逼他說出涅克斯是叛徒的實情。」

就在此時，哈修泰爾侯爵臉上浮現了難得一見的笑容。

「那一次你們白天來找我的時候，我就認為你們說不定是涅克斯的同黨。」

卡爾的臉一下子紅了起來，不過比起我來要好得多了。哈修泰爾侯爵對我拋了一個讓我全身起雞皮疙瘩的笑容。呃啊，我的天啊！

「你的男扮女裝讓人印象很深刻哦！美少年。」

妮莉亞驚訝地圓睜著她的眼睛，而我則是緊閉了雙眼。哎呀，優比涅啊！哈修泰爾侯爵又轉向卡爾說道：

「可是卡爾你的演技才是一流的，讓我誤以為你們只是一群流浪者，甚至還讓我感到非常不高興。你的演技真的很好。」

「這樣我實在沒辦法對您的讚美說聲感謝。」

「我想也是。還有啊，你們還到我的宅邸去大鬧了一番。」

「再次向您鄭重道歉。」

「算了吧。還不是多虧你們，才讓涅克斯不得不露出他的真面目來。因為那份資料對他太重要了，涅克斯只好在大馬路上引發了那陣騷動。」

「重要的資料……」

「是啊。看來涅克斯是為了要與傑彭建立完全的信賴關係，才把那份資料當作禮物來呈送給傑彭的吧。反正就是讓傑彭贏得這場勝利，然後再由他們家族來統治這個國家。這樣解釋應該可以理解了吧？」

「原來如此。」

「好了。不管怎樣，我必須來表揚一下各位的功勞。謹代表國王陛下及所有的官員大臣們致意。」

哈修泰爾侯爵還慎重地行了一禮。我們急忙地點頭回禮。此時，卡爾開口說道：

「那涅克斯・修利哲會被怎麼處置？還有大暴風神殿呢……」

哈修泰爾侯爵一邊點頭一邊說：

「涅克斯當然會被判刑，以叛亂者罪名將他逮捕。至於大暴風神殿任用那種叛亂者當祭司，照理說應該要接受處罰，不過不知者無罪，政治圈在傳統上一向都尊重神權領域。而神權領域的人也不會過問政治，所以應該不會有什麼處罰吧。」

「這樣啊。但是我還有一件事非常好奇，是關於羅內・修利哲的事。國王陛下曾經說過要幫忙籌措寶石給阿姆塔特，但是羅內・修利哲就是叛亂者的父親，不是嗎？」

「雖然如此，但是阿姆塔特抓的俘虜，並不是只有他一個人而已。所以你們不需要太擔心這件事，陛下他自然會做定奪的。」

「是這樣子嗎？我們知道了。」

「那就請各位去休息吧。國王陛下過不久就會通知你們，當面向各位致意的。」

哈修泰爾侯爵從座位上起身，我們大家也站了起來。侯爵輕輕地行了一禮，沒說什麼就一逕往外走了出去。我們又再度坐下來討論。卡爾一坐下就說：

「原來是這麼一回事。真是的！」

吉西恩點點頭。

「就是啊，那份資料原來是涅克斯……」

跌坐在椅子上的亞夫奈德接著說：

「啊，原來如此。難怪那麼快就識破我們的騙局。那是他親自完成的書嘛！」

大家都點了頭。卡爾深吸了一口氣，雙手扠在腰間。

「是啊。涅克斯的事終究是解決了。現在該好好想想我們的事了。」

「我們的事？」

「是啊。就是去尋找紅髮少女啊。雖然我們意外地抓到一個叛亂者而有些收穫，但是卻沒有因此更接近我們原本要尋找的目標啊！」

吉西恩點了頭。可惡，這麼看來，這次不小心又做了只對國王陛下有好處的事。什麼時候才能進行我們自己的事呢？妮莉亞滿面憂愁地說道：

「會比現在加倍的困難了，唉……」

「這句話是什麼意思，妮莉亞？」

「我聽說盜賊公會的人個個目露凶光，想把我們抓來吃掉呢，卡爾叔叔。」

「他們當然一定會很生氣，可是那也實在是沒辦法的事啊！」

「呃呃呃？」

這時妮莉亞一面傻笑一面走向卡爾，突然一把抱住他的脖子，卡爾嚇壞了。

「儘管如此，我還是真的非常謝謝您。我還沒跟您說聲謝謝吧？為了我，您受了不少苦了。嗯！」

「哦，呃，妳怎麼……」

妮莉亞親了卡爾一下。卡爾圓睜著眼睛，尷尬地笑了。然後她轉過頭來看著我們其他人。

「那下一個是……」

「我好想看看外面的天氣怎樣了！」

砰！一聲關門聲。杉森先跑了，我趕緊跟在他後頭，從房間裡跑了出來。「我也要去看！」從身後傳來妮莉亞大笑的聲音。

宮中僕人們用驚訝的眼光打量著我，我一路跑到庭院裡。杉森坐在庭院一角的樹下。我也在他旁邊坐下。

杉森面露惱色地說道：

「喂，我們被捲入不尋常的事件裡了。」

我打量著他，杉森的話像是在發牢騷。

「我沒有傻到以為首都的人都是心地善良的人，可是我以為他們至少會覺得生活已經很豐裕了。他媽的，誰知道會遇上這麼嚴重的事情。這些生活富裕的人們，幹嘛這樣作踐自己呢？」

我聽了杉森的話，點了點頭，突然想起卡爾的話。

「要不要把阿姆塔特引到這裡來？」

杉森聽到我這句像是在自言自語的話，眼睛張大了起來。

「你說什麼？」

「我是說這樣一來，至少就不會有互相糾纏鬥爭的想法了嘛。」

「呵呵？這是哪門子的歪理。真有你的。」

「沒道理嗎？」

「不管是互相糾纏鬥爭，或者是跟阿姆塔特對峙，都沒道理。」

是這樣子嗎？正當我還在不斷思考這個問題的時候，杉森已經整個人臥倒在地了。他一面露出一副天塌下來也有高個子頂著的表情，一面搔著頭皮，然後他突然噗哧一笑。

「真是太好了。」

「什麼東西？」

「在這種季節還可以躺在草地上呀。」

「哎喲。你這個食人魔呀！但說起來也還真不錯！我們該感謝黛美公主。」

「知道了。那，感謝黛美公主殿下……嗯，修奇呀，你來說說看。」

「好啊，這有什麼難的？我要開始嘍。夕陽下山前的西方天空，涼爽的風輕輕拂過湖面，佳人的纖纖玉手彈撥著的弦音，繞梁於耳，在高高的樹葉上，滾動著發亮的夜露，將這所有的美景獻給黛美雷娜斯公主殿下。」

「不錯咧。哈哈哈。那你正式吟唱一遍吧。」

我靠坐在樹邊，望著皇宮石壁。十一月的天空下，綠意盎然如昔，將石壁染上一抹濃綠，每當強風吹起，在空中翻飛的花瓣，像極了一場粉紅色的暴風雪。美呆了。但是，可惡！我才不要為首都的這種人們獻唱呢。我可是為杉森而唱的。我要唱關於真正人類的歌。聽聽看吧！人類到底是什麼。

我用輕柔的聲音唱著：

劍會鏽，

書會舊，
春天裡新芽發枝頭，
落葉在微風中飄舞，
那些發光的東西，全都失去了蹤影。
歌曲如水紋般，
傳說如疾風般，
佳人柔軟的雙唇，
任憑光陰親吻，
仍是未留下任何痕跡。
在此暫停了一下，
終究還是離去，
過去了就不再回頭，
茫然地走在沒有里程標記的路上，
我們都是這世界的過客，
但請回頭看看吧！
看看當時經過的荒涼路徑上開著的花朵！
摘下它歡唱吧！
獻給五十個小孩與大法師費雷爾！
星光漸淡的拂曉時刻，
大法師費雷爾睜開雙目，

就算在漆黑的空虛裡他也看得見吧。
比魔法更神祕，比神話更淒美，
他所摯愛的五十個小孩。
太陽發射出最美豔的光芒時刻，
大法師費雷爾笑了，
跳著，跑著，又哭，又笑，
歌唱著，喊叫著，孩子們回來了，
他們吊在臂膀上唱歌，那歌聲在耳邊迴繞。
夕陽與黑暗相約，交界不明的時候，
大法師費雷爾就會招手，
孩子們跑著回去，黑暗覆蓋了大地，
暗夜的風充滿著孩子們的笑聲。
隱隱地傳散開來，慢慢地漸行漸遠。
嚕，嚕嚕嚕，嚕嚕嚕嚕嚕……
隱隱地傳散開來，慢慢地漸行漸遠。
啦，啦啦啦，啦啦啦啦啦……
過客轉身再次向暗夜走去。
每天無數的步伐雖然永無止境，
但那歌聲仍在耳邊迴繞。
五十個小孩的優美歌聲。

嚕，嚕嚕嚕，嚕嚕嚕嚕嚕……

啦，啦啦啦，啦啦啦啦啦……

嚕，嚕嚕嚕，嚕嚕嚕嚕嚕……

杉森瘋了嗎！不對，杉森怎麼會發出女孩子的聲音？那聲音好像是黛美公主的。杉森慌忙地站起來，把頭頂上的矮樹枝給撞斷了。當然他的頭沒事。他果然是食人魔嗎？

「黛、黛美公主殿下，您好！」

我也下意識地站了起來。在我的眼前是一位穿著一身破舊的工作服，衣服口袋全都塞滿了五花八門的雜物，手裡還拿著修剪花草的剪刀，又瘦又高的公主。黛美公主殿下笑嘻嘻地看著我們。

「這是我在皇宮裡，有生以來第一次聽到這樣的歌呢！」

「事實上，不瞞您說，公主和杉森都是第一次聽到這首歌的人。」

「什麼，是這樣嗎？真是榮幸。那這首歌是？」

「我剛剛才作好的歌。真是抱歉，在這裡吵鬧……」

「不會。沒關係的。我剛才是說，沒有任何伴奏也可以盡情地歡唱，這樣的歌我可是第一次聽到呢。您聽過宮廷音樂嗎？真是很容易讓人無聊到想要打瞌睡。」

「會讓人無聊到想要打瞌睡嗎？啊，是。」

杉森用驚訝的眼神看著我。那是一副「你怎麼天不怕地不怕和公主肆無忌憚地這樣談話」的眼光。呃啊！這麼說來是我瘋了不成？公主笑嘻嘻地向杉森走了過去。杉森慌張地向後退，公主則彎下腰，把杉森弄斷的樹枝撿起來。

公主從工作服口袋裡拿出布料和繩子，接著將樹枝接回斷掉的地方，用布包起來，再用繩子綁好。杉森有些不好意思地說：

「啊，對不起。我看那，那樣子做也不會癒合的。」

公主一面綁繩子，一面開心地笑著。繩子牢牢地綁好後，公主合起了雙手，她在祈禱嗎？公主嘴裡唸唸有詞，兩隻手中間開始發出光芒。

我和杉森嚇得合不攏嘴地看著公主。

黛美公主殿下將發光的手放在包著樹枝的布上。黛美公主輕輕地一摸，手一移開，那道光芒就從公主的手裡消失，而樹木就在此時散射出光芒。不久後，那道光芒就漸漸地微弱了下來。

對了，公主是亞色斯的在家修行祭司。真令人大開眼界呢。

「現在應該沒事了。」

「啊，是的。還好沒事了。」

黛美公主兩隻手插在工作服的口袋裡，站在那裡看著我們。真的一點也沒有公主的架式。公主笑著說：

「謝謝你們。」

「啊？什麼？」

「託你們的福，我才不用嫁人了。」

杉森張著大嘴，一副搞不清楚狀況的表情。但是我受不了地爆笑出來。

對了。尼西恩國王陛下曾說過要將黛美公主嫁到海格摩尼亞，以確保北部大道的商路暢通。這是為了降低鹽的價格。可是卡爾那時曾告訴國王陛下，說那是行不通的事。

「對不起……破壞您的婚姻了。」

「沒有。我本來就不想嫁人。要我嫁給一個沒見過面的人，實在是很殘酷的事。」
黛美公主張開手臂手指著周圍。
「還有，離開這個庭園到遠方的北部大地，簡直會把我嚇得全身發抖。真是謝謝你們。」
「是這樣嗎？呃，這麼說的話，您沒有必要向我們道謝。那是與我們同行的卡爾所提出的建議。」
「這樣嗎？那麼我應該向卡爾先生道謝才對。他應該也到這裡來了吧？」
「是的。」
「就算他不在這裡，我也打算去找他。你們願意幫我帶路嗎？」
「啊？是，遵命。」
黛美公主步伐緩慢地走過來。我實在無法想像她如果穿上洋裝，用這種步伐走路的話，會是什麼模樣。公主拖著最合適工作服的步伐，消沉遲緩地走過來。
一些皇宮內侍也慌慌張張地跟著我們走。在短短的時間內，一整小隊的皇宮內侍人員都跟隨在黛美公主後面。這怎麼回事？杉森和我驚訝地看了一看黛美公主的身後。啊，原來是公主的隨從啊！黛美公主轉過身來，皺著眉頭說：「我的口袋牢固得很。」
「咦？」
其中一個皇宮內侍愣愣地應答了。黛美公主氣到快要結巴，慢慢地回答：
「沒有東西會漏掉的。所以你們跟著我，也不會撿到東西。」
杉森跟我為了忍住快要爆開的笑聲，死命地捂住嘴巴。那個皇宮內侍則是嘴巴張得大大地，看了公主一眼，用非常冤枉的聲音大喊：
「殿下！」

「快走開，去忙你們自己的事。」

但是他們根本沒有要離開的意思，仍然還是跟在黛美公主的後面。黛美公主嘛著嘴，安靜地跟著我們走。等一下，那這成了什麼樣的景象了？皇宮內侍是公主的隨從，而公主卻是隨著我們走，不是嗎？呵呵，真好玩。

一到房間，那些皇宮內侍立刻急忙地跑到房門前站開，替我們開門。這當然不是為了我們，而是為了公主殿下。哼嗯。公主聳聳肩膀，走進房裡，我們也跟著走進去。

房裡的卡爾仍舊一副頭痛的表情看著天花板，艾賽韓德看著卡爾，也一副很煩惱的樣子。妮莉亞則正在吵著跌坐在扶手椅上的亞夫奈德，吉西恩是第一個聽到了開門聲的人。吉西恩原本就知道我們會回來，很自然地向我們點一點頭，然後眼睛突然張大了起來，很開心地叫喊著：

「啊，這是誰？黛美！」

黛美公主一時間沒反應過來，傻呼呼地看著吉西恩。她似乎不知道吉西恩和我們在一起。對呀，怎麼可能有那麼巧的事嘛。黛美公主馬上尖叫了出來。

「哥哥！」

黛美公主衝到前面抱住吉西恩。吉西恩一口氣就把黛美公主高高舉起，不過馬上就有些喘不過氣來。

「呃。跟六年前不一樣了啊。」

黛美公主不管三七二十一，把臉窩在吉西恩的胸前，拚命地磨蹭。她說：

「就是啊，嗯。我都長大了。哼，是你太過分。我長這麼大，竟然連一次也不露面，真是太過分了！我的成長過程你一點也沒看到，不是嗎？」

吉西恩面帶溫暖的笑容，順著黛美公主的頭髮呵護著她。

「要是我有參與的話，也許就不會這麼驚訝了。妳突然一下子長這麼大，真令人大吃一驚啊！哈哈。真的變漂亮嘍。」

「嗯……哥……」

黛美公主過了一會兒才回過神，鎮定下來。但是她一直待在吉西恩身邊沒離開過。黛美公主緊握著吉西恩的手，向卡爾打了招呼。

「我聽過各位的故事了。國王陛下要我代他向各位致意。」

「是嗎？」

「是的。本來國王陛下應該親自致意，但因忙於涅克斯的後續處置，不克前來。」

哼。所以她這句話的意思好像是說，我們做的事情，只有皇宮貴族的元老侯爵和高階皇族的公主殿下前來致意就夠了的樣子。因此國王陛下指派的不是別人，而正是公主殿下。我們真是偉大。但仔細想想黛美公主才更偉大。她明明知道國王陛下的用意，竟然還穿著工作服搖搖晃晃地走來呢。

卡爾開心地笑著說：

「我們只是盡了百姓應盡的義務。」

黛美公主以甜甜的一笑接受卡爾的謙讓，表示再度稱讚，並沒有接著回應一些客套話。

「國王陛下將於明日，在莊嚴大廳接見各位。」

卡爾嚇了一跳。

「是，莊嚴大廳嗎？哇，我的天呀。那文武百官們不就……」

「大家都會穿著正式服裝前來吧？」

我們一行人全都是一副不知所措的表情。杉森卻是一臉的無意識狀態。好像有一句話是這麼說的：「對戰士而言，可以在莊嚴大廳屈膝下跪謁見國王陛下，乃是至高無上的光榮。」卡爾面帶惶恐的表情說：

「我想沒有這個必要吧。」

「所謂時勢造英雄，國家需要勇士。」

黛美公主簡短的回應，卡爾的臉面帶慍色。

「這樣啊……真是的。」

不，不，不是！什麼真是的！卡爾在公主面前又犯了！亞夫奈德差點從椅子上滾下來。但是黛美公主還是甜甜地笑著說：

「雖然會讓各位覺得不舒服，但請千萬不要見怪。各位的義行一定要公諸於世。大路上的騷動一定要公開說明……所以請各位暫且忍耐，時間不會拖得太長的。」

「我們知道了。呃。可是沒有禮服，怎麼辦？」

「明天一大早就會準備好送給各位。王妃殿下還未進宮，所以皇宮內部裡的內務事都是由我來負責。」

我噗哧笑了出來。皇宮的內務不是皇宮內侍們負責的事嗎？卡爾點了點頭。黛美公主接著說道：

「這雖不是正式公開的事情，但是我以個人名義謝謝您。」

「什麼？」

「謝謝您。託您的福，讓我不用離開這個國家。」

「是什麼……啊，您是指海格摩尼亞？」

「沒錯。謝謝您。」

卡爾愉快地面帶微笑回答：

「不用客氣，公主殿下。那件事，不過是為了保護我國的商業利益所提的建議，並不是特地為了公主殿下而做的。」

04

黛美公主突然睜大眼睛，過了一會兒，她笑著說：

「卡爾先生，您和亨德列克太像了。」

「什麼？」

「那一天國王陛下對您所做的事，您還一直念念不忘嗎？」

「……我不想再回想起那件事。」

「可是您簡直就是亨德列克的翻版。亨德列克也曾經救過妖精女王達蘭妮安。而且他也對妖精女王達蘭妮安說了同樣的話：『這只是為了我們的國王路坦尼歐陛下所做的事，並不是特別為了妖精女王您而做的。』」

卡爾做了一個不知所以然的表情。哇！好久好久不曾見到他這種表情。咦，不對，我好像是第一次看到他這種表情？卡爾和我們這幫人一樣，竟然都是一副茫然的表情。

「那個，我真的不曉得您在說什麼？」

「是呀，我想您可能也不知道這個故事。這是只有在皇室的紀錄中才看得到的小故事，因為亨德列克是個不寫自傳，也幾乎不曾留下任何自己相關紀錄的人。」

卡爾他那讀書人的眼睛，正閃爍著光芒。他說道：

「他確實是這樣的人。舉凡他的一言一行、功勳偉業，只在路坦尼歐大王的傳記裡才被記錄下來。雖然我還不到可以自吹自擂的程度，但我真的是讀過非常多的書籍，可是在任何紀錄裡都找不到有關直接論述亨德列克的字句。通常，我們只能在別人的紀錄裡零星地發現到一點點有關他的事蹟。」

「沒錯，就是這樣。他一直努力當一個隱身在國王身後的影子。」

「那麼，公主您是在什麼地方看到這些內容的？」

「嗯，我是看了留在皇室裡的亨德列克的日誌。那說不上是日記，是小小本的，嗯，類似手札之類的東西。」

吉西恩一臉的恍惚。

「有那種東西嗎？」

黛美公主的眼珠子漂亮地一轉，看了看吉西恩。

「哥哥你該讀的書不讀，成天往宮外跑，淨看一些怪異的書……」

「哎喲喂呀！喂，那是我還是年輕小伙子的時候的事耶！」

嗯。吉西恩被妹妹放冷箭，急得大呼小叫，所謂的王公貴族們，原來跟我們也沒什麼不一樣嘛。這時我們只好轉移注意力，不好意思地對皇宮的外觀東瞧西瞧，吉西恩則漲紅著臉看著桌子。黛美公主一面微笑一面說：「對呀，剛才我說的是我小時候讀過的故事。我記得那是我非常喜歡的故事呢。」

「她呀，她這個小丫頭本來就很喜歡讀書。是啊。呃哈哈哈！你們知道嗎？她小時除了書跟花以外，其他什麼都不懂唷！喀喀喀！」

吉西恩開懷地捧腹大笑，我們也只好尷尬地跟著微笑一下。只有卡爾，他用一副內急時的表情看著黛美公主。黛美公主看到他那種近乎哀求的表情，於是娓娓地道來。

「是啊……那是在光榮的七週戰爭時，第二週所發生的事。」

卡爾立刻像是知道黛美公主要講的那段歷史似的，說道：

「您是說，連續三次戰鬥都遭受戰敗的神龍王，最後終於忍無可忍，直接現身在戰爭前線時的這件事嗎？」

「您對這段歷史相當熟悉哦？嗯，那可不可以再說明得更詳細一些？」

卡爾握起雙手放在膝蓋上，然後用和緩的聲音開始說：

「嗯，所以說呢，那前面的三次戰鬥，是亨德列克為了要引出神龍王，一個很成功的心理戰術。這一點是大部分的戰史學者都認同的事。在勢力相差懸殊的情況下要一舉逆轉戰勢，必須下定決心，一口氣全力攻擊神龍王……這是亨德列克的作戰策略。亨德列克採用全然不顧拜索斯軍隊損傷，這種完全毀滅與欺騙性的戰後處理方式，致使神龍王勃然大怒，並決定親自出征。賀滋里的書上也承認，到此時為止，亨德列克的戰略是非常優越的。亨德列克讓神龍王放棄自己的優勢，也就是龐大的後備支援軍力，以及光防守就可以充分打贏對方的堅固補給線，將神龍王直接引到戰爭前線來。亨德列克的作戰手腕是應該獲得稱讚的。」

啊啊！連杉森也是聽得津津有味！我真聽得難過死了。要是亞夫奈德或吉西恩喜歡聽這種戰爭故事，那也就算了，怎麼連杉森也一頭栽進這麼令人聽了頭痛的故事裡咧？可能因為他是戰士，所以會喜歡聽這種故事吧？所以妮莉亞、我還有艾賽韓德三個人都只有一臉茫然地聽著卡爾說故事的份。可是卡爾的故事慢慢地越來越精采了。

「但是，這個時候卻發生了一場大陸戰史上最迅雷不及掩耳的閃電戰。」

吉西恩拍了一下膝蓋骨，說道：

「沒錯。那真的是史無前例、迅雷不及掩耳的閃電戰術。」

「是的。亨德列克運用他的深謀遠略，引出神龍王親征。這位智慧之士亨德列克，他命令散落在戰場各處的八星，即路坦尼歐大王的八名騎士，集合到細美那斯平原來。這是亨德列克的優越戰術中最光芒閃耀的一刻。但其實，神龍王欺騙了亨德列克。把部隊集中到細美那斯平原，無疑會暴露了部隊的行蹤。神龍王假裝自己中了亨德列克的圈套，然後再成功地引出八星的行蹤，實際上神龍王並未趕去細美那斯平原，而是將正要前往集合的八星各個擊破。神龍王怎能如此迅速進擊，到現在還是個謎，但這八星之中三顆星的部隊都被消滅掉了。我還記得，在細美那斯平原接到厄報的亨德列克，那時所說過的一句話。」

「『我以為牠的牙齒都掉光了，沒想到牠還有力氣撕咬東西呢！我們被咬得痛死了！』是這句話。」

吉西恩滑稽的話跟表情，逗笑了我們。亨德列克說過這句話嗎？呵呵，真是的。卡爾也一面笑一面說：

「是的。但是八顆星裡還剩下五顆，亨德列克沒有受困於挫折，而是將剩下的勢力機動地集結起來，好不容易撤退成功。這次作戰在賀滋里的書裡得到『雖不是撤退的模範對策，但絕對是最厲害的對策』的評價，真是場傑作。」

「是啊。那次作戰實在是太帥了。在那種狀況下，大概沒有瘋子會相信對方會撤退吧。神龍王放棄繼續追蹤也是情有可原的。」

聽了吉西恩的話，卡爾點了點頭。黛美公主開心地笑著說：

「您真是學識淵博啊！把七週戰爭的戰史全都背下來了。但是關於那第二週戰鬥的撤退戰術，您應該不曉得神龍王被計畫暗殺的事件吧。」

「什麼?妳說什麼暗殺?」

「這故事說來話長……各位有時間嗎?」

卡爾看了看周圍，全是肯定的表情。今天一整天的衝擊實在是太大了，可以好好享受，聽聽從前的故事也是不錯的。看到大家關心投入的表情，卡爾當然欣然同意了。

所以，我們開始聽黛美公主用輕柔的聲音說故事，那是有關光榮的七週戰爭裡最緊張的場面，而且幾乎是不為人知的故事。

殘破的槍和劍，呻吟著的士兵，和不得不為其進行安樂死的同伴的眼淚，祭司的袖子濕了又乾，乾了又濕，血水與汗水混雜凝固到血水滴在袖子上，也看不到濕痕的程度。為了照料傷患而奔忙的祭司們，已無餘力準備食物和水。還好亨德列克有先見之明，一直極力保護著補給線的安全，傷兵的食物和水才得以獲得補給。但是，戰士的勇氣是無法補給的。

亨德列克憂心地看著持續不斷送達、成行成列的傷兵們。

他們是在趕往細美那斯平原途中，遭到各個擊破的三顆星的軍隊。此時此刻的集合地點是在細美那斯平原，絕不能將他們遺棄，必須要等到傷兵軍隊都到齊之後才可以進行撤退行動。但是等待的時間越久，神龍王的魔掌就越接近他們。

戰敗的三顆星中，有一位叫做堪德里，他的全身上下都插滿了箭，就這樣跪在他的主君的面前。他的最後一聲疾呼是：「敗將只求一死，即將死亡的身軀是不需救治的。」路坦尼歐大王緊抱著他，淚流滿面。在主君的胸前，因激動過度而昏倒的堪德里被交到祭司們的手上。

萊恩伯克則是一副滿臉倦容，但仍強打起精神，向君主做了簡潔明瞭的戰敗報告：今日日出的前一刻，我們在褐色山脈白楊嶺與敵人發生遭遇戰，我們推測該部隊為神龍王大本營的主力。歷時一小時的戰鬥，我們損失了四成的軍隊，決定撤退。萊恩伯克等待著君主的處分。他的臉連死硬的表情也做不出來，什麼表情都沒有。但是路坦尼歐大王看到了他的血淚，不是從臉上，而是從內心深處湧現出的血淚。連路坦尼歐大王看了也哽咽著喉嚨，只簡單地命令他退下：「下去休息吧。」並沒有追究他戰敗的責任。

剩下的一顆星，烏塔克，現在再也沒有人會說他的箭術很差勁了。他自稱除了射中紅心以外，什麼事都不會做，所以對於他的箭術，路坦尼歐大王還曾經開過這麼一個玩笑。喂，你不要射中紅心，稍微射偏一些看看吧？那個，很困難耶。路坦尼歐大王緊握住烏塔克已經毀損的弓，眼前浮現出烏塔克嬉笑著回答的臉孔。這是他的遺物嗎？是的。結果路坦尼歐大王高喊了一聲沒有任何意義的怪聲後，就昏倒了。亨德列克舌頭發出嘖嘖聲，下了指示，將大王抬到帷幕裡休息。雖說戰敗後的處理比戰勝後更加困難，但就是因為有亨德列克隨侍在側，路坦尼歐大王才未喪失昏倒的權利。

亨德列克一個人站在營地的外圍，一下子看著布滿烏雲的天空，一下子看著慘不忍睹的軍營，長吁了一口氣。

八星中最年長的傑洛丁向亨德列克走去。

「真出乎我意料之外啊。」

「你在說什麼？」

「我不知道您竟會等待受傷的士兵。」

傑洛丁他那武人的黝黑臉龐和亨德列克蒼白的臉龐正面對著面。他那厚重的眼皮下閃爍著冷冷的目光，說道：

「我以為您會立即做出準備撤退的命令。」

「撤退？撤退是為了下次的勝利而做的。然而若要為了下次的勝利，就要救出所有的傷兵並加以治療，才可以好好利用啊。比起新兵募集訓練的費用，治療傷兵的費用要低廉得多。」

傑洛丁的太陽穴惡狠狠地抽動著。亨德列克隨意瞧了傑洛丁一眼，又將視線轉到了布滿烏雲的天空，說道：

「我討厭淋雨。」

這是亨德列克脫口而出的話。他看起來不像是擔心這麼多的傷兵會被大雨淋濕，而像是擔心約會因雨泡湯了似的。傑洛丁終於說出來了。藏了許多年一直未曾說過的話。

「我好想揍你一頓。」

亨德列克文風不動地看著天空。

「我更討厭挨拳頭。」

傑洛丁的喉結抖動了幾下，強忍了下來。

「我判斷全部傷兵到齊要花掉半個早上的時間，要不要準備駐紮野營？」

「當然要了。我們要好好地活下去呀。」

八星中，有最年長者作風的傑洛丁只握著劍柄，沒有拔出劍來。傑洛丁轉身跑掉了。

亨德列克在思考。

如果要花半個早上，神龍王可能會一面拍手叫好，一面向拜索斯軍隊進攻。而且在正常的狀態下，如果換作是其他任何人，在當天已經打敗了三支軍隊之後，就應該不會繼續襲擊敵人大本營了。但是看過了神龍王之前那次迅速的軍隊運用，亨德列克堅信神龍王一定會在當天挑起戰鬥。

此外關於這次的閃電戰，神龍王從一開始就已經全面掌握了亨德列克的欺騙戰術，因此當然做好了萬全準備。神龍王今天來了。現在路坦尼歐大王這一方就只剩下五顆星的五支部隊。依照原來的計畫，如果能將八星的八支部隊全部集合在一起，就有信心能夠得勝。但現在的狀況是，如果和神龍王遭遇，就只能打無謂的消耗戰，除此之外別無他法。但是消耗戰對路坦尼歐大王這一邊是絕對性地不利。他們的補給線太細了，像繩子一樣細。亨德列克也是因為這個弱點，才決定對神龍王使用欺騙戰術。

「我以為牠的牙齒都掉光了，沒想到牠還有力氣撕咬東西呢！我們被咬得痛死了！可惡，我等於是在幫牠鋪好勝利寶座，而且甚至還替牠拍了手叫好呢！」

現在神龍王完全可以照自己的意思來打這場仗。牠打算直接全面決戰。對神龍王來說，八星只剩下五顆星，進入全面性決戰的話，牠的勝算非常大。神龍王絕不會讓這些人逃走，給予他們重新整頓戰力的時間。亨德列克有些惋惜自己為何沒留鬍子。有留鬍子的話，沒事還可以摸一摸，拉一拉。所以亨德列克因為沒有鬍子，只好拉起頭髮來。那個樣子不管誰看到，都會爆笑出來。

「妖精女王？」

達蘭妮安從天空的另一邊向他飛來。

在飛的時候，妖精的翅膀幾乎是看不到的透明。如果是在陽光炫得刺眼的天氣下，翅膀會反射出美麗的光芒。但是現在是烏雲密布，看不到任何的反射光線，所以達蘭妮安像是用飄浮的方式來到亨德列克的面前。

亨德列克看著飄浮到他面前的達蘭妮安，說：

「有何貴幹？」

「我是來看你打勝仗的。不過好像和我期待的完全不同。」

「我們可不是為了要提供妳一個觀光景點，才打這場仗的。」

聽到亨德列克的回答，妖精女王的表情僵住了。

在遠處的士兵們連忙轉過頭去。像亨德列克這種人，有一些傳聞纏身，也是理所當然的。對那些單純的士兵來說，看到亨德列克有時候三更半夜站在平原中央，和飄在空中的妖精對話的模樣，他們會非常害怕。更何況現在是烏雲密布的白天。士兵們連看都不敢看，非常地害怕。所以他們現在裝作什麼都沒看見。

妖精女王用輕聲細語的口吻說：

「你好像要這樣等下去，好讓我觀賞你滅亡的樣子。」

亨德列克冷淡地說道：

「妳的興趣真低級，一點都不像妖精。既然這麼想看，就耐心等著看好戲吧。」

「你會戰敗嗎？」

「不會。」

「那你要怎麼打贏這場仗？」

亨德列克看了看那些暫時將頭轉過去的士兵和更遠處的傷兵們。妖精女王也隨著他的視線，看到了拜索斯軍隊慘不忍睹的景象，皺了皺眉頭。

亨德列克說話了。

「在這種情況下，當然是趕快逃走為上策了。」

「我猜想神龍王正在等著你逃跑呢。」

亨德列克苦笑了一下。

但他們還是會繼續戰下去。拜索斯軍隊必須正面開打。如果害怕戰敗而逃走的話，神龍王必會緊跟在後，襲擊拜索斯軍隊。如此一來，神龍王的野心可能不只是要消滅拜索斯軍隊，一定還會引發牠其他的欲望。但是正面開打並不一定可以戰勝。若要說正面開打有什麼意義的話，只不過是讓他們戰敗的時刻稍微往後拖延一下吧。不管運用什麼方法，都很難獲勝的。亨德列克又一次為了自己不留鬍子而感到可惜。

妖精女王說：

「要不要給你一些建議？逃走是最好的方式。」

「妳在說什麼？」

「請你解散軍隊，趕快逃走吧。」

亨德列克用令人害怕的眼神看著妖精女王。

在亨德列克眼前的妖精女王竟然說，要他放棄將自己的生命交給路坦尼歐大王之後，與大王一起度過共患難的歲月，以及不斷地編織的夢想與希望。如果現在解散軍隊的話，就只能回到原點再重新開始。不，會比之前更加困難。大概再也沒有方法可以實現他們的夢想了。

但是亨德列克保留了他的回答。他的眼睛一轉，再次看了傳來傷兵們呻吟聲的拜索斯軍隊。要將他們都害死嗎？

亨德列克下定了決心。

「不，我不會逃走的。」

妖精女王冷眼看著亨德列克，夾帶著直截了當的責難聲，說：

「難道，你們全部要和無法完成的夢想，一起被葬送在這塊土地上嗎？」

「不，國王將和完成的夢想一起統治這塊土地。」

妖精女王一臉的驚訝狀。

「你為什麼不說國王陛下和你一起統治，而卻只說國王陛下呢？」

「我愛怎麼說就怎麼說。」

妖精女王目不轉睛地看著亨德列克的臉。可是亨德列克的臉上只看到一閃而過、下定決心的光芒，其他什麼表情也沒有。他突然跨起堅定的步伐，走向軍營。只留下妖精女王達蘭妮安茫然地看著他的背影離去。

黑暗所無法掩蓋住的東西只有一個，那就是黑暗。

亨德列克此刻正化身黑暗，穿越平原。仔細地察看，亨德列克他正在飛行。他騎在黑暗神駒上。神駒黑色的身軀與黑色的鬃毛在暗夜的風中飛舞。肉眼幾乎看不到，若隱若現的馬蹄在空中奮力地踩踏著，而神駒白色的眼球內並無任何的瞳仁。

在巫師的意志下，被召喚到現實世界的靈幻駿馬，正以嚇人的速度穿越平原的上空。可以站立在吹拂著流血氣味的細美那斯平原上的勇者，若看到了現在的景象，會認為在空中飛行的亨德列克，是半獸人與復仇的擁護者華倫查正在尋找報仇的對象，而在一面奔走，一面發出無聲的悲鳴。但是在戰雲密布的細美那斯平原上，任何有覺知的生物全都不敢靠近，所以亨德列克其實是奔馳在無人之境中。

亨德列克想起那天晚餐的談話。

「你說要我負責策劃逃走嗎？」

「因為國王現在受到很大的衝擊，無法正常指揮作戰。」

傑洛丁驚訝地說。

「可是，你是我們的參謀長，不是嗎？」

「你說的是什麼話。拜索斯的軍法中，並沒有明確表示參謀長的指揮權。」

傑洛丁做出非常訝異的表情。

「但是，你是……」

「你是真正的總指揮官，不是嗎？」傑洛丁想說而沒說的是這句話。亨德列克微微地笑了。

「這些日子以來，你一定很想揍我一頓吧？」

越來越漸入佳境了。傑洛丁完全一副不知所以然的表情看著亨德列克。

「所以你是認為，討厭你的部下們就是不會負責任的人嗎？你、你的想法就這麼狹隘嗎？」

「不是，你誤會了我的意思。我要說的是，如果想揍我的話就趁現在吧。因為再來恐怕就沒有機會了。」

「這句話是什麼意思？」

「你應該猜得出來，這種情況下，是不可能逃得掉的。」

「我也是個有骨氣的使劍武夫啊。我大概猜得出來。」

「所以想要逃避的話，就必須去阻止敵人。」

「阻止敵人……你！」

傑洛丁踢開椅子站了起來。亨德列克卻仍然坐在桌子旁說道：

「在優比涅的秤臺上，我們的錘子太重了。一直在往下垂。要是沒有賀加涅斯的幫忙，秤臺是不可能上揚的。但我卻是一名巫師啊。」

傑洛丁看了看亨德列克。和他一起過了這麼些年，還是第一次看到那種眼神。亨德列克保持相同的語氣接著說：

「我要偷改秤臺的刻度。」

傑洛丁長長一聲嘆息，亨德列克拒絕，傑洛丁對著亨德列克呼喊。撇開多年的心結不談，無論如何我們都需要你啊！你不可以那樣做！傑洛丁引用了所有人情的攻勢，各種勸誡，努力地要證明自己是多麼善辯。對於有骨氣、使劍的傑洛丁來說，這可能是他一生當中所做過最令人感動的一場演說。

但是亨德列克一點也不為所動。

「你一次也沒有說服過我吧？」

傑洛丁閉上了嘴巴。

「請你不要讓國王知道這件事。」

「好的。」

傑洛丁的眼角流下了男兒不輕彈的眼淚，他自己卻一點也沒發覺。

亨德列克正在穿越細美那斯平原。

他確定神龍王將進行一場暗夜襲擊，與黑暗一起攻擊拜索斯軍隊。但是亨德列克不可能在夜幕低垂前隻身前往神龍王的軍營。這是一場與時間的競賽。亨德列克將自己的意識傳達給靈幻駿馬，而靈幻駿馬則乘著北風的猛烈，卻又帶著南風的寧靜奔馳而去。

終於遠遠地看見了神龍王的軍營了。

牠們看起來正在忙於準備暗夜襲擊而奔走中。雖然牠們沒有使用火把或其他的照明設備，亨德列克卻可以感受得到。在牠們口中不知不覺便流露出，因確定戰勝的預感所伴之而來的低沉笑聲和粗魯的高喊聲。那是能夠提高士氣的高喊聲。牠們真的是昨天和今天凌晨接連打敗了我們三支部隊的軍隊嗎？亨德列克內心裡有很深的感觸。牠們竟沒有一點疲勞的模樣和懶散的態度，就好像是還未出征的軍隊，乾淨，整齊，又有規律。

他感受到數百年後龍可能支配這塊土地的潛力了。

亨德列克遠遠安靜降落在離神龍王軍營好一段距離外的山坡上，送走了靈幻駿馬。亨德列克坐到草地上，露水的濕氣把他弄濕了。他皺了一下眉頭，然後嗤嗤笑了一下。

拋開生死、深入敵營的亨德列克，竟還是注意到了衣服弄濕這件事啊！

亨德列克坐在靜謐又黑暗的丘陵高處，遠遠地向下俯視神龍王的軍營。不一會兒，亨德列克眼睛向上，仰望著天空。

烏雲密布，連一顆星星都看不到。

亨德列克張開雙腳。大地又硬又濕的感覺傳到了兩條腿上的每一處。亨德列克有些慌張，再次把雙腳併攏，靠到胸前來。會不會看起來一副苦哈哈的模樣？管他的，沒有人看得到才對。亨德列克雙腳合攏，手臂抱緊膝蓋。亨德列克就用這個看起來有一點苦哈哈的姿勢，開始了漫長的等待。

蟋蟀蟲鳴聲。

吹上山坡的風，雜草搖曳的聲音。

亨德列克閉上了雙眼。

時光倒轉。和國王相遇以來的日子，與其說是同志的革命感情將他們羈絆在一起，不如說是一段摻雜著愛恨交織的歲月。但是隨著野心逐漸實現，兩個人也變得更現實。路坦尼歐大王就是路坦尼歐大王，而亨德列克就是亨德列克。兩個人一點改變也沒有。但是這個世界變了，他們都很艱苦地在爬往世界的頂點。可是現在……

早知道應留些隻字片語給國王陛下的。

亨德列克張開了眼睛。

神龍王軍營的門打開了。先鋒和從前一樣是翼龍部隊。牠們的黑色翅膀在烏雲密布的暗夜天空下，幾乎很難辨別出來。但是其實只需要看到牠們充滿敵意的紅眼，就可以清楚地發現牠們。亨德列克目送翼龍向空中升起，消失在天際裡。

接著從軍門走出來的是半獸人的部隊，男子氣概般的呼吸聲在山坡上聽得一清二楚。亨德列克就好像是在巡視軍隊的出兵典禮，如同泰然自若的長者一般，向下俯視著牠們。半獸人的隊伍好像沒有盡頭一樣。亨德列克還想著要不要替牠們拍個手。

在半獸人的隊伍中間，夾雜著巨魔的巨大身軀在移動著。可以聽到巨魔走路砰！砰！的腳步聲。真是令人意外啊！亨德列克乾脆以冷眼旁觀的第三者角度看牠們。如果要進行暗夜偷襲的話，能讓那些吵人的傢伙們當先鋒嗎？亨德列克苦笑了一下。謝謝你了，神龍王。你相信我會預測你們今晚進行夜襲，對吧。這麼一來，這就不是夜襲，而是要展開全面戰爭了。

神龍王並不相信亨德列克會在暗夜中被偷襲。所以牠要正正當當地攻擊。但是牠一定想不到亨德列克會有這樣愚蠢的舉動。牠應該連做夢也不會想到，亨德列克會在即將面臨神龍王的攻擊之際離開軍隊，隻身前來神龍王的軍營。而且牠更無法相信的是，亨德列克竟要暗殺牠。亨德列克居然有在成功機率最低、彩金卻最多的賭盤上放手一搏，那種賭博大師的氣度。

對不起了，老人家。

半獸人的行軍仍然在進行著。那些傢伙熱哄哄的氣氛，興奮到可以當場彼此捉對廝殺的樣子。但是亨德列克對半獸人又臭又長的行軍已經感到厭煩，他舉起手臂，伸了伸懶腰。

快出來吧。對生命還有所留戀的，不是嗎。

此刻，亨德列克感到了一股異常的氣氛。亨德列克想要查出這異常的氣氛是什麼所導致，所以再一次仔細觀察神龍王軍隊的行軍排列。現在出現在軍門前的是手裡拿著半月刀，騎在巨大野狼身上的半獸人。看起來很普通，卻有一點奇怪。

騎乘野狼的半獸人，為什麼會排在步兵的後面出現呢？

若是為了夜襲，也說得過去。騎乘野狼的半獸人吵鬧多了。所以以步兵做先發攻擊，然後趁著敵軍一片混亂當中，騎乘野狼的半獸人再一躍而出……不對，牠們不會那樣做。不會單單為了安靜而放棄騎乘野狼的半獸人的突襲力，而且這樣一來，就不算是夜襲了。

亨德列克的脊椎湧上一股涼意。就在同一刻——

「吱吱！把他抓起來！」

騎乘野狼的半獸人，不偏不倚地朝向亨德列克所在的山坡突襲而來。狼群張牙舞爪，與尖銳刀鋒摩擦的聲音，加上令人全身起雞皮疙瘩的刺耳咆哮聲，在抽打著亨德列克。亨德列克馬上站了起來。他轉身一看，原本做先鋒攻擊的半獸人和巨魔已經在山坡後方擺好了包圍的陣式。要施展飛行術嗎？不行！就算他飛起來也是逃不走的。翼龍會在上空等著他。

亨德列克噗哧一笑。我一個人要你們這麼多個來對付，太好笑了吧？

隨即，亨德列克的嘴開始唸唸有詞。騎乘野狼的半獸人正以驚人的速度奔馳而來。雜草在狼群的爪間擺動著。但是亨德列克卻一動也不動。快速地完成了咒語。

「Time Stop!」（時間停留術！）

一瞬間，正在疾馳、騎乘野狼的那些半獸人便硬生生地停留在半空中。

連因為夜晚的大風和狼群恣意踩踏的步伐而隨之舞動的雜草，也像堅固的雕像般僵硬掉了。亨德列克讓時間成為使毫無阻礙的流沙也靜止下來的主謀。

亨德列克走著。他走向在騎乘野狼的半獸人中，跑在最前面的半獸人。亨德列克看了看那傢伙，噗哧一笑，開始施法：

「朋友，『Lamentable Belaborment』！（無意義討論術！）主題是半獸人為什麼要吱吱叫？」

亨德列克又經過了幾隻半獸人身邊，然後施展下一個法術。

「Polymorph Self」！（變身術！）

亨德列克的模樣慢慢地改變了。身高縮短了，臉孔變成豬的樣子。他現在變身為一隻半獸人的模樣。

時間再度走動了。沙漏裡的流沙開始掉落。大風再次揚起，綠草也隨風搖擺起來。變身為半獸人的亨德列克嘻嘻地笑著。

在後方，因為亨德列克施展的魔法而擁有強大主導力的半獸人，立刻點起了一場熱烈討論的火花。

「吱吱！想想看！我親愛的半獸人同伴們！」

開頭起得很好哦！

「吱！表達我們的意思，吱！有必要吱吱叫地吵鬧嗎，吱！我們打算丟掉半獸人的自尊心嗎？吱吱吱！吱吱叫的吵鬧聲音把我們變成和豬一樣的下等動物，不管是人類還是我們，只把牠當成食物而已，吱吱！你們不會認為我們是人家理都不想理的下等動物嗎？吱吱吱！」

馬上得到熱烈的反應。

「吱！我們不是豬！吱！」

「沒錯！吱！我敬愛的兄弟們啊！吱！呃呃，我對你們的愛，吱吱！我現在很激動，無法用言語形容！吱！但是請你們想想看，我的兄弟們，呃，我的孩子啊！烏鴉會吱吱叫嗎？鱔魚會吱吱叫嗎？蚯蚓會吱吱叫嗎？吱吱吱！大家都不會吱吱叫。為什麼只有我們要吱吱叫呢？」

半獸人感人肺腑的演說，已經達到高潮。以人類觀點來看的話，這時候應該會有人站出來反駁，果不其然，有一個叛逆的半獸人站了出來。

「你說得沒錯。吱！但是壓抑我們的本性，吱！是殘忍的事。我們半獸人，吱！半獸人吱吱叫的時候，是我們半獸人最崇高的境界，吱！感受我們的滿足與快樂！吱！這是對自我的肯定！吱吱吱！」

要還擊到招架不住才行。

「吱！喂！低劣的本性和自我，不要混淆在一起，吱！那種說法根本讓人想吐！吱吱！不要對在陋習欲望中的自我肯定給予赦免權！吱！」

亨德列克搖了搖頭，跑開了。

在他身後的山坡上，馬路旁的大型討論正在持續加溫中，周圍的軍隊也黑壓壓地整片集合起來，加入熱烈的討論陣營。但是亨德列克在想：

牠到底是怎麼發現我的？

我的行動絕不是在合理的範圍內。那麼，這樣不合理的行動是怎麼猜到的呢？使用魔法來確認我的所在位置嗎？不對，我沒有感受到那種魔法的運行，如果牠發現我的話，我應該可以感覺得到。

亨德列克決定停止猜想。不知不覺間已來到大本營的入口。軍營裡的半獸人士兵眼睛盯著山坡上那一帶的騷動，然後把他擋了下來。

「吱！發生什麼事！」

「吱吱。緊急事件！巫師使用的魔法，吱！把軍隊陷入一片混亂！緊急事件！」

半獸人聽到亨德列克用半獸人的語言，急迫地說的那些話，嚇了一跳，趕忙幫他開了柵欄。亨德列克快速地向軍營裡跑去。還好平時有在練習半獸人的跑步方法，不然的話，突然變短的腿跑起來很吃力。

亨德列克可以說是用慌慌張張的動作匆忙跑走。

神龍王的帷幕在哪裡？使用魔法恐怕會被發現。還是乾脆在這裡自我引爆、摧毀一切算了？但是巫師的精神是不允許這樣做的。不會仰賴不確定的方法。即使是冒著生命危險，也要得到真正的報償才行。神龍王到底在哪裡？

亨德列克很幸運，正好看到一個上校級的半獸人急忙地跑開。牠這樣急忙的樣子，想必是為了趕往某處通報。亨德列克緊跟在後。

這裡就像一般的軍營，每個地方都點上了火把。但是和我們人類不一樣的是，這裡的火把，火光非常的小。這是因為這些傢伙大部分都討厭火的關係。所以亨德列克可以悠然地一路在黑暗中跟著那個半獸人上校，而沒被發現。

穿著厚重甲衣的半獸人上氣不接下氣地跑著，不一會兒就跑到了中央的巨大帷幕。亨德列克小心翼翼地慢慢接近帷幕。帷幕裡傳出半獸人上校高喊的通報聲。

「報告，神龍王。吱！那名巫師……」

亨德列克毫不遲疑，接下來的話沒有聽下去的必要了。只要知道神龍王在這裡就夠了。亨德列克開始施法。

啪！

帷幕的帳布撕開一道裂縫，亨德列克覺得側面一股滾燙感襲擊而來。接著，他從頭到腳像是被重重一擊般，疼痛貫穿了全身。亨德列克沒有發出痛苦的吶喊，只一逕往撕開的帷幕裂縫向內察看。

「你說過不會殺死他的，不是嗎？」

是妖精女王達蘭妮安。原來是她呀。她奮力地拍動的翅膀，透過朦朧的燭光，顯得更刺眼。亨德列克將視線的焦點往前推了一下，可是卻看到一名要將他的腰連同帷幕一起砍下去的男子。

白色的鬍子，長長的白髮，滿是皺紋的臉上還有一對大大的白眉。白眉下的眼睛非常深邃。如果要畫巫師的肖像，他一定是最頂尖的模特兒呢。但是那位有著巫師氣質的老人，用巨大的長劍往亨德列克的腰際一刺，亨德列克倒了下來。

老人用輕蔑的眼光看著倒下去的亨德列克，說：

「我這是第一次親眼見到你。你的能耐就只有暗殺的方式嗎？真是讓我難以置信，我實在是對你非常失望。」

這個老人是神龍王。大概是牠使用了變身術後的模樣吧。當然嘍，原來的龐大身軀怎麼進得去這種矮小的帷幕呢。亨德列克突然笑了起來。

妖精女王達蘭妮安急急忙忙地飛過來。她痛哭地說：

「對、對不起。亨德列克。我……」

話都說不清楚的她，飛到亨德列克受傷的地方，企圖用她的手來止血。亨德列克又笑了。這就像是用整隻手去抵擋瀑布一樣。達蘭妮安一面哭乾了眼淚，一面怒視著神龍王。

「你不會殺他，我們約定好的，不是嗎！」

神龍王二話不說，用劍刺向達蘭妮安。達蘭妮安雖然想要急速地避開，但即使是以妖精的速度和嬌小的身體閃避，在神龍王的長劍下，最後仍失去了她的翅膀。達蘭妮安痛苦地喊叫出來，就像失去翅膀的蝴蝶一般，慢慢地，緩緩地，掉落在地。

神龍王用冷峻的口氣說道：

「跟蒼蠅沒兩樣的妖精族，竟敢對偉大的龍族下令。」

神龍王依舊舉著手，這時才像打蒼蠅一般在追打達蘭妮安。不，是要踩扁她。翅膀受傷的達蘭妮安根本就動彈不得。

「啊啊！」

亨德列克用盡了全力把手伸出去，緊抓住神龍王的腳，然後往上拉。瞬間失去平衡的神龍王向後搖晃著身子，亨德列克趁勢將身體一捲，砰一下站起來。他馬上用迅雷不及掩耳的速度，唸出又快又正確的咒語，你絕對無法相信這是從一個重傷者的嘴裡唸出來的。

「Gate!」（次元門！）

剛又抓回重心的神龍王這會兒眼前看到的是……懸在半空中的次元門，和在門前彎著腰，將達蘭妮安一把抓起的亨德列克。神龍王發出憤怒的長嘯，揮舞牠的長劍。亨德列克看著尚未擴張開的門，毫不遲疑地將達蘭妮安丟進去，自己則往一旁翻滾過去。

「亨德列克！」

達蘭妮安嘶喊的叫聲在被丟進次元門後，漸漸地聽不到了。亨德列克一心一意躲避神龍王的長劍攻擊，沒去注意剛才在帷幕向神龍王報告的半獸人。突然飛來的半月刀將他的腳劃了一道。半月刀染紅了天空，是因為從亨德列克眼睛裡彈迸出來的血珠，還是因為四處瘋狂燃燒的烽火呢？

「呃啊！」

達蘭妮安一口氣從神龍王的軍營通過次元門，飛到數百肘之外的平原，她一彈回到空中，馬上就感受到失去翅膀的極盡苦痛，再次跌落到地上。對達蘭妮安來說，即使是一顆小石子也足以有大石塊般的殺傷力。達蘭妮安撞擊著地上的小石子和泥塊，身受重傷，在地上翻滾著。

「呃呃……嗯……」

達蘭妮安非常吃力地站起身子。雖然頂著全身快要散掉般的痛苦，她還是咬牙站了起來。處在高過自己身高的雜草堆裡，什麼也看不到。達蘭妮安瞬間渾身顫抖。

達蘭妮安在擔心她最害怕的事情，那個她最懼怕的動物，青蛙，說不定現在正在向她靠近。

因為青蛙一看到在蠕動的東西，就會一口吃掉。可是不到一會兒工夫，達蘭妮安心中的石頭馬上就放下來了。沒有濕氣的山坡上，怎麼可能會有青蛙出現呢？達蘭妮安一面苦笑，一面直挺挺地站著。雜草把眼前的視野完全覆蓋掉了，讓達蘭妮安不知自己身在何處。

「呱呱！」

「呃啊啊！是青蛙……！」

達蘭妮安趕忙將身體蜷縮在一起。一不小心，妖精輕盈的身軀便在原地打滾了幾圈，不是重量而是離心力讓她骨碌骨碌地滾動。達蘭妮安傾倒在地，從兩腿中間往後一看。

「哈哈哈！」

是亨德列克在嘻嘻哈哈地笑著。

「亨德列克！」

亨德列克一面笑著，一面身體向前傾，重重倒下。

「嗄呀！」

砰！達蘭妮安趕緊閉起眼睛。結果她被吹走了。亨德列克倒下所引起的風，把輕盈的妖精吹到稍微遠一點的地方，所以達蘭妮安才沒有被壓死。達蘭妮安吃力地爬到亨德列克的身邊。

達蘭妮安看著亨德列克的臉。那是沒有血色、蒼白冰冷的臉。散發出好像瀕臨死亡的氣息。

「亨德列克！小亨！小亨！你快醒醒！」

「哈啾！」

達蘭妮安用力地打著亨德列克的嘴，拉著他的鼻子。亨德列克的鼻子越來越癢了。

骨碌骨碌……達蘭妮安又一次滾動得全身內傷。亨德列克說：

「我還沒有死。」

一個腰部受傷流血、整張臉埋在地上的男子說的話，讓人不禁打了個寒顫。達蘭妮安淚眼汪汪地爬到亨德列克的身邊。

「小亨……」

「妳可以使用空間傳送術嗎？」

亨德列克說話時的塵埃，對達蘭妮安來說是像是一場灰塵的風暴。可是她盡力忍耐下來，又問了一次。

「你說什麼？」

「我是問，妳可以使用空間傳送術嗎？」

「啊……可以呀。我有做了記憶咒語。」

「那麼請在我身上施展吧。」

「啊，好的，嗯，對了，謝謝你。小亨。謝謝你救了我。」

亨德列克嘻嘻笑了。大概他認為就算要死，也要在死之前笑一笑，才算是個男子漢吧。

「這只是為了我們的國王路坦尼歐陛下所做的事，並不是特別為了妖精女王您而做的。」

「什麼？你說的話是什麼意思？」

「既然託妳的福，讓我暗殺失敗，我活著會對國王陛下有所幫助。」

達蘭妮安聽到前半段的話，臉上一陣青一陣白，接著聽到後半段的話，馬上做出訝異的表情。

「所以呢？」

「想要存活下來的話，當然要好好利用在那個軍營裡，唯一站在我方的生命體才對。」

「為了救你自己？」

「為了救我自己。」

「那……你活下來的理由是為了國王？」

「我活著是為了國王。」

達蘭妮安靜默下來，看著亨德列克。她突然脫口而出，說：

「你到底是為什麼要活下來！」

達蘭妮安發出宏亮的聲音。當然實際上沒有很大聲，只不過正好在亨德列克的面前說，聽起來好像雷聲隆隆。亨德列克臉頰貼著地面，望著似乎站立著的達蘭妮安。

「為什麼，你到底是為了什麼而活？一百年都活不了的生命，為什麼不為自己活？」

「達蘭妮安……」

達蘭妮安的眼裡燃燒著怒火。

「我、我為什麼要把事實告訴神龍王，你知道嗎？」

「當然是要叫神龍王逮捕我。」

「沒錯！這樣做你才不會死！下午和你見面的時候，你的心意都已經寫在臉上了。你要決一死戰。我想過這樣做也許會好一點。你如果被逮捕，這個死氣沉沉的戰爭，你們那些超級偉大的夢想都會消失，你就可以好好為你自己活下來了。」

「妳是這樣想的嗎？」

達蘭妮安突然握起亨德列克的手指頭。她用低沉但卻深情的口氣說：

「小亨，還來得及。現在才開始也還來得及。請你為自己活下去。你也可以協助國王，建立王國。你一手建立的王國可能會繁榮數千年也不一定。可是你並不會活到那個時候。也不會有人替你活到那個時候。你建立的王國不會永遠常在。你為什麼要讓自己最寶貴的生命，為那些沒有用處的東西犧牲呢？」

「沒有用處的東西……」

「是啊。你搞不好可以建立大陸上最大的王國，不，也許能統一大陸呢。可是、可是如果為了那種原因而欺騙自己『我真正活過了』這句話，你難道說得出口？」

亨德列克慢慢地站起身來。因為劇烈的疼痛而不時發出呻吟聲的亨德列克，在山坡上靜靜地坐了下來。晚風吹拂著他那既滾燙又冰冷的臉頰。

亨德列克張開手掌，把達蘭妮安放到手心上。然後再將手放在腿上，一面看著達蘭妮安，一面說：

「妳曾經愛過嗎？」

達蘭妮安對這冒失的問題，嚇了一跳。亨德列克並沒有急著要她回答，只是看著她。達蘭妮安滿面通紅。她用堅定的語氣說：

「我已經遇到我愛的人了。」

這次換亨德列克嚇了一跳。他茫然地看著在他手掌心上的妖精女王。

「是我嗎？」

達蘭妮安點點頭。亨德列克張著眼，視線飄過達蘭妮安，仰望夜空。空中的烏雲不知在何時散去了，留下露米娜絲的月光在閃耀著。亨德列克看著月亮，說：「如果妳愛的人是我，那麼請妳愛我的全部吧。」

「愛你的全部？」

「我是人類。我不是妖精或協調的精靈，更加不是獨斷獨行的矮人族。我是人類。」

「這句話是什麼意思？」

「我們是沒辦法獨自生存的生命體。我是國王的臣下亨德列克，路坦尼歐大王的朋友亨德列克，拜索斯軍隊的參謀長亨德列克，九級魔法功力的大法師亨德列克，神龍王不共戴天的仇人亨德列克，還有……」

亨德列克嚥了口口水，說：

「被高貴的妖精女王所愛的亨德列克。」

達蘭妮安漲紅著臉仰望著亨德列克，可是不識情趣的亨德列克卻沒有看著她。亨德列克依舊看著月亮在說話。夜晚的氣息很冰涼。

「這所有的一切組合起來，才是我亨德列克。」

達蘭妮安忍不住說話了。

「你的話是什麼意思？」

「人類是……同時接受優比涅與賀加涅斯的寵愛，原本就是處於不穩定狀態。我們人類是以關係而形成出來的生命體。雖然我們會羨慕精靈、妖精和矮人，但不是說我們羨慕你們就不是人類了。」

「我聽不懂。你到底在說什麼？」

「妖精應該很難理解吧。我是說在人類裡面，我是沒辦法一個人存在的。『我』不是單數型的名詞。所謂的『我』原本就代表多樣多面的意思。所以『為自己而活』這句話在我們人類裡是行不通的。」

「為什麼？為什麼行不通？不論是小鷦鷯還是巨海妖，不管是妖精還是惡魔，全部都是為自己而活。為什麼人類就是不行呢？」

「所以才是人類呀。」

達蘭妮安面無表情地望著亨德列克。亨德列克面色沉重地說：

「妳若是愛我，就該愛那個和國王一起實現偉大夢想的亨德列克，和路坦尼歐大王一起走過患難歲月的亨德列克，為求拜索斯軍隊戰勝而不惜一命的亨德列克，全心全意要首創魔法十級的亨德列克，為求殺死神龍王早已拋開生死的亨德列克，妳必須要愛這全部的我。」

達蘭妮安激動地搖著頭。

「我不知道，我不知道。你就是我眼前的你，小亨，這樣不就夠了嗎？我只需要愛你一個人就夠了，不需要其他的亨德列克。就是這裡，就是坐在這山坡上的亨德列克，捧著我的亨德列克就夠了。神龍王要殺的也是一個亨德列克，而不是一個一個去殺死每一個亨德列克！神龍王只要殺了現在這裡的亨德列克，一切不就結束了？我也是一樣，我也沒辦法愛那麼多個亨德列克，我只要愛現在這裡的亨德列克。」

亨德列克終於將頭低下來看著達蘭妮安。

「妳這樣想的話，妳是沒有辦法永遠地愛我的。還有，我也沒有辦法……」

達蘭妮安受到刺激，說不出話來。但是亨德列克也沒有接著說完話，而是再一次往前傾斜倒下。達蘭妮安大叫：

「小亨！」

05

在不知不覺間，太陽已將西下，陽光從窗外陽臺斜照了進來。呈方形的陽光在房間裡，如遊絲般飄浮在空中。陽光照射到的地方非常明亮，沒有照射到的地方就顯得黑暗了。三百年前的故事，隱身纏繞在略呈紅色的光線和黑暗的角落之間。

「我以前完全沒有聽過這些故事。」

我聽到卡爾感嘆哽咽的聲音，清醒了過來。

哇，哇噢。連妮莉亞和艾賽韓德都在不知不覺間身子往前傾著，完全融入在黛美公主訴說的故事中。亞夫奈德也一樣挺起身子，往黛美公主身邊靠過去。歷史故事一般都很沉悶無聊，但是黛美公主的故事卻很有趣呢！以後對歷史稍微關心一下也不錯哦。

卡爾說話了。

「亨德列克後來怎樣了？」

「妖精女王達蘭妮安將亨德列克送往拜索斯軍營，沒有留下隻字片語就離開了。亨德列克是被祭司們使用神力救活的。可是神力會嚴重影響魔力。亨德列克在被救活後，數週內都無法施展魔法。但是他還是臥床指揮著拜索斯軍隊作戰。」

「那個最有名的撤退戰術，是亨德列克躺在床上完成的？」

杉森的聲音非常訝異。吉西恩也咋舌表示驚訝，黛美公主微笑著說：

「亨德列克曾說過：『思考的時候，把所有的事情和魔法聯想在一起，然後再把魔法的部分去除掉，這樣一來，腦筋反而會更清楚。』」

我們大家臉上都浮起了淺淺的笑容。哼嗯。我突然想起幾天前光之塔的那場騷動。卡爾用握起雙手放在膝蓋上的姿勢說：

「亨德列克的話，有很多是發人省思的句子。」

「哼嗯。獨斷獨行的矮人族。」

艾賽韓德用不滿的口氣嘟囔著。他的鬍子在夕陽餘暉照映下，像金色的柳絲。卡爾笑了，他的睫毛在黃金般的光線下閃爍發亮著。

「我的國王」這句話。

這句話一直浮現在我的腦海裡。我的國王，是這樣說的嗎，那麼「我」是放在前面，「國王」是放在後面嘍。國王，是因為有「我」的關係才得以存在的人物嗎？我真會胡思亂想。

哎，別管這麼多了。

晚餐時間是個惡夢。

被帶往華麗餐桌的我們一瞬間變得意志消沉，無精打采。當然嘍，艾賽韓德和吉西恩，還有杉森例外。我們其他人，坐在上面鋪的桌巾比我們的內衣還乾淨的餐桌旁，覺得拘束而不習慣，宮中僕人們則是一副對自己的專業如此訓練有素而感到驕傲的表情，優雅又輕柔地陸續將餐點端進來。啊呃，啊呃！我竟然能在皇宮裡用餐！實在是太榮幸了。可是，所謂在皇宮裡用餐、享受光榮這件事，就是在餐桌上除了放些必備品，像鹽巴、調味料這類東西是不必說了，還會放上一大堆根本就用不著、礙手礙腳的東西，就是這麼一回事。我沒有花太多時間就發覺到這一點了。哦唔，真是的！

託杉森的福，丟臉丟到家的事情先替我做了，我才不至於跟他一樣，差點去喝到洗手水。但是餐桌上的菜色也是讓我們一個頭兩個大，不知該如何是好。

「該吃些什麼好呢？」

我小心翼翼，謹慎地向卡爾提出求救訊號。我並不是希望他連菜色名字是什麼都告訴我，而是只要他告訴我，什麼是用手撕開來吃的，什麼是用叉子戳來吃的，什麼是用湯匙舀來吃的，這樣就非常感激了。卡爾用認真的表情，喃喃說著：

「參考吉西恩殿下的吃法就是了。」

「您真是智慧過人啊！」

亞夫奈德卻是比我們聰明多了。他是巫師，所以比較聰明嗎？亞夫奈德只選擇他知道吃法的食物。所以他就只碰湯和麵包兩種食物而已。杉森和艾賽韓德則是完全與亞夫奈德背道而馳，讓我和卡爾快要抓狂。那兩個人將應該依照禮儀進食的餐點，用像在滔滔雄辯的誇張動作掃到嘴巴裡。還好有吉西恩慢慢地用餐的動作可參考，稍具常識的我、卡爾和妮莉亞，此時非常疲困的我們三個人，才可以一邊看著吉西恩，一邊用畢晚餐。

可是……這件事實在讓人忍無可忍了。

就是宮中僕人們為什麼要觀看別人進餐時的模樣呢！我向他們發出無言的抗議。真是該死！搞不懂他們為什麼要站在正在用餐的人旁邊。當然，可以猜得出來他們是為了要在我們用餐當中，做端送的服務，可是再怎麼說，有個人站在旁邊誰吃得下飯呢。再加上這些菜都是生平第一次看到的料理，不讓我抓狂才怪。

我像是進行艱困任務似的用畢晚餐，幾乎是一面發抖，一面逃出餐廳。剛才到底吃了什麼東西、是什麼味道，都不記得了。妮莉亞和卡爾緊跟在我後面，吉西恩和亞夫奈德則是緩緩地跟著走出來。只有杉森和艾賽韓德仍舊佔據在餐廳裡，阿諛奉承著皇宮的首席大廚。妮莉亞實在看不下去，嚴肅地說：「我們別管他們吧。」

「好，贊成。」

所以我們就將他們丟在那裡，逕自往三樓走上去了。

我們的臥室緊臨在早上集合的那間大型會議室旁。我、卡爾和杉森同一間，吉西恩、亞夫奈德和艾賽韓德用同一間，妮莉亞則獨自使用一個房間。我用腳試了一下皇宮豪華床墊的彈性如何，然後就馬上離開房間了。因為讀著書的卡爾不斷地在乾咳個不停。

走出會議室，我看到妮莉亞和亞夫奈德坐在桌子旁。吉西恩好像還窩在房間裡。另外兩個貪吃鬼八成在巴結著首席大廚，還沒上來的樣子。妮莉亞則是用一副驚嘆的表情環視著四周。

「我的天呀……現在才有一點真實的感覺了。夜鷹妮莉亞竟然來到皇宮，見識到王公貴族的晚宴，然後正悠閒地坐在這裡呢。」

我坐在桌子旁，問妮莉亞：

「我一直想問妳一個問題。妳被關在盜賊公會的日子苦不苦，沒有被欺負嗎？」

「嗯。還好。雖然我在那裡是個俘虜，但再怎麼說也都是同行的人，不會被欺負的。」

「那一次妳救了我，把我送回來是這個原因嗎？」

妮莉亞聽到這句話，視線移到我這裡來。她的眼睛閃著微笑似的光芒。

「是啊，丟下你這個小鬼頭自己離開，我怎麼會心安呢？」

「原來如此呀，我知道了，老婆婆。」

妮莉亞咯咯笑著，張開手指頭捏住我的鼻子。呃，呃呃！

「乖。你來說說看，到底你們是怎麼偷到那本書的？我這夜鷹的面子都快掛不住了。」

我馬上很開心地滔滔不絕，告訴妮莉亞有關我們的計畫。當時我是男扮女裝。妮莉亞止不住地捧腹大笑，對我的裝扮表示了極大的興趣。然後，我提到我們是偷偷地帶著亞夫奈德的巫師隨從進去的。

妮莉亞啪地拍了一下手掌。接著我們用感應的法術聽到了起動密語。妮莉亞幾乎停止呼吸般地點點頭。然後我們還引發了一場盜賊騷動，亞夫奈德趁機偷偷地用隱形術潛入了宅邸。妮莉亞用驚嘆的眼神點點頭，再轉過頭去看亞夫奈德。真是個表情十足的女孩子呀。

「然後呢？」

亞夫奈德自己有些不好意思地笑著說：

「沒什麼啦，不是什麼厲害的事。我偷偷潛入侯爵家，發現所有的人都在一樓左顧右盼，注意四周變化。所以我很容易就偷偷溜到二樓，然後唸了起動密語往三樓上去。三樓的房間很多，我找了一會兒才找到侯爵的房間。事實上，我每個房間都去檢查過，發現有個房間裡擺了書架，我就猜那應該是侯爵的房間了。我很輕易地找到藍色表皮的書。我本來還擔心會有什麼機關或陷阱，但由於是侯爵自己經常使用的房間，當然我是多慮了。侯爵大概以為使用空間傳送術，以及在每個窗戶附上警報法術就足夠了。」

亞夫奈德接著說，後來他打破前面的窗戶，再從後面的窗戶逃出來。然後我補充說明了有關卡爾對當時行動的判斷力等，說得天花亂墜的，亞夫奈德和妮莉亞都做出了讚嘆的表情。

「好聰明啊……真的，大家都好聰明啊。嗯。自從遇到修奇你們這一行人後，我常常覺得自己是個好差勁的小偷哦。」

「哎，妳不要這樣想。我們只是運氣好罷了。」
「修奇說得沒錯。這次的計畫非常倉促，大家都是生手，我們是運氣好才成功的。」
妮莉亞嘻嘻笑了出來。然後我接著說：
「那，這次換妳說給我們聽聽看。妳被捉進去，沒有聽到什麼風吹草動的事嗎？」
「嗯？聽到什麼？」
「就是涅克斯啊。他是不是對什麼不滿，所以才發動叛變之類的，難道妳沒有聽到什麼值得參考的情報嗎？」
「沒有，什麼都沒有聽到。我幾乎都被囚禁在監獄裡，根本見不到涅克斯。我有試圖想從待在那裡的小偷打聽一些消息，可是都沒什麼下文。」
「這樣啊？哼嗯。他到底有什麼不滿要發動叛亂呢？」
「就是說啊。」
這時，通往下面的樓梯傳來用鼻子在哼唱的愉悅歌聲。我們往樓梯間瞧了瞧。
杉森和艾賽韓德橫排成一線，是的，這麼怪異的構圖實在說不過去……杉森和艾賽韓德橫排成一線，正在爬樓梯走上來。兩人一面剔著牙，一面摸著肚子，一副酒足飯飽的表情。而且這兩個人每隻手上各拿了一只酒瓶，共四瓶酒，提著走過來。妮莉亞高興地說：
「哇啊！你們看，有酒耶！」
杉森笑嘻嘻地把牙籤彈到空中。
「首席大廚好像很喜歡我們呢？他說這是給我們的禮物。」
「呵呵呵呵。你們要是再多待一會兒就好了。那就可以多帶一些回來。」
我覺得不對勁，一臉狐疑地質問他們。

「等一下。你是說，因為你們把食物清得一乾二淨，所以送酒給你們？」

「嗯？哦，當然是拜託了一下嘍。我們是說吃了這麼好吃的食物，該不該配點好酒，然後首席大廚說他知道了，就馬上送了酒給我們當禮物啊？」

禮物……我看應該說是搶來的物品，或者說是戰利品還合適些。

有些常識的客人都離開了，那些可憐的宮中僕人們和首席大廚，不得不應付沒有人去阻擋的那兩個帶著禮貌、威脅交出美酒的食人魔和矮人，我心中為他們默哀一下。

然後我就開始試喝看看。噗哈哈！

我為了要忘掉很煩人地浮現在眼前那張杉森的臉孔，所以喝得很急。隔天向卡爾一問，才知道昨晚我抱著酒瓶，鑽到桌底下睡著了。我問他們為什麼不阻止我，每個人都說這沒什麼大不了的，很正常。大概那時候大家都喝醉了。

隔天早晨，我又經歷了一件真的令人感動的事。

「杉森……你相信嗎？」

「相信什麼？」

「我第一次用熱水洗臉耶！」

「其實我也是第一次耶。嚇我一跳……」

這經驗將成為我這輩子一次愉快的回憶。但是宮中的早餐又另當別論了，跟之前一樣痛苦。為什麼宮中的晚餐和早餐的菜色完全不同呢？我只好又留了一大堆煩死人的菜在餐桌上，嚇得腿軟發抖，跑回房間休息。沒多久，皇宮內侍部長里菲・特瓦里森帶了五名宮中僕人，拿著我們每個人的禮服來找我們。

卡爾用不甚愉快的表情看了看里菲・特瓦里森和那五名宮中僕人。吉西恩則是嘆了一口氣。里菲・特瓦里森看到我們不是很歡迎他的表情，有些不知所措。里菲・特瓦里森清了一下喉嚨，說：

「是國王陛下御賜下來的禮服。」

卡爾雖然一副懷疑是不是要我們穿這種衣服出去的表情，他還是不動聲色地回話了。

「謝謝您。」

「那麼，請妮莉亞小姐跟我來。」

「我嗎？為什麼？」

「那個……黛美雷娜斯殿下會向您說明的。黛美公主要和侍女們一起幫忙準備妮莉亞小姐的禮服。」

「真的嗎？嗯。」

妮莉亞跟著里菲・特瓦里森走出了會議室。里菲・特瓦里森和宮中僕人還有妮莉亞出去之後，我們看著各自拿到的衣服。

杉森張大了嘴巴。不曉得衣服是怎麼配的，他們給杉森一件超大件的衣服，杉森微微笑了。艾賽韓德也嚇了一跳。他們給的是適合矮人體格的衣服。

「呵，真是神奇呢。」

艾賽韓德一說完，馬上把衣服丟得遠遠的。吉西恩訝異地說：

「你不穿嗎？」

「我幹嘛穿？我是矮人的敲打者。請不要干涉獨斷獨行的矮人所做的事。」

聽到那句話，亞夫奈德笑了。他們給亞夫奈德的袍子是雪白色、看起來很有品味的衣服。亞夫奈德面有難色地說：

「這件衣服太華麗了。」

「是禮服嘛，有什麼關係。又不是要穿著它在大馬路上走，不是嗎？而且你穿上這件衣服，看起來一定很像頂尖魔法師。」

亞夫奈德謙遜地笑了。沒錯啊，穿上那件衣服看起來一定像某位賢者。

然後我看了他們給我的衣服，哎，嘆了一口氣。肩膀的地方有絨毛，粉紅色的襯衫上一定會出現的白色蕾絲。我的天呀，快抓狂了！你看看連袖口，都刺上了刺繡！

「這是小孩子穿的嘛。」

吉西恩笑了。

「那不然你是老人不成？」

聽到他說的話，我巴不得自己是老人。卡爾看到他的藍色禮服，也跟我一樣嘆了一口氣。所以我看了我的衣服，笑了一下。我把衣服丟開，宣告說：

「我絕不！我絕對不會穿這件衣服出去的。」

「你打算這樣做嗎？那我也要。」

吉西恩看著給自己的衣服，煩惱了好一陣子，最後還是把它丟開了。

「我跟你作伴，修奇。我沒有必要答應妹妹遵守禮儀。」

不久之後，里菲・特瓦里森把妮莉亞帶到公主那邊之後，就又回來了。他看到了我們的模樣非常訝異。杉森、亞夫奈德和卡爾三個人都換上了新衣服，很有禮貌地等待著，而我還有吉西恩、艾賽韓德則還是穿著原來的衣服。里菲・特瓦里森非常惶恐地質問我們：

「那，三、三位呢？」

艾賽韓德很嚴肅地說：

「我現在穿的衣服是矮人族裡最好的服裝了。即使是你們人類國王御賜的衣服，也比不上我這件衣服更有品味，更有禮貌。」

聽完矮人敲打者的話，里菲・特瓦里森呆愣著無法回話，然後看著吉西恩。

「那，殿下您……？」

「你不記得我在宮中的時候，都是怎麼穿的嗎？」

里菲・特瓦里森幾乎快哭了出來地看著我。我沒等他問就先說了：

「因為我知道國王陛下是一位不喜歡虛偽做作的人，所以決定要穿平凡的衣服謁見國王陛下。我上一次在書房就這樣子謁見過了。」

里菲・特瓦里森原本快哭出來的表情，馬上就變了。他看了我好一會兒，用另一種口氣說：

「國王陛下的聖恩雖如水一般從四面八方湧來，水流過之後也可以不留下痕跡的。」

什麼話？啊，是這句啊。「你不管立了再多的功，一旦輕舉妄動，那就什麼都不是了。」是這個意思吧？哼！隨便你怎麼說。就算你這麼說，也無法讓我穿上那件幼稚的衣服。我沒有回答他，挺起了肩膀，里菲・特瓦里森二話不說便轉身替我們帶路。

我們離開會議室，走在通往大廳的走廊上。那是一條又長又華麗的走廊，換句話說就是一條走起路來很不方便的走廊。我一臉無奈地走著，杉森突然問我一句話：

「喂，修奇。你幫我確認一下。」

「要確認什麼？」

「那邊那個人是妮莉亞嗎？」

在我們走的步道另一邊，有一個和侍女們走在一起的女孩子。你說那個人是妮莉亞？哎，杉森也真是的。胡說八、八、八、道……我的天呀。

「我可能沒有資格做確認。」

哎喲喂呀，我的天。現在輕輕地在地板上拖著洋裝裙襬走來的人，是妮莉亞？妮莉亞看到我們，害羞地笑了。

那身露出肩膀的洋裝，襯托出妮莉亞的膚質。略微曬黑的健康膚色和紅色的洋裝非常相稱，紅洋裝和妮莉亞的紅髮也很相配。雖然早就知道妮莉亞很瘦，但是穿上那件洋裝，走在步道上的她纖細的腰身更加明顯，幾乎可以感受得到腰部在呼吸的律動，真是太神奇了。裙子上有裝飾性的線條，還有一點很特別的是，在裙子的下方用線條花紋做出了黑色漸層的效果，越下方顏色越深。所以妮莉亞的整體模樣，看起來像是：下方為黑色，細瘦的腰部為明亮的紅色，肩膀和臉龐因為洋裝顏色而顯得白皙，再往上頭髮部分又為紅色。所以就像黑色的山群上方，升起了朝陽一般，讓人不得不將視線集中在她身上。真是少見的高明配色手法啊。

「唔，妮莉亞小姐嗎？真是美麗呀。」

聽到卡爾的讚美，妮莉亞抿嘴一笑。看到我的模樣時，妮莉亞露出訝異的表情。

「修奇，你的禮服呢？」

「嗯。早知道我也去找黛美公主。如果是黛美公主的話，一定會做更好看的衣服給我。」

「你不喜歡你的衣服？」

「是啊，沒關係的啦。妮莉亞妳真的很漂亮耶。」

「嘿嘿嘿。整張臉都撲上了厚厚的粉底。噴嚏打個不停，差點要害死我了。」

杉森做了個嚴正的評定。

「現在可以用……太美麗的罪名將妳逮捕。」

「什麼？我的天啊！連杉森也開這種玩笑？呵呵呵。」

和妮莉亞會合後，我們又開始繼續往前走。

走在皇宮中的華麗走廊上，我們一行人越走越沒自信。只有兩個人除外，就是把皇宮當自己家的吉西恩和艾賽韓德。

為什麼？你想想看就知道了。

在我們行走的一路上，宮中的人員在旁邊一字排開，對我們行接近一百八十度的鞠躬禮，最後我們走到莊嚴大廳前。一走進去，兩旁整行成列的士兵一致地發出「嗒克！」併起後腳跟向我們致意。聲音非常響亮，大門向左右拉開，瞬間看到在中央撒下了花朵，我們非常害怕地跨出步伐走到裡面，喇叭聲馬上叭啦叭啦地響起！耳畔淨是響亮刺耳的聲音，佇立在眼前的便是莊嚴大廳了。呃啊！不可以！沒有人說是這樣的場面嘛！我真想現在跑回去換衣服再來！

這還真不是開玩笑的……莊嚴大廳的設計師不知道是誰，設計得帶有些惡趣味。中間偌大的走道比大廳的地板還高，凸起約一肘左右，所以排列在左右的文武百官可以自然地抬頭看到在走道上行走的人。雖然不知道哪一邊是文官，哪一邊是武官，只看到有一整列的男子穿著藍色的禮服，而他們對面的一排男子則是穿著黃色的禮服。大概是在謁見國王陛下的關係，無法隨身攜劍，所以區別不出文官和武官。

大廳上方的設計更是有得瞧了。左右兩側牆壁的四角，都裝飾了看起來像是高貴仕女的女子人像，有的則是穿著不同禮服的男子人像，好似站在角落，正向下方看著我們。大廳的設計到了使人的視線既不敢往下看，也不敢向上瞧的地步，只能看著前面再前面的人的後腦杓往前走。為什麼說是前面再前面的人呢？因為走在我前面的不是別人，是艾賽韓德。不曉得走在最前面的吉西恩和卡爾在看哪裡？

我們走的步道最前面，有一排高高立起的階梯，上面放了一張好像是王座的椅子。尼西恩國王陛下端正地坐在王座上。因為左右兩側皆站著威風凜凜的百官們，杵立在中間的我，身上穿著混合了灰塵和汗水味的衣服，看起來簡直像抹布。左右衣著端正的文武百官看到了我這身打扮，不免小聲地議論紛紛，有些不好意思的樣子。我連呼吸都加快了。該死，他們在幹什麼啊？我們可是好不容易才抓到間諜（當然還拿到了重要文件），他們竟敢對我們指指點點。我們無精打采、魚貫地往前走著。因為不走的話可能會跌倒。

走到中央一半的時候，喇叭又開始吹奏起來。叭叭叭叭啦叭啦。

不知道這有什麼特殊含義，正在行走的我們一時停了下來。旁邊的文武百官一聽到喇叭的鳴聲，則是面朝前方，屈膝下跪。啊，原來是這個。我們也都趕忙跪了下來。啊呀！我的膝蓋！只有艾賽韓德沒有下跪，但即使他不下跪，也大概只到我眼睛的高度罷了。我往旁邊偷瞄了一下。妮莉亞看來有些吃力，紅著臉跪在地上。好像是要將裙子往旁邊散開來，擺好下跪的姿勢，所以力不從心的樣子。

「請平身吧。」

坐在靜穆的莊嚴大廳中，尼西恩國王陛下的聲音聽得非常清楚。低沉的聲音卻意外響亮地傳開來。可能是大廳設計得不錯哦？我們過沒多久就站了起來，周圍的臣下們也都站了起來。一陣起立騷動聲之後，馬上又回復到了之前的安靜。

「拜索斯國王，騎士中的騎士，我，尼西恩・拜索斯歡迎各位。」

我們要怎麼回禮呢？大家一時慌了起來，不知該怎麼辦的時候，站在國王前面、穿著華麗的男子用非常優雅的動作，拿起文件，開始朗讀起來。

「那極惡、奸邪、暴虐、殘酷、無道的傑彭惡民，以天人共怒的邪惡之手，在我們至極、至尊、至高、至仁、至愛的國王尼西恩陛下，以無限聖寵隆恩來統治充滿福報的拜索斯之土地上，發動無道的加害戰爭。時至今日，可憐的百姓們皆恐懼不安，人心惶惶，民不安之心與日俱增，無盡之暴力及不忠的叛亂行為在各地甚為猖獗，這是既定之事實。請看涅克斯・修利哲。在這樣的現實環境中，惡行的誘惑無論地位高下，連以過去歷代名門之聲，子子孫孫庇蔭在國王陛下恩惠之下絕倫的世家後代，將聖寵的恩惠置之度外，與極惡、奸邪、暴虐、殘酷、無道的傑彭惡民勾結，釀成了此一悲慘事件。但是唯有正義之士可以反芻無限的聖寵之光，以無形的力量對抗歷代名門的他們，以至極、至尊、至高、至仁、至愛的國王尼西恩陛下之手，共同開啟了如此驚異、正義、光榮的……」

不行，現在不行！現在絕對不能打瞌睡！但是我現在跟睡著沒兩樣。雖然我緊張得不得了，仔細聽著那些朗誦的話，可是我一句也沒能聽懂。他說的那些話對我來說，就是一些聲響罷了。啊呵啊啊。快受不了了！

「……因為……因此……因而……或者是……可是……因為如此，故以上之事實相當明確。」

我不曉得到底是什麼東西很明確。說了那些又臭又長的話，就算是明確的事也會被他弄得一頭霧水，一點也不明確了。

「……因為是……因此是……雖然是……或者是……正因如此，更令人深感訝異。」

沒錯，沒錯，可以說出那一長串的話，真的是令人深感訝異、無與倫比。

我雖然腳底癢得抓狂，但在眾目睽睽、視線集於一身的情況下，我唯一能做的事只有死命地轉動眼珠子。就在我正在想，這種煎熬說不定會永遠持續下去的時候：

「讚揚這些英勇的子民！」

手持文件朗讀的奉讀者突然迸出這句話，著實讓我為之氣結。要大家讚揚？知道了。那些英勇的子民是誰？哦唔，該死！早知道就熱烈地舉手。哎呀，不管三七二十一，讚揚就讚揚吧。在我舉手舉到一半之時。

「讚揚他們吧！」

從左右傳來了熱烈的掌聲和喊叫聲。原來是我們啊！我舉到一半的手，不好意思放下就順勢移到腦子的後面，好像難為情地抓著後腦杓。此時，連尼西恩國王陛下都站起來為我們拍手。尼西恩陛下慢慢地往我們這裡走過來。周圍的掌聲越來越熱烈，尼西恩陛下走到我們面前，一一向我們握手致意。

「卡爾・賀坦特。他就像是為了給我驚喜而來到拜索斯恩佩。」

卡爾沒有因此特別回應國王的話。他只是點了頭表示回禮。但是尼西恩陛下卻是用力地握緊他的手，然後乾脆抱住他。卡爾滿是受寵若驚的表情。

接著，尼西恩陛下緊抓著吉西恩的手。

「大哥。即使您是一介平民，對微不足道的弟弟我來說，實在是受益良多啊。」

吉西恩咧嘴一笑，簡單地回說：

「陛下，您的話是讓我愧不敢當的光榮啊。」

尼西恩陛下挪了一下身體，抓起艾賽韓德的手。

「偉大的矮人族敲打者，艾賽韓德・愛因德夫。您對人類給予無限偉大的友情，傾力相助，我尼西恩永誌不忘。」

「您別客氣。拜索斯國王。」

艾賽韓德就只這樣簡短的回答。尼西恩陛下接著向亞夫奈德致意，亞夫奈德因為太緊張，雙腿一直發抖，回答的時候也結結巴巴的。然後尼西恩陛下走向妮莉亞，雙膝微屈，輕輕地親吻了一下妮莉亞的手背。妮莉亞一時臉紅起來，從不曉得該說些什麼的嘴裡，喃喃地隨口回答了什麼。最後，尼西恩陛下握起我的手。

「賀坦特領地的蠟燭匠候補人，修奇・尼德法。年紀雖小，卻知如何效忠國王，我所愛的親愛子民啊。」

你愛我？哦，真對不起。我並不愛你。我不愛男生。還有，我們所做的事不要輕易就把它拿當作對你的忠誠。我們只是為了我們的妮莉亞才做的耶。我開口說：

「這真是我的榮幸，陛下。」

去他的！

我們全部從國王那裡得到了好像有那麼一回事的稱呼，還有獎牌跟勳章。哎喲喂呀，頭痛死我了。這些儀式中間是如何進行的，我一點也想不起來了。唯一記起來的是一大堆的人群，還有從人群中傳來的拍手聲。

好不容易結束了複雜的儀式，我們逃離了受禮的會場。管他莊嚴大廳還是什麼的，我只感到頭快炸了。妮莉亞跑去找黛美公主，我們其他人則到三樓的會議室聚集在一起。坐沒多久，我們從跑來的里菲・特瓦里森那裡聽到了可怕的消息。

「舞會？」

里菲・特瓦里森說是為了要慶祝我們的功勞，特來轉達晚宴過後要舉行舞會的事。別開玩笑了，怎麼可能。我要馬上離開。卡爾這時卻是一副完全認命的表情。

「在晚宴的時候嗎？」

「是，在晚宴過後舉行。」

「一定要參加嗎？我們都已經參加了動章頒發典禮了……」

「所以現在要在輕鬆的場合上，向臣子們介紹各位。」

卡爾一副快睡著的表情。

「知道了。什麼時候開始？」

到了晚餐時間，里菲・特瓦里森又把我們帶走了。我陷入一片苦惱當中。難不成這次才是真的得閉上眼睛，穿上那件幼稚的衣服嗎？我決定了。絕不！

「要穿那種衣服參加舞會嗎？」

「反正不會跳舞。我在角落站一下就要回來了。」

卡爾點點頭。

「其實……我也是那樣想。」

我們一邊說，一邊往下走。

大廳到了。新粉刷的白色牆壁上，華麗的裝飾品點綴其間，大廳裡有一群衣著光鮮的人們。四方的桌子上疊滿了豐足的食物，中央則是寬敞的舞池，沿著牆壁擺放著座椅，負責伴奏的樂師則聚集在另一邊。真是豪華啊。我張大了嘴巴，但努力著不讓口水流下來。

致意，自我介紹，答禮，我的媽呀，快抓狂了。要跟成堆的人致意，從大廳南到大廳北，從大廳東到大廳西，等我和所有人致意完，都已經分不清東西南北了。向我們做過自我介紹的人雖然一個也不記得了，卡爾仍是一逕地有禮貌地微笑，所以我也盡量保持著和卡爾一樣的風度。杉森和艾賽韓德兩人，則沒有特別去向其他人致意。

好不容易結束了這場暴風般的致意場合，我特別小心翼翼地盡量不引起別人注意。那時我才像失了魂一樣地靠著牆壁站立。兩個臭味相投的杉森和艾賽韓德往放滿食物的餐桌方向走去，亞夫奈德不知為何被帶往王公貴族的女兒們的那一角。亞夫奈德一臉絕望的表情，向王公貴族的子女們解釋自己如何不善舞技，但他的話卻被當作了耳邊風。吉西恩和卡爾相當有品味地手裡拿著酒杯淺酌，看著亞夫奈德無奈的模樣。

「他的臉色不太好看呢？」

耳邊傳來熟悉的聲音。我轉頭一看，妮莉亞接著又吹了一個口哨，然後低沉地嘆了一聲和她不甚相稱的嘆息。

「妮莉亞，妳真美。」

妮莉亞這次換上了深黑色的洋裝。用金線精巧地繡製的花紋，在黑色洋裝上如花朵般美麗地綻放著。妮莉亞不知怎麼一回事，半邊的臉頰紅了起來。她說：

「嘿嘿嘿。這是黛美公主的衣服。為了要讓我穿上，那些侍女們可是下了一番苦功。」

「因為黛美公主身高很高的……可是修改成相當合身的樣子，穿起來很好看呢。」

「是嗎？謝嘍。」

接著，一位端著銀盤的宮中僕人擦身走過時，妮莉亞順勢就拿起了一杯酒。妮莉亞靠著我，望著在跳舞的人群。她把酒一口氣喝了下去，說：

「啊呃……我的手好癢啊。」

「拜、拜託妳！」

「不是啦。我沒有辦法再忍受了。喂，我們走吧！」

說完，妮莉亞快速地將酒杯放回去，一把抓住卡爾的手。突然遭到偷襲的卡爾，完全搞不清狀況就被拉了出去。不久後，我和吉西恩看到妮莉亞和卡爾在跳舞。原來是這樣，我放下了心，吉西恩則微微笑著評判著兩人的舞技。

「很不錯耶。卡爾的舞步高超，令人意外呢。」

我邊笑著，妮莉亞接住了我傳過去的酒杯。過了一會兒，音樂停了下來，侍從長用嘹亮的聲音告知大家國王即將駕臨。

我急忙地彎下腰，差一點把酒弄翻。呼。還好。酒杯是空的。然後我抬起頭來。啊啊，還沒駕臨嘛？看到旁邊的人都還沒挺起腰來，我趕忙再次彎下腰。可是突然有人拍了拍我的背。

「修奇？可以起來了。」

是吉西恩。嗯。現在就可以挺起腰了嗎？我抬頭一看，國王陛下和黛美公主正走入大廳。國王陛下高貴地牽著黛美公主的手，走到大廳中央，然後音樂馬上再度響起，兩人開始跳起舞來。

「因為王后殿下尚未進宮，所以國王陛下才和公主一起跳舞的嗎？」

「嗯。是啊。那小子怎麼還不娶老婆呢？」

吉西恩簡短地回答。我觀看了一下國王陛下和黛美公主跳舞的樣子，突然笑了出來。呵呵。真是的。黛美公主比尼西恩陛下長得還要高呢！

然後在距離國王和公主跳舞的不遠處，亞夫奈德依舊一副對人世已絕望的表情，被王公貴族的女兒們拉著到處跑。我看來看去只有妮莉亞和卡爾這一對跳得最好。不論身高、體型，兩個人的樣子非常速相配，卡爾高雅的舞步，妮莉亞有模有樣的舞姿，相當令人稱羨的一對。雖然看起來像一對父女，不過並不會影響到他們般配的感覺。我詢問吉西恩，他也認同我的看法。

不久後，音樂結束了，卡爾和妮莉亞走了回來。

「嗚哇！卡爾叔叔的舞技，實在高人一等呢。」

「哪裡，我還比不上妮莉亞小姐，讓妳辛苦了。」

卡爾溫柔地回答。過了不久，亞夫奈德一副好像死過一次的表情走了過來。亞夫奈德頭也不回地問我：

「修、修奇，那個女孩子還在看我嗎？」

我看了看亞夫奈德肩膀後方，位在另一邊的女孩子。我告訴他，那位王公貴族的女兒正用一臉惋惜的表情看著他。然後亞夫奈德一副下定決心要在下一首曲子開始演奏前消失不見的模樣。他瞧了瞧四周。可惜這裡沒有可以逃跑出去的地方。我獻上了一些鬼主意，譬如「要不要躲在桌子底下之類的」。亞夫奈德正有這種衝動的時候，妮莉亞過來救了他。

妮莉亞的手往下一擺，彎著腰，說：

「我可以請你跳一支舞嗎，頂尖魔法師？」

男女角色一下子調換過來，亞夫奈德有些驚慌的表情。可是他回頭看了一下那位王公貴族的女兒，馬上就下定了決心。

「我很樂意，妮莉亞。」

然後兩人就一起走掉了。哼！

我環視了一下，有兩個依然故我的貪吃鬼，流連在餐桌前。好強啊……宮中僕人們哭喪著臉，正在盡全力補充餐桌上的食物，希望維持不致被掃光。我再轉向另一邊。正好看到黛美公主向我們這裡走來。黛美公主仔細地瞧著吉西恩，然後吉西恩嘻嘻笑了起來。

「我可以請妳跳一支舞嗎？」

黛美公主輕輕地拉起裙襬的一角，說：

「這是我的榮幸。」

「妳現在還是會踩到對方的腳嗎？」

「你試看看吧。」

我笑笑地觀看這一幕。哪有踩到對方的腳這回事，兩個人很有默契地跳著相當好看的舞呢。這就是舞技高超嗎？我也想給卡爾這樣的評價，回頭望了望他。可是卡爾和我有些距離，正和尼西恩陛下站在一起。

兩個人不知在小聲地談論著什麼。會是在談什麼呢？我本來想偷偷地走過去看，不讓他人注意到我。不過後來還是放棄了這個想法。偷聽了又能怎樣呢？以後再去問卡爾好了。

我再次靠著牆壁，環視著四周裝飾得富麗堂皇的景觀，把手裡空了的酒杯還給宮中僕人，拿了一個新倒好的酒杯。

我的心思突然又飛出了窗外，胡思亂想起來。如果把阿姆塔特帶到這裡來，會怎麼樣呢？哎呀，這是什麼邪惡的念頭。現在一片和樂融融的樣子。

啊啊啊。傑米妮。如果妳在這裡的話。現在那裡優雅地跳著舞的吉西恩和黛美公主，還有輕快地跳著舞的妮莉亞和亞夫奈德，我都可以把他們通通拋到一邊，和妳跳著最迷人的舞了。

「你跟他談了什麼？」

之後離開大廳到會議室時，我問了卡爾。卡爾很紳士地看了我。

「和尼西恩陛下的談話嗎？」

「是啊。」

「啊，不是什麼大事。」

「我就是喜歡聽小事嘛。打擊比較小。」

卡爾開心一笑。

「陛下要求我擔任伊斯公國使節。」

我懷疑是不是聽錯了。什麼？使節，什麼使節？卡爾表情相當平淡，我想確認一下是不是聽錯了。

「你可以再說一次嗎？」

「國王陛下是說伊斯公國的使節。他要我擔任這個職位。」

我絕對沒有聽錯。我一臉迷惘地看著卡爾。

「所以你怎麼回答？」

「我跟他說我不擅長外交。」

「等一下。我不懂。」

「哪裡不懂？」

「為什麼他要你做外交官？國王陛下這樣不就是要把你當作宣傳用嗎？把你塑造為一個戰時英雄，將你納入旗下，同時也可提高國王的威望。」

「雖然你說的是皇宮裡的人不喜歡聽的話，可是你說得沒錯。」

「還有，什麼使節團？不是要往軍事方向走才對嗎？」

「你是說像亨德列克一樣嗎？你是問為何不是擔任參謀之類的職位？」

「是啊。」

卡爾咧嘴一笑，他用看著一副還未受到老師教化薰陶的弟子的眼神，看著我說：「原來你也希望我成為像亨德列克一樣的人物。」

「我是那樣想過。」

「路坦尼歐大王和亨德列克是亂世英雄啊。但是現在的拜索斯王國在體制完備的社會下，無法隨意任命我擔任重要的軍事職位。軍人也會有強烈反彈，還有貴族院也一定不會輕易通過。話說回來，如果是使節團的使節，國王可以任命我，而內部不會有太多的反對聲浪，而且可以讓我在政治圈立足，鞏固地位，再漸漸把我提升到軍事階層。國王是這樣計畫的吧。」

「呼。你已經洞察一切了嘛。那你為什麼拒絕？」

「我們還有事情要辦，不是嗎？」

我開心地笑了，看著卡爾。卡爾拿到會議室的酒杯裡的酒，已經漸漸空了。反正手裡拿著一杯酒，就可談天談到天亮的。

要做外交官。嗯。卡爾？

卡爾說他要稍作休息，所以我只好離開會議室。真是個令人精神恍惚的夜晚。我也不想再回到舞會的現場，嗯。那到庭園去看看好了。我一面努力地回想，一面找到了往庭園的道路。皇宮內的宮中僕人們全都集合在舞會會場附近，所以我沒有看到半個宮中僕人，走到了庭園來。

夜晚的風，好涼爽啊。

在這個季節裡，可以聞到草地的氣息是很棒的。國王陛下想錯了。雖然有一點涼意，應該在花園裡開舞會才對。這種香氣多美好啊。我深吸一口氣把草香味全吸到身體裡。哇呼。整個心胸都敞開來了。

我在一個人影也沒有的庭園裡晃來晃去，想找個安靜的地方坐下來，好好觀賞星空一番。可是就在我走過去的時候。前面的樹木旁傳來窸窸窣窣的談話聲。

「亞夫奈德？」

嗯？這是怎麼回事？我小心翼翼、不出聲地走到樹木附近。晚上很黑，樹木又擋著，看不太清楚。可是接下來另一個人說的話，那聲音是我熟悉的聲音。

「對不起，老師。」

這不是亞夫奈德的聲音嗎？那老師是？

「你既然回來了，怎麼沒有來找我？」

等一下，這聲音是誰？唉，唉……啊！皇宮守備隊長喬那丹・亞夫奈德？亞夫奈德又接著說話：

「我有想過要回去見您……只是還沒有下定決心。」

「你這沒用的傢伙。」

「對不起。」

「那你為什麼回來？」

「我……我是個巫師。」

「你是說，你想再接觸瑪那？」

「是的。老師，請您原諒我。」

等一下。這樣一來，亞夫奈德說的那位老師就是皇宮守備隊長喬那丹・亞夫奈德？我屏息聽著兩人的對話。喬那丹慢慢地說了：「你回來就好。」

「老師！」

喬那丹的聲音有些哽咽。

「你這小子。你難道不知道天下父母心，天底下的老師皆疼愛學生嗎？你人回來就好了。我不再追究了。」

「老師……」

「好了，你的房間還空在那裡，看你什麼時候搬回來吧。」

對話停頓了一會兒。亞夫奈德接口說了：

「老師。很對不起您，但是要我馬上……」

喬那丹咆哮了起來。

「什麼？你還對過去的生活有所留戀嗎？你是不是還沒準備好？」

「那個、那個，不是那樣的。因為我現在有了在一起的同伴。」

喬那丹語氣緩和了下來。

「是嗎。原來你是和那群厲害的冒險家在一起啊。」

「是的。我現在有很重要的事情必須和他們同行。」

「這樣嗎？是什麼事？」

「如果沒有詢問過他們的意思，我無法稟報老師。」

「這樣嗎，我知道了。和他們一起同行對你有什麼好處嗎？」

「是我對他們有幫助。」

「……你說什麼？」

「我們一行人中有一位少年。」

「我知道。那個叫修奇的小鬼頭。」

「是的。您知道那個小鬼給我取了什麼外號嗎？他叫我為『頂尖魔法師』。」

喬那丹輕輕地笑了出來。我的天啊，我的臉怎麼這麼燙？亞夫奈德又說了：

「如老師您所知，我的天分不高，可是，他們給了我這不高的天分可以發揮到極致的機會。還有那位少年也說過，不論是高階魔法還是初級魔法，只要有幫助的魔法都是最有用的魔法。我……這是我有生以來第一次，第一次感覺到有人需要我的幫助。我不要求回報，只求在純正的善意下，可以使用我的魔法……」

亞夫奈德的聲音漸漸地變小聲了。然後兩人有一段時間沒有說話。就在我有些忐忑不安的時候，喬那丹說話了。

「你的房間會空著，隨時搬回來吧。」

「老師！」

「完成魔法是一項技術，但是巫師必須超越技術者的層次。你雖然一直未能領會我時常叮嚀你的事，不過你離開我遇到他們之後，已經完全領悟了。那些人現在才是你的老師。你要全力協助他們。」

「我知道了，老師。」

06

我們在皇宮待了好幾天，今天總算曬到溫暖的太陽。這是進入冬季後，難得一見的好天氣。不對，應該說是晚秋的天氣吧？

在接受國王陛下授予的名譽稱號，陛下又為我們舉行了一場喧譁的慶祝舞會後隔天，我們就離開皇宮了。因為那天早上我們拿到了一份文件，致使我們決定要離開。那時，里菲・特瓦里森先生用很謹慎的態度將文件交到我們手上，上面密密麻麻地寫滿了從今天起一個月內，有關我們必須參加的行程，有舞會、演講、音樂會、狩獵大會等等，小至社交集會，大至國家正式活動，無一不備。

我們一收到那份文件，馬上搖搖頭，快速地收拾行李，準備離開。我們通知里菲・特瓦里森先生準備要離開皇宮時，他一副非常驚訝的模樣。

「怎麼回事，你們有什麼要事嗎？」

「是的。我們有非常緊迫、急待處理的要事。」

「到底是什麼樣的急事呢？國王陛下朋友的事，就是我皇宮內侍部長的事，有什麼事情你們就說吧。」

我們是國王陛下的朋友？哇，終於出頭天了。卡爾笑笑地回答：

「啊，這件事情是這樣的，因為是我們私人的事情，實在對不起，我們無可奉告。」

「是要離開首都才能處理的事嗎？」

「搞不好要離開首都才行。」

「這樣的話，讓皇宮守備隊員們來保護各位的安全，以免……」

「不用了，不勞您費心安排。就是我剛才提過的，這是我們私人的事情。」

這位里菲內侍部長急得像熱鍋上的螞蟻，但是我們用「這是我們私人的事」這句話來當擋箭牌，他也就無法逼問我們，來得到更詳細的理由。向來極為重視禮儀的里菲皇宮內侍部長，當然不會在當事人面前做出想要打探個人隱私的行為，因此，他在無法對我們的私事判定輕重緩急之下，也就不能理直氣壯地不放我們走，所以只好眼睜睜地看著我們優哉游哉地走了出來。哈哈哈。

里菲哭喪著臉，一路跟著我們走到庭園，在路上仍是盡力地挽留我們，說我們怎麼可以不向國王陛下打聲招呼，就一聲不響地離開等等的話。可是那位國王的哥哥，吉西恩王子殿下一句「我是國王的哥哥，現在他們和我同行。兄弟是彼此的化身，所以現在他們就如同和國王陛下同行一樣」，就把他的嘴給堵了回去，根本留不住我們。咦，有吉西恩在還真方便呢！所以我們慰問了一下表情已經完全僵硬的里菲，就穿越了庭園。

黛美公主也在庭園裡。

公主如同往常一樣，在照顧著庭園內的花草樹木。我們已經走到了公主的附近，而她還是沒有注意到我們。她的手裡拿著一根小小的細棒子，棒子上面還插了一團軟軟的棉花球。黛美公主全神貫注地用那根棉花棒在觸碰著花朵。她在做什麼？難不成在學蜜蜂採集花粉嗎？

不久後，黛美公主擦了一下額頭上的汗珠，這時她抬起頭來，才發現了站在附近的我們。她先是對我們笑了笑，然後看到我們一行人都騎在馬上，神情才轉為訝異。黛美公主用她修長迷人的雙腿走向我們，問道：

「你們要離開了嗎？」

「是的，公主殿下。」

「怎麼會……怎麼這麼快就要離開？」

「我們已經在這裡停留兩天左右，現在是該離開的時候了。我們也還有要事要辦。」

「啊，是這樣啊。」

黛美公主突然轉頭看了一下吉西恩。她用很捨不得的眼神看著吉西恩，問說：

「那你下次什麼時候回來？」

吉西恩以燦爛的笑容代替了回答。黛美公主凝視著吉西恩好一會兒，害得我們這些不相干的人開始有些尷尬起來。黛美公主過了一陣子才開口：

「那就不用說再見嘍？」

「嗯。」

吉西恩馬上就應了一聲。黛美公主的臉開心了起來，然後低下了頭，往剛才正在檢查的花草樹木的方向走了回去。我們也呆呆地一下子看吉西恩，一下子看黛美公主，看來看去了好一會兒。但是吉西恩一句話也沒再說就啟程了，黛美公主也只是將心神全投注回她的花草上。所以我們也靜悄悄地跟在吉西恩後頭離開。

卡爾說：

「看來公主非常敬愛她的大哥吉西恩。」

吉西恩笑笑地回答：

「大哥比二哥還更疼她，她當然喜歡大哥嘍。特別是大哥離家出走，和禽獸沒什麼兩樣……你現在不要胡鬧！是呀，而且離家出走的大哥看起來比較令人憐憫，所以她才會難過吧。」

「是啊。就算是為了你妹妹也好，沒事就多回皇宮看看她吧！」

「要過冒險家的生活，有不得已的苦衷啊！」

皇宮守備隊員們看到準備要出宮的我們，嚇了一跳，他們對於這一次不是要擋住從外面來的人，而是阻止從皇宮出去的人，皆感到訝異不已，但他們聽到吉西恩王子殿下的一聲令下，嚇得趕緊退避。然後我們就順利地離開皇宮了。

「現在終於呼吸到一口真正的空氣了！」

卡爾深深地吸了一大口外面空氣的同時這麼說著。杉森輕輕地把流星的轡繩垂放下來，笑嘻嘻地說：

「真的嗎？賢明騎士。」

什麼賢明騎士？哈，那個是國王陛下刻在給我們勳章上的字句。卡爾說：

「不要再鬧了，費西佛老弟。對了，你的是什麼？我一點印象都沒有了呢！」

「我的嗎？唔哈哈。他說我是『先鋒騎士』。」

杉森對國王陛下御賜的名譽封號根本不當作一回事，所以我們就鬧哄哄地把這些東西拿出來講。國王陛下賜給亞夫奈德一個『智慧騎士』的偉大封號，而對於吉西恩，因為他是王子，並沒有授予封號，艾賽韓德也是一樣，因為是矮人的敲打者，所以也沒有封號。然後給我的是……

「你們看，修奇拿到的是弱冠騎士！」

「妳沒聽到卡爾叫我們不要再講了嗎，乘夜風的仕女？」

妮莉亞對著我笑，臉色看起來好極了。妮莉亞換回原來的服裝後，相當泰然自若地騎著黑夜鷹。

乘夜風的仕女？這算什麼稱號呀？還好，經過卡爾解釋我才知道，這些可笑到極點的名詞據說只被記載在國家正式的檔案上。上面會寫著「國王為了報答他們的忠誠，所以御賜了這些封號」這一類的句子。卡爾加了個可怕的但書，他說，萬一尼西恩國王陛下要師法路坦尼歐大王，也要製作一本豐功偉業的傳記，那麼我們的封號將會被傳記學者們拿來大量引用也說不定呢。

「像是路坦尼歐大王身旁的八星嗎？」

「沒錯！尼德法老弟。」

艾賽韓德有模有樣地騎著理選，一面用一隻手摸著他的鬍子。他現在完全是認定了自己是騎馬技術最頂尖的矮人，所以他騎上理選的時候，一點遲疑的樣子都沒有。當然我們大部分人都知道，艾賽韓德能騎得這麼好應該歸功於理選，但是為了顧及敲打者的自尊心，我們並無意揭穿這個事實。

這位偉大無比的艾賽韓德緩緩地說：

「不管怎樣，還好我們總算是離開皇宮了。要不然按照那份行程表參加大大小小的舞會，我可能差點就會被貴夫人們邀舞呢！」

艾賽韓德話一說完，我和杉森同時哈哈大笑了起來。噗哈！配合著優美的音樂，艾賽韓德和貴夫人一起跳舞的那種場面如果真的發生了，應該是很值得一看哦！可是照昨天的情況看來，艾賽韓德根本不會去邀請別人，也不會有人邀請他跳舞。嘿嘿。卡爾說：

「我也覺得很慶幸。我們所剩的時間不多了。雖然待在皇宮裡並不會讓人急著想離開，但總覺得是在浪費日子。總之，我們又可以開始進行手上的計畫，這讓我心情好多了。」

吉西恩笑嘻嘻地，有些語帶嘲諷地說：

「那麼你的意思是，國王陛下御賜封號是在浪費時間，毫無價值的事嘍？」

只見卡爾淡淡地回答：

「這當然是至高無上的光榮。不過除了這光榮以外，可以說是毫無價值的事。」

這時候妮莉亞接了話：

「說是這樣說啦。但對我來說可不是毫無價值哦。」

妮莉亞一面說，一面手指著掛在黑夜鷹背上的箱子。那個箱子裝著妮莉亞那些美麗的洋裝、鞋子和手套等等。看來黛美公主把她的那些衣服全都送給了妮莉亞。杉森噗哧一笑，丟出一句「妳也會喜歡女孩子的衣服嗎？」，手還指著箱子的妮莉亞聽了，差點就跟他翻臉。還好，騎在馬上的妮莉亞沒有辦法很快接近他。妮莉亞嘟著嘴說：

「嘿哼！那些是可以換錢的，不是嗎？」

「難、難道妳是要把那些東西賣錢來填飽肚子嗎？」

「是啊？我不賣掉，留著它們做什麼用？」

杉森做出一副懶得再理她的表情，亞夫奈德則是輕輕地笑著說：

「妮莉亞小姐，妳穿上這些衣服的時候非常美麗。妳把這些衣服留下來，以後偶爾看看自己美麗動人的樣子，不是挺好的嗎？」

妮莉亞睜大了眼睛，騎到亞夫奈德身邊。騎在移動監獄上的亞夫奈德馬上警戒了起來。

「你比較喜歡我的衣服，還是喜歡我的人？」

「當、當然是妮莉亞小姐……」

「那你不要拿衣服當藉口，就承認自己是單單被我的魅力給迷住的吧。」

亞夫奈德張著嘴點點頭。真是啞巴吃黃連，有口難言啊！

我們一回到獨角獸旅店，馬廄的馬僮又一次嚇得嘴巴張得老大。自從上一次他看到吉西恩騎著公牛來之後，應該是第二次這麼驚訝吧。馬僮直接用淒慘的聲音說：「還不只有騎公牛的騎士，現在連騎馬的矮人都出現了……！」

艾賽韓德非常優雅地下了馬（我看到艾賽韓德下馬的時候是在咬著牙），動作敏捷地把韁繩交給馬僮，並且說道：

「喂，好好餵飽牠，記得幫牠沖洗乾淨！」

矮人敲打者一副騎術高超的騎士在說話的口吻，我們其他人趕忙轉過頭，忍住不笑出來。馬僮則是接過艾賽韓德手上的韁繩，一臉地錯愕。我們才剛踏進旅館，就聽到旅館老闆黎特德忍不住大笑出來的聲音。

「你們這幾位到底打算怎麼訂房啊？」

難怪旅館老闆會這樣問，因為我們三天前才退房現在又要訂房了。三天前，正是我們去把哈修泰爾侯爵的宅邸搞得天翻地覆的那個晚上，呵呵。那不過就三天前的事嗎？好像隔了好長的一段時間，竟然只過了三天而已啊。旅館老闆見我們又再次回來投宿，很高興地幫我們帶路。旅館裡的傭人和女侍們，看到再度回來的杉森和吉西恩，也是一副很開心的樣子。

我們回到各自的房裡把行李放好後，下了大廳，黎特德就端了啤酒出來，問我們：「各位這三天都在做什麼呢？」

卡爾笑笑地回答：

「什麼事都做了。呵呵。」

「是這樣嗎？哈哈。這就難怪了。有人要我傳消息給你們。」

「有消息要傳給我們？」

「是的。他們交代，如果你們又再回到旅館，就要轉告你們。他們是大暴風神殿的修煉士，請你們務必要回一趟大暴風神殿呢！你們到底是什麼樣的冒險家，可以讓貴族們接二連三地來找你們，連大暴風神殿都在屏息等待你們的歸來呢。」

卡爾聽完他的話，一面笑笑地回答。

「你是說我們嗎？我們大概是一群正進入了魔法之秋的旅行者吧。」

卡爾的答案似乎沒錯。黎特德會了意之後，突然拍了一下自己的腦袋瓜，說：

「啊！對了，還有一名奇怪的男子，要我把這封信拿給你們。」

黎特德馬上不知往哪跑去，過了一會兒，拿了一張摺得好好的紙過來。卡爾接過之後問道：

「拿這封信過來的人沒說他是誰嗎？」

「是啊。他說要我把東西交給你們就行了。」

「我知道了。那謝謝你了。」

卡爾打開了信。我們傻傻地看著卡爾，從他越來越奇怪的眼神看來，就知道發生什麼事了。卡爾吁了一口氣，把那封信傳給我們看。坐在桌子旁看完信的人，一個個表情都變得很凝重。艾賽韓德用鼻子呼了一大口氣，亞夫奈德則是倒抽了一口氣，在發抖著。妮莉亞在深思，杉森卻笑了出來。吉西恩也同杉森一樣哈哈一笑，最後那封信總算傳到我這裡了。

上面的字句很簡潔：

「後會有期。N. H.」

「真是個讓人受不了的浪漫主義者。」

吉西恩雖然是一如平常地說笑著，卡爾卻是滿臉愁容，他說：

「憤怒的浪漫主義者是沒有威脅的。真是的，他竟然這樣公開地留了這封信給我們，看來他大概還沒有被逮捕吧！」

吉西恩點點頭說：

「他不會那麼容易就被抓到的。而且，他既是盜賊公會會長，又是個企圖推翻國家政權的人，大家行動要小心一點。因為現在沒有其他的事能讓他分心。」

「說得也是。那麼，大家要出發前往大暴風神殿了嗎？」

高階祭司一臉倦容。

「真不愧是你們這群冒險家啊。你們入侵了哈修泰爾侯爵的家……」

不過幾天的時間，高階祭司竟一下子老了許多。他現在的模樣看起來是由於疲倦，使得他原來隱藏的老態龍鍾都顯露了出來。卡爾深表歉意地說：

「讓您操心過度了。」

高階祭司沉重地點點頭。

「是啊。呵呵。是我太傻了啊。我竟然一直到前不久，還不知道他有這種不可原諒的野心。」

高階祭司當然指的就是涅克斯。卡爾接著說：

「皇宮裡追究大暴風神殿責任的聲浪一定很大。」

「是啊。不過也沒什麼關係。他只是一名在家修行祭司，他的陰謀和我們沒有太大的關聯，雖然他以艾德布洛伊之名派遣密使出去一事會被討論，不過沒有關係的。大暴風神殿不是一日建立起來的。」

「是的。國王陛下對於貴神殿處處施予恩惠之事實，他應該是很清楚的。」

聽了卡爾的話，高階祭司點了點頭，然後嘆了一口氣，抬頭看了看天空。我們也跟著做了一樣的動作。天空布滿了烏雲，而烏雲下的大暴風神殿比起過去的任何時候看來，都要更為灰暗沉重。

「各位找尋紅髮少女有任何進展了嗎？」

高階祭司突然一問，卡爾頓了一下才回道：

「還沒有……由於半路發生了涅克斯的事件，找尋紅髮少女的事還沒有任何進展。」

「我想也是。嗯哼。你們應該會繼續進行這件事的吧。」

「這是當然。所以我們才趕緊逃出了皇宮。」

聽到卡爾這樣說，高階祭司笑了起來。他憂鬱地看著桌子說道：

「現在的時機相當不好。冗長的戰爭使得民心惶惶，危機四伏。涅克斯的事雖託各位的福得以圓滿解決，但是他這種叛逆的行為，不知道會不會讓其他的野心者也群起效尤。」

卡爾聽了高階祭司的話點點頭，說道：

「沒有錯。」

「各位必須要加緊腳步了。希望你們可以盡速找到克拉德美索的龍魂使。在此慘澹時期，為了大陸和平而奔走的各位，是眾人的希望啊。」

「我們知道了。還有……大暴風神殿的名譽要如何恢復呢？」

卡爾說完，高階祭司突然顫抖了一下。卡爾一臉和善地看著高階祭司，說道：

「我們是接受大暴風神殿的委託，才進行這個行動的。發現到這個危機的是高階祭司，把我們組織起來去尋找龍魂使的也是高階祭司，如果說因為涅克斯・修利哲的緣故，而使大暴風神殿蒙羞的話……」

高階祭司茫然地看了一下卡爾，馬上就微微地一笑，說：

「我一點也不在乎。」

「什麼？」

「大暴風神殿只要繼續安穩地服侍艾德布洛伊，就會恢復名譽的。」

「這個我們可以理解，可是……」

「不用說了，這樣就已經夠了。」

高階祭司斬釘截鐵地一說，卡爾只好點點頭。他們兩人的對話每次都讓人很難理解。我不安地摸著茶杯的托盤。高階祭司刻意用宏亮的聲音說道：

「好了，各位，接下來的計畫會如何進行呢？」

「沒有什麼驚天動地的計畫。我們雖然到處打探了紅髮少女的消息，可是目前為止一點進展也沒有。」

「這樣子嗎？嗯。這樣說來，你們現在是放手不管的狀態嘍？」

卡爾頭低低地說：

「是……很抱歉。」

「沒關係。我是相信你們的，只有你們可以找到紅髮少女。我對你們有絕對的信心，不會改變。對了，我想到了一個不是很聰明的辦法。」

「您說您想到了辦法？」

「可能是有點愚蠢的想法，不過既然亞夫奈德也來了，所以……」

亞夫奈德嚇了一跳，拍了桌子說道：

「什、什麼？您是在說我嗎？」

「是的。我有一件事想要請教亞夫奈德，希望你給我建議。是否可以請你幫我看看，我這個想法有沒有實現的可能？」

「啊，這個，我只是個半吊子的初級巫師而已……」

艾賽韓德聽到亞夫奈德這麼說，就大喊大叫地反駁他：

「煩死了！不管你是什麼東東，你的魔法都比這個搖晃著神權杖的閣樓鬼要來得好。哎呀，你不要擔心。喂，閣樓鬼，你倒是快說說看啊！」

亞夫奈德顯得不知所措，高階祭司聽了艾賽韓德的話，笑著說：

「你說得一點也沒錯，敲打者。好，我要問你了，每個巫師是不是都會有一個叫做『巫師隨從』的朋友？」

「什麼？是啊，沒錯。」

「那你也有嘍？」

亞夫奈德當然也有。我和杉森一起做出了有些噁心的表情，亞夫奈德則不好意思地回答：

「是的，沒錯。我的巫師隨從是一隻蝙蝠。」

「而且牠還有一個很美的名字哦。」

杉森馬上就替亞夫奈德做了註解，大夥開始咯咯笑了出來。高階祭司表情轉為訝異，他說道：

「那麼老鷹也可以成為巫師隨從嗎？」

亞夫奈德嚇了一跳，說：

「老鷹嗎？萬萬不可，這是不可能的。老鷹是鳥中之王，不是一個能依附一名人類巫師而存在的生命體。」

「那獵鷹呢？」

高階祭司熱烈地向亞夫奈德發問。亞夫奈德歪著頭說：

「我想想。獵鷹的話……啊！高階祭司您是要……」

亞夫奈德一副恍然大悟的表情。高階祭司接著說：

「你說說看吧！」

「您是要把擁有老鷹般銳利眼睛的獵鷹送上天空，來尋找紅髮少女，沒錯吧？」

「沒錯。那正是我的想法。」

「哦哦，那麼亞夫奈德你的意思是可行嘍？」

連卡爾也以滿懷希望的臉孔說道。但是亞夫奈德搖著頭說：

「不，那是不可能的。」

「你說說看為什麼不可能？」

「即使是傳說裡的大法師亨德列克，恐怕也是辦不到的。如果你要讓獵鷹來搜查拜索斯全國，那可是需要上百隻的數目才有可能。」

「不是的，你聽我說。拜索斯的都市數目並不多，你難道不認為，每個城市放一隻獵鷹來搜查是有可能的嗎？」

「你說在每個城市放一隻獵鷹來觀察嗎……獵鷹當然要在天空飛行才能進行搜查，但是要等確定的結果出來要花好幾天的時間。問題是，即使是巫師的巫師隨從，也是要吃飯的。而且一名巫師頂多只能配一個巫師隨從。」

「只能配一個？那樣的話……」

「是的。若要實行這個方法，必須要有上百名的巫師才行。與其要用這種方法的話，倒不如……」

亞夫奈德突然張大了嘴。我們訝異地看著他。亞夫奈德握著拳頭，擊了一下手掌。說：

「精靈！」

「什麼意思？」

高階祭司代表所有人急切地質問亞夫奈德。亞夫奈德非常興奮地說：

「巫師的巫師隨從只能有一個。可是精靈是所有生物的朋友。對精靈來說，不只是一隻獵鷹，而是可以拜託所有的飛禽走獸！甚至可以拜託拜索斯全國的動物們！而且我們也認識一位精靈不是嗎？」

「你是說謝蕾妮爾小姐嗎？」

卡爾說道。亞夫奈德興奮地比著手勢說：

「沒錯。伊露莉小姐是精靈，因此她可以向無數的生物體求助。雖然這種求助不若巫師和巫師隨從之間，可透過那種緊密的從屬關係來做追蹤的動作，但是另一方面，伊露莉小姐卻可以拜託數量可觀的動物們啊！」

沒錯，沒錯。伊露莉在卡拉爾領地的時候就和烏鴉說過話，也常常和我們的馬講東講西的。就是這樣。不管別人怎麼看，艾賽韓德能夠成為矮人界的騎術高手，當然是歸功於由伊露莉一手調教出來的理選。亞夫奈德看著卡爾說：

「伊露莉小姐什麼時候才會回來？」

卡爾屈指一數，說道：

「謝蕾妮爾小姐和我們約定的時間是兩個禮拜，今天是……」

「第十天了。所以再過四天她就會回來了。」

卡爾高興地說著。

「是這樣嗎？這樣一來，謝蕾妮爾小姐回來的時候，請各位幫忙詢問一下。嗯，這好像是個不錯的計畫吧。如果所有飛行的動物都可以成為我們的朋友，那麼搜索就更容易了。」

高階祭司做了一個滿足的表情。哼嗯。他說得沒錯。由空中飛翔的鳥兒來找尋紅髮少女，是比人類要來得快多了。但是杉森微微顫抖地說：

「哦，那個，可是克拉德美索甦醒的時間還剩下幾天呢？」

大家都看著亞夫奈德。亞夫奈德驚慌地說：

「我之前是說還有一個月。現在大概只剩下三個禮拜左右了。」

「那麼時間真的非常急迫。即使得到了謝蕾妮爾小姐的幫助，發現那名少女，然後再去找她，把她帶到褐色山脈的話……嗯。關鍵在於我們會在哪裡發現到少女。」

「的確是。」

07

在回去獨角獸旅店的途中，我們為了不浪費時間，就在路上討論起是不是應該再去商人或冒險家那裡探聽紅髮少女。亞夫奈德持著反對的意見說道：

「不行。我只要一想到涅克斯・修利哲警告我們的那封信，就覺得我們分散行動一定會很危險。」

「哼嗯。涅克斯那傢伙真是個大麻煩。不只是他，還有首都的所有變態狂都對我們……你不要說那種話！嗯，首都盜賊公會的所有成員都在對我們虎視眈眈，我們應該這樣想才對。」

大家頓時都陷入了苦惱的深淵之中。我們總共七個人，如果分兩邊行動的話，各是三人和四人。這樣的人數確實是很不利。然而要是七個人這麼一大群一起行動，也是很傷腦筋的事。我低頭看著我的手，臉色變得很不高興。

「我真想去抓涅克斯那個傢伙。」

「嗯，什麼？啊，你是為了拿回你的ＯＰＧ。」

「是的。我一定要把它找回來……亞夫奈德你怎麼了？」

亞夫奈德整個臉都亮了起來。

「對啊！涅克斯・修利哲戴著你的ＯＰＧ！各位，我們去光之塔吧！」

「咦？」

「那裡可以幫我們抓到涅克斯・修利哲。抓到他的話，既可以拿回修奇老弟的ＯＰＧ，而且也不必再擔心受怕。我們到光之塔買一個卷軸……呃，可是價錢有一點貴……」

吉西恩隨即露出一副不必擔心的表情。冒險家好像多的是錢的樣子。

「只要是需要的東西都可以買。不過，您要的是什麼東西？」

「到了那裡，我再向各位解釋。」

於是，我們又再去了一次光之塔。

可能因為亞夫奈德是巫師，所以他並不怎麼驚訝，但是妮莉亞和艾賽韓德則是露出非常訝異的表情。他們一看到「光之塔——２Ｆ」的招牌，也和我們上一次來的時候一樣，一副張口結舌的模樣。

「光之塔是在二樓嗎？啊，大概是因為高度稍微高一點，所以才稱作塔！」

我聽到妮莉亞這番呆頭呆腦的話，微笑著說：

「塔在那裡面。」

「在裡面？」

妮莉亞和艾賽韓德看了看我們其他人，露出了非常疑惑的表情。不管怎麼樣，我們走上那條吱吱作響的樓梯，到了二樓，仍舊還是那個好像會對我們說「已經有幾千年沒有人類和矮人找來這裡了」的老人坐在那裡。那個老人會不會一直都不曾起身過啊？他怎麼和上一次我們來的時候是一模一樣的姿勢呢？老人環視我們每個人，然後面帶訝異表情，說道：「各位是想進光之塔嗎？」

這一回，亞夫奈德開口對他說：

「我是公會成員之一的巫師。」

「證明呢？」

亞夫奈德做出了某個手勢。雖然不是什麼困難的手勢，但是奇怪的是，亞夫奈德一做完手勢，半空中就出現了手指的軌跡。發光的一條線在空中畫出了好像文字之類的東西。隨即，老人點了點頭，說道：

「很好。請進去吧。」

妮莉亞的表情看起來像是很懷疑，看了一眼老人之後，又看了一眼老人身旁的門。我們上一次也曾經是這副模樣。所以我和杉森決定要跟在妮莉亞後面看她的反應。

卡爾、吉西恩和亞夫奈德往那扇門走進去之後，妮莉亞回頭看了我們，然後猶豫地走到門邊。她走近門邊之後又再回頭，對我們說：「真是奇怪！三個人都進去了耶？門後面有這麼大的空間嗎？」

「嗯。是很大。」

妮莉亞開門走了進去，然後就沒有再出來了。咦？我們那時候還曾慌慌張張地跑了出來呢！我和杉森互相對望了一眼。這時候，忽然傳來妮莉亞的笑聲：

「我的天哪……咯咯咯咯！」

我和杉森互相送給對方一個沉重的表情。然後，我們開始寄望艾賽韓德。艾賽韓德看到我們兩個站著不進去，露出十分狐疑的表情，走向那扇門。他也走進去了，可是也同樣很安靜。我和杉森又再度互望了對方。

「好奇怪耶？」

此時，老人大聲吼道：

「你們為什麼每次來都在拖時間啊？」

我們趕緊開門跑了進去。

一跑進去，仍然還是看到那片粉紅色的天空，粉紅色的天空底下有白鷺鷥群呈一條白線飛翔著，而這一次不知為何，太陽和月亮竟在同時間圓圓地掛在天空。我一往下看，在金黃色的花朵之間，可以看得到妮莉亞正在放聲大笑，蹦蹦跳跳著。她喊道：

「這裡實在、實在是太漂亮了！」

我和杉森都覺得很氣餒。而艾賽韓德呢？他正用謹嚴的姿勢站在草地中間等著我們。他的後面則站著卡爾、吉西恩及亞夫奈德。呵，真是的。為什麼他們兩個人都不怎麼驚訝呢？我問道：

「艾賽韓德，你不覺得很驚訝嗎？」

「驚訝什麼？」

「面對如此夢幻般的景致，你不覺得驚訝嗎？連妮莉亞看了也這麼高興，不是嗎？」

「這種騙術，有什麼好高興的？」

騙術？雖然這是種幻象，嗯，我也不太知道，總之這不是現實世界……雖然如此，但不管怎麼樣，我儘管知道是幻象，但還是不得不驚奇啊！亞夫奈德笑著解釋：

「矮人為何總會看不慣魔法呢？」

哎喲，我不知道啦。我沒有回答。卡爾則是跟著解釋說道：

「就我所知，矮人的深邃眼睛是不會被虛幻假象所騙的，尼德法老弟。而我們人類對於眼睛所看到的，甚至還會心動。然而我聽說，矮人們即使是眼睛看到了，如果他們無法置信的話，就一點也不會為之心動。我說得對嗎，亞夫奈德先生？」

「沒有錯。這是當然的，不是嗎？頭腦是要拿來思考的，所以才會生出頭腦的呀！」

「你說得沒有錯，可是人類卻很難做得到。」

亞夫奈德露出一絲笑容，說道：

「嗯，可是人類這樣也是有好處的。」

艾賽韓德一副覺得很可笑的表情，向亞夫奈德問道：

「帶著一雙不理性的眼睛，會有什麼好處？」

「像文學，就是我們可以向矮人炫耀的東西。」

「文學？那種東西可以用來做什麼？」

亞夫奈德只是微笑著，並沒有回答，卡爾聽完他們的對話，點了點頭。吉西恩則是不知什麼時候已經往那個亂七八糟塔走了過去。妮莉亞也在我們不知不覺間，跑到了我們快看不到的遠處，接著她大聲喊叫了幾聲之後，才又跑回來。

回來的時候，她那副模樣可真夠瞧的！她滿抱著花朵，簡直都快看不到她的上半身了，紅著臉氣喘吁吁著。每喘一口氣，胸前的花朵就像雪花般飄落下來。她用沙啞的聲音說：

「真的、真的好棒，太漂亮了！修奇，你看這些。這些都是金子耶！花瓣也是金子，花蕊也是金子呀！」

「嗯，是哦！」

突然間，妮莉亞用害怕的聲音說：

「嗯，我把這些花摘了，那些巫師們會不會生氣啊？然後將我關到黑暗的監獄，只給我吃他們吃剩下的飯菜，不然就是把我當作實驗的材料，或者用來作為禁忌儀式中的祭品，或把我嫁給怪物……」

她豐富的想像力被亞夫奈德的一句話給制止住了。

「想拿多少就拿多少，沒有人會說什麼的。」

「真的嗎？真的？」

「是的。」

我努力了老半天才抓住杉森。因為他聽了之後，竟然立刻做出一副熱情年輕人的模樣，想去為他故鄉的女友摘下數萬朵的黃金花。

我對杉森耳語說道：「杉森！這種東西只有在這個空間才可能存在，你不記得了嗎？」杉森的臉上滿是失望神情。我決定等一下才告訴妮莉亞。妮莉亞繼續把她懷裡的花朵湊到鼻子前，看起來很是高興。

我們經過一頭正在搖搖晃晃跑來跑去，努力抓蝴蝶的龍的身旁（地面被震得轟隆作響），然後還對一位用手帕專心擦拭太陽、將其表面擦得閃閃發光的男子打招呼（妮莉亞用近乎精神錯亂的表情喘著氣），她往那座亂七八糟塔走了過去。她問道：

「那就是光之塔？」

我們進到了裡面。如果我預料得沒錯的話，從上次到現在應該有好幾處天花板和牆壁已經變動過了。雖然我不是記得很正確，但是感覺上好像真的有改變。亞夫奈德把手放在中央的水晶球，說道：

「我是公會會員。我想買一個卷軸。」

「您想要什麼樣的卷軸？」

這聲音即使久久才聽一次也是……令人聽了起雞皮疙瘩。妮莉亞驚訝地看了看周圍。亞夫奈德沉著地回答說：

「我需要一個偵測位置的卷軸。」

「啊！」

卡爾吐出一聲嘆息聲。利用這種卷軸就可以找到物體的位置嗎？這是什麼東西？卡爾說：

「原來如此，如果找到OPG，就可以找得到涅克斯！」

啊？這是真的嗎？我又再度聽到那個不知是男是女的阿露說道：

「請告訴我您的修練程度。」

亞夫奈德突然間猶豫了一下。然後他低聲地說：

「……我現在是級數三的學徒。」

「您是級數二的高手嗎？」

亞夫奈德的頭低得更低了。

「不是……我只是級數二的專家。」

「那您是級數一的高手嗎？」

亞夫奈德用最為低沉的聲音回答：

「是的。」

可能是他覺得很丟臉吧。我們每個人都努力做出「那有什麼好丟臉的？」的表情，雖然不知道他們在說的是什麼意思。過了一會兒，又傳來了阿露的說話聲音：

「柯基先生將會與各位會面。」

「是。」

杉森和我立刻專心地盯著天花板看。要是那個人在我們附近掉下來，我們應該要去幫忙接住吧！因此我們兩人全身肌肉都繃得緊緊的。就在那一瞬間！

「各位好！」

嗯，那位名叫柯基的巫師，從大廳旁邊牆壁之間的裂縫裡探出了他的頭。但是他用力想從房間之間的縫隙擠出來，卻就是擠不出來，於是怒吼道：

「怎麼這麼窄啊！真是的！」

於是，我和杉森緊抓住那位老巫師，把他往外拉。柯基哼哼呻吟了一會兒，甚至連鼻頭都紅起來了，不管怎麼樣，我們最後成功地將他弄出來了。他拍了拍他的衣服，並且說：

「哼，真是的。可惡！我要是稍不注意，搞不好會被關在連門都沒有的房間裡。對了，各位是要來買卷軸的嗎？」

「是的。」

這位名叫柯基的巫師是一個身材修長，看起來很嚴肅的老人，但很稀奇的是他沒有留鬍鬚，下巴刮得很乾淨。我們覺得很神奇地看著他的下巴，他立刻稍微乾咳了幾聲，說道：

「哼嗯。你們在看什麼呀？我實驗到一半的時候不小心把鬍鬚給燒了。」

「啊，是……對不起。」

卡爾連忙點頭，我們轉過頭去，想隱藏我們的笑臉。柯基又乾咳幾聲之後，彈了一下手指頭，嘴裡不知唸了些什麼話，半空中隨即就出現了一個看起來很是堅固的箱子，並且咚的一聲掉到了下來。我們嚇得往後退，但是柯基面無表情地說：

「請問你們要買什麼樣的卷軸？」

「嗯，我們想要尋找某樣東西，所以希望能用偵測位置的法術來找那樣東西。」

「你的修練度到哪裡？」

亞夫奈德乾脆從最低的開始說：

「我是級數一的高手。」
「你學到哪裡了？」
「我學到級數三……」
「級數三？嗯，這樣有效距離是不會很遠的。」
「可以到多遠呢？」
「這個嘛……大約兩、三百肘，如果超過這個距離，應該就幾乎會測不出位置。」
「兩、三百肘。唉，真是的。」
亞夫奈德看起來像是很困擾的表情。如果是兩、三百肘的話，有可能會在這麼近的地方嗎？亞夫奈德點了點頭。
「沒辦法了。我就先買兩個吧，拜託您。」

我們在走出來的路上引起了一陣騷動，妮莉亞想跑過去抓一隻長著翅膀的青蛙，我趕緊去抓住她。她放聲大笑著想去抓那隻撲通撲通跳的青蛙，我們因為這樣才心情好轉了一些，可是要抓住妮莉亞，卻費了我們一番工夫。
妮莉亞滿抱著花朵，還把鼻子湊上去，咯咯地笑著說：
「真的好漂亮啊！呵，黃金花耶，黃金花！如果我把花種子拿來種的話，會不會生出這種花呀？嗯，如果問黛美公主，她應該會給我一些專業的答案吧？」
我一面聳聳肩，一面迴避著不回答。我早就料到她會這麼說……

我們走完了樓梯。

大家一個個走了出來，妮莉亞還站在樓梯頂端，惋惜地看著那神祕的光景，然後才最後一個走出來。好了，現在她出來了，那些花應該會消失了吧？嘻嘻嘻。

果然妮莉亞走出來之後，花就消失不見了。

「哎呀！」

妮莉亞突然跳了一下。我笑著對她說：

「哇哈哈。在那裡面的東西都是幻象……妮莉亞？」

妮莉亞茫然若失地看著自己的空手，一動也不動，真的是一動也不動。我驚訝地走近她的身旁，看到她的眼角正噙著淚水。

「妮莉亞？真是的，妮莉亞！」

她文風不動，只是一直看著原本都是花而今是空空的兩手。然後她眼裡的淚珠又變得更加大滴了。我很緊張地說：

「真是對不起，妮莉亞。妳一定很失望。我應該早一點跟妳說才對。」

「虛有的……」

「咦？妳，妳說什麼？妮莉亞？」

她並沒有回答我，她把手垂下之後又再舉起來。然後頭往後仰，像是陽光刺眼似的用手遮住眼睛。

「哈哈哈……」

她笑了，但只是嘴巴在笑而已。她眼睛被遮掩住，根本看不到。接著她就跑掉了。除了坐在書桌前的那個老人以外，其他人都驚訝地張著嘴巴。我看了一眼那個老人，只有他正浮現出淺淺的微笑。

不管怎麼樣，我們都慌張下樓去看妮莉亞。一走出大路，就看到妮莉亞已經騎上黑夜鷹，用無精打采的表情看著我們。

「時候不早了，我們走吧！肚子好餓。」

在這種情況下，如果有人能說點什麼話，那我真的會對他敬佩萬分！

「我們來比賽看誰最先到旅館！」

我該敬佩杉森嗎？杉森一說完，妮莉亞就笑著騎黑夜鷹出發了。

「好！」

「喂！妳太卑鄙了！」

杉森也立刻出發。我當然也不能輸！我很快地騎著傑米妮出發了。不對，是我正要出發。要不是這時候聽到這句話，我老早就出發了。

「噗哈哈！在如風疾馳的矮人面前，誰敢超前！」

我笑得無法出發，所以我讓艾賽韓德騎在前面。不過，我看我們一定會被人叫成拜索斯恩佩的暴走族，而聲名大噪吧？

回到獨角獸旅店的順序仍然還是黑夜鷹排第一。聽馬僮說，流星和黑夜鷹的勝負差距可以說只隔一片薄冰，黑夜鷹險勝。

距離晚餐還有一段時間，大家決定各自輕鬆一下。所以我就偷溜出旅館了。雖然我對首都的路還不是很熟，但還是可以勉強找到自己要買的東西。

我一回到旅館，果然杉森和吉西恩已經興高采烈跑到後院去了，傭人和住宿客人好像也有很多人興高采烈地跟著跑去。所以此時大廳很安靜，卡爾和亞夫奈德各自在採光良好的位子讀書，偶爾還會聊一些話。艾賽韓德則是坐在一個好位子，叼著菸斗喝啤酒。他看起來很是滿足地瞇著眼睛，幾乎像快完全閉上似的。而在他旁邊，是妮莉亞正在喝著啤酒。

「杉森和吉西恩他們是不是又在比武了？」

雖然光是聽到後院傳來的拍手和擊劍的聲音就可以知道，但我還是問了這一句。妮莉亞一面點頭，一面像是配合拍子唱歌似的說道：

「戰士們真是勤奮不懈！」

然後她又溫柔地接著說：

「只要一有時間就比武，比武，比武。」

「也不來聽一聽小姐的嘆息聲？」

我也像唱歌似的接著說出這句話，並且坐了下來。她圓睜著眼睛，笑著說：

「也不來看一看小姐的眼神？」

這樣好像是吟唱比賽哦？吟唱比賽是指一些吟遊詩人互相以即興歌曲來比賽。當然，並不是像我們這樣簡單的句子，而是唱很長的一段之後，對方必須很流暢地把它接唱下去，吟唱自己的歌。然而我現在是以很放鬆心情在接唱。我把從外面買來的東西遞給妮莉亞，並且接著吟唱：

「比起我來，戰士更喜歡劍啊！」

她一看到我遞出去的一束花，眼睛睜得好大。她面露微笑把花湊到鼻子，唱了一句：

「拿起劍來，和我跳舞吧。」

「妳說得如此果決，是心中有怨嗎？」
「有怨又奈何。看啊，陽光多麼溫暖。」
艾賽韓德微笑著開始叩著他的菸斗。我感到越來越有節奏感，我吟唱著：
「春風輕輕搔弄耳畔的三月來臨時。」
妮莉亞抽出一朵花，插在耳際，唱道：
「迎春節慶裡，到處可見耀眼的笑臉。」
「落葉乘風飛旋的十月來臨時。」
妮莉亞從位子上站起來，走向卡爾，唱道：
「秋收節慶裡，處處聽到愉快的農歌。」
「兩個月亮升起照耀世上時。」
妮莉亞把一朵花插到卡爾的耳際。亞夫奈德轉頭笑了出來，我則是捧腹大笑了起來。
「雙月節讓我鼓起勇氣。」
「來和我跳舞吧。看啊，多快樂呀？」
「來和我跳舞吧。一，二，三。」
卡爾很生硬地笑著聆聽我們的歌。他好像不忍將耳際的那朵花拿下來。
「一點也不難，戰士們，看看我。」
「握住我的手。放開你的刀柄。」
「一點也不難，戰士們，儘管跳吧。」
「快樂地踏步，不要太在意，這才是跳舞。」
我們一直唱到天黑。吉西恩和杉森也一直比武，直到太陽下山看不見對方時為止。

吃完晚餐之後，亞夫奈德開始進行他的計畫。

他站在房間正中央，我們都閉嘴安靜地注視著他。他為了要集中精神，將房裡的照明降到最暗，所以現在房裡只有一根蠟燭紅紅地燃燒著。

他的臉孔有時會因他激烈的手勢，而被手的影子遮蔽住，忽隱忽現地；他的瞳孔因燭光反射而閃閃發光。黑漆漆的房裡，亞夫奈德沉鬱的聲音像是要結束了，可是卻又遲遲不結束，而在他周圍的，全都是過去一個小時內，猶如靈魂被緊抓住的人坐著看他。所有人在這種奇怪的光線之下，個個看起來都極度無生氣。不知為何，我因為亞夫奈德那種激動且陰鬱的施法動作，而覺得心情變得很沉重……

過了不久，一隻蝙蝠從開著的窗戶飛了進來。我們用驚嘆的神情看著這隻蝙蝠。

亞夫奈德伸出手臂，蝙蝠立即溫和地掛在亞夫奈德的手上。亞夫奈德用另一隻手撫摸著蝙蝠，對牠說話。哼嗯，這一隻就是伊露莉嗎？

「我忠實的朋友。不論何時，只要我一呼喚你就飛來，真是謝謝你！」

我們也一齊感受到像是如獲重生般的感覺。真是的。亞夫奈德的施法動作總是讓我們的心臟快要停止跳動。他施法時，是用非常認真的動作，傾注所有的力量。可能是因為他還不是熟練的能手吧！如果是能手，大概隨便施施法就可以了。

亞夫奈德附在蝙蝠的耳邊說了一些話。接著他走到窗邊，讓蝙蝠飛走。那隻蝙蝠啪噠啪噠地，就像一只黑手帕似的飛走了。然後亞夫奈德用很謹慎的手勢拿出在光之塔買到的卷軸。我們準備好再次屏息，並且安靜無聲。

亞夫奈德一面撕開卷軸一面唸咒語。

「Locate Object!」（偵測位置！）

亞夫奈德的身體變得有些僵硬。他緊閉著雙眼，甚至還咬緊牙關。他的手臂很生硬地被舉起，慢慢地在原地轉了起來。

「在這裡……是ＯＰＧ。沒有錯……」

我嚥了一口口水，看著亞夫奈德，他則是轉了幾圈之後手指著牆壁。我們全都看著牆壁，然後互相露出努力看能不能看到什麼東西的表情，隨即立刻灰心喪氣。既然亞夫奈德是說那個方向，那就應該是那個方向，可是距離有多遙遠呢？一百肘？一千肘？數十萬肘？啊，當然是不可能到數十萬肘遠，但一定是在那個方向。

亞夫奈德緊皺著眉頭，說道：

「可惡……距離……我不知道距離多遠。」

亞夫奈德已經集中精神好一段時間了，他嘆了一口氣，並且睜開眼睛，說道：

「我已經確定方向了，可是無法知道距離。」

「連大約的距離也不知道嗎？」

亞夫奈德低著頭說：

「是。正如下午的時候柯基先生所說，我能確定位置的極限是兩百肘。我現在知道位置是在比兩百肘還遠的地方，但是不知道是大約兩百五十肘還是數千肘。」

「是嗎？那麼，那隻蝙蝠還可以幫我們做什麼呢？」

「可以讓牠監視那個方向的都市，但如果涅克斯是在房子裡面，我就會無法知道位置。」

卡爾的表情變得很驚訝，他說道：

「是嗎？那麼為什麼不在白天試而要在晚上試？」

「涅克斯是個被通緝的人，應該不會在白天活動。而且他說過要報復我們，所以我認為他比較可能會在晚上活動。」

「嗯，你想得很有道理。可是你為什麼要買兩個卷軸呢？」

「我是要在伊露莉找到對方時用來確認位置。但是我現在聯絡不到伊露莉。」

「那麼等一下你再試一次，如果還是不知道距離，那我們就輪流守夜吧。這樣是不是比較好？」

「是。好的。」

我們決定要先等一會兒，互相聊天講話，就這樣過了一個小時之後，亞夫奈德又再次唸咒語，撕開了卷軸。他歪著頭懷疑地說道：

「方向不一樣了……嗯？在移動了。」

在移動了？我們屏息望著亞夫奈德。他搖搖頭，睜開了眼睛。然後緊接著又再唸起咒語。

「伊露莉……是這個方向。一直飛過去吧。力量的強度變得不太一樣……我是看移動的速度……如果有騎馬就應該會走大路。到大路上留意馬匹或馬車吧……傻瓜！那是堆肥車呀！把蒼蠅輕輕趕走，趕快飛走吧。對。不要猶豫，是這個方向……」

亞夫奈德像是很焦急地跺腳，說道：

「再找一找……馬匹，馬匹……他不是在什麼房間裡面或室內，而是騎著馬……沒有錯……我們可以找得到。」

他突然間驚訝地張大嘴巴，說道：

「在那裡！一百五十肘！」

他指著窗戶方向喊道。我們一聽到這句話立刻站起來。什麼？一百五十肘？亞夫奈德害怕很沮喪地說：

「什麼呀？怎麼回事？伊露莉！為什麼看不到馬？一百肘？怎麼可能？」

「呀啊啊啊！」

吉西恩的動作最為快速。他很快地跑到窗戶，猛然打開陽臺的門，將端雅劍伸向前去。他驚慌地說道：

「大路上沒有任何人！」

「五十肘！沒有嗎？」

我們全都跑了出去。因為是晚上的關係，大路上只看得到走路的人們。不管怎麼看，都完全看不到馬，難不成這馬會在天上飛……

在天上飛？「在天上！」

「什麼？」

「啊啊啊啊！」

我們的喊叫聲可能連路上走著的人們也聽到了。尖叫聲從大路上傳來。

在漆黑的夜空裡，可以看到背向月亮、在天上飛著的馬和人的模樣。總共有三個人。這美麗的都市拜索斯恩佩的夜景上方，他們的黑影帶著凶惡敵意，在天上飛著。亞夫奈德擠出了一句話：

「是靈幻駿馬！在天上飛！」

08

靈幻駿馬的顏色幾乎和暗夜的天空沒什麼分別，黑色鬃毛上沒有任何反射光線，馬蹄在空中踩踏著，牠那微微露出乳白光暈的瞳孔，像是沒有聚焦似的茫茫然地看著前方。是靈幻駿馬！有三個人各自騎在三匹靈幻駿馬上，他們正飄浮在夜都市的上空。

「呃啊啊！幽靈來了！」

「他們是復仇之神華倫查的三騎士！快跑呀！不要抬頭看！」

路上人們的意思，是指空中的三名騎士是華倫查的時間騎士、空間騎士和意義騎士嗎？管他的，說不定空中的那些騎士在市民們眼裡看來，就像是他們所講的樣子吧。我們是被嚇了一跳，不過，騎著靈幻駿馬的那三個傢伙看到我們奪門而出的樣子，好像也有些訝異的模樣。可是他們現在的位置佔盡優勢，所以態度從容地俯視著我們。而位在中間的那個人竟然在冷笑。他媽的。那張臉我一輩子都忘不掉。即使身處在這幽暗深夜、景象詭異的相遇裡，我也絕對不會忘記那張混蛋的臉！

「是涅克斯・修利哲！」

看到涅克斯的臉，便令我咬牙切齒。涅克斯的兩邊各有一男一女，但是我看不清那名男子和那名女子的臉孔。我差點忘了自己是站在陽臺上，一度想要衝向涅克斯，好不容易才強迫自己克制了下來。涅克斯冷峻地說道：

「好久不見了，各位。真不愧是厲害了不起的朋友啊！本來要給你們一個驚喜的，沒想到你們竟然先跑出來迎接了。」

涅克斯的意思是他的突襲沒有成功，覺得可惜的意思嗎？什麼嘛，當然要盛大地歡迎你啊。我們一行人全都上了武裝，拔出武器準備迎戰。我咬著牙，吃力地拿著手裡的巨劍。

「我要摘下你的人頭，要不然也會和你同歸於盡！」

涅克斯輕輕地笑了。這時妮莉亞接著說道：

「那是我的三叉戟，還給我。」

在涅克斯左邊的男子是那名馬夫。可惡，不知道他是馬夫還是什麼玩意兒，反正那個混蛋就是涅克斯身旁那名沉默寡言的心腹，他手裡拿著妮莉亞的三叉戟。那名男子輕輕地舉起手中的三叉戟，馬上往我們所在的陽臺丟了過來。

妮莉亞訝異地張開了嘴。

「哦？」

真的就還給我們了呢？呵，什麼跟什麼嘛。妮莉亞頭歪歪地監視著天空，一面小心翼翼地撿起了她的三叉戟。

我雖然看到了那名馬夫的臉，不過他仍舊一副面無表情。如果這種情況下我會乖乖地一句話都不說，那我就不叫修奇！

「隨從比主人要好太多了呢。要服從一名有偷竊慣癖的主人不是一件容易的事吧？」

涅克斯咬著牙，馬夫則仍是一號表情。可是在我旁邊拿著長劍的杉森突然不知看到了什麼，嚇得愣住了。杉森瞪著涅克斯旁邊的那名女子。那女的是誰呀？此時杉森嘶裂了聲音大喊：

「妳……就是那個時候的……！」

那名女子看了看杉森，突然領悟了什麼的表情。

「你們還沒死啊？」

「妳是在發問，還是在做確認？」

「當然是在做確認嘍。你們怎麼活下來的？啊，因為優比涅的幼小孩子救了你們吧。」

她在說什麼？那名女子是誰？她只是一名有著一頭又黑又焦的頭髮，還有黑得不得了的衣服，配上一張白蒼蒼的臉，手裡拿著細劍的女子而已呀，哎，哦唔！可惡！卡爾用低沉、近乎呻吟的聲音說：

「她是那時在卡拉爾領地的吸血鬼！」

她就是在卡拉爾領地要置我們於死地的吸血鬼。可惡！那名吸血鬼女子過去是在幫傑彭當間諜的吧？這樣一來，她和拜索斯的叛國賊涅克斯・修利哲在一起行動，好像也說得過去。吉西恩非常憤怒地說道：

「涅克斯・修利哲！你實在太令人失望了！你們修利哲家族歷代以來，皆受澤於偉大聖恩，你難道還嫌不夠，竟然做出這種通敵叛國、藐視聖恩的滔天大罪！」

我和杉森都很驚訝地看著吉西恩。不，不，我們是在看吉西恩手上拿的端雅劍。吉西恩也對於自己可以講出一段毫無干擾的話嚇了一跳，他看著手上的端雅劍，說：

「咦，可以不被干擾地講完話，還真有些奇怪……」

在我們上方、飄浮在空中的涅克斯，冷冷地笑著回答：

「你說我們歷代皆受聖恩嗎？所以這就是你們的對待方式，不讓我父親平靜地頤養天年，而是把他趕到邊境的村莊角落嗎？我父親半輩子以來，不知為國家征戰多少次，取下多少敵人的首級，這些數字應該在皇室裡都有詳細的記載。結果，他的下場竟是被派去照顧看守一頭龍？」

吉西恩點了點頭，說道：

「你說的是卡賽普萊吧。我對這個事件不是很瞭解。但是我認為你叔叔卡穆・修利哲因為不守道德羞愧而死，所以聖恩賜予你父親挽回自家名譽的機會，並沒有什麼不對的地方。」

「不守道德羞愧而死？哈哈哈。中部林地差點被毀滅，是因為那隻叫克拉德美索的龍發了瘋所造成的。這種原因，為何還要逼迫我們家族來承擔責任呢？」

「你的意思是說，就一個為國效勞的公職者而言，你叔叔的那種死法是對的嗎？」

「公職者？公職者中的公職者，騎士中的騎士，你們這些拜索斯的王公貴族，任意將百姓派去戰場送死，這你又應如何解釋？」

「混蛋！閉上你的狗嘴！看我把你的嘴巴給縫起來！」

涅克斯咯咯地笑了。

「笑死人了。那個卡爾、杉森還有修奇，你們三個都是從很遠的邊界趕來這裡的吧？我們來確認一下。卡爾，你對拜索斯和傑彭的戰爭瞭解有多少？」

怎麼突然把話題轉到我們這裡來呢？我看著卡爾，不知他會如何回答。他說：

「你要討論這場戰爭的理由是什麼？」

「我是想要討論，對於必須聽從於國王命令的我，前往戰場送死的我們的權限。還有討論讓國王有權限把我們送上斷頭臺的這個混蛋拜索斯王國。」

「所以呢？這樣又有什麼好討論的呢？」

「你們不覺得自己是委屈受冤的人嗎？」

涅克斯突然語氣轉趨平淡。我們用懷疑的眼光看著他。

「你們不覺得很冤枉嗎？從小呱呱落地那一刻起，我們就必須肩負所謂應盡的義務，這樣合理嗎？路坦尼歐大王和亨德列克他們兩位是靠自己的力量去追求遠大的理想，進而建立了拜索斯王國，所以他們同時完成了兼具威嚴與權限的力量。但是他們那些懶散成性、手無縛雞之力的後代子孫們，只不過是含著金湯匙出生，他們碰都沒有碰過大地的土壤，卻可以堂而皇之地叫他們的老百姓們到戰場上去送死。這種慘無人道的戰爭已不知是第幾年了！」

我覺得這些話很耳熟，不知在哪裡聽過。卡爾的表情有些錯綜複雜，他說：

「你是個夢想還停留在亂世出英雄的年輕人啊。原來你是要模仿路坦尼歐大王來成就一番作為啊。」

「怎麼樣，模仿路坦尼歐大王不行嗎？不願接受神龍王支配的路坦尼歐大王，結合了亨德列克的力量，反抗神龍王，進而建立了拜索斯王國。我則是不願接受拜索斯皇族的支配，我痛恨拜索斯的皇族。所以我要消滅拜索斯皇族後，再建立一個新的國家，一個人人不需背負上一代錯誤而受死的國家，建立一個真正屬於人類的國家！」

卡爾默默地看著涅克斯，嘴裡發出好像在喃喃自語的聲音，他說：

「路坦尼歐大王是不會去踏過一個杵在馬路中央的小孩，自顧自地往前走的。」

涅克斯緊閉著雙唇。卡爾用小而有力的聲音說道：「我是個對國家的永續性、恢復世襲的權限等一點興趣也沒有的人。一個有遠大志向的人，如果想要建立一個國家當然是有可能的。沒有一個國家可以永遠屹立不搖，所以每一個人都有成為國王的可能。但是，不管你建立了什麼樣的國家，那個國家會是一個用所有小孩的鮮血所建立的國家。你說人人不需背負上一代的錯誤而受死嗎？這樣的話，你加諸在那名小孩身上的死亡，又如何解釋呢？」

涅克斯咬著牙猙獰地說道：

「天底下哪有十全十美的事。如果沒有少數的犧牲，革命只會淪為夢想家的口號罷了。我沒想到你是個那樣不切實際的人。」

卡爾臉上終於出現了他獨特的生氣表情。他說：

「是這樣嗎？這樣的話，該犧牲的人是你吧？目前在國家這種紛擾的局勢下，你是最適合犧牲的人選呢。你說你要接收這個已因戰爭而滿目瘡痍的國家嗎？為什麼？為什麼你不是先考慮和平的問題，而是把個人的權力欲望擺第一呢？」

「我最期盼的事就是和平，所以我要一次解決掉這個國家的戰爭，以及這個國家的存在。然後，我會在這塊和平的土地上建立新的國家。」

卡爾的眼光直射在涅克斯旁的吸血鬼女子身上。

「是啊。所以你的意思是，和傑彭聯手一起來解決戰爭的問題嘍。」

吸血鬼女子靜靜地沒有說話，冷眼看著我們。那名女子的銳利目光向四周各個角落快速地掃視著。卡爾情緒激昂地向涅克斯說：

「請你不要再說一些沒有道理的話。你現在已是一無所有，再也不能替傑彭做些什麼了。你原本要交給傑彭的資料，已經回到國王陛下的手上了，所以傑彭也沒有留你的必要。你已經沒有利用價值了。」

涅克斯咯咯發笑。

「你太可笑了。你根本完全不瞭解我這個人。」

卡爾搖搖頭。

「你到底還能做什麼呢？我是說，你到底對傑彭還有什麼利用價值可言？你想盡辦法要轉交出去的資料，我們已經呈給國王陛下。而且你也更別妄想得到大暴風神殿的幫助。你還有盜賊公會嗎？嗯。盜賊公會能幫你多少忙還不知道。當然，你現在更不可能運用你們家族原來的勢力了。我真的不知道你還能做些什麼。」

「你多慮了，多慮了。我是個精通許多事的人呢。」

妮莉亞一聽到這句話，就皺起了鼻子。她突然向前站出去，開口說：

「喂，涅克斯？」

妮莉亞說完這句話，把她的三叉戟在空中轉了幾圈，然後立在她的腰旁，說道：

「不要再說廢話了。看誰會贏，出手吧！」

妮莉亞一說完，杉森和吉西恩也拿起劍，站到妮莉亞的身邊。而我和艾賽韓德站在略微後方，亞夫奈德和卡爾則站在最後面。涅克斯嘻嘻地笑著說：

「我不是來打架的。我如果想消滅你們，是輕而易舉的事。」

卡爾一臉狐疑地看著涅克斯。涅克斯狀似誠懇地接著說道：

「我是個會記恨的人。但是，我還有眼光去判斷什麼樣的人是和我不相上下，能力及力量相當的人。」

「這句話是什麼意思？」

「你們不打算和我合作嗎？」

「我們為了什麼……要和你合作呢？」

「如果你們要的是賭上性命才能換取的東西，我會給你們那東西。如果你們要的是犧牲生命才能完成的理想，我會為你們實現理想。說說看，你們想要的是什麼吧。」

「你好像沒有值得我們要的東西吧。」

涅克斯嘻嘻地笑了。飄浮在暗夜天空中的三個人，以及位在中間位置正冷笑著的涅克斯的模樣，有種令人害怕到發抖的神祕詭異氣息。涅克斯冷冷地說道：

「聽我說說看吧，卡爾。這個國家的歷史已經超過三百年了。路坦尼歐大王驅趕走神龍王，建立新國家已不知不覺過了三個世紀。崇高的理想一點也沒留下，早已化為烏有，只剩下人類的惰性而已。騎士中的騎士，現在的國王陛下要的是人民來服侍他，而非他去服侍人民。貴族們只會追逐名與利，奢侈浪費，成天想的只是如何將人民的民脂民膏飽入私囊罷了。卡爾，你認為現在的國王，也就是騎士中的騎士，是在服侍人民嗎？」

卡爾的臉突然垮了下來。吉西恩回頭看看我們，皺起了眉頭。

「好吧！你的表情，是你沒有辦法拒絕內心的真正想法時出現的表情。卡爾！你也已經感覺到了。你再想想！竟然還有一個名門家族，為了延續自家三百年來的繁榮，做出指使人民交配出他們所要的優良品種這種惡劣行為！我想，你不會說你不知道這件事吧。」

這一回，我們全部的人臉上都蒙上了一層陰影。涅克斯繼續自信滿滿地說：

「已經太久了。像這些所有惰性的惡形惡狀不可以再讓它們充斥下去，我們沒有更多時間了。擁有權力的人浸淫於權力世界，他為了保有自己的勢力，會排斥並極力反對所有的改變。而他要的不變性，只會造成我們被強迫接受不平等待遇。你都知道吧！你一定都知道！從遙遠的西方夕陽餘暉中奔馳來此，讓國王大為震驚的你一定都知道，卡爾！太陽把在天空中周轉一天後所照見的拜索斯所有景物，都告訴了站在西下夕陽前的你了吧。你一定都知道的。」

卡爾的下巴在抖動著。他用嘆息的口吻說：

「你要我做什麼？」

涅克斯放開擺在馬鞍上的手，兩隻手臂往左右兩邊張開。

「和我一起聯手吧。我為那個小孩的事鄭重道歉。但是你想想看，刀子必須具有危險性地鋒利，所以有時不得已也會傷害到別人。我現在已經變成了一把鋒利的刀子。但是我要請你幫我，當我的刀柄。這樣一來，我們就可以聯手，就像路坦尼歐大王和亨德列克一樣，在此地再一次重現他們兩人的事蹟，闖出一番作為吧！」

我吞了口口水，往後看了看卡爾。卡爾一動也不動，面帶憂愁地看著飄浮在空中的涅克斯。他慢慢地開口說話了。

「你可能不知道，尼西恩陛下讓我生氣的原因是什麼吧。」

涅克斯表情轉為訝異。在他想說什麼之前，卡爾搶先了一步。

「尼西恩陛下也希望自己成為路坦尼歐大王再世，而我是他的亨德列克……和你一樣。」

涅克斯表情僵硬了起來，不過他馬上就笑了一下，說：

「這些話和我沒有關係吧。尼西恩那樣說當然會讓你生氣。他是為了要鞏固自己的王權，才做出這種要求的。他和我完全是不同的……」

「你們沒有什麼不同。」

「你說什麼？」

卡爾長吁了一口氣。

「你們沒有不一樣。你為了你個人的私欲，使用欺瞞、威脅、欺壓的手段，沒什麼兩樣。為什麼你不將真實的自己表現出來，為什麼你不想讓對方知道真正的你呢？為什麼你只想把自己偽裝成一個偉大、強勢、具威脅性的人物呢？」

「你說什麼？」

「路坦尼歐大王就是路坦尼歐大王，亨德列克就是亨德列克。所以尼西恩陛下也要活得像尼西恩陛下，涅克斯你也應該要活得像你自己。而且，你們當中沒有人可以命令我不去過我卡爾‧賀坦特的生活。」

「喂，喂，卡爾，我的意思是……」

「你說周行於天空的太陽每天所看見的萬事萬物都告訴了我，我是擁有如此豐富知識的賢者……這真是太好聽了。看來你花了不少心思在想我的封號。但這也是欺瞞的行為。」

涅克斯閉上了雙唇。卡爾繼續說道：

「我這一路的旅行途中，遇見了一位年輕人。他雖然將自己交給了瑪那成為一名巫師，但很可惜的是他學習的時日太短，技巧無法很熟練。所以他為了保護自己，努力地讓自己看起來像一位偉大的大法師。」

我和杉森實在是太不會察言觀色了。我們馬上就看了一下亞夫奈德。亞夫奈德的臉一下子漲紅了起來。可是卡爾仍激動地繼續說：

「但是他最後終於知道了。知道佯裝成大法師根本不是自己的真實模樣。於是他為了充實自己，放棄了所有的一切而離開。雖然說起來那位年輕人會不好意思，但是換作是我，我恐怕是做不到。」

淚水在亞夫奈德的眼眶裡打轉，他看著卡爾。但是比起我和杉森，真的最會察言觀色的卡爾沒有往亞夫奈德的方向看去。卡爾仍然在看著空中的涅克斯。

「還有……你的革命理論，雖然有部分讓我產生共鳴，但我反對你的理論。」

涅克斯的表情開始猙獰了起來。但是卡爾不為所動地繼續說道：

「我所遇見另外一位年輕人的作為，或許可以成為我給你的答案。那位年輕人也可以說他建立了自己的王國。他為了五十名孤兒，中斷了自己的旅行，把他的人生奉獻給了五十名小孩。這五十名孤兒是他王國的子民，那些孩子們長大後會知道如何分享愛，如何去寬容別人，知道什麼是慈悲為懷的道理。」

杉森的眼睛紅了起來。這隻食人魔，他現在眼淚一定一顆顆掉下來了。

「然而如果是在你建立的國家中，那些子民會認為彼此都是可以犧牲掉的少數份子，只會變成一個百姓互相猜忌欺瞞的國家。」

卡爾像是做出結論似的說：

「我無法認同這樣的國家存在。」

涅克斯冷峻地俯視著卡爾。他說：

「我看錯人了。原來你只是個夢想家，十足的浪漫主義者。」

「你說得對。」

卡爾笑笑地點頭。涅克斯轉過頭去，說道：

「這樣一來，我就有充分的報仇理由了。希歐娜！」

他在叫誰？不一會兒，那個吸血鬼女子就舉起了雙手。那名女子就是希歐娜？亞夫奈德害怕地慘叫起來。

「她在施法！」

「火……」

嗶咻！卡爾不知在何時射出了一箭。希歐娜受到驚嚇，中斷了施法，她雖然彎下了腰，但是箭卻掠過了她的臉頰。我也嚇了一跳回頭一看。卡爾低沉地說道：

「在空中的人可以不怕箭的攻擊嗎？」

希歐娜勃然大怒。她說：

「你、你！」

「Magic Missile!」（魔法飛彈！）

亞夫奈德抓緊時間及時施了法術。三根附著白色強光的箭飛了出去，各自飛向三個飄浮在空中的人。然後卡爾馬上開始連續射出弓箭。

砰砰！咻咻咻咻！

除了馬夫外，另外兩個人都被魔法飛彈擊中了。涅克斯和希歐娜被擊中後，重心不穩地往後退，嚇到的馬夫拿著劍擋在胸前，為了抵擋住魔法飛彈，用劍向四方狂亂揮舞著。真是的！飛出去的箭都被擋了下來。從下方傳來了悲慘的叫聲。

「呃啊呃啊！」

但是這三個人並沒有還擊。他們仍舊飄浮在空中，這樣一來，由於我們不能飛上去，根本無法攻擊他們。而且他們為了躲開卡爾的箭，飛到了更上空的地方。卡爾幾乎是垂直地射出弓箭。但是弓箭射不到那麼遠的地方。他們越來越渺小，到了在暗黑的夜空裡很難看到他們蹤跡的時候，亞夫奈德突然憂心忡忡地說：

「糟糕，他們竟然在施展法術！」

怎麼會這樣，完了！卡爾一聲高喊：

「大家快進屋裡！」

「啊啊啊！」

艾賽韓德在後面沙啞地嘶喊著，我們大家都全速地跑進了屋子裡。艾賽韓德的腿短，跑慢了些，不過全部的人還是都跑進來了。但是一行人全堵在通往陽臺門的兩邊。怎麼辦，這下子該怎麼辦才好？

「你們進來啊！你們這些混蛋！涅克斯你有種就從馬上滾下來，進來跟我廝殺一場！」

杉森也無計可施，只好對著外面大聲喊叫。但是杉森一喊完話，馬上就得到了希歐娜挑釁似的回應。她也大喊了一句：

「Cloudkill!」（毒雲術！）

什麼啊？突然，瞬間從窗邊滲入了淡綠色的雲氣進來。怎麼回事？那種雲氣怎麼看都覺得不對勁。亞夫奈德大聲叫喊：

「停止呼吸！那是有毒的雲。」

這時，淡綠色的雲氣已經沿著窗邊直線式地流了進來。怎麼辦，要怎麼躲避雲氣呢？人矮所以鼻子也較低的艾賽韓德非常惶恐地向後退了幾步。亞夫奈德馬上快速地做出了對應的法術。

「Gust of Wind!」（狂風術！）

從亞夫奈德的手中瞬間開始掀起了一陣強風。妮莉亞的紅髮在風中狂烈地飛舞著。亞夫奈德手上的狂風形成一股強勁的旋流，往窗戶的方向轉了過去。剛剛沿著窗邊流進來的淡綠色毒雲被強風吹散到下方去了。亞夫奈德充滿驚嚇地喘了一口氣，身體開始不自主地搖晃了起來。

「連、連續施展太多……」

亞夫奈德看起來是施展了太多次法術而筋疲力盡的模樣。艾賽韓德為了要抓住快要跌倒的亞夫奈德，抱緊了他的大腿，兩個人差點一塊跌倒。杉森及時費力地抓住了亞夫奈德。然後過了不久，我們就聽到了從下面傳來了悲慘的叫聲。

「呃啊！救、救命啊！」

「沒辦法呼、呼吸……呃啊！」

卡爾咬牙切齒地說道：

「怎麼會這樣！毒雲向下飄散了！」

哦唔，這些狗娘養的！被亞夫奈德阻擋住的毒雲似乎往下面的道路飄散過去。怎麼會有這麼慘的事？我們當場都慌了手腳，不知道該怎麼辦。可以攻擊飄在空中那三人的，就只有卡爾一人而已，而且如果往陽臺跑出去的話，馬上就會被希歐娜的魔法攻擊。卡爾似乎準備要衝出去了，不過馬上被吉西恩擋了下來。

「你現在出去只有送死的份！」

「那、那到底該怎麼辦！」

「卡爾！請你留守在這個地方。我出去引開他們，轉移他們的注意力！亞夫奈德，你還有魔法可以施展的嗎？」

「還、還有幾個……」

「那你待在這裡協助卡爾！」

吉西恩一說完，就往外面跑去。我和杉森也跟在他後面跑了出去。一下到旅館的大廳，就看到了把頭埋在地上的男僕、女侍們，還有那位為了安頓他們不受到傷害，忙到快要瘋掉的旅館老闆黎特德。我們沒有時間解釋什麼，只一逕地往外跑去。就在我撞到吉西恩的時候——

「Lightning Bolt!」（閃電術！）

吉西恩使盡全力地往旁邊一跳，閃了過去。從空中一劈而下的閃電，正巧擊中在吉西恩剛剛所站的地方，現在已經焦黑一片了。地面上有一大塊燒焦的痕跡，塵土和煙霧四處瀰漫。原本跟在吉西恩後面的我和杉森還未踏出旅館，雙腳便已經僵硬地立在原地無法動彈。怎麼會這樣，真是的！吉西恩在地上滾了一圈之後又站了起來，杉森則是馬上再往窗戶的方向跑過去。杉森往窗戶的左邊瞄了一下，然後開始破口大罵：「那個混蛋女人！只會躲在後面偷襲別人！」

突然一口氣衝出去的吉西恩現在看起來情勢很危急。但是吉西恩仍是非常穩健地舉起端雅劍往空中一揮，大聲吼叫著。吉西恩雖然對著希歐娜大叫他早已置個人生死於度外、儘管向他攻擊等等的喊話，可是那個希歐娜吸血鬼好像也不能無止境地使用魔法。我們趁著這檔空隙跑了出去。

一跑出去就看到了到處都是躺在路邊的人們。不知是不是吸入了毒雲的關係，所有的人都七孔流血，倒臥在血泊當中。連呻吟的聲音都聽不到，四周一片寂靜。也就是說，已經沒有存活下來的人了。我們將充滿了怒火的眼神投向空中那三人的方向。他們一副堂堂正正的樣子俯視著我們。

「他媽的，你們這群惡魔！」

「你們是要製造一個屍體王國嗎？」

我和杉森發瘋似的對著空中大喊大叫。可是這一陣亂吼亂叫對他們來說，似乎有某種暗示的意味。飄在空中的希歐娜狂笑了起來。

「你們的想法真是不賴呢……Animate Dead!」（操縱屍體！）

「什麼？」

我們的後腦杓突然襲來一股涼意。我、杉森和吉西恩慌張地轉過身。難道……不會吧？不會是那個吧？

屍體一個接著一個地站了起來。

瞳孔出血的屍體現在看起來，就像在流著血滴般的淚水。這是一個多麼容易引發憐憫之心的情景啊。可是這個憐憫之心的代價實在太大了。因為在感受這憐憫之心之前，會先感受極大的恐懼及必須攻擊的戰意。

屍體們先是滾動了一下，然後再硬邦邦地站起來。死人就算是躺著也夠恐怖了，更何況現在是一個個站起來，搖頭晃腦地向你走過來，不被嚇死也只剩半條命了。

「他們還要再死一次嗎？不要污辱死亡的人！」

杉森幾乎是嘶破了喉嚨大喊。我也大聲吼叫著：

「這是不可能的！這些屍體如果還沒有過了相當於本身年紀的天數……」

吉西恩咬牙切齒地說明：

「那並不是祭司的神力，而是巫師運用了瑪那的力量。那些如同殭屍般、一點理性也沒有的屍體，只是一具具被操縱的傀儡而已。真是的，只能擊倒他們了！吵死了！沒辦法了。就算我再怎麼討厭攻擊不死生物，現在這種情形也實在看不下去了。」

我一面發抖，一面看著那些殭屍的模樣。我現在已經沒有了ＯＰＧ，少了ＯＰＧ不只喪失了我的力量，連我的勇氣也一起消失了。雙腿只不住地發抖。真是的，難道我只有這種程度嗎？我一直引以為傲的自信，原來不是源自於賀坦特式的自信，而是來自於擁有ＯＰＧ所得來的自信？不會吧！

杉森突然做了先發攻擊。他高喊著：

「吉西恩！保護修奇，隨時注意上面的動作！」

「杉森這小子！一個人去是不行的！修奇，你快進去屋裡！」

吉西恩一邊大叫著一邊把我推了進去。我被吉西恩一推，往後退了好幾步，為什麼我覺得我自己好可恥呢？

杉森拿著鍍銀的長劍猛力揮砍，被砍到的殭屍不像是被劍砍到，反而像是被釘頭錘敲打到，啪啦啪啦地碎裂了一般倒下。沒多久，那些四分五裂、到處飛散、還活著的屍塊，就在地上抖動著，鮮血噴出一片狼藉的慘狀，令人好想吐。可是吉西恩被血濺滿了全身，發瘋似的大喊：

「吵死了，吵死了！沒什麼大不了的。他媽的！沒什麼大不了的！我只是在保衛我自己。別煩我！」

那不是吉西恩的真心。他流下了眼淚。為了這些他們也不曉得的陰謀，在某個寧靜地散步的夜晚，遭受到意外身亡的人們。他們正要去赴約嗎？還是有些人是正要趕回家吃熱騰騰晚餐的爸爸呢？他們就這樣毫無意義地死去，而且還變成了流著血水眼淚的殭屍，吉西恩卻成為一名不得不砍殺這些無辜市民的荒野王子。端雅劍在吼叫些什麼大概可以猜得出來。

我好像全身快散了一樣，嘴唇發抖著看著天空。

可是我的視線也帶到了下方的杉森和吉西恩，他們已完全是砍殺殭屍到無法自制的地步。然後，上方傳來了亞夫奈德淒慘的高喊聲：

「Magic Missile! Sleep!」（魔法飛彈！睡眠術！）

亞夫奈德好像使盡了所有的法術。但是他的法術幾乎沒有對空中的三人構成任何殺傷力。希歐娜哼哼地笑了起來。由於卡爾不斷地射出弓箭才使得希歐娜一時間無法施展法術，因為希歐娜沒有充分時間為了施展法術來集中精神。但是有戰鬥力的戰士都在下面，上面只剩下妮莉亞和艾賽韓德在抵擋涅克斯與馬夫的攻擊。艾賽韓德幾乎幫不上什麼忙。因為要打中在空中盤旋的三人，他的斧頭是一點用處也沒有的武器。剩下了妮莉亞，她用三叉戟的長柄也打不到他們，只好偶爾用匕首丟向他們。

「危險！修奇你這小子！」

什麼呀？啪！

就在我關心著上面的情形時，有一個殭屍往我這裡走了過來。我的下巴突然遭到一股重擊。呵，被實實在在地打了一拳下巴，那種痛苦是不用說也知道。我一下子就火冒三丈。你打我？

「他媽的，我宰了你！」

「你這小子，還不快進去！」

真是的，吵死人了！你敢打我？像這種動作慢吞吞的對象，我應該應付得來。我奮力地揮砍我的巨劍。但是這是怎麼回事？巨劍完全發揮不了平時的速度，所以我的腰和手臂都變成了慢速回轉，抓不到重心。我努力不讓自己跌倒，向後退了幾步。

他媽的，我沒辦法全力揮砍巨劍！我試著不讓巨劍落下，費力地將它握在腰際間的位置。我揮不動巨劍。真是的，真是的！我該怎麼辦？剛剛打我下巴的殭屍現在一步步地向我靠了過來。那是一位嘴角和鼻子都流出血水的叔叔。還好他的眼睛是向上翻的。萬一他可以直視我的話，我一定馬上就昏倒。

「呀啊啊啊！」

我站開兩腳，用雙手把巨劍刺了出去。呃咯！巨劍只有尾端一點點的部分刺了進去。殭屍掙扎擺動的力量，幾乎讓我快拿不住巨劍了。殭屍發出了怪聲，手臂胡亂揮舞著，我快速地往後一退。刺在殭屍身上一小部分的巨劍應聲落地。殭屍的胸前在流血，不過那種程度的小傷對殭屍一點威脅也沒有。真是的。

上面傳來了亞夫奈德絕望似的吶喊聲。

「現在，我沒辦法再幫得上忙了！呃呃呃！」

「振作一點！亞夫奈德，你這小子，振作起來！」

「艾賽韓德……對不起。我的確是一個沒用的……」

「你閉嘴！」

艾賽韓德大叫著。我好像也聽到了妮莉亞的慘叫聲。我要不要上去呢？但是那個殭屍一直不斷向我逼近，一步步靠過來，不知不覺間已經離旅館入口有一大段距離了。怎麼會這樣，真是狼狽至極！就在這個時候——

「咦呀呀呀！」

旅館老闆黎特德，拿著一把椅子往我這裡跑了過來。黎特德先生瘋了不成？他從遠處用椅子丟中了我面前的殭屍。殭屍匡噹地應聲倒地。黎特德先生！

「呃啊啊啊！」

我向上一跳，用盡全身吃奶的力氣把巨劍刺向了殭屍的喉嚨。脖子斷掉的話應該就沒有危險了吧？從刺下殭屍頸部的巨劍傳來一股不悅的衝擊。我閉上眼，殭屍的頭就飛了出去。

「哦，唔哦哦哦！」

那是黎特德的慘叫聲。真是的，殭屍的頭往他那裡飛了過去嗎？我極力地不看下面，一逕地往旅館正門走去。我的腳趾頭是不是都快斷了？我一拐一拐地跑了過去。黎特德呆坐在地板上。我察看著四周。

杉森和吉西恩像兩頭食人魔一樣，和殭屍在瘋狂地廝殺著。吉西恩用盾牌襲擊對方，胡亂地敲打，杉森則是一次對付一個，砍斷對方的手腳。被杉森的長劍刺中的殭屍，它們的肉好像燒焦了，連血水都在滋滋作響。下面在兩人猛烈攻擊之後，幾乎沒有太大危險。但是上面的情形不知道怎麼樣了？

「呃啊啊啊！」

是妮莉亞的慘叫聲。我忍不住往上一看，看到妮莉亞掛在陽臺邊，而卡爾為了救她上來，弓箭丟到一旁，正緊抱著妮莉亞。卡爾丟開了弓箭之後彎下腰身，緊抓住妮莉亞，但是妮莉亞卻撕開喉嚨，破口大罵：

「你這個笨叔叔！你想死啊！你瘋了嗎？」

空中的馬夫正靜靜地拔起長劍，向他們靠了過去。不可以！卡爾看了看上方，再往下一看。卡爾無法鬆手放開妮莉亞。妮莉亞也在死命地掙脫。這個時候，艾賽韓德一聲怒喊：

「奉卡里斯・紐曼之名！」

突然一聲巨響傳來。陽臺邊不知有什麼東西在轉動著，射出了無數道光線。嗖嗖！我聽到嗖的轉動聲。艾賽韓德將斧頭奮力一丟。飛出去的斧頭正朝向那名騎著靈幻駿馬的馬夫，馬夫用長劍抵擋斧頭，發出了慘叫聲。

「呃啊啊！」

長劍被斧頭折斷，斷掉的劍身劃過了馬夫的臉。馬夫踉蹌地再度往高處飛去。丟出了斧頭的艾賽韓德馬上跑到陽臺邊，抓住了妮莉亞的手臂。但是這個時候，涅克斯正在逼近。涅克斯毫不猶疑地向他們快速飛了過來。

「怎麼回事，不可以！」

現在沒有任何人可以阻擋涅克斯了。我要丟出巨劍嗎？真是的，我根本不知道可不可以丟到那樣的高度去。我以決一死戰的心情，把巨劍舉到了肩膀的位置。不行，這根本是以卵擊石的行為！

「伊露莉！」

亞夫奈德傳來了淒慘的叫聲。正在逼近他們的涅克斯突然停頓了一下。啪噠啪噠！好像有什麼東西飛到涅克斯的臉上。是那隻蝙蝠。那隻蝙蝠飛到了涅克斯的臉上。但是涅克斯那個混蛋戴著我的OPG。那個混蛋抓開了蝙蝠，把牠像紙一張地撕裂了。

「呃啊啊啊！」

亞夫奈德再次淒慘地叫著。可能是巫師隨從的死，巫師本身也會感同身受吧。還好這個時候卡爾和艾賽韓德已經把妮莉亞抓了進去。卡爾大叫：

「我們下去吧！亞夫奈德、亞夫奈德！真糟糕！」

「你們給我站住！」

這是涅克斯大叫的聲音，他已經跑進陽臺裡來了。從旅館大廳往上看，艾賽韓德在前面，後面是卡爾和妮莉亞扶著亞夫奈德正往下面跑來。亞夫奈德幾乎是無法行動的模樣。

「修奇，你這個笨蛋傢伙！」

有誰在大叫。然後，有什麼東西抓住了我的肩膀，把我推了出去。是杉森嗎？突然一個火球火速地降到我剛才站的位置。大概是剛才不受到打擾的希歐娜，集中精神使用了法術。匡匡！

我一直不斷地往前跑。跌了再跑，跑了又跌。在地上打滾了好多次。

全身的骨頭都要散開了。砰！我跌倒在地，聽到了火球打到鋪路石上的聲音，杉森突然掉到我的面前。

「杉、杉森……」

我完全嘶啞的聲音在叫著他。杉森的樣子不忍卒睹。他一定是為了救我，用自己的身體去擋住火球。他全身都在冒煙，血流了滿地。但是杉森還是眼睛張得開開的，試著要坐起身來。手臂一滑，杉森再次重重地跌躺在地上。匡！

「呃呃呃……」

「杉森、杉森！」

我怎麼起不來！這是我的手嗎？這是我的腳嗎？我努力試著要站起來，卻是力不從心啊，不管我怎麼使力就是沒辦法動。從旅館裡跑出來的妮莉亞，一面吶喊著，一面扶起杉森。她看看我，又開始大叫。

「修、修奇！」

「我沒關係，杉森……杉森呢？」

杉森在妮莉亞的幫助下，站了起來。

「你沒關係，我也沒關係。」

「那就是差點進鬼門關嘍……」

我很勉強地托著下巴抬頭一看。是艾賽韓德往我這裡跑來，用他強而有力的手臂把我扶了起來。無可言喻的苦痛。我費盡了力氣支撐著，靠在身高不到我一半的艾賽韓德的胸前。另一邊的亞夫奈德則是完全倒在卡爾的懷裡。

涅克斯與希歐娜，還有那名馬夫，三個人都飛到地上來了。希歐娜不知在喃喃自語些什麼，那些靈幻駿馬就消失不見了。然後那三個人就各自拔出了他們的劍。那名馬夫雖然臉上有一個大傷口，但他似乎毫不在乎地向我們走過來。他們現在要開始刺殺我們了嗎？我的牙齒在霍霍地磨著。

09

「你們不要過來！」

吉西恩橫擋在他們三個人前面。

他不知何時已經把殭屍全部都擊退了，卻換來渾身的血跡。他的腳微微顫抖，氣喘吁吁著。然而，他還是舉著盾牌，昂然地橫擋在我們前面。傻王子。還不趕快逃！他雖然是很夠感性，但是還不夠理性。

那三個人雖然聽到他硬擠出來似的威脅聲之後停住了腳步，但那只不過是讓他們三個嘲笑他。他們心裡好像也想著和我一模一樣的想法。希歐娜率先開口，她說道：

「首先，我真想對你們致上敬意。」

吉西恩不說話，只是瞪著她。涅克斯雖然不高興地皺起眉頭，但是希歐娜並不在意，她說：

「後面那三個人啊，我當然認識嘍！你們竟能從倒塌的洞穴裡逃了出來，真是令人敬佩啊！」

吉西恩仍舊沉默地看著她。可是希歐娜突然指著吉西恩說：

「而吉西恩王子你也是，你可真有韌性。但是如今你就要死在這裡了。真是奇妙啊！」

吉西恩低聲問道：

「什麼意思？」

「能夠逃脫八名刺客追殺的人，竟然就要這樣死了，真是令人不解啊！」

什麼意思？啊，八名刺客？她是指在雷伯涅湖旁遇到的那八名刺客嗎？我努力從模糊的意識之中理出一點頭緒。吉西恩咬牙切齒地說：

「那些傢伙……是妳派去的？」

「沒錯。」

「聽他們幾位說，妳是傑彭的間諜，是真的嗎？」

「如果你想這麼說，那就是了。」

「可是妳怎麼有辦法以國王陛下之名把我殺死？」

希歐娜立刻爆出冷笑，說道：

「哦哈哈哈！當然是以國王陛下之名，他們說的是在場的這位涅克斯・修利哲國王啊！是這一位知道敬拜傑彭之偉大、真正的國王人才涅克斯・修利哲，他們呼喊的是他的名字吧。」

吉西恩的手微微顫抖著。涅克斯把雙手交叉放在胸前，看著希歐娜，希歐娜則是抬起下巴，說道：

「以後這個國家的名字，將從拜索斯改為修利哲。」

改為修利哲？可惡。連國名也想改掉？真該死。人在極度痛苦之中，好像反而更能快速思考的樣子。吉西恩說：

「原來妳是所有事件的元凶啊！卡拉爾領地的惡夢，還有派人暗殺我，以及信仰虔誠的在家修行祭司成為叛徒，這所有的事都是妳造成的！」

希歐娜像是害臊且不好意思地笑著說：

「對於最後那一句話，您怎麼想啊？陛下？」

涅克斯噗哧笑著說：

「那是我自己的意志。我不是那種任人擺布的人。」

「修利哲是絕對不可能成為國王之名的。」

吉西恩咬牙說了這句話，但是只引來希歐娜的一陣嘲笑。然後，突然間希歐娜銳利地瞪視著吉西恩。

「你以為不可能嗎？王族的血是什麼味道呢？」

吉西恩把盾牌往前伸去，猛烈地握緊端雅劍。

「妳認為可能的話，妳就試試看！」

可是希歐娜並沒有衝過去，而是搖了搖手。

「我不是那種意思。吉西恩王子。反正你都已經要死了，我不會威脅將死之人的。我沒那種癖好。只是我想說的是，你以為你血管裡流的血和別人的不一樣嗎？」

「……是不一樣。」

「你以為和別人不一樣，是因為你的是王族的血？」

希歐娜凶狠地問著，但吉西恩一臉沉著地回答：

「因為我流的是吉西恩・拜索斯的血。」

「吉西恩・拜索斯的血……是嗎？」

「我的血是因為我的意志而脈搏跳動，是因我的夢而流動。它和其他任何人的血都不一樣，那是我自己的血。」

「是嗎？那你的血現在救不了你自己了。恐怕你得因為那血的關係，在這裡死掉哦。」

吉西恩在夜晚巷道的漆黑昏暗之中，露出白牙笑道：

「死亡也是我生命的一部分。沒有必要分開來。像妳這種吸血鬼，用其他人的生命來逃避自己的死亡，是無法體會的。」

希歐娜的臉色變得很難看。她張著嘴巴，像蛇一樣發出嘶聲。她露出閃閃發光的尖牙。

「好。那麼你就流著你的血死吧，吉西恩王子。如果把你們那種王族的血統除掉，那修利哲的血就會成為新的王族血脈。」

吉西恩搖了搖頭，說道：

「我的正式名稱上面總是會附加一個頭銜，妳是間諜，應該知道那個頭銜吧？」

希歐娜像是覺得很可笑似的笑了出來。

「所以呢？那個頭銜『廢太子』，代表你是一個放棄王位、被降為百姓的人，不是嗎？」

「沒這回事。我從未被降為百姓。」

「你說什麼？」

「我從來不曾為了什麼而放棄什麼。我放棄的都是不屬於我的東西。而且因為我放棄了，才得以只剩下我吉西恩——冒險家吉西恩。」

吉西恩的聲音變得有些憂鬱。我可以感受到埋藏在他聲音裡那股時間的重量。這一位仰望烏雲密布的天空，從塵土飛揚的路上走來，此時站在此地的廢太子。他正站在我們的前方。

「可是那僅止於是我自己的想法吧。第一次見面的女子竟然要取我的性命，而且還不是因為我是冒險家吉西恩，而是要來取我丟棄了的身分——太子吉西恩・拜索斯的血。」

希歐娜的嘴角上揚，她說：

「你知道你們國家的亨德列克，對妖精女王達蘭妮安說了什麼話嗎？」

吉西恩點了點頭。

「沒錯……人類確實是這樣。」

但是吉西恩突然把端雅劍往前一伸，直指希歐娜。希歐娜好像劍尖要抵到她的胸部的樣子，愣怔著往後退了一步。

「可是廢太子吉西恩・拜索斯還是要堅持自己是冒險家吉西恩。而且堅持要以冒險家吉西恩的身分守護自己的同伴和喜愛的人們。黑暗世界的女子啊，在妳面前站著的人看起來像什麼？是不是很像蠻幹蠻勇之人？好了，妳看我是誰！」

吉西恩暫時停止說話，然後像要吐出所有內心事似的激烈地大喊：

「妳看我是誰啊！」

有股刺痛的感覺傳遍到我的全身。我想到了！什麼呢？我從嘴裡說出了一句話。是我曾聽過的一句話。

原來吉西恩是我的國王。

我身上的極大痛苦、一直模糊不清的視線，還有湧現出來的情感的嗚咽全都消失了。他是為了我而站在那裡的騎士中的騎士，他很清楚他是誰，他是個創造出他自己的人物，所以堪稱是我的國王。夜的黑暗、痛楚的昏暗，以及這殘酷現實所帶來的黑暗中的黑暗，都不能遮掩住我眼裡的我的國王。哦，可惡！我覺得耳邊熱呼呼的。原來是這樣子啊。哈哈哈。

「你是……我的國王？哈，哈哈哈……」

「你說什麼？修奇。真是的，不要說話！」

艾賽韓德粗獷的聲音從我的耳邊傳來。不行！放開我。我的國王正站在那裡。我應該要奮然起身。我不是為了起身來奉拜服侍他，而是要起身和他站在一起。我應該要和我的國王站在一起並肩作戰才對。我突然感覺到自己越過三百年的時間隔閡，情感與傳說中的大法師成為一體。真該死！我找到國王了，可是我卻如此躺在地上。如果我不認同，那他就不是我的國王。就算是拜索斯國王，也不是我的國王。現在我應該要奮然起身才對。

然而，身體卻只是一直往下垂躺。

希歐娜一面稍微舉起兩手，一面看著吉西恩說道：

「我不知道你是什麼樣的人，而且我也沒有必要知道。我沒有這種低級的興趣去到處調查將死之人的一切。」

接著，希歐娜拔出銳劍。涅克斯說：

「希歐娜，妳現在是在做什麼……」

希歐娜答道：

「我只是在做我該做的事。除去吉西恩・拜索斯。」

「好吧。我知道了。」

希歐娜向前走了過來。吉西恩則是一動也不動。他在原地站著，掩護著我們。

「我希望你死。吉西恩王子。」

「可是，我現在不能死。」

希歐娜咯咯笑著，手拿銳劍在半空中揮了幾下。在黑暗之中越顯冷冽的劍影，就這樣被凶狠地劃了出來。但吉西恩像銅像般堅立在那裡，只是一直看著她的模樣。這種背影我看得太多了。這是在我們故鄉常有的畫面啊！最偉大的人是讓人看到背影的人啊！站在我面前掩護我的這身背影……不行，我厭倦了。我再也不要躲在背後。我要起而奮戰。

「我要起來……！」

可是我的身體無視於我的意志，又再度無力地倒在艾賽韓德的懷裡。吉西恩仍然僵硬地站在那裡。真該死！你是我的國王！我不是已經認定了嗎？趕快回頭逃走吧！

希歐娜用斬釘截鐵的聲音說：

「現在，在這裡，受死吧！」

吉西恩搖了搖頭，用力將盾牌舉起。而希歐娜正要往前跑去，就在這時候——

「請刀下留人。」

這是誰的聲音呢？

希歐娜面帶驚嚇的表情，不再往前跑來，反而後退了好幾步。這說話聲音好像在哪裡聽過？聲音乘著夜風消失了。那是很細小而且溫柔的聲音。我勉強嚥了一口口水到乾渴的喉嚨裡，再轉頭看是什麼人。可是只有一片漆黑。周圍很是昏暗。我閉上眼睛了嗎？

「我無法容許這種行為。」

希歐娜收起了銳劍。吉西恩仍舊還是文風不動地站在那裡。然而聽到這聲音之後，兩人已經不可能打起來了。希歐娜咬牙切齒地說：

「我正在覺得奇怪呢！怎麼沒看到妳的人影。我想妳一定躲了起來，可是妳一直不出現，我還以為妳不在這裡。優比涅的幼小孩子。這已經是妳第二次妨礙我的事了！」

「真是對不起。」

原來是伊露莉！

伊露莉安靜地走了出來。

她彷彿像是劈開陰暗巷道的黑暗而出現似的，意外地出現在我們面前。她的背上背著背包，仍舊只在左邊插著兩把劍，她那隨夜風飛舞的黑髮正豐沛地飄逸著。從一趟遠程旅行歸來，她是不是面帶著平安的微笑呢？但是她並沒有面帶笑容。她以悲傷的眼神看著我們。不是人類的她遠遠地看到我們人類之間的打鬥，臉上正露出悲傷的表情。

「謝、謝蕾妮爾小姐！」

卡爾幾乎是用哭喊的聲音說道。他的聲音充滿無限的欣喜。我聽到艾賽韓德充滿驚訝的呻吟聲，我也在不知不覺間起身坐了起來。我正眼直視著伊露莉。妮莉亞也用興奮的語氣說：「伊露莉！伊露莉！妳回來了！妳回來了！」

「伊露……莉小姐……」

被妮莉亞扶著的杉森用沙啞的聲音說道。伊露莉點了點頭，向我們走來。她對我們行了一個注目禮，隨即立刻對希歐娜說：

「妳對我的朋友們做了非常殘忍的事。」

希歐娜笑了出來。她把銳劍轉了一圈之後，開始用銳劍拍打著自己的手掌。

「他們是妳的朋友？哼，妳到底是不是高貴的優比涅之子啊？」

伊露莉稍微低下頭，眼睛往上睜著看了看希歐娜。

「對不起，妳做的事使我覺得很悲傷，所以我不得不妨礙妳的事。」

「沒關係，沒什麼好對不起的。妳的出現讓我覺得很高興。」

「是嗎？」

希歐娜好像全然沒有要後退，她站在那裡說：

「這樣一來，我就可以一次解決掉你們。」

伊露莉搖頭說道：

「請妳離開吧。」

「要是我不要呢？」

「我無法和妳成為朋友。我不想和非友之人長久待在同一個地方。這就像是憤怒的江越流，憎惡的谷越深。我要讓妳走。」

「妳試試看呀！」

「好。」

伊露莉輕輕地說完之後，在胸前合上雙手。希歐娜根本都還來不及愣怔，伊露莉就已經開始施法了。她的平穩動作讓所有人都沒能注意到，所以這種不怎麼快速的動作在沒有受到任何人的妨礙下開始進行了。

「承載萬物的力量……」

「施法！妳竟然在施法！」

希歐娜揮著銳劍衝過去。但是伊露莉自己開始往後走。希歐娜的銳利攻擊雖然截斷了夜風，卻切不斷伊露莉的動線。雖然涅克斯和馬夫也喊著怪聲跑過去，然而伊露莉仍不斷往後移動，一直到完成施法。

「在萬物之下方，卻在最美麗的事物之上方的您啊！經由破滅歌頌餘生的力量，以破壞獲取生存的力量啊！在混沌之中燃燒吧！完全消失吧！」

噗嘩嘩嘩嘩！

我整個人都昏厥過去了。

是一片森林。

我正走在一片森林裡。傑米妮從我前方的樹木探出她的頭。

「修奇·尼德法？」

「傑米妮？」

「嘿嘿。」

傑米妮從樹木後方往前猛然跳了出來。然後她踩到落葉滑了一跤。砰！我大聲笑了出來。她則是漲紅著臉，坐在地上直接抓了一把落葉，就往我這裡丟了過來。可是落葉乘著風飄散，落到她的肩膀和頭上。

「哈啾！」

傑米妮的鼻子被落葉搔癢搔得打出了一個噴嚏。我咯咯笑著走近她。她緊抓住我的手，站了起來。她的頭髮上面還沾著一大堆落葉，對我說：

「你找到國王了嗎？」

「嗯。」

我幫她把頭上的落葉拍下來。她顫抖了一下，看著掉在地上的落葉，聳聳肩，說道：

「好了。國王是什麼樣的人呢？」

我並沒有笨到去描述尼西恩陛下的模樣。我對她說：

「國王就是讓人看他背影的人。」

傑米妮圓圓地睜大她的眼睛。

「背影？」

「背影就是……走在我前面的人的模樣。那個人不會對我虛偽作假，而且我會跟著他的背後走。」

「呵呵呵。」

傑米妮笑了，當場轉了半圈。她的裙子輕輕地揚起，又再垂下。她只讓我看到她的背，我聽到她說：「那麼我就是女王嘍！」

我笑著抓住她的肩膀。

「那不行。因為妳轉了過去，我就沒辦法親得到妳了。」

「嘎哈哈哈！」

我將傑米妮轉身。她笑著轉過頭來。

面對著我的竟是希歐娜！她一頭的黑髮配上一個蒼白臉孔。我根本還來不及驚愕，希歐娜就已經衝向我。她的尖牙咬住了我的脖子。

「呃啊啊啊！」

砰！咦？我的腦袋瓜感受到的是什麼感覺呀？

「哎喲，我的鼻子啊！喂，你這個混蛋小子！」

艾賽韓德捂住鼻子跳來跳去，接著立刻就要用斧頭柄把我捶下去。不過，一隻白皙的手立刻阻擋了艾賽韓德。

「請住手吧，艾賽韓德。修奇現在是病人啊。」

那隻白皙的手的主人，正是有著一雙長耳朵、配著白皙臉蛋的美人。她緩慢地向我靠近，握住了我的手。

「伊露莉……伊露莉……？」

「修奇，你沒事吧？」

房間還是很昏暗，但我總感覺應該是清晨時分了，我不知道為什麼會這樣。伊露莉的烏黑頭髮在蠟燭光影照耀下，像是紅色瀑布般飄逸著。而在這昏暗的空虛之中，我的眼睛仍然無法集中焦點，只見一張透明模糊的臉孔正在看著我。

「伊露莉？真高興見到妳。妳回來了！」

「是的，修奇。我也很高興再見到你。」

我不知不覺緊握了伊露莉的手。要不是伊露莉稍微皺了一下眉頭，我可能差點就沒有察覺到。我趕緊放開她的手，問道：

「啊！其他人呢？其他人怎麼樣了？」

我慌忙地環視我周遭附近。我看到房間的一頭躺著杉森，妮莉亞在他的旁邊。妮莉亞對我眨了眨眼睛，然後幫杉森拉好毛毯蓋好。可是亞夫奈德呢？

伊露莉用冷靜的聲音對我解釋：

「其他人都痊癒了。只有亞夫奈德先生，他有些令人擔心。」

「亞夫奈德？他怎麼了？」

「巫師隨從的死會給予巫師非常大的打擊。從某方面來說，巫師隨從因為是以精神直接和他連結的生命體，這可以說是比父母或兄弟還來得更為親密的關係。」

「所以……涅克斯把那隻蝙蝠……」

突然間，我想起剛才那場激烈的打鬥。後來怎麼了？

「涅克斯呢？那個吸血鬼呢？」

「他們逃掉了。」

「妳把他們趕走了？」

「是的。」

伊露莉如此簡短地回答，好像一副沒有什麼好說明的樣子。反而是艾賽韓德，他開始興奮地對我說：

「啊，那真是太壯觀了，修奇。地面一下子裂開，像是地裡水脈湧出似的，火焰直衝了上來！那個吸血鬼的頭髮被燻黑之後，可能是太燙了，就逃掉了！呵呵呵。」

「啊，所以除了亞夫奈德以外，其他人都沒事了嘍？可是亞夫奈德怎麼辦？」

「因為他是受到精神上的打擊，所以不需要另外的治療。必須靠他自己來克服才可以。」

「原來如此。」

我又再看了看伊露莉。

「伊露莉，真是謝謝妳。」

「說什麼謝謝，不要這麼客氣。」

「我們有性命危險的時候，妳出來解救了我們。」

伊露莉的臉色變得有些驚慌。她說道：

「我們……不是朋友嗎？」

我笑了出來。我坐在因黑暗而顯得狹小的房裡，看著眼前有些慌張的精靈臉孔，讓我覺得很是愉快。

「沒錯，我們當然是朋友！妳把我當朋友，我把妳當朋友，我因為這件事而覺得感激且幸福。」

「啊，是這樣嗎？我也有同感。」

伊露莉的表情看起來安心多了。而在一旁聽我們對話的艾賽韓德開始搔著額頭說：「真是的！妳這種臉孔，居然也會說出這種讓人聽了臉紅的話哦！」

妮莉亞從房間另一頭走了過來。她圈起艾賽韓德的脖子，說道：

「嘿，矮人叔叔。讓你聽了臉紅又怎麼樣？所有人都平安了是多麼幸福啊！」

艾賽韓德驚慌地甩開妮莉亞的手臂，妮莉亞則是嘟著嘴。艾賽韓德一面乾咳一面說：

「咳呵！呃哼，咳嗯！嗯，我當然也是很感激妳，伊露莉。」

「謝謝。艾賽韓德。」

我這時才感覺自己疲勞不已，又再躺了下來。伊露莉還幫我蓋上了毛毯。我用快睡著的聲音說：

「我解除緊張之後覺得非常地累。嗯。伊露莉？」

「你說吧，修奇。」

「事情都順利辦好了嗎？妳提早回來了呢。」

「是的。一切都很順利，所以我才能提早回來。嗯，其實是想早一點看到你們……」

伊露莉對她自己說的這句話愣怔了一下。

「啊……是的，我想念各位，想早一點看到你們。所以腳程就加快了許多。」

艾賽韓德聽到之後搔抓著全身，還在床邊抖了起來，妮莉亞則是遮著嘴巴咯咯地笑。我溫柔地笑著說：

「幸好妳回來了……妳不在的那段時間，一切事情都亂七八糟的。」

「是。你剛才睡覺的時候，我都聽妮莉亞小姐和艾賽韓德說了。」

接著，我似乎在半夢半醒之間說了一些話。隔天，艾賽韓德的表情像是覺得很肉麻似的告訴我，我對伊露莉說我真的好想念她，沒有她的日子實在是好難過，一副很可憐的模樣。哎呀，是真的嗎？我看一定是艾賽韓德誇大其辭吧。

「亞夫奈德的情況很令人擔心。」

卡爾用沉重的表情說道。可是我沒有心思回答，因為我一望向窗外，就被市民看得我都覺得很是尷尬。

從旅館大廳裡的窗戶，可以看到首都的市民們正三五成群地站在那裡看我們。我們深夜裡在這旅館發生的大事，好像已經迅速地被傳開來了。吉西恩告訴我們，昨晚首都警備隊就已經來了很多人。他們聽到事情的始末之後，就派遣了一個分隊來保護我們這些名譽騎士。所以獨角獸旅店的老闆黎特德變得很是愁眉苦臉。因為旅館都被首都警備隊員形成一個戒備森嚴的警戒網，對旅客造成很多的不便。

所以吉西恩就以王子的命令把首都警備隊員全都趕走了。大概也只有在吉西恩以王子身分活動時，才覺得有他真方便啊。嘿嘿。還說自己是冒險家吉西恩呢！不過這都是善良心意的表現，老闆黎特德非常地高興。

首都警備隊員雖然面露難色，但因為消息已經傳開來的威力，他們不得不撤離。那個消息主要是有關伊露莉的誇張消息。總之，旅館前面的大路上留下了昨晚劇烈打鬥的痕跡，所以怪不得會傳得這麼快。我今天早上看到那幕景象時，確實也嚇了一大跳。

大路上原本堅固地鋪著鋪路石，但是現在出現了一個深度達到五肘以上的巨大坑洞，在它四周的鋪路石因為受到高熱都熔化了。而且距離坑洞邊緣稍遠的鋪路石已經變成粉末散落一地，附近幾棟建築物也因昨晚的熾熱火花，不僅石壁被熔化，甚至還留有很明顯的痕跡。

所以現在在外面聚集了一大堆的市民，驚嘆不已地看著這幅光景，甚至有幾位看起來很厲害的光之塔巫師，還一面檢視痕跡，一面在路邊討論了起來。我們聽到外面那幾位巫師在激烈討論，但是我們決定不要再去在意那個坑洞了，老闆黎特德則是正在運用他高超的生意手法，在外面大賣啤酒。

「你在胡說八道嘛，柯基！這個痕跡怎麼可能是隕石群落術造成的！」

「你這個糊塗鐵匠菲力札尼渥思！那麼你倒說說看是什麼魔法造出這驚人痕跡！」

「你說什麼？你說夠了嗎？你這個沒鬍子的蹩腳老頭兒！」

「呃啊啊啊！混蛋！我不是叫你不准再提鬍子的事！」

嗯……原來那些厲害的巫師是我認識的人啊！他們其實可以用最簡單的方法，也就是進來旅館問伊露莉，可是他們並不是沒有想到這個簡單的方法，而是伊露莉現在正忙於治療亞夫奈德。

杉森因為纏著身體的繃帶而發癢難受。他看起來一副極想抓癢的表情，但是妮莉亞正時時刻刻在監視著他。一直想要偷偷刮搔傷口的杉森被妮莉亞打了一下手背之後，他用很低沉的聲音說：

「伊露莉小姐說亞夫奈德是受到精神上的打擊，那麼說來他會沒事吧。」

可是卡爾搖搖頭說：

「這個嘛，巫師他們的精神心思層面是很細膩的。他們受到精神上的打擊，和我們受到精神打擊是全然不同的層面。亞夫奈德先生不是還曾經開玩笑說『最有可能成為精神病患的職業是高階巫師』嗎？」

「嗯。真的會這樣子嗎？」

「這是有可能的。我們不是都聽到龍失去了龍魂使而發狂亂奔的故事嗎？巫師和巫師隨從的關係也是一樣啊！在精神上強烈連結的兩個個體，其中一個如果毀滅了，另一個會因此大受打擊。」

「啊……原來如此。」

杉森一面說一面企圖又想去刮搔傷口部位，這一次是被妮莉亞擰了手背，他的表情看起來實在是很可憐。吉西恩搔著太陽穴，帶著疲憊的聲音說：

「可是，這回又讓涅克斯・修利哲給逃跑了。他會不會又再回來？」

「這個嘛，昨晚他是來勸誘我們的，不是嗎？我們已經明確地傳達了我們的意思，他應該是不會再回來找我們了。」

「他會不會來報仇呢？」

「我們只能希望他不是一個會為了報仇，而忘記他現在是在被追捕中的笨蛋。」

吉西恩一副有些煩惱的表情，然後又點了點頭。

「是，希望如此。其實，他除了報仇以外，應該是沒有必要一定得把我們收拾掉。只要他沒有貪圖端雅劍……誰要貪圖端雅劍啊！只要有人貪圖就殺死他！什麼呀？哎，咳嗯。那麼我們現在可以拜託伊露莉小姐進行我們的事情了。」

「是。可是我們得擔心亞夫奈德先生的問題。」

這時候，傳來一個虛弱的聲音。

「不，我沒事。」

我們一轉頭，看到亞夫奈德在伊露莉的攙扶之下正要下階梯。大家全都露出了高興的表情，亞夫奈德則是無力地笑著走過來。艾賽韓德從位子上站起來，趕緊走過去扶他。嗯，雖然只能抓得到他的大腿，但艾賽韓德的用意是要去扶他，所以也算是有扶著他了。一等到亞夫奈德坐到椅子上，艾賽韓德就拍拍亞夫奈德的肩膀，高興地說：「太好了！現在都沒事了嗎？」

亞夫奈德對於艾賽韓德有些過於關愛的表現，搖頭搖了好幾次之後，用沙啞的聲音說：

「是，對不起，讓您擔心了。」

伊露莉坐在他旁邊，說道：

「亞夫奈德先生現在暫時是穩定下來了，我認為採取一些措施會比較好。我聽說人類的精神打擊，再發作的可能性很高。」

卡爾點點頭說：

「對，沒有錯。而且很難確定是否已經痊癒。」

艾賽韓德面帶驚訝的表情，說：

「真是的，這種精神打擊有這麼危險嗎？」

艾賽韓德馬上露出擔憂的表情，亞夫奈德則是不好意思地露出微弱的笑容。卡爾點點頭說：

「亞夫奈德，尋找紅髮少女的事就交給我們吧，你盡量休息。」

「對不起……沒有幫上忙。」

「別這樣說，沒關係的。」

此時，伊露莉面帶好奇的表情問道：

「你們在尋找紅髮少女？」

「啊，是，這件事……」

卡爾開始向她說明事情原委。伊露莉一聽到克拉德美索已經要甦醒的消息，表情十分地驚訝。然後她聽到為了要找到龍魂使，而必須找到紅髮少女的事，她點了點頭。卡爾花了好長一段時間說明之後，做了結論：「所以，我們想請謝蕾妮爾小姐拜託動物來幫忙尋找紅髮少女。」

伊露莉隨即搖了搖頭，說道：

「我不想拜託動物。」

我們全都嚇了一大跳。卡爾張大著嘴巴說不出話來，只是望著她。伊露莉用冷靜的臉孔繼續說道：

「冬季已經近了，我不想對動物們做過重的付託。這個季節對動物們而言，是牠們自己的艱困時期。」

「可、可是如果找不到龍魂使的話……」

卡爾勉強說了這句話。但是伊露莉還是一副冷靜的臉孔，說：

「而且，我認識一個紅髮少女，所以更不需要拜託動物了吧？」

「什麼？」

卡爾幾乎差點就站了起來。我們都神情訝異地看著伊露莉，她說道：

「各位都知道我去了戴哈帕港吧？」

「啊，是？是。」

「我去到戴哈帕港之後，遇到一位那樣的少女。」

「妳有遇到這樣的少女？」

「是的。」

「等等，那麼，伊露莉小姐妳說過是去戴哈帕見某個人，那個人就是那個紅髮少女嗎？」

「不是的。她是在戴哈帕港的酒店裡工作的少女。她和妮莉亞小姐一樣有頭紅色的頭髮，所以我印象很深刻。但是我沒有對這位少女仔細問過什麼，所以也不知道她是不是侯爵的女兒，不過她確實是紅髮，而且看起來大約是十五到二十歲的少女。」

我們茫然地互望著。這時候，妮莉亞拍了一下手掌。

「好！伊露莉真是太棒了！不僅拯救了我們的肉體，還拯救了我們的精神。哈哈哈！」

「咦？啊，是。」

伊露莉疑惑地歪著頭，但卡爾點頭說道：

「好了！我們終於找到第一個符合條件的少女。我們似乎有必要去確認。」

吉西恩也點點頭說：

「沒錯。那麼我們應該要出發去戴哈帕港！可是……」

「咦？您怎麼了？」

「戴哈帕港是伊斯公國的土地。身為精靈的伊露莉小姐或許可以，但是我們不可能偷越過國境……不是的！我是說我們應該要獲得越過國境的通行許可才對。」

卡爾隨即點點頭說：

「如果是這件事，可以不用擔心。」

「咦？」

卡爾信心十足地笑著。而我也在那一瞬間想到同樣的事。我高興地看了看卡爾，他點了點頭，說道：
「我有辦法。好，各位去整理行李吧。我們去戴哈帕港見見那位港口的少女吧！」

第8篇

人類的武器

……大海不斷地向著陸地靠近，而陸地卻是不斷地離海越來越遠。資歷最深的船員身上帶有的那份神祕感，反而是在於他對陸地的渴望吧。但是人類中有一種人是完全相反的，他渴望大海。那就是漁夫。他們今天又將自己的身體奉獻給大海，而漁夫的妻子是將思念漁夫的眼淚流向大海。在混沌初開時，世界上的第一位漁夫就是消失在大海中，渴望與海鷗之神的格林・歐西尼亞。

他的太太施慕妮安因悲傷而流下眼淚，經歷了數億年的時間，淚水形成了大海。到了今天，血流般的海水仍靜靜地撫觸著埋葬在海底深處的格林・歐西尼亞，並以波濤湧向陸地上的施慕妮安……

——摘自《在風雅高尚的肯頓市長馬雷斯・朱伯烈的資助下所出版，身為可信賴的拜索斯公民且任職肯頓史官之賢明的阿普西林克・多洛梅涅，告拜索斯國民既神祕又具價值的話語》一書，多洛梅涅著，七七〇年。第三冊五二七頁。

01

「現在唯一的辦法……只有小心地撤離這個地方，大家覺得如何？」

卡爾十分鄭重地提出這個意見，但是護衛隊長的臉上馬上就出現了為難的表情。卡爾靜靜地把手指向在我們前面排成一長條成群結隊的半獸——該死！半獸人。

「牠們的數目實在太多了。」

護衛隊長蘇凱倫・泰利吉的語氣有些不太贊成。他說：

「我們如果走回頭路的話，繞一個大圈子很浪費時間。」

「那麼您認為，我們要如何對付這麼多的半獸人呢？」

「把牠們全都殲滅不就好了。」

卡爾搖了搖頭。把牠們殲滅掉？哎，說點有建設性的話吧。啊，雖然他是國王陛下欽點的使節團護衛隊長，是名門武將泰利吉家族第十一代子孫，有騎士素養與實踐精神的蘇凱倫・泰利吉，我沒有資格去批評他什麼，但是這也太誇張了吧！怎麼會說出把牠們殲滅這種話來呢！我方人員一共不過才二十多個人左右，他難道不知道嗎？但是卡爾並沒有數落他的話毫無意義，而是很有禮貌地回答說：「沒有必要做無意義的流血犧牲。」

蘇凱倫・泰利吉用嚴肅的表情加上沒有感情的聲音，說著：

「我的職責是保護卡爾先生和各位的安危。我無法接受他人侵犯到我的職權範圍。」

「我當然沒有侵犯泰利吉大人職權的想法……」

「杉森！」

妮莉亞大叫著。

「呃啊啊啊！」

聽到了杉森慘叫聲的卡爾，當然也沒把話說完。我嚇了一跳，轉頭一看。

在我們所站著的山坡下方平原上，杉森突然跌倒在地。滿山遍野的枯萎雜草和沙石灰塵快速地翻滾著，瀰漫在秋天的平原上。然後在這片風暴前，一名身著白衣、美到令人屏息的女子舞動著一雙翅膀升起。她升空後翻了個身，以向下倒插著的姿勢，想用她尖銳的手指按住杉森，杉森就這樣倒在地上，用長劍狠狠地揮砍著。噗噗噗嗡！

那名女子好像是被推回去一樣，順著杉森揮砍長劍發出的氣勢，張開翅膀，再翻了一次身子，升上了天空。那名女子為了躲避杉森的長劍揮砍而回到了空中，杉森也趁這個空檔，身子一滾就站了起來。挺挺直立的杉森用凶狠的眼光瞪著那名女子。然後、然後……沒兩下，杉森的眼神就柔和了下來。這個沒用的食人魔！

妮莉亞再一次急得跳腳地高喊著：

「杉森！你這個大笨蛋，拜託你快醒醒吧！」

「哦，哦啊！」

杉森一聽到妮莉亞氣得跳腳的高喊聲，馬上就醒了過來，千鈞一髮地躲過了往他胸前飛來的那名女子的尖銳手指。杉森差一點就沒命了。所以為了不看到對方的眼睛，他只好垂下眼皮往下看，用一種奇怪的姿勢站立著。那名女子一看，馬上集中火力，向前一刺。

「呀啊！」

「嗯？」

杉森不經意地抬頭看，就在那一瞬間看到了那名女子的眼睛。真是的！杉森的嘴角又輕輕地往上揚了。那名女子馬上用手指抓破了杉森胸部。

「咯呃呃！」

「啊啊啊！」

妮莉亞一邊慘叫，杉森也一併倒了下來。如果換作是別人，肋骨一定斷了好幾根。杉森倒下之後，在地上打了幾滾就站了起來。雖然杉森的胸前，有三道可怕的血痕在汩汩地流著鮮血，但更讓他生氣的，似乎是他沒辦法專心和對手對決這件事。

「他媽的，不要猛送秋波頻眨眼，妳跟我好好地打一場吧！」

那名女子看到杉森被她擊倒後又再站了起來，而且還能那樣高聲地大喊，感到有些訝異。不過她還是一副得意洋洋的樣子，把手扠在腰際，抬頭看著在山坡上的我們。

「我看這個傢伙不行了。還是怪物蠟燭匠出來現身吧？」

那名女子的後面馬上傳來了上百隻半獸人的吶喊聲。半獸人拿著大刀，向空中大喊大叫：

「哇啊！吱吱吱吱！好啊，打啊，打斷他的鼻梁！」

「怪物蠟燭匠！吱吱！躲到哪裡去了？快給我出來！」

「吱吱吱吱！嘿嘿！怪物蠟燭匠也是個男的！他輸定了！」

那群瘋掉的混球。牠們是說因為我是個男的，會打不過這個獄魔女，其實那只能算是第二個理由。重點是我現在沒有了ＯＰＧ，所以絕不是獄魔女的對手。我只能拚命做出看起來非常冷酷，嚴峻的表情。

在稍早之前，護衛隊員中有兩名在前方偵測的偵察兵告訴我們，草原上擠滿了半獸人的軍隊且擺好了陣式，就等著我們過去。所以我們非常小心地繞過半獸人聚集的地方，跑到更高的山坡上，以便可以在高處察看半獸人的情形。可是半獸人的數量並沒有他們說的那麼多。看到了排成一列的半獸人軍隊，我和杉森還有卡爾瞬間爆笑開來。

「這一次真的來了很多呢……？」

「嗯嗯……沒錯啊。呵呵呵。」

就在我和杉森像個樂觀主義者哈哈大笑的時候，護衛隊長蘇凱倫・泰利吉還說出自己總算找到可以報答國家大恩大德的機會等等的話，令我們和護衛隊員們很是作嘔。奇怪的是，那些傢伙明明發現了我們在山坡上，牠們卻仍舊停駐在弓箭發射距離以外的地方，沒有攻進來。我們正訝異地看著牠們的時候，半獸人中的一個傢伙走了出來，提議雙方進行一對一的對決。

「一對一的對決？」

「沒錯！吱吱！我們的數量是你們的三倍以上！但是一旦打起來，兩邊一定都會受傷。吱吱！」

「所以說呢？」

「一對一的對決！吱吱！我們輸的話就撤退！吱吱！但是要是你們輸了的話，吱吱吱！你們要交出怪物蠟燭匠和另外兩個人類。」

我這隻怪物蠟燭匠和杉森、卡爾彼此看了看，互相嘆了一口氣。

然後杉森抬頭望著天空大笑兩聲之後，就威風凜凜地走下山坡。蘇凱倫護衛隊長有著優先保護我們安危的職責所在，所以他硬是要自己先出去迎戰。不過卡爾只是搖了搖頭，把弓舉了起來。這是因為一對一也沒什麼太大的危險，或許一次就可以衝過牠們也說不定。蘇凱倫看到卡爾舉弓的模樣，也指示屬下準備好弓箭射擊。不過半獸人們卻仍是杵在射箭距離之外，一動也不動。

已經下了山坡的杉森拿出了長劍，說道：

「我先來吧。喂，你們派誰出來？」

杉森一下到平原地，半獸人個個慌張了起來。

「為、為什麼不是，吱吱！怪物蠟燭匠先下來？」

杉森怔了一下，然後大笑說：

「什麼？幹嘛，你們想和怪物蠟燭匠對決啊？」

杉森一說完，半獸人之中就起了一陣騷動。什麼嘛，那些傢伙們。牠們以為我會代表出去迎戰嗎？總之過了沒多久，突然就有一隻半獸人從同類堆中走了出來。

走出來的是一隻比其他同伴身材都來得矮小，體型瘦弱的半獸人，杉森非常地訝異。然後那隻半獸人回頭掃視了一圈，隨後緊咬著牙，瞬間拔起了匕首往自己的心臟刺了下去。

「牠、牠在幹什麼？」

不只是杉森，在山坡上的我們看到了這一幕，全都嚇呆了。那隻半獸人刺了自己的心臟，不知在喃喃自語些什麼之後就倒了下去。半獸人們看著牠們同伴自戕卻一點驚訝的表情也沒有。這一瞬間，伊露莉雙眉深鎖了起來。

「這股氣息……？」

然後，這隻自戕的半獸人身體開始陷入了地底。就好像丟了一塊銅板在泥地上，土地像流動的液體般，把半獸人的身體給吸了進去。土地染成一片血紅色，在這片血紅土地的中間破了一個大口。杉森緊握著長劍，目標瞄準了那個洞口。而從那個洞口裡升起了一名如同巨型飛鳥正要起飛一般，有著藍色翅膀與紅色翅膀的女子。

那位出現在我們眼前、有著一對漂亮華麗翅膀的女子，正是地獄之女，獄魔女。

半獸人們八成是為了要抓到我，才提出一對一對決這種提議。

牠們一定是以為我會代表出戰，然後讓獄魔女先擊退我這個可怕（呵嗯，嗯！）的怪物蠟燭匠，再採取立即突擊戰，把我們一舉殲滅掉。半獸人們的想法大概是，怪物蠟燭匠畢竟是個男的，在可以把男人迷得神魂顛倒的獄魔女面前，一定也會變成像個廢物一樣。實在是太高明的戰術了。以半獸人的水準，居然能想出這樣的戰術，真的可以稱牠們為天才。那些半獸人要是知道我早就沒有了ＯＰＧ，不會氣得捶胸頓足才怪。我想到這裡不禁暗自竊笑起來。

我是如何猜出半獸人的戰術呢？因為如果事實不是我猜想的那樣，牠們那副模樣也不像是在旁觀一對一的對決。所有的半獸人都在舞弄著大刀，舉起來旋轉著，一副準備突擊的姿勢；為了提振彼此的士氣，半獸人們把牠們心裡想的話，像是「吱吱！加油！吱吱！集中精神！等怪物蠟燭匠出來就動手！」都大聲吶喊了出來。我即使沒有卡爾的聰明才智，這種程度的戰術也大致猜得出來。

「啪！」

就在我的腦子還沉浸在剛才那些想法的時候，杉森又被獄魔女打了一拳。杉森近乎發瘋似的亂叫，一面往後退。這實在是件令人頭痛的事。雖然杉森打算無論如何，都要以不看對方的方式來進行這場對決，但是天底下哪有不看對方還能打贏的道理呢。

所以伊露莉才會站了起來。

剛才杉森因為害怕路太滑，小心翼翼地費了九牛二虎之力才走下去的山坡路，伊露莉只走兩、三下（應該說飛了兩、三下）就走完，落到平地上。獄魔女看到伊露莉，嚇得向後一退，而杉森看到了伊露莉，就像見到了十年未曾謀面的母親般癡望著她。而連伊露莉也是一副看到兒子在夕陽西下時風塵僕僕歸來的樣子，深情地望著杉森。她對杉森說：「你休息吧，杉森。這種對決一點也不公平。」

「伊、伊露莉小姐。那麼……」

杉森的臉上似乎寫著想挖個地洞，把自己埋起來算了。他對著獄魔女做了一個非常令人害怕的表情，然而看到獄魔女之後，馬上又轉為高興地微笑。伊露莉搖了搖杉森的肩膀，他才好不容易神智清醒一點，然後退了下去。

半獸人們此時開始群情譁然。伊露莉是一名女子，而且還是一個精靈。這樣一來引起了半獸人們的公憤。

「吱吱吱吱！怎麼可以逃跑！要打就打到底啊！」

「吱吱吱吱！膽小鬼！膽小鬼！」

伊露莉面無表情地看著獄魔女，說道：

「所謂的一對一對決，是要對決的雙方都使出全力才行。妳的戰術是讓男性的對手沒有辦法完全發揮他們的實力，這是不公平的。所以現在，由我代表出戰。」

伊露莉真有兩下子，妮莉亞佩服得張開了嘴。可是接下來還有一件更令人驚訝的事。獄魔女喘著氣，用從喉嚨裡硬是擠出來的聲音說：

「精、精靈！精靈！」

現在和剛才的情勢完全對調了過來，伊露莉帶給獄魔女很大的威脅感。哦？這真是神奇呢？獄魔女之前那種自信滿滿的態度已經消失不見，雖然她咬著牙，相當凶猛地揮舞著手臂，但是完全沒有往前跨出一步。伊露莉慢慢地拔出穿甲劍和左手短劍，兩手持劍垂放在兩邊，緩緩地看著獄魔女。

獄魔女就像碰到了貓的老鼠般害怕。她甚至發出了像笛聲般窸窸窣窣的呼吸聲，全身不停地發抖著。半獸人們也慌了起來。

「吱吱吱吱！黑暗之女啊！」

「吱吱！怎麼會，怎麼會這樣！」

半獸人們見到了這光景，全都慌了手腳。我把剛走上來的杉森一把拉了過來，用放心的感嘆口氣說：

「卡爾，沒事了。我們現在不必擔心怎麼逃跑了吧？」

蘇凱倫和討論中的卡爾再一次走向山坡邊上。他們兩人訝異地看著下面的情況，不久後卡爾點了點頭。

「沒錯。精靈是優比涅的幼小孩子。那個既不協調也不合理的產物——獄魔女，她看到精靈哪有不害怕的道理。」

蘇凱倫那副表情像是完全陷入了感動，直視著下方。伊露莉雖然一直冷冷地盯著獄魔女，但是獄魔女終於受不了大叫出來：

「啊啊啊啊！」

獄魔女突然向天空升起。

唰的一聲，獄魔女把翅膀全力張開，在空中開始奮力地旋轉她的身體。不一會兒，從獄魔女紅藍色的美麗翅膀裡，湧出了如暴風雨般的羽毛。啪啦啪啦。

伊露莉開始向旁邊閃了過去。羽毛幾乎像下雨一樣，直落個不停，要是我的話絕對早就沒命了。可是伊露莉輕輕地跳開，一面開始施法。獄魔女的周圍馬上開始吹起風精帶來的大風。那陣風吹開了獄魔女的羽毛。就在這個時候——

「呀啊啊啊啊！」

獄魔女趁著羽毛暴風混淆了視線之時，緊抓住時機，往伊露莉的方向俯衝過去，就像老鷹看到小雞時，自空中俯衝下去捕捉的樣子。由於快速的移動和風精帶來的強大風勢，空中迅速形成一個漩渦，漩渦吸附了獄魔女的羽毛，捲起如巨大的帷幕一般。伊露莉已不見蹤影。

「啊啊！」

妮莉亞和我幾乎同時發出了慘叫聲。不久後，羽毛慢慢地掉落下來，才讓我們看到了獄魔女和伊露莉。

「我的天啊！」

在我聽到蘇凱倫這句嚴謹的評語之際，眼裡看到的是伊露莉站得直挺挺的側面，還有被甩得遠遠、落在地上的獄魔女。臉埋在地面上的獄魔女，美麗的翅膀血跡斑斑，血水凝固在羽毛上。這是一副淒慘得令人無法卒睹的景象。伊露莉贏了！我和妮莉亞開心地活蹦亂跳、手舞足蹈起來。

但這一瞬間，獄魔女開始笑了。

「哈哈哈哈！你們以為我輸了嗎？」

伊露莉慢慢地把頭轉了過去。這個時候，我們才看到了伊露莉另一邊的肩膀上，有一處很大的傷口。那凝固在獄魔女翅膀上的血是……？伊露莉跪了下來，將自己的臉頰用手蒙住。

「伊露莉！」

妮莉亞一邊叫著，一邊打算要跑到山坡下去看看伊露莉的傷勢。但是卡爾快速地一把抓住了妮莉亞。

「千萬不要跑下去！半獸人們會一擁而上！」

妮莉亞眼眶裡充滿了淚水，一面看著卡爾一面猛搖頭，可是卡爾為了顧及情勢，緊咬著雙唇，非常嚴厲地不讓妮莉亞下山。杉森雖也氣憤地大叫，但他的吶喊聲早被半獸人們的叫喊聲給淹沒了，根本就聽不到。伊露莉跪在地上，就像銅像般動也不動。你們這群混蛋！

「吱吱吱！你看到了沒！給我出來，怪物蠟燭匠！嘿嘿嘿！」

「怪物蠟燭匠！快滾出來！吱吱吱吱！」

好啊，我就聽你們的話出去，我說我會出去的！只要蘇凱倫放下抓住我肩膀的手，我當場立刻飛奔下去！獄魔女從地上站了起來，看了看伊露莉，馬上就抬起頭，朝我們山坡上看了過來。

「不要再派一些不起眼的傢伙來了！怪物蠟燭匠到底是哪一個？伸出脖子受死吧！」

卡爾對憤怒得直發抖的我們，很快速地說：

「現在那些混蛋仍然對尼德法老弟有所恐懼，不敢隨便出手。但是我們當然也不能送尼德法老弟去對決，泰利吉大人。」

蘇凱倫用沉重的眼神看著卡爾。卡爾語氣堅決地說：

「男子是無法和獄魔女對決的，我們必須要逃走。您理解吧？」

蘇凱倫用像是有什麼東西卡住了喉嚨，好不容易才清掉的表情說：

「讓我出去對決吧！」

「您也是一名男子啊！拜託您，為什麼一定要這麼做呢？」

蘇凱倫一聽，嚥了一口口水。山坡下，獄魔女和半獸人們對著我們喊罵與嘲諷的聲音仍舊不斷傳來。蘇凱倫搖了搖頭。

「但是，就算我們現在逃跑也不能解決問題。那些混蛋一定會追著我們不放的。而且我的使命，就是將使節團安全又迅速地送達伊斯公國，犧牲生命也在所不惜。絕對不能耽誤時間。」

接著蘇凱倫用手指著下方。

「而且下面的伊露莉・謝蕾妮爾小姐怎麼辦呢？」

卡爾很惋惜地看著下方的伊露莉。蘇凱倫語氣堅定地說道：

「讓我出去對決。」

「一定得出去嗎……您也是一名男子，說不過去的。」

「要去做了才知道。」

「讓我們派他去吧？」

就在這個時候，妮莉亞突然大叫起來。

「他雖然是一名男子，但是有些地方有點奇怪。而且，如果是要用眼神對決的話，那不是他最拿手的嗎？」

妮莉亞一面說一面把手指向了我們的後方。卡爾嚇了一跳，蘇凱倫也不例外。妮莉亞說：

「不可以！」

「對呀！我們有他啊。泰利吉大人。」

卡爾一時搞不太清楚狀況，但看了一下妮莉亞之後，馬上啪地擊掌，領悟了什麼似的。

「您別誤會了，妮莉亞的話絕對沒有錯。我以人格擔保。我們沒有其他辦法了。」

但蘇凱倫就是一副絕對不肯妥協的表情。卡爾也等不及了，就即刻轉身下了一個手勢。但是護衛隊員們都很惶恐地看著他們的直屬長官蘇凱倫。

「卡爾・賀坦特先生！」

「我不是在跟您開玩笑。我比您還要瞭解他啊。而且就算他要逃，在這個荒野上，也只會遭受到半獸人的攻擊，逃不掉的。算我求您吧，泰利吉大人。」

蘇凱倫看了卡爾好一會兒，又看了看山坡下的伊露莉。他的臉上雖然閃過了異常擔憂的表情，但馬上就顯現軍人的果決，不再擔心。蘇凱倫向護衛隊員們點了點頭。

護衛隊員們馬上就跑向了馬車。那輛馬車為了運送罪犯，構造非常堅固，護衛隊員們拿出了鑰匙，把門打開來，發出嘎吱聲。

「快下車！」

馬車的鐵門打開了，護衛隊員大聲高喊著，不久後，一名為了遮陽而把手放在眉毛上方的男子下了馬車。男子表情鬱悶地看著護衛隊員，護衛隊員把手往我們所在的方向指了一指，男子就往我們的方向走了過來。

「溫柴。除了你以外，別無他法了。」

溫柴面無表情地看卡爾說：

「剛才你們說的話，我在馬車裡都聽到了。我知道該怎麼做。」

杉森以信賴的動作將長劍交給了溫柴。溫柴拿著長劍揮了幾下。將武器拿給罪犯，蘇凱倫的臉色非常地難看，但是他仍然嚴格堅守著自己的威嚴，沒有說任何一句話，只是用嚴厲的眼光觀察著溫柴每個動作大大小小的細節。

溫柴向我們點了一點頭，馬上就輕快地跑到山坡下去了。

一直在嘲諷著我們的獄魔女，這個時候看到了一名男子跑了下來，馬上就警戒了起來。獄魔女立即轉身向半獸人問道：

「那個就是怪物蠟燭匠嗎？」

「吱，吱吱？不，不是怪物蠟燭匠啊！」

獄魔女用失望的表情看著溫柴。我們其他人全都緊張地嚥著口水，聚集到了山頂來。下了山坡的溫柴，正瞪著獄魔女。獄魔女一副認為溫柴沒什麼看頭的表情，對著他說：

「喂！你回去，叫那個怪物蠟燭匠出來，聽到沒？難道你想死嗎？」

溫柴理都沒理她，走向了伊露莉。伊露莉當時還是一動也不能動地跪坐在地上。溫柴看了看伊露莉，用非常低沉的聲音說話。在山坡上的我們要非常仔細地聆聽，才聽得他低沉的聲音。

「原來是被麻痺了。」

麻痺了？是中毒了嗎？卡爾皺著眉頭，自言自語著：

「沒錯。獄魔女的羽毛會引起極大的麻痺效果。」

溫柴將伊露莉留在原地，走向了獄魔女。他在適當的距離停了下來，慢慢地深呼了一口氣，然後開始大聲地喊叫。

「喂，修奇！你告訴她，我對她的美貌讚嘆不已，但對她傷人的手段不敢領教！」

蘇凱倫驚訝地看著我，我也回給他和他差不多訝異的表情。我用真的一副想去死的樣子，對著山坡下大喊：

「他這麼說！」

杉森開始打嗝，妮莉亞對他投以心有戚戚焉的視線。於是兩人徹底發揮了同袍愛，一起打起嗝來。嗝，嗝，嗝！

獄魔女現在的表情有些超乎紙筆可以形容。獄魔女無力地垂下肩膀，嘴巴驚訝得大開。她看了一下溫柴，再看了一下在山坡上的我。最後，獄魔女手指著自己的胸前，問說：「你是在跟我說話嗎？」

「修奇！你告訴她我是在跟她說話！」

「他這麼說了！」

獄魔女後面那群吱吱喳喳愛亂叫的半獸人，半句也不敢吭聲，現場一片寂靜。那些半獸人全都張開了嘴，露出了尖銳而閃閃發光的犬齒，連口水都流了出來。獄魔女大呼了一口氣，鎮定下來之後，說道：

「那，等一下。你是不是不和我面對面說話，而是要透過那名少年來傳話？是這樣的意思嗎？」

「修奇！你告訴她，我本來一直很好奇，為何一位地獄之女會去答應半獸人的要求，而我現在才終於知道，原來是她的眼光太差，不論是誰叫她，她都會應聲好，跑出來搗蛋。」

「他這麼說！」

獄魔女開始慢慢有了憤怒的表情出現。本來就是嘛，遇到了這樣荒唐的事情，也不能責怪她不馬上生氣啊。

「你這傢伙！你在跟我開什麼玩笑！」

「你告訴她，開玩笑是要和彼此水準相當的人才會開的！」

「他這樣說了！」

「呃啊啊！什麼呀，哪有這種事！」

獄魔女一陣狂怒，馬上往溫柴的方向走去，而溫柴也立刻拿起長劍對準了獄魔女。獄魔女看到了長劍上反射的銀光，停頓了一下，但是馬上就嘻嘻一笑，看著溫柴，想用眼神把他給看穿。兩個人如此地互看，對峙了一陣子。

獄魔女突然往後一跳，向後退了幾步。她訝異地說：

「怎、怎麼會這樣？」

溫柴笑得非常冷酷。獄魔女慌張得不知如何是好。獄魔女想要再次用眼神將溫柴看穿，但溫柴依舊是眼光銳利地與她對看，絲毫沒有被影響到。獄魔女萬分恐懼，幾乎喘不過氣來。獄魔女說道：「你、你！」

獄魔女用真的非常害怕的神情，說：

「……是女的嗎？」

「噗哈哈哈！」

最後妮莉亞拍了一下杉森的肩膀，爆笑開來。溫柴則是淡淡地笑著，放下了長劍，說道：

「你跟她說，她的眼神模糊而讓人感到迷惑，我真的知道她的眼力非常地糟糕。」

「他這麼……」

「夠了！你們到底在幹什麼！我現在沒有心情和你們開玩笑！你、你這傢伙，到底怎麼回事？」

我還沒說完，獄魔女就扯著喉嚨大喊大叫著。溫柴沒有回答她，而是閉上了眼，慢慢地調整他的呼吸。

02

突然間，溫柴睜開了眼睛。獄魔女隨即露出難以呼吸的表情，一屁股坐在地上。溫柴像是覺得憎惡似的看著獄魔女，用咆哮的聲音低沉說道：

「Ahn choudarii. Nanysanchee ama Rekjarklapi...Pecaii!」

獄魔女好像還沒察覺到自己已經被嚇得坐在地上。她的姿勢像是介於坐與躺之間，一直維持著這種姿勢，用蒼白的驚嚇表情看著溫柴。突然間，溫柴舉起長劍指向她的胸前。獄魔女露出像是被劍刺到的表情。

「Ahn choudarii!」

「呃啊啊啊啊啊！」

獄魔女開始在地上往後匍匐。我的天啊！她明明有翅膀，竟然會沒想到用飛的！溫柴立刻往前跑去，凶悍地揮舞著長劍。銀製的長劍閃現出殺氣騰騰的劍光，使獄魔女感受到更加強烈的恐懼感。溫柴看起來像是為了讓她害怕而揮劍，反而要讓她中劍的意圖不大，不過這樣對這個早已驚嚇到的獄魔女已經很足夠了。

她無神地往後爬了一會兒，就癱在原地，整個人滾了一圈之後站起來，瘋狂地開始逃跑。她在翻滾的時候羽毛亂七八糟地散落了一地。蘇凱倫驚訝地張開嘴巴看著這一幕。

那些半獸人對於這突如其來的情況還尚未反應過來，一副不知所措的樣子。獄魔女一看到半獸人的大軍擋在她前面，這時她才展開翅膀踉蹌地飛了起來。她好幾次都沒能順利飛起，然後才岌岌可危地拍著翅膀，好不容易才沒有衝撞到那群半獸人，飛上去之後立刻消失在遠方的天空。

那些半獸人呆愣地看著飛走消失的獄魔女，然後一面感到一股新的恐懼，一面看著溫柴。溫柴已經是長劍垂在旁邊的自然姿勢，有些歪斜地站著，用歪斜的眼神瞪視著那些半獸人。我可以聽到站在我身旁的蘇凱倫，聲音低得像在呼吸似的說：

「路坦尼歐大王和羅克洛斯海岸的……」

嗯。他好像是在說路坦尼歐大王的著名冒險事蹟。可是在羅克洛斯海岸與三百多隻半獸人對峙過的路坦尼歐大王，當時是處在背後有亨德列克這個強大支援的狀態。但如今，卻是溫柴獨自面對一百多隻的半獸人。

他的腳步移動了。

溫柴自己走過去，他並不是朝向敵人走去，只是像散步似的輕鬆走著。他就只是這樣走著。但是他的可怕眼神卻讓那些半獸人紛紛退後。半獸人剛才看到逃跑的獄魔女，而現在則是看到讓獄魔女逃跑的人走向他們。

接著，就傳來一陣刺耳的尖叫聲。

「吱！眼，眼珠怪來了！」

那些半獸人驚慌地往後退了幾步。護衛隊員們發出很大的讚嘆聲。雖然半獸人們向溫柴伸出顫抖著的大刀，但是根本不敢往前走。其中的一個半獸人終於忍不住大喊：「吱！只有一個人！打倒他！」

可是沒有一隻半獸人敢動，而且還有另外一隻半獸人喊著：

「不行，不行！吱吱吱！怪物蠟燭匠都還沒，吱，出來！吱吱！」

隨即，那些半獸人就用敬畏與恐懼參半的眼神（雖然這只是我自己的猜想），抬頭望著站在山丘上的我。我盡可能讓自己看起來很凶惡，用力發出鼻息聲，肩膀使力之後抬頭挺胸昂然地看著那些半獸人。妮莉亞一看到我的模樣，立刻捂住閉嘴往後跑掉了，但是其他的護衛隊員則是一動也不動地緊拉著弓。

如果說半獸人比較怕的是我，而不是山丘上這二十多把瞄準半獸人的弓箭，那一定可以增強我的自尊心。我實在是不瞭解半獸人內心的想法，但不管怎麼樣，那些半獸人因為對於怪物蠟燭匠和眼珠怪有心理上的恐懼，再加上對二十把弓箭有現實上的擔心，所以不敢撲上來。那些傢伙開始緩緩地、慢慢地後退了。就在那一瞬間，溫柴大聲吼道：

「Peca!」

那些半獸人叫出怪聲，就都很勇猛地往後轉身跑走了。

「吱咿咿咿！」

蘇凱倫・泰利吉護衛隊長應該要對他押送的犯人致以最高的敬意才對。因為這個犯人獨自一個人只用眼神，就把一百多隻的半獸人給擊退了。雖然這種情形有些奇怪，但蘇凱倫還是不失風度地鄭重向溫柴道謝。真是一個有風度的軍人啊！

那時，尼西恩陛下一聽到卡爾說他決定擔任前往伊斯公國的使節，非常地高興。可能他以為自己已經讓卡爾變成他的人了。卡爾並沒有說自己是為了要去戴哈帕港見紅髮少女才答應出任，只是說不想違逆陛下隆恩。

接下來進行一連串新任證書的授予、任命權狀授予，以及感謝祈求亞色斯的祈禱儀式，叭叭叭！叭叭叭！有些吵吵鬧鬧的，甚至是有些轟動，閃光耀眼。然後，我們才得以在稍微陰霾的天氣裡從拜索斯恩佩出發了。

我們的成員很簡單。根據卡爾的說法，不對，是費雷爾說的，我們拜索斯一定要守住盧斐曼海岸直到十二月，所以與伊斯公國的會談務必要盡快才可以。而且我們自己本身也很急，克拉德美索的甦醒期限一天天地逼近。所以暫時先不講究體面和禮貌，只求盡速行動，於是我們很簡單地就成行了。卡爾對我們解釋：

「本來國家使節團不只有商人、學者、留學生，還要有音樂家、美術家、作家等各種具備藝術涵養的人員隨行。這樣可以提高使節的體面，同時負責促進兩國之間的文化交流。但是現在的事態使我們無法這麼做。」

我們的成員，首先，是一位名叫蘇凱倫•泰利吉的護衛隊長，以及二十名的護衛隊員隨行，擔任我們的護衛。然後當然還有拜索斯使節卡爾，以及杉森、我、伊露莉、妮莉亞。

亞夫奈德因為巫師隨從死去，心理受到嚴重打擊，需要休養，所以無法和我們一起去。而艾賽韓德則是留下來看護亞夫奈德。卡爾也勸吉西恩一起去，但吉西恩堅守自己說過的話，他說過他一離開首都就會有人暗殺他，所以在首都以外的地方，他就無法和我們一起同行。因此我們只好跟吉西恩分開了。

為了能夠到伊斯公國之後做證言，傑彭間諜溫柴也與我們同行。其實正確地來說，雖是押送溫柴，不過那只是蘇凱倫的想法而已。我們則認為他是與我們同行的夥伴。

現在是晚餐時間，杉森和溫柴還互相乾杯，由此可知我們把他看成是同行的人。蘇凱倫先生看起來像是忍不下那口氣，帶著僵硬的表情。雖然無法招待溫柴好好吃一頓晚餐，但是杉森用酒替代，拿著酒杯走到馬車邊給溫柴，就在鐵窗前乾杯了起來，讓蘇凱倫快看不下去了。

「對於犯人……不可以給他喝酒。」

蘇凱倫如此說道，但杉森聳聳肩，說：

「喝醉酒的人怎麼可能會逃跑？」

蘇凱倫簡直快氣炸了。

老實說，我、杉森、妮莉亞和伊露莉都沒有正式的職銜，只是統稱為隨行人員。所以蘇凱倫對杉森根本沒法確定他自己的地位，才會氣成這樣。蘇凱倫嚴格說來是隨行武官，但杉森的言行舉止也是隨行武官（嘿嘿，我好像也是哦）的樣子。但是蘇凱倫是正式的護衛隊長，因此他也應該要護衛杉森才對。於是乎，這位「軍人」蘇凱倫對於這種模糊不清的關係好像不怎麼高興的樣子。

他只好試圖想去接近那些上下關係非常明確的護衛隊員。嘿，嘿嘿。當然啦，可憐的蘇凱倫先生不久就確定，他這個長官是不可能插得進士兵們的談笑，只好回頭來找我們了。所以現在他愁眉苦臉地坐在我們圍坐著的火堆旁邊。

除了伊露莉，其他人的臉都是暗紅色的。

從火堆裡迸出的火花，在空中刻劃出短暫的自由與極度的熱情。火花誕生、飛揚躍動、發出熱情、燒盡。如果那也堪稱是一個生命週期的話，那麼火花應該會認為我們人類動作慢吞吞且令人不耐煩。我一邊想這些東西一邊喝茶，結果這個笨想法的代價就是讓茶從嘴邊不小心流出來。

「你需不需要一個圍兜兜啊？」

妮莉亞突然爆出這一句，呵呵。妮莉亞甚至還拿出手帕幫我擦了下巴。我怎麼覺得自己好像一個呆子。卡爾正在喝著炊事兵端給他的咖啡，他首先開口對蘇凱倫說話：

「泰利吉大人，您去過伊斯公國嗎？」

「是的。我去過那裡。」

「那裡風景美嗎？」

「是的。凡是海風吹拂的地方，都感受得到船員的那股神祕，但伊斯公國卻是那股神祕色彩特別深刻之地。」

卡爾聽到如此高深又文學式的回答，先是嚇了一大跳，呵，呵呵呵。這個軍人叔叔何時變成這樣的？不過，我立刻察覺到他是在背他看過的句子。因為他臉上沒有任何感動的表情。卡爾微笑著說：「泰利吉大人您的感想如何呢？」

「咦？」

「您喜歡那個地方的什麼呢？」

「我……您是說我嗎？」

蘇凱倫立刻沉思了起來。

我們很有耐心地各自喝著咖啡、酒和茶，等他回答。而在另一頭，杉森和馬車裡的溫柴不知在聊什麼有趣的話題，我可以聽得到杉森的大笑聲。哇哈哈！在我們附近的怪物一定都逃走了，所以我們現在很安全了。妮莉亞因為編不成頭髮，結果手指把頭髮弄得糾纏在一起，就在此時，蘇凱倫說：

「我很喜歡他們的漁夫。」

卡爾睜大著眼睛問道：

「漁夫？您是說捕魚的漁夫嗎？」

「是的。他們是一群和最巨大的敵人交戰之人。而且他們忘記自己是在戰鬥，一點都不認為那是種戰鬥，我對這種沉默的人印象很深刻。」

「是嗎？嗯，那農夫不也是和巨大的敵人交戰嗎？」

「除了老死的農夫以外，大地是不會吞噬農夫的。」

卡爾對於蘇凱倫意外地出現有才氣的回答，露出了高興的表情。

「說得也是。哈哈哈。」

原來蘇凱倫也不是那種一定得冠著軍人稱號的人物啊！看看杉森，他像個警備隊長嗎？分明是怪物嘛。看看我，我……哎……我實在是無話可說。

「噗哈哈哈！眼珠怪！」

杉森倚靠著馬車，和馬車裡的溫柴有說有笑，他又大笑了一聲。我看到他那副樣子，不禁笑了出來。卡爾拿毛毯披在身上，然後拿出了書。伊露莉立刻召喚出光精，幫卡爾照明。

「啊，哎呀，真是謝謝妳。」

「在昏暗的地方看書有害眼睛。」

伊露莉因為白天受了傷，在肩膀上纏了繃帶，手臂則是固定著。但她仍然像是在面無表情之中帶著溫暖的微笑。我想即使她被掛在懸崖峭壁，或者快被送進龍的嘴裡，也會帶著近似無表情的微笑吧。對她而言，人生到底是什麼呢？數百年的故事……不對，她說過她是一百二十幾歲。那麼一百二十年來有些什麼回憶呢？

對於擁有十七年回憶的我來說，我就算問了應該也無法理解吧。東想西想了好久之後，我用稍微笨拙的語氣隨口問伊露莉：

「對了，伊露莉妳是去戴哈帕港做什麼呢？」

伊露莉轉頭面對我。我會不會問得太冒昧了？

「啊，對不起，我太失禮了。」
「不會，沒有什麼好失禮的。我是去那裡尋找某個人的行跡。」
「行跡？」
「是的。」
她好像不怎麼想說的樣子！我作罷，決定睡覺。要是不睡明天早上一定又會痛苦萬分，所以趕快去睡比較好。啊啊，好累哦！我一躺進毛毯裡，不一會兒就看到杉森回來。卡爾把杉森叫去。
「喂，費西佛老弟。」
「咦？」
「我跟你說一下之後你要做的事。你聽好不要忘記。」
「啊，是。」
然後卡爾繼續說了一些話，但是我已經呼呼大睡了。呃呃。我深怕早上的到來。

「你一定要欺負我的腳嗎？」
「哎喲，你是用屁股在跳舞啊，搖搖擺擺的。眼睛不能睜亮一點嗎！」
實在是太過分了！為什麼人類向食人魔學劍術，還得聽著斥罵？護衛隊員表情糊裡糊塗地看杉森示範之後，立刻對我投以覺得我真是可憐的那種眼神。而蘇凱倫則是雙手交叉放在胸前，對杉森投注充滿好勝心的眼神。
我們紮營的地方是在一片樹林裡面。在這瀰漫著晨霧的十一月樹林裡，每踩一次落葉，就聽到霜碎裂的嘎吱聲音。妮莉亞像是被凍到了的小貓，在毛毯裡只露出一顆頭看著我們，伊露莉則像平常一樣，在稍遠的地方看書，做記憶咒語的動作。卡爾表情認真地看著炊事兵。炊事兵有什麼好看的？事實上，卡爾站在炊事兵旁邊的位置，可能是因為那裡最為溫暖。雖然如此，你也來這裡勸勸杉森吧，卡爾！

「這是什麼呀？我說過幾次了？我叫你好好轉！」

「低！高！不對，更輕一點！不是，更用力一些！」

我到最後害怕地大喊：

「呃啊！拜託教我簡單一點的啦！我是人啊！」

我是人類。所以沒辦法做出像食人魔那樣的動作。不對，我怎麼可能用相同的力量上下左右地刺、切、拍打，而且一下子連做八次？就算有ＯＰＧ也只能勉強做到，以現在的我更是不可能做到的。

杉森對我說著「你沒了ＯＰＧ，不可以讓傑米妮還沒嫁人就守寡」這一類不像話的話，還拉著我的耳朵叫我練劍。還是在故鄉時向透納學劍那時候比較好，這一回我可是死都做不來。但杉森把我所有抗議的話都當成是耳邊風，繼續威嚇我：

「接連做三次，連續動作再做一次！」

好，我做！我來做！首先準備從肩膀上面拔劍，往前跳起來打擊，往右劈，往左劈，右劈，左劈，往上之後跳起來打擊，腳抽回來，再把劍拉到肩膀上端阻擋。從這個姿勢變到這個姿勢，再從這個姿勢……

砰！哎喲，挨了一拳，他媽的。

「反方向轉過去，往後！」

嗡嗡嗡！是杉森的示範聲。是卡爾發出的聲音嗎？不對，是馬車裡面的溫柴正在笑著。護衛隊員則是出神地看著杉森。我狠狠地揮了劍。咦？為什麼我的劍比較大，卻一點也沒有聲音？

我又反覆做了好幾次，終於好不容易可以從頭到尾很平順地做完動作。杉森隨即用很平淡的表情說出不得了的話。

「你叫我做一百遍？」我說。

「對，做一百遍。」

「那今天不繼續前進嗎？」

「當然要。你如果想跟著我們，就趕快做一百遍！要是不行，就丟下你不管了。」

「五十遍！不管有什麼事發生，我也絕對只做五十遍！」

杉森根本不聽我說，但是我又動用了所有卑下的手段之後，才好不容易達成五十遍的妥協。我在冰冷的冬季早晨，汗流浹背地做著那個生硬的連續動作。

蘇凱倫的表情像是在沉思什麼似的，看著這幅光景，他沉穩地點了點頭之後，立刻大聲喝斥那些在看我的護衛隊員，說他們怎麼這麼閒著沒事做，於是那些護衛隊員也全都開始做槍術訓練。所以我和二十名護衛隊員，可以說都一條心對杉森投以憎恨的眼神，我可以感受得到和他們之間的同志情誼。

「要不要我餵你？」

「如果可以的話，那真是太謝謝妳了。」

妮莉亞隨即笑嘻嘻地舀湯給我喝。我喝了之後感覺悲從中來。爸爸，我想到你那時候的槍術訓練了。嗚嗚。手臂痛得都拿不起湯匙了。妮莉亞還很親切地撕麵包送到我的嘴邊……結果就在我要咬下去的那一瞬間抽走了。呃。我被玩弄了，真是悲慘。妮莉亞咯咯笑著繼續捉弄我，伊露莉的表情變得很訝異地看著她的模樣，說：「妮莉亞，妳要是不打算給修奇麵包的話，為什麼裝作要給他麵包的樣子呢？」

妮莉亞沒有說什麼，把麵包丟到我的嘴裡。我趕緊接住嚼了起來。

我們橫越過東部林地，朝著綿延在東部林地外圍、廣大的紅色山脈前進。聽說越過紅色山脈之後，便是夾於山脈與海洋之間的伊斯公國了。

卡爾對我說明關於伊斯公國這個國家的一些事。

伊斯公國位於山脈與海洋之間的狹小地域裡，或許是因為位在戰略性低落、無須併吞的地點，因此能以沒有軍事價值這個理由而得以存活。不過還好，聽說伊斯國人民是說拜索斯語的。但是聽說他們也有不少人會說傑彭語和海格摩尼亞語。

「他們是說拜索斯語的？」

「是啊，尼德法老弟。事實上，這是一些祭司和巫師不斷往返，用我們很難想像得到的手段去促成，才使整個大陸大致上可以使用同一種語言。嗯，你有沒有聽過『方言』這個名詞？」

「方言？那是什麼呢？」

「就是同種語言，但是因地方不同而稍有差異。」

「同種語言也會有差異？」

「是啊，例如在有些地方，媽媽是說『阿母』，笨蛋是『憨人』，這樣應該可以懂了吧。」

「咦？那不是很奇怪嗎？為什麼要這樣說呢？」

「那是因為人們生活在相隔很遠的地方，日子一久就會形成方言。你想想看，兩個地區如果相隔著海洋或山脈而無法互相往來的話，是不是語言會變得不同？」

這是什麼意思啊？我皺起眉頭說：

「真是奇怪的話。小孩子不是直接跟父母學語言嗎？那語言怎麼會變不同呢？」

卡爾點點頭說：

「當然會變不同啊！只要日子一久，一點點的差異就會變成很大的差異！」

「可是……在我們國家沒有這種情形，不是嗎？」

「我要說的就是這個。儘管距離非常遙遠，一些巫師還是能夠互相對話。祭司也是一樣。而且，巫師和祭司們大概都扮演著以學問或其他方式來傳遞文化的角色，所以我們國家才會沒有方言。可是聽說在魔法發達之前，是有方言的。從路坦尼歐大王的傳記裡就可以看到有關方言的故事。」

卡爾這番話真是怪異。竟然有方言這種東西。呵呵，真是的。不管我再怎麼費腦筋去想還是想不通。有方言的時候，人們到底是怎麼溝通的？哼嗯。會不會就互相不把對方當成人？卡爾繼續說道：「事實上，有好幾次，一些巫師和祭司都曾提議創造大陸的共通語言。我們雖然沒有機會到外國去，但是他們卻常需要用語言溝通，所以他們知道有共通語言會很方便。」

「哦，好像不錯！然後呢？」

卡爾瞄了一下伊露莉，然後笑著回答：

「結果只是發現到，學問上的需求，是很難突破政治上的障礙的。」

「咦？」

「祭司們是為全體人類服務的人，和一般人不一樣，一般人都比較喜歡使用和外國人不一樣的語言，也因此才能感受得到民族情感。」

「嘿？這個我就比較懂了。哼嗯。可是伊斯公國為什麼使用三國語言？」

「因為他們的人民盡量不想和三國中的任何一國起紛爭。」

現在的伊斯公國君主雖然向拜索斯、傑彭和海格摩尼亞三國朝貢，但是朝貢的數量並不是非常多。三國都對伊斯公國不做干涉，但伊斯公國可以對貢物有少許埋怨，或者對三國的商人偶爾課關稅課得很重，他們國家對這一類事情是有其自尊心的。啊，當然三國之中的任何一國都不可能佔據伊斯公國，所以伊斯公國對任何一國都展示了伊斯公國的自尊心，但是會明智行動，而不觸犯到對方國家的自尊心。

「是嗎？」

「是啊。」

「嗯，那麼伊斯公國既然是沒有價值的一塊土地，那他們人民是靠什麼過活的？」

「靠三角貿易啊，尼德法老弟。他們買進三國各自盛產的商品，再賣給生產力不足的地方，也因此他們能通三國語言。特別是最近幾年，他們從海格摩尼亞和傑彭的貿易之中獲得很多的利益。我們和傑彭戰爭，因此海格摩尼亞的商人無法通過我國到傑彭去，好像都改成經由伊斯公國前往傑彭。」

「哼嗯。是哦。嗯？等等。那麼在伊斯公國也能遇得到傑彭商人嘍？」

「當然啦。要是真的遇上了，我們可得小心一點。那裡不是我們國家，所以要小心行事才可以。」

「哼嗯。是，我知道。」

我和卡爾在馬匹上愉快地聊了這些話。在我們旁邊的妮莉亞把身體傾靠向卡爾，問他：「可是，我們還剩下多少路程要走呢？」
妮莉亞身體傾斜得太誇張了，卡爾驚嚇地說：
「啊！危、危險啊！」
「沒關係的，卡爾叔叔。不要擔心。我們還有多少路程呢？」
「啊，明天就可以到了。」
「咦？伊露莉不是花了十幾天往返嗎，可是我們騎馬三天就到了？是因為我們騎馬比較快的關係嗎？」
「啊，明天早上可以到達伊斯公國，但如果要到戴哈帕港，還需要再花一些時日。」
「嗯。那麼時間就差不多嘍。哇！伊露莉用走的，竟然和騎馬花費的時間一樣！」
在後面跟著的伊露莉聽到這句話，微笑著說：
「因為我是在森林中奔跑的關係。」
「好厲害啊！」
這時候，從馬車那邊傳來杉森的大叫聲：
「喂，眼珠怪！」
溫柴並沒有馬上頂回去。事實上，他現在應該是在比較輕鬆的狀態。即使他還是被監禁在馬車裡，但馬車裡既可以坐又可以躺。跟杉森共同綁著腳踝的那時候相比，現在確實是很幸福，所以在馬車裡面傳來了溫柴有點噁心的聲音：「幹嘛？」
「你的那個專長，教我一下吧。」
馬車裡面發出了沙沙響聲，隨即，溫柴從鐵窗探頭出來。他看了看杉森，說道：
「什麼專長？」

「會讓人害怕的那種眼神。是不是叫殺氣呀？」

溫柴冷冷地笑著說：

「像你這麼遲鈍的傢伙，是做不來的。」

「什麼呀！」

杉森雖然瞪眼看他，但隨即垂下眼皮。他是想對誰瞪眼啊？

馬車發出喀啦喀啦聲，馬匹發出嗒叭嗒叭聲。東部林地在我們的腳下不停息地向後飛逝，接著我們進入了紅色山脈。

03

「是海大耶！」
「你說什麼？」
「不，不是啦，是大海海！」
「修奇……」
「呃啊，是大海耶！」
是海呢。那個就是大海啊。哇啊，好神奇哦。海裡有好多好多水哦。多得不得了。在水平線上向著港口航行的小小帆船，遠遠看來就像許多的小白點灑在海面上一樣。實際上的小小帆船當然不小，但是從山邊看下去，寬闊的海平面和點綴在其中的點點帆船，就好像在草原上開滿了嬌巧的小白花一般。跟在船後面，綿延不斷的水痕像在水上開了一條白色道路。但是航行在這條白色水道盡頭的船隻，小到幾乎都看不見了。朝陽升起於海平面上，陽光盡情地灑落，隨著波濤翻滾，掀起陣陣浪花。呃啊，美麗的海洋！
迎面而來的風，摻雜著一股奇怪的味道，那好像是種腥味似的濃烈味道。真是奇怪了。為什麼淡水魚就不會有這種味道呢？那股腥味，感覺好像是魚發出來的，但卻又不是。那到底是什麼味道呢？這裡吹著和草原完全不同的風。

我和杉森對這股味道好奇地東聞聞西嗅嗅，而伊斯公國的國境守備隊長和卡爾很愉悅地交談著。那他笑著說道：

「您的隨行人員們好像是第一次來到此地的樣子。」

「是的，您說得沒錯，這真是一幅美麗的風景啊。」

「啊，請您說話不用太拘束。您是貴國的使節團代表，而我只是一個負責守備國境的人員而已。我已經得到上級的指令。請跟我來。」

這雖然是山中一間小小的房子，不過仍然可以看得出來國境守備隊的紀律森嚴。屋子裡有馬廄、兵器庫，以及接待使節的餐廳等等，設備相當完善。簡單地用過早餐後，我們在國境守備隊長的帶領下，進入了伊斯公國。

從山上看到的海邊，覺得距離不是很遙遠，不過就是怎麼走也走不到。不斷地翻山越嶺到快要不耐煩的時候，我們才終於到達了平地。

「那裡就是戴哈帕港嗎？」

伊露莉對我提出的問題搖了搖頭。

「不是的，修奇。要沿著這條海岸線走到更遠的地方才是戴哈帕港。這裡只是靠近國境的一個小海港而已。」

「啊，是這樣子的嗎？這裡只是小港口而已嗎？」

這麼大的港只稱得上是小港口嗎？嘖嘖。

「是的。這裡雖然也很大，但戴哈帕港才是更大的港口。」

「呵呵。」

這個漁村的名字是賽多拉斯。

一到了村子口，就看到為了歡迎使節團而成群結隊、夾道歡呼的村民們。雖然村民的人數不是很多，不過這還是一件挺有面子的事。村民們頂著十一月吹得人刺痛的海風，全身裹得緊緊地，只露出凍紅的鼻頭，站在路旁為我們歡呼喝采。哎喲，真是承受不起呀。

村民們好像也對我們這個國外來的使節團如此獨特的模樣，而感到好奇不已。使節團一行裡有一位美麗的精靈，和一位騎在高大馬匹上的嬌小女子，這種景象當然是有點奇特了。所以村民們紛紛用驚訝的表情看看我們，然後交頭接耳地在討論著。

「拜索斯王國好像有很多女騎士的樣子。」

「可是，精靈騎士這倒是連聽都沒聽過啊。」

我聽到村民們的說話腔調與發音，嚇了一大跳。

剛才國境守備隊長說話的時候，操著一口完美無缺的拜索斯口音。但是這些村民們講起話來，卻和我們的發音有些高低不同的腔調。啊啊！那個就是所謂的方言嗎？但是其實也沒什麼太多相異之處嘛，反正使用的單字和文法都一樣，感覺不出有任何的差異。

村民們個個感動莫名的表情，使得整個歡迎隊伍的情緒升高許多。伊露莉還是面無表情，而妮莉亞則是開心地笑著向群眾們揮手。杉森要不是因為想要貫徹到底，堅守著他的形象，大概也早就揮起手來了。

在賽多拉斯村民的夾道歡呼下，我們一路行走到村中大路的盡頭，國境守備隊長引領我們參觀了賽多拉斯村一座很大的公會堂。

這不知道稱不稱得上是公會堂，反正就是一棟大型的兩層樓建築物，蓋在沿著海邊大馬路再往上走一點的海岸斷崖上。建築物有一面是完全面向大海而建造，內部的視野也相當不錯，釘在牆壁上的厚木板抵擋住了強勁的海風。我刺一下杉森的腰，問他：

「屋頂上為什麼綁著繩子啊？」

杉森也是一副不解的表情看著屋頂，然後他回說：

「就是啊？啊！一定是拿來防止颱風或海風把建築物吹倒用的。」

「啊，是這樣嗎？」

這也難怪，這裡的風勢真的大到嚇人。我甚至覺得連狹窄的巷子裡，都會有三種以上不同氣流的風在竄流著。把這裡叫做風之城，應該也不為過吧？

帶我們參觀公會堂裡裡外外的國境守備隊長說話了。

「等用畢午餐後，我會帶領各位前往那吳勒臣。從首都來的迎接團正在那吳勒臣等待各位。」

「啊，是。謝謝你。」

卡爾一臉疑惑地回答了。用午餐？哼。這是另一種客套的說法吧。你講吃午飯我們也聽得懂啊？

公會堂的一樓是寬敞的大廳，現在整個大廳都排列著整整齊齊的桌子。我們表情不是很愉悅地在桌子旁坐了下來。因為桌上各式各樣的料理，雖然很豐盛地排放在桌子上，不過第一個吸引我視線的料理，是置放在桌子正中央的巨型怪物。那是一隻頭長得像蜥蜴的怪物，看看牠的腳，哇，那麼大的腳要怎麼走路啊？而且牠的背上還背著一個堅硬的盾牌。我不得不再戳了一下杉森的腰。

「那、那個是什麼啊？」

「不知、不知道耶？為什麼要把怪物放在桌子上呢？」

接著我看了一下坐在對面的妮莉亞，不過我馬上就把頭轉了回來。妮莉亞一臉的蒼白，張著大口，屁股沒有緊貼著椅子的坐姿，是為了防止那隻怪物萬一起身攻擊時，可以搶第一時間跑掉。蘇凱倫的一句話解救了大家。

「那是海龜。」

「海龜？」

「嗯。伊斯公國的有名料理之一。」

伊露莉用一臉非常難過可惜的表情，看著那隻海龜。我們整隻都要吃掉嗎？過了一會兒，服侍我們用餐的年輕女侍們都到齊了之後，我才知道那隻海龜的吃法。女侍中的一位輕輕地剝開海龜背上的盾牌，裡頭冒著熱騰騰的煙，全都是烹煮過、調了味的海龜肉。可是，可是……這種吃法實在太奇怪了。為什麼要保留食物完整的原形呢？伊露莉臉色凝重地從頭到尾沒看那隻海龜一眼，直到用餐結束。

不久後，女侍們端出下一道菜，把盤子放在我們每個人的桌前。

哎喲，我的天呀！這個地方的人是不是認為，吃東西一定要很有把握地知道自己在吃些什麼？

我眼前的魚，幾乎是被完完整整地保留住牠的原形躺在盤子裡，還看得到牠眼睛突起的白色部分。當然，這是一道魚肉已事先切割好，放了調味料，烹調得非常美味的料理。可是這隻大魚的頭和尾巴都還是完整地被保留著，讓我不得不去想，為什麼我要和食物先來個眼神的對決才能享受美食呢？真是奇怪的癖好！被這樣嚇了幾次之後，接下來盤子上放了一隻巨大（我以優比涅和賀加涅斯之名發誓！真的非常超大！）的龍蝦被端出來的時候也不怎麼訝異了。那隻龍蝦雖然已經成為桌上佳餚，但牠的外型一點也沒有被破壞到。

「這個國家的人……大概很不喜歡用嘴巴去嚐味道吧。他們喜歡要馬上看，馬上知道那是什麼料理吧？」

「嗯。很有可能。」

蘇凱倫認真地為我們介紹這隻龍蝦料理有多麼珍貴稀有，營養價值有多高，而且特別強調其與眾不同的極品美味，但是我們只能用一副快要暈倒的表情，瞪著那隻龍蝦瞧。妮莉亞聽蘇凱倫說這是一道昂貴的料理，膽怯地沾了沾味道，就開始吃了起來。伊露莉則是白著一張臉，小心翼翼地說道：

「這裡的人們，不只是喜歡食物本身的美味，連原生物的外觀也愛不釋手啊。」

「好像是這樣子。」

杉森慎重地點了點頭，說：

「這也沒什麼嘛，我們不是也有烤乳豬這道料理嗎？」

「那個至少沒有保留太多原來豬的樣子了，不是嗎？而且我們是整頭豬都吃的嗎？當然是撕下可以吃的部分來吃嘍。」

「這有什麼，他們大家都吃得那麼健康，我們當然也可以吃呀。」

杉森不愧是杉森，只簡單地說一句，表示他覺得沒什麼大不了的，然後就埋首在食物堆裡了。我則是想盡辦法，盡可能讓別人看起來以為我不是因為食物不合胃口，而是原本食量小所以才剩下食物，並且很有禮貌地離開餐桌；我盡可能看起來不像是被嚇得發抖而逃跑，而是很有禮貌地離開大廳。

一走到外面，就是一陣猛烈的海風打在我的臉頰上。哇啊！通體舒暢，整個人都清醒了過來。

「哈哈哈哈。呵呵呵呵。」

不知是不是因為這是蓋在斷崖上的建築物，房子前面有一個寬闊的廣場，從那裡環視周圍所有的景物，都成了水平線一般地筆直。再加上天空的烏雲好像沒有盡頭般地恣意散開來，看起來更像是無限寬廣的天與地，令人嘆為觀止。我被周圍的景象給震懾住了，身體因而稍微晃動了一下。我向停在廣場另一邊的馬車走去。

馬車那裡坐了兩名士兵。他們為了監視溫柴而沒能參加宴席，正坐在馬車的馬夫位子上吃飯。不知道是不是村民們帶來的食物，他們兩個吃著麵包、一些蛋糕和一盤烤肉，手裡拿著一瓶酒，很開心地互相把酒言歡，逍遙自在地用餐。他們看到了我，笑著問道：「哦，您這麼快就用完餐了嗎？」

「請您說話不用這麼客氣。我是修奇。修奇・尼德法。」

那兩位並沒有對我也自我介紹一番，只是一逕地笑。但是他們把喝過的酒拿給我，我很感激地接過酒瓶，喝了一點。

「你們兩位還是進去用餐吧？反正馬車是鎖著的，不是嗎？」

「啊，但這是命令啊。」

護衛隊員簡短地回答，我也無言以對點了點頭。把酒瓶還給他們以後，我想起溫柴不知道怎樣了，於是繞到馬車後面，透過門窗的格子往裡頭瞧了瞧。溫柴拿著麵包、一瓶酒和一盤菜，隨意地吃著，突然發覺窗戶黑了一邊，他才看到了我。

「讓開一點，很暗，我看不到。」

我聳了聳肩膀，就在馬車後門的踏板上坐了下來。馬車冷冰冰的銅鐵外壁，讓我的背涼颼颼的，而我的眼前是一片廣大無垠的浩瀚海洋。還有從水平線盡頭開始，延伸到我觸目所及的天空，層疊的烏雲潑灑無止境的灰色，任它蔓延著。
「你還在那裡吧？」
在我背後，從馬車裡傳來了溫柴的聲音。
「你怎麼知道的？」
「你每動一下腳，馬車就會發出聲音。」
嗯哼。這麼看來，我是坐在踏板上抖著腳嘍。
「馬車裡不冷嗎？」
「當然沒有母親的懷抱那樣溫暖。還有外頭的烏雲滿布，光線很弱，很暗。」
我把頭一轉，耳朵靠在馬車門上，茫然地望著另一面海洋。
「外面也不亮，暗暗的。」
「好像快下雨了！」
「什麼？」
溫柴可能是換了一個姿勢，馬車晃動了一下。然後溫柴的聲音從上面傳了過來。
「等一下你就會看到一幕很壯觀的景象。」
我抬頭一看，溫柴把頭擠出窗戶的格子，雙手則是靠放在窗沿邊。會看到什麼很壯觀的景象呢？不過，不久後我就知道是什麼了。
滴滴的下雨聲。我聽到了坐在馬車前面的護衛隊員在嘟囔說話的聲音。不過是毛毛雨嘛。然後我坐在馬車踏板上，晃著腳，看到了溫柴所說的壯觀景象，真的是令人嘆為觀止的場面。
這是冬季裡，一場在海邊下的雨。
唰唰唰唰……

在我頭上，雨水從馬車屋頂，咚！咚！一滴滴地滴下，不過我根本沒有時間去在意它了。真是太令人驚訝了。那是滂沱大雨下在汪洋大海上的景象。起初，像是從海面上升起了白色的霧氣一般，唰唰唰唰……周圍的景物全都糊掉了，灰濛濛地一片。然後雨水開始拍打海平面。海平面雖然被雨水打得漣漪不斷，但是遠在此處的我，看到的只是一陣陣朦朧神祕的灰色和灰色間，水乳交融般的天旋地轉。在濃灰色的雨水之間，瞥到一眼早已沒有焦聚、朦朧一片的海洋，在那寬廣的水平面上，任由滂沱大雨不斷墜落。數也數不清的雨水。觸目所及之處都是白絲和銀絲般的雨線，把所有的景象都筆直地切開來。

掉落在海面上的雨水聲整個混雜在一起。但就像是無數的豎琴，同時撥動琴弦一般，從很遠的地方隱隱約約地傳來。唰唰唰唰……又暢快又憂鬱的雨水聲啊。下在冬季泛著灰色光影海洋上的一場雨之旋律。不知不覺間，水平線已經越來越模糊，消失不見了，周圍一片乳白光線的世界。我好像超脫了現實，飛到另一個有著舒適清爽的空氣和晶瑩雨水墜落的世界。

噓噓噓，噓噓，噓噓噓。

溫柴把臉擠在窗格子中間，吹著口哨，而坐在下面踏板上的我，則是看著還在下著雨的天空。溫柴說道：「我的故鄉是沙漠。今天這樣的光景，只在我的現實世界範圍以外。」

「你覺得幸福嗎？」

「現在覺得幸福。」

「除了現在，不想別的嗎？」

「想了也沒用。」

唰唰唰唰……

「我要從頭開始，重新生活。」

「是這樣子嗎。」

「你的話對我有很大的幫助。雖然不知道未來會過得怎麼樣，但是要努力去過看看。」

「去過看看什麼？」

「我的人生。」

唰唰唰唰……

「昨天晚上我看著營火，有了一個想法出來。如果一個火花也堪稱是一個生命週期的話，那麼火花應該會認為我們人類動作慢吞吞，且令人不耐煩。但如果比喻成雨水會怎麼樣？」

「那比喻作海呢？」

「什麼？」

「比喻作神怎麼樣？」

「我無話可說了。」

「怎麼可以無話可說呢？你是人類啊，有話就要說出來。不論如何都要活下去。」

「你和國王陛下約定好了吧？只要肯配合做口供，國王陛下會放了你的。」

「除了我的命以外，很多事都約定好了。我一旦到了伊斯公國的首都巴拉坦以後，我只能對外說，我的祖國是一個世界上獨一無二的罪惡淵藪，然後可以因此得到一些代價。我會把它當成是祖國給我的最後禮物吧。」

腳的前方，不知道什麼時候積了一小池的水窪。馬車車輪滾過的轍痕也積滿了水，雨滴在那些水面上漾起了一圈圈小小的波紋來，然後掉落在水面上的水滴再胡亂地往四處飛濺出去。下在鐵皮做的馬車車頂上的雨滴，墜落時發出噹、嗒噹、噹噹的聲音。

「還有，我會到一個不是傑彭，也不是拜索斯的地方去過下半輩子。」

「歡迎來我們的故鄉。」

溫柴突然低下他的頭，俯視著我，我也將頭傾斜了一下，抬頭看著他。不知道什麼時候我的頭髮被雨水淋濕了，所以我一面撥著淋濕的頭髮，一面說：

「我們的故鄉雖然是在拜索斯，不過沒什麼關係的。那是個生活還過得去的村子，而且你到了那裡之後，會成為一個有用又受到歡迎的人。」

「為什麼？」

「因為我們村子裡有很多怪物。」

溫柴突然笑了出來，抬起頭直視著前方，所以我現在只看到他的下巴。我也低下了頭，盯著腳邊的雨水。溫柴緩緩地向我再做了一次確認：

「你是邀請我到你們家鄉的意思嗎？」

「是呀，如果按照卡爾所說的話，因為有那些怪物的存在，我們的村子才會是個不錯的村子。」

溫柴的表情看起來很訝異，但我沒有再多說些什麼了。這場大雨下得很好，模糊了原來的視線，村子看起來有些透明，又有些不太透明。

唰唰唰唰……

溫柴又過了好長一段時間才說了話，那些話傳到我耳朵時，我已經全身都濕掉了。

「反正，我會考慮一下那個有很多怪物的地方。不過最凶猛的那隻怪物，現在應該還在餐廳裡吧？」

這個時候，有人打開了公會堂的大門。我和溫柴同時轉頭望了過去。

「哦哦？下雨了呢？」

原來是那隻最凶猛的怪物呆頭呆腦的說話聲。我和溫柴同時一起竊笑了起來。

雨停了。天空放晴了。白雲些許，如棉絮散了幾塊，飄蕩在午後的天空。

國境守備隊長再次帶領我們一行人出發了。賽多拉斯的村民也出來為我們送行。這不是什麼特別值得高興的事，只不過送其他國家的客人啟程是一件禮貌性的歡送儀式。村民們認為這種歡送的方式是在適當的範圍內，他們送行之後會回到自己原來的崗位上認真工作。

離開賽多拉斯村後，我們便一直沿著海岸線走。我回過頭，往港口的方向看去。

雨停了，一些船隻已經做出準備出航的模樣。那些都是一、兩個人就可以打理一切的小船，他們只帶了必要的一些釣魚工具。啊哈，大概是要去捕捉拿來當晚餐的魚吧？嗯。這裡的村民家門口，就有一個享用不盡的食物倉庫啊。他們踏著如同擁有豐富財產的人的步伐，用滿足的神情駕著小船，向大海航行而去。白雲片片，往水平線的方向靜靜駛離遠去的那些小船，現在已經變成在海面上移動的小點了。

我們繼續沿著海岸線走，這是一個令人感到疲倦的午後。

「啊啊……」

妮莉亞打了一個哈欠，動了動身體。

「吃太多了才會想睡覺。嗯呀。」

雖然風中帶著鹹鹹的味道，不過微風徐徐吹來，很是舒服。下過雨之後，上午和下午的天氣竟然有這麼大的差別。妮莉亞伸了一個懶腰，騎著黑夜鷹，往溫柴的馬車靠了過去。然後她一下子就跳上了馬車車頂，在車頂上對著黑夜鷹說：

「你自己也可以好好走吧？」

坐在馬夫座位的士兵們苦笑一番，妮莉亞在車頂上的行李堆裡找到了一個位置，就開始打起盹來。黑夜鷹好像一時間不知該怎麼辦，不過伊露莉笑笑地吹了一下口哨。

「嗶。」

然後黑夜鷹沒有發出任何嘶鳴，就乖乖地走到伊露莉身邊，和她一起行走。

杉森和蘇凱倫，他們兩個人一起和國境守備隊長走在我們的前面。蘇凱倫・泰利吉仍舊是板著一張臉（他大概以為自己表情嚴肅的時候最有魅力吧），眼神銳利地直視著前方。對蘇凱倫來說，現在這段護送國家使節的旅程，不僅會在他的經歷上添上一筆新紀錄，和他自己的自尊心也有很大的關係。如果要說這會是他一項既創新又會令世人印象深刻的事也不為過，可是現在使節團一行人散漫的態度，把所謂的國家使節團該有的莊重氣氛都給稀釋掉了。蘇凱倫大概對這種情況很不滿意，所以即使只有自己一個人，也堅持要嚴守著莊嚴正直的表情吧。

可是這畢竟不是一件容易的事。現在和蘇凱倫一起騎在前方的杉森，一隻手抓著韁繩，另一隻手在把玩著穿了線掛在脖子上的戒指。那是在拜索斯恩佩買的那只戒指。用充滿著神祕又幸福的眼神看著戒指的杉森，他那種高興的神情和蘇凱倫嚴正的表情恰好成了對比，把蘇凱倫的心情弄得非常沉重。

為什麼我感覺這麼疲倦呢？

我忽然有了一個想法。儘管有二十多名的護衛隊員和我們隨行，我們竟然完全放鬆一下緊張的情緒，這真是有些奇怪。為什麼會這樣呢？為什麼我們會這麼地疲累、燥熱，還有一點點厭倦的感覺呢？

我問了卡爾。

「我覺得很疲倦呢？」

「嗯？啊，因為海風吹拂的關係。」

「是這樣的嗎？」

「因為大海是永遠的父親。」

是伊露莉從後面傳來的回答。

一直跟在後面的伊露莉，突然快步地跟了上來，騎在我們的旁邊，黑夜鷹也隨即優雅地跟過來。我很確定這匹巨型黑馬隨便走走也一定是很優雅的。因為現在妮莉亞沒有騎在馬上，所以這一點我非常肯定。

卡爾笑笑地說了：

「是啊。妳說的是世界上第一位船員，也是第一位葬身於海底的格林・歐西尼亞吧。」

「因為大海流著格林・歐西尼亞的血，它以無止境的愛在聲聲呼喚著施慕妮安的兒子們。」

「所以也可以說，這世界上最嚴格又最令人害怕的東西在向我們靠近。」

我雖然不想打斷卡爾和伊露莉極富情感的精采對話，不過應該可以問一下他們在說什麼吧。

「施慕妮安的兒子是指什麼呢？」

「是指船員，尼德法老弟。」

「船員？」

「沒錯。不過，這個稱呼並不只是意指實際坐船的那些船員。因為所有人都是航行於人生這個大海上的船員，所以船員其實是一種概括性的說法。」

這種比喻很奇怪。可是卡爾接著說道：

「船員拋棄了他們的母親施慕妮安，而奔向父親格林・歐西尼亞。這世界上所有的兒子們都是如此。但是，一旦太陽西下至水平面時，所有的兒子沒有例外，都是要回到母親施慕妮安身邊的。他們和嚴格又令人畏懼的大海父親搏鬥之後，心底深處的故鄉仍舊是不論何時都張開溫暖懷抱、等待他們歸來的大地母親——施慕妮安啊。但是，因為太過溫暖，使他們無法一直待在大地上。」

「……請你偶爾想想和你對話的人的年紀好嗎？」

「嗯？」

「我都聽不懂你在說什麼。」

卡爾笑了一笑。

「那換成這種說法好了。這世界上所有的兒子，對母親是又撒嬌又愛，對父親則是又懼又愛。在母親面前是雖然不聽話，卻還是乖乖照著做的兒子；在父親面前則是處處反對他，卻又模仿他的兒子。」

「我沒有母親，我沒有辦法體會。」

卡爾愣住，看了我一眼。可是他沒有對我說一些沒啥用處的安慰話語，只是微微笑著說：

「對你來說呢，你就把史麥塔格小姐當作你的母親一樣……」

差一點！我差一點就從馬背上跌落下去了。怎麼可以，你這個叔叔！你現在在胡說八道什麼啊？

「卡、卡爾！你告訴我這種還未釐清事實、深度妄想性的奇怪言談的意圖是什麼？」

「你如果要我再說一次的話……」

「我當然不會要你再說一次。」

伊露莉歪著頭聽著我們的對話，卡爾又笑了。伊露莉表情變得很專注，她說：

「是的。反正所有的人類，不，所有踏在大地上的被造生物體，都具有船員的性格，他們走向大海的父親，覺得沒有氣力是理所當然的。」
她在說什麼？我把頭轉向伊露莉。
「等一下。妳說在父親的身邊會變得沒有氣力？」
在另一邊的卡爾回答了我的問題。
「她的意思是說，因為父親是兒子第一個遇見具有神格的對應物吧。」
「啊啊啊！你們到底在說什麼？」
「時間會讓你瞭解一切的。」
我知道了，我知道了。好吧，那就等吧。伊露莉往水平線方向看了看，自言自語地說著：
「永遠的父親……踏在大地上的我們，永遠又懼又愛的大海。愛它卻又害怕得不敢靠近它的大海啊。」
真是的，連伊露莉都說了一些讓人摸不著邊際的話。我鼓起了臉頰，問她：
「伊露莉。」
「怎麼了？」
「妳之前是去戴哈帕港看妳大海的父親嗎？」
伊露莉把頭轉向我這邊。
「不是的。我記得我已經告訴過你了，不是嗎？」
「啊，妳說過妳是去見某個人。還有，前幾天妳還說，妳是去尋找某個人的行跡？」
「是的。我是為了尋找某個人的行跡，才去見某個人的。」
「是這樣啊。那麼那個妳要找的，正是大海的父親嗎？妳到底是去找誰啊？」
伊露莉一時間什麼話也不說，所以我也不大好意思，正打算要跟她道歉。當我正要開口的時候，伊露莉說話了。

「我是去尋找大法師亨德列克。」

只有我和卡爾聽到伊露莉所說的話，我們兩人的表情都很茫然。卡爾說：

「妳是去尋找亨德列克的行跡嗎？」

「是的，沒錯。」

卡爾稍微皺了一下眉頭，接著說：

「去尋找亨德列克……我十分好奇妳為什麼要去尋找三百年前的人物的行跡。妳願意告訴我們嗎？」

伊露莉看了看卡爾，又再一次轉過頭，往水平線的方向望去。我們三人的三匹馬，加上第四匹的黑夜鷹，當然都對我們人類三百年前的歷史漠不關心，馬兒們正在寫著牠們自己的歷史，而騎在馬上的我們暫時脫離了現實世界，縱身一躍到三百年前的歷史大海中。

「你非常瞭解亨德列克是怎樣的人物嗎？」

伊露莉一面看著水平線一面說。所以卡爾看著伊露莉的臉頰回答她：

「是的。我對他有一定程度的瞭解。」

「這樣的話，你應該知道他是在大陸上的巫師之中，唯一一位絕無僅有，修煉到第九級魔法的大法師。可以使用到第九級魔法的大法師過去雖有幾位，但是卻沒有一位可以純熟運用第九級魔法。」

卡爾深思了一會兒，然後點點頭說：

「是的。曾經擊退過一百名死亡騎士的那位彩虹的索羅奇，他雖然也使用第九級的魔法，但是他一次也沒有說過，自己是可以純熟運用第九級魔法的大法師。敢這麼自稱的只有亨德列克一人。」

伊露莉用小心翼翼的口吻說：

「是的。而且，可以純熟運用某一等級魔法的人，就能創造下一個等級的魔法。」

「妳是說……創造？」

「現在所有的人類都還不知道這件事。不，正確地說，應該是即使知道了也沒把這件事放在心上。因為在亨德列克之後，沒有人可以純熟運用第九級魔法，所以巫師們只對前輩們已經創造出來的魔法，加強其使用的純熟度，也就沒有辦法去創造新的魔法了。」

卡爾想了一會兒，說：

「這是只有爬到梯子最頂端的人，才可以做出下一格階梯的意思嗎？」

「是的。你比喻得很好。現在的巫師只在類似的魔法等級裡稍做改造，或做變化的動作，並沒有創造出完全不一樣的魔法出來。當然，相關的研究有很多人投入。因為他們一直不斷地在研究新的魔法。可是所謂那些新的魔法，只是在既有的魔法上做了再加工的處理罷了。完全創造出一個全新的魔法，已經是太久以前的事了。」

「是這樣的嗎？」

伊露莉點點頭說：

「所以可想而知的是，亨德列克知道自己可以再創造出下一個第十級魔法。」

「是的。我聽說過他努力鑽研創造第十級魔法的故事，可是並沒有聽到他創造成功的傳聞。」

「但是也沒有聽到創造失敗的故事吧。」

卡爾點點頭說：

「是的。有關他的紀錄太少了，這是很難任意去推斷的事。」

「是啊，在清楚地調查相關資料之前，是無法知道亨德列克到底有沒有創造了第十級的魔法。」

卡爾一臉迷惑的表情，說：

「這樣的話，謝蕾妮爾小姐尋找亨德列克的行跡，是要確認他有沒有創造第十級魔法的嗎？」

「是的。」

「為什麼……為什麼妳要確認第十級魔法有沒有被創造出來呢？妳是因為好奇，還是為了學問上的需要？」

「都不是。我想要學習第十級魔法。」

「什麼？」

卡爾又問了一次，伊露莉沒有回答。她說要學習第十級魔法？卡爾歪著頭，用激動的聲音對伊露莉說：「妳說過，不要過問精靈所做之事背後的含義。」

伊露莉笑了笑。卡爾也笑著說：

「我知道，妳有需要使用第十級魔法的理由。妳好像說過什麼新的魔法，對巫師來說是非常珍貴的東西。我好像可以理解。啊，當然嘍，如果真的有第十級魔法存在的話，那些魔法妳都能使用吧。」

「我知道你的意思。要創造出新的魔法，是純熟運用魔法的大法師才有辦法做到，但是已經存在的魔法，是可以直接學習後再來使用的。」

伊露莉輕輕地點了點頭。但是卡爾滿腹狐疑的表情，說：

「可是……妳如果需要第十級的魔法……這真是奇怪。」

伊露莉對卡爾的話很有興趣似的看著他。

「哪裡奇怪了？」

卡爾做了一個很專注在思考的表情，喃喃自語似的說了：

「亨德列克是個努力不讓自己的紀錄留在世上的人。即使不是如此，以現有極少的資料，再加上經歷了三百年的殘酷風霜，還會有什麼關於亨德列克留存下來的紀錄嗎？難道會有值得去確認他是否創造了第十級魔法的資料留下來嗎？」

「可能性當然是很低嘍。」

「而且……亨德列克即使創造了第十級魔法，我們也可以確定他沒有傳授給任何人。謝蕾妮爾小姐剛說過，即使能力不足以創造出魔法，卻有可能學習過魔法之後再去運用的吧？因此亨德列克如果想要將它傳授給資質比他低的人，他多少可以傳授一些魔法下去的。但如果說他真的傳授給了某人，那個魔法應該會流傳到今天才是啊。」

「你說得當然沒有錯。但是第十級魔法並沒有流傳下來。」

「是啊。所以那是因為亨德列克沒有傳授給任何人的緣故。這麼說來，即使他創造了第十級魔法，結果也還是失傳了，不是嗎？」

「是有可能這樣沒錯。」

「那樣的話，亨德列克創造的第十級魔法還有必要去確認嗎？亨德列克沒有創造第十級魔法的話，第十級魔法當然就不存在。還有萬一他創造了第十級魔法，也會因為沒有傳授給他人的關係而失傳，這就跟第十級魔法不存在是一樣的意思。謝蕾妮爾小姐妳說過，妳不是要確認第十級魔法的存在與否，而是需要學習第十級魔法。那麼妳有沒有想過，第十級魔法不存在的話，要如何學習呢？」

啊，怎麼會變成這樣？伊露莉微笑著點點頭。

「你的見解很正確。正是因為這個理由，沒有任何的巫師會去留意亨德列克的第十級魔法這件事。不管亨德列克有沒有創造第十級魔法，他們也會覺得不可能有機會學習。因為亨德列克奔馳過的原野和今天我們所奔馳的原野，這中間有一道三百年的時光之河，橫亙在我們和亨德列克之間。」

「是的。這麼說來，確認亨德列克有無創造第十級的那些神祕魔法，這件事雖有其意義存在，但在實質上的意義……」

「但是如果第十級魔法真的被創造出來的話，即使亨德列克沒有傳授給任何人，也學得到這個魔法的。」

「即使沒有傳授給任何人？妳是說，可以期待留下的魔法符文嗎？」

還沒等伊露莉回答，我就搶著說：

「應該不是這樣吧。」

我突然插了進來，卡爾很驚訝地看著我。我看著伊露莉說：

「伊露莉不是常常那樣說嗎？只知道符文是不夠的，魔法所運用的那個……什麼……複雜無比的什麼，反正妳不是說還有很多要傳授的？」

伊露莉點點頭。我繼續說：

「那樣的話，只有符文是不夠的。萬一亨德列克沒有傳授給任何人，那必須要有鉅細靡遺、記載詳細的使用方法之類的東西，伊露莉才可以學得到。如果有那樣的紀錄本存在的話，應該就會有人把它學起來了。但是因為第十級魔法不存在，也就不會有那樣的紀錄本了。」

「沒錯。」

「那麼妳到底打算如何學習第十級魔法呢？」

「向創造第十級魔法的本人學習。」

卡爾睜大眼睛看著伊露莉。等一下，她說什麼？她說要向創造第十級魔法的本人學習？意思是說，要向亨德列克學習第十級魔法嗎？我吃驚地笑了笑，說：

「那個，那個，伊露莉。哈，哈哈哈。妳不能用精靈的角度想，要用人類的角度想才對。我們人類是沒有辦法活那麼久的。」

伊露莉輕輕地笑了笑，卡爾卻仍是一副非常訝異的樣子。他用發抖的聲音說：

「巫妖……妳是說，亨德列克是巫妖嗎？」

「啊？」

我也不自覺地吞了一口氣。巫妖？伊露莉既沒有承認也沒有否認，只是靜靜地看著我們。卡爾非常驚訝地說：

「當然，亨德列克是第九級魔法的大法師，如果他願意的話，也是可以把自己變成不死的巫妖。但是看看他生活的態度，他所流傳下來的一些話語……啊，當然，人類有時會做出令人意想不到的事，可是亨德列克變身為巫妖這件事我無法相信。妳是說，他放棄了他自己本身的人性了嗎？」

伊露莉回答了。她說：

「他希望他還保留著自己的人性。」

「什麼？」

「必須這樣做才……」

伊露莉停了一下，先撫摸著她騎乘的理選的鬃毛。我和卡爾靜靜地等待著。但是伊露莉隔了好長一段時間沒有說話。她在想該怎麼說嗎？一會兒過後，伊露莉很快地接著說完剛才的話：

「亨德列克一直希望自己永遠是個人類，永遠不放棄自己的人性。他希望自己還記得無法遵守的約定，希望自己還記得在綠色山裡頭形成一座黑色湖水的原因；還記得倒塌的塔上覆蓋了苔蘚的原因，也還記得和神龍王之間的盟約。」

一口氣把話通通說完的伊露莉沒有一點喘氣的樣子，她接著把最後一句話說出口。她說：

「他希望自己永遠是亨德列克。」

卡爾臉上充滿了強烈的疑問表情。我心裡想問的事多到數不清，連喉嚨都在發癢。她說的話到底是什麼意思？但是伊露莉的話裡有強烈暗示拒絕回答任何其他問題的感覺。結果，我喉嚨癢到最後忍不住咳了一聲出來。

04

我覺得卡爾既然要說話，就應該正面看著對方說，這樣會比較好。但其實我現在也無法正面看著對方。對方是從伊斯公國首都巴拉坦來到那吳勒臣這裡，等著要來歡迎我們的迎賓團。卡爾無法讓這個迎賓團的人覺得他是一個很有禮貌的人。

他仍然還是一副側著頭看旁邊的姿勢，說道：

「各位不辭辛勞……不辭辛勞地前來此地……愚昧的在下……嗯……深覺高興而且感激……不盡……在言不盡意之下……祈願兩國的未來……建立於更加誠實與善意的……」

然而，來到那吳勒臣等待迎接我們的迎賓團團長，並沒有責怪卡爾的無禮。卡爾雖然沒有專心跟他說話，但他依然還是對卡爾露出了微笑。他面向卡爾的臉，說道：

「很漂亮吧？」

卡爾嚇了一大跳，正面看著他，說：

「什麼？啊，真是對不起。我失禮了。」

迎賓團的團長微笑著說：

「如果您願意的話，我們先看日落再說吧。住在此地的人，也很少能在如此晴朗的天氣裡，欣賞到這麼美的日落。」

這位團長說完之後，就先行走向懸崖的方向。卡爾隨即尷尬地笑著走向懸崖邊。我們一行人跟著站在卡爾旁邊一字排開，而迎賓團員們也笑著從團長旁邊一字排了開來。

天空真的是一片火紅。

天空猶如燒了起來，波紋極像是黃金絲線織成的絨毛毯。所有人的臉孔全都變成暗紅色，每個人臉上輪廓都變得更深了。我們在那吳勒臣白色懸崖（現在就算是稱作火紅懸崖也不誇張）的頂端排成一列，看著即將要下沉的太陽。在東方的國家伊斯公國，能觀看到落向地平線的日落景象是很稀有少見的事。不過，我們卻在那吳勒臣的大湖錫奇安湖的東邊山麓上看到了。

迎賓團的團長用柔和的聲音說：

「我們看到的是由海上升起、向湖面落下的太陽。也就是說，它是由水面升起、向水面落下。我並沒有貶低其他地方的意思，但是，我確實對於我們擁有大陸最美的日出和日落，感到自豪不已。」

「貴國有如此美麗的日落，確實值得為此自豪。望著這從黃金之海升起，朝黃金之湖落下的太陽，這種生活想必一定很棒吧。」

真的好美！我往後看了一下。後方是一片海洋。而前方則可以看到錫奇安湖寬廣的水平面。我們站著的白色懸崖是位在海洋與湖之間，彷彿是一面圍牆般矗立著。在湖的這一邊，懸崖四面都是白色的扁柏叢生，而海的那一邊，四面則都是白松樹。真是漂亮極了！我大概知道為什麼要叫做白色懸崖了。

我吞吞吐吐地說：

「真是奇觀……要是沒有出來旅行的話……」

杉森也是一副感動的表情，他點點頭，看著朝向西方地平面落下的太陽。在這個只見得到紅色的世界裡，妮莉亞的頭髮隨風飛揚，像是一團火。妮莉亞的眼睛美麗地眨著，她的嘴唇很自然地張開，兩手緊握在一起。她對我說：

「修奇？這實在是很漂亮吧？」

「是啊。嗯，這景象真的好漂亮。」

迎賓團團長咯咯笑著說：

「我很高興能讓西方來的客人看到我們故鄉的壯觀景色。好，現在我們進去吧。太陽完全落下之後會變得非常冷。」

我們是西方來的客人？

我的心臟突然間猛跳了一下。為什麼呢？西方，如火般的太陽。像是連水都快被燃燒掉的火紅。

……真是的。

我們表情焦急地想要再看一眼那個幾乎已落入地平面的太陽。不過，可能因為是在懸崖上，海風和湖面的風同時吹來，真是有夠冷，不對，是快凍死了。

我們進入伊斯公國後看到的第二座都市是那吳勒臣，同樣也是個一直颳大風的都市。有趣的是，都市裡幾座突出的尖塔上面都掛著袋子，沒有一座例外。我還看到有些房子，也在長長的柱子上掛著袋子。坦白說，在柱子上掛個袋子，在我眼裡看來真是奇怪不已。

「卡爾，那是什麼東西？為什麼柱子上要掛著一個袋子呢？」

杉森很快插嘴說道：

「哎呀。那個會不會是要用來抓鳥的？」

「那麼這裡的鳥可能都活得很無趣嘍！才會把自己的身體塞到那樣的袋子裡啊！」
卡爾微笑著說：
「啊，那個是風向計啊！風從那裡進去的話，袋子就會鼓起來。它同時也是風速計。風越強就會鼓得越挺。」
「然後有時候盲眼鳥也會飛進去？」
「哈哈哈。」
說得也是，這裡的人一定得時常注意風的動向吧。這一回，因為現在已是傍晚時分，都市裡的人沒有聚集夾道歡迎，這樣反而比較好。但還是有一些準備晚餐的婦女們，以及被那些婦女拉著耳朵進城的男孩子，用驚訝的眼神看著我們。
天空在剎那間變成紫色之後，馬上又轉換成暗藍色。
我們跟著迎賓團到了那吳勒臣的領主城堡裡。杉森和我稍微靠在一起，開始批評城堡。
「哼嗯，你看，賀坦特警備隊長。你覺得那吳勒臣城堡怎麼樣？」
「原來你也感覺到了。就陸路來看，這是座不堪一擊的城堡。但是我不太清楚海軍戰術，說不定就水路而言就不會很弱了。」
「可是它三面臨海，只有一條陸路而已，不是嗎？所以就陸路來看，應該不會很弱吧？」
那吳勒臣城堡像是掛在海岸懸崖似的，三邊城壁都一直連接到海裡，剩下的一面是和陸地銜接在一起。通向城門的那一整條路，兩旁種滿了海松樹，很是雅致。這條路並不是很窄，如果要由陸路攻擊城堡的話，就一定會從這條路正面攻擊，其餘三面都必須從海上進攻。但杉森只是嗤之以鼻地說：
「只有正面一條路，而這條路又這麼容易被攻下。左邊的那座山也有問題……如果從山丘上面射箭下來就傷腦筋了。站在守備的立場，它根本沒有所謂高地的優勢。賀滋里他曾歸納出理想的城堡須具備三要件：垂直面要高、水平面要窄、自給自足。可是這座城堡首先就已經不符合垂直面要高的這個要件了。」

「什麼是水平面要窄啊？你的意思是，城堡必須蓋得窄小一點嗎？」

「不是。是通往城堡的路必須要窄。可是這一條簡直就是大路啊。從弓箭射程外到城門，不到一分鐘就可以跑完。要是我的話，士兵……」

杉森沒有說完就打住了。我跟隨他的目光看去，也嚇了一大跳。不知什麼時候，那個迎賓團的團長已經在我們旁邊，一直以感興趣的目光靜靜聽著我們在七嘴八舌。他說：「嗯，士兵不用很多就可以攻下這座城堡了，是嗎？」

杉森慌張地回答：

「啊，不是，真是對不起。我是在開玩笑的。請原諒我的失禮。」

「不，沒有關係。您不會丟下大陸戰士的自尊心吧？請您以一位戰士的立場繼續說，我不會做任何追究的。」

杉森差點就講了。我要是稍微再慢一點就大事不妙了。呼！我精神恍惚地說：

「我們並非前來從事間諜或暗探軍情之事。我們乃是為了和平使節的任務而來到這光榮的國家。希望我們這些無知者的戲言，不會破壞更加充滿善意的兩國關係。我們在此鄭重道歉。請閣下您原諒我們的失言，請不要再追究而讓我們愚蠢的嘴巴造出更大的罪過。」

我的額頭都快流汗了。杉森要說話的前一刻，我竟能一下子講出這麼長一段話。哎喲，呼！迎賓團的團長用奇異的眼神看了看我，然後鄭重地接受道歉之後，就走了。卡爾一聽到我這麼快速反應，點了點頭，隨即笑著說：

「好了！杉森，你欠我這一次，給我準備好好地還債吧。」

杉森的表情看起來有些蒼白。他結結巴巴地說：

「呼。真的不管你要我做，做什麼，我都無話可說。真是的。我都忘了這裡是在別人的國家。喂，混蛋！你幹嘛提城堡的事啊！」

「好啦，是我提的，可是一直批評個不停的人是誰呀？」

「唉！可惡。」

杉森嘟囔著走進了那吳勒臣城堡。

我們首先把武器和馬交給城堡傭人，然後拍了拍衣服上的灰塵，整理好服裝儀容之後，被引導到大廳裡。大廳裡有穿著正式的騎士，和家臣們排成兩列，還有一位看起來像是城主的人，坐在一張高高的椅子上。嗯，我見識過莊嚴大廳之後，現在對於這大廳雖然不覺得很是壯觀，但也算是不錯了。

我大概都是在觀察牆上掛著的蠟燭。這裡靠近海洋，應該會使用魚類的油脂吧？魚類油脂就蠟燭材料而言，算是較低級的。當然啦，最高級的油脂是那個叫什麼來著？鯨脂！除此之外，其他魚類的油脂都不怎麼好。不過，在這裡牆上掛的蠟燭火光竟然都十分漂亮。哼嗯。一定是進口的東西，應該是吧。

我們一行人，也就是卡爾、我、杉森、妮莉亞、伊露莉和蘇凱倫一走進去，城主大人便從位子上站了起來。我們該不該下跪呢？不對，等等。這裡是在外國，所以我們沒有必須表達忠誠的義務吧。果然，我們沒有一個人跪下來。

那位城主行了一個注目禮，說道：

「歡迎拜索斯的使節團來到此地。我卡米安·那吳勒臣謹以友誼與信賴歡迎各位，以遍及正義之處的薔薇祝福各位。」

卡爾先是露出訝異的表情，但隨即優雅地回答：

「城主大人的溫馨歡迎不僅使我卡爾・賀坦特已經忘卻旅途的疲憊，更令我對貴國與拜索斯的光輝未來感到無限希望。以猶如熱情花瓣般的溫暖之心祝福您。」

卡米安領主聽了之後，臉上浮現出高興的表情。那種表情就好像是從意想不到的人身上發現到友誼的樣子。他走來和卡爾握手，並且說：

「薔薇紅得令人喜愛，猶如正義受萬人尊崇。拜索斯的山川確實宛如一座智慧的寶庫啊！」

「伊斯的海洋，堪稱是深遠智慧日復一日波濤來往之處。城主大人的福德浩瀚無垠。」

卡米安城主欣喜地看著卡爾，興致勃勃地說：

「好，能夠認識拜索斯各位賢士真是太高興了。我想認識一下各位光榮的名字。」

於是，我們就一個接著一個自我介紹。每當有人介紹完自己，卡米安城主就會適當地給予回話答禮。可是對於使節團的成員裡有少年、精靈，還有一個活潑的短髮小姐，他的神情像是看不出我們是什麼角色。不過，他沒有說什麼，只是親切地笑著說：

「各位遠道而來，在此消除一下旅途的勞頓吧。想必諸位在拜索斯一定聽說伊斯的食物很怪吧？今天我就來打破那些不實的傳聞。請跟我來。」

幸好，宴會裡有許多拜索斯的食物。我本來已準備好要面對在賽多拉斯吃過的那種完全伊斯風味的食物，但這裡的食物讓我得以高高興興地走向餐桌。

在用餐的空閒時候，卡米安城主對卡爾說：

「我想明天送各位到首都巴拉坦。要是還很疲憊的話……」

「不。我們順著美麗的海邊一路走來，一點也不會累。我們明天就可以出發了。」

「是。其實我們君主陛下也很急著想見各位呢。」

「是嗎？」

「是的。貴國與傑彭國的戰爭已經打太久了，我們身為誠實的鄰國，焦急企盼兩國早日結束戰爭。而今拜索斯既然有使節團親臨，我們君主期待此次會談能夠促成大陸和平。」

卡爾的眼神變得有些小心翼翼，同時蘇凱倫的眼睛有點興奮地閃爍著。嗯，這就是外交嗎？對我來說，我不知道到底什麼是重要的話，什麼是有隱含其他意義的話，但是由他們兩人的態度可以看出，現在卡米安城主說的這番話是有重要含義的。卡爾溫和地說：「和平乃是非常珍貴的。可是傑彭國竟不知其珍貴，實在是令人遺憾。」

這一次，卡米安城主的眼角稍微上揚了一下。這個呀，真傷腦筋。我來到這個國家好像很難好好享受食物哦？我和妮莉亞都用緊張的表情集中精神聽著兩人的對話。伊露莉還是面無表情，至於杉森則是忙著吃。卡米安城主說：

「是。所以您不認為，現在正是誠實的調停者出來協調兩國意見的時機嗎？」

「是的。但如果不能為了和平而犧牲正義的話，我認為那樣的調停者不會受兩國歡迎。雖然為了維護正義，有時不得不犧牲和平，可是絕不能為了和平而犧牲了正義。否則和平就只是建立於假象與虛偽之上，等於是海市蜃樓。」

「所謂正義……您說得沒有錯。但是正義不可淪為自我滿足的工具吧？」

「沒錯。所以在我們國家，儘管戰士們的母親和情人悲傷，他們的知己哀痛著，我們國家也不能放棄正義。」

卡米安城主露出有些彆扭的表情。他們兩位後來還繼續聊著，看起來像是很和氣地在談話。但其實這頓晚餐並不是吃得很溫馨。真是的。我覺得消化不良耶！

蘇凱倫泰笑著說：

「我終於瞭解，為何國王陛下一定要派您這位從荒野村落來的賀坦特大人了。坦白說，我以前護衛過的都是性格溫和的使節，但我認為他們都很難算是有能力的使節。」

說得也是。他會這樣說也是無可厚非的事。卡爾平常都只是一副呵呵笑臉，只要一有時間就像現在這樣拿著書不放，這樣的一個中年人，誰會認為他是有能力的外交官啊？卡爾仍然還是一副呵呵笑臉，他闔起書本，答道：

「我聽了覺得很慶幸。但是一個官吏有沒有能力，很難在當代就評斷出來。」

「不，您太謙虛了。今天晚餐，卡米安城主隱約提起調停問題的時候，您回答得非常好。而且您還在薔薇與正義之神歐雷姆的追隨者面前，以正義為回答的主軸，真是太妙了。」

我們現在正坐在那吳勒臣城堡內的一間臥房裡聊天。伊露莉兩腳平直地伸著，坐在地板上的地毯，她的表情一副很困惑不解的樣子。她也和我一樣，聽不懂蘇凱倫和卡爾說的是什麼意思。其實，趴在暖爐前、搖著雙腳的妮莉亞也是一副糊裡糊塗的表情。我把她的腳搖得更快，而且像是要把她的腳塞進暖爐似的捉弄之後，說：

「卡爾。」

「嗯？什麼事，尼德法老弟？」

「剛才晚餐時，那些讓人摸不著頭緒的談話，到底是什麼意思啊？」

卡爾笑著拿起放在桌上的茶杯。他突然說出毫不相干的話：

「這茶真香。是伊斯產的茶嗎？」

「卡——爾！」

「好啦，我知道。哼嗯。其實我們並沒有說到什麼重要的事。不過在外交關係上，那種不是很重要的事，有時候卻可能演變成重大的問題，很可笑吧。」

「哎呀！我喜歡聽可笑的事。請您說吧！」

「咯咯。嗯，我要怎麼說明好呢？」

卡爾用手敲了敲放在桌上的書本，說道：

「我這樣比喻吧。在某個村子裡有兩個血氣方剛的年輕人吵了起來。兩個年輕人都勢均力敵，難以分出勝負。一開始不知是為了什麼而吵了起來，但是吵久了，卻變成是為了自尊心，多少也要先勝另一方。」

妮莉亞開始好奇了起來，聚精會神地聽著。她用趴著的姿勢，慢慢地爬近我們坐著的桌子附近，那位嚴謹的蘇凱倫護衛隊長看了則是皺起眉頭。不過，卡爾繼續說道：

「好了。現在該怎麼辦才好？再繼續吵下去，兩個人恐怕還得再痛苦好幾個月，說不定還可能會有一方喪命。但是兩個人都有自尊心，不可能會有人先認輸。那到底該怎麼辦呢？」

「當然要有個夠分量的人出來阻止他們嘍！」

「沒錯。有人出來阻止的話，兩個青年應該會在不打贏對方的情況下接受和解。」

「好。我聽懂了。那麼說來，你的意思是，伊斯公國想在拜索斯與傑彭的中間做那個有分量阻止的人，是嗎？」

「好像是吧。」

「那麼我們為什麼不要接受那種和解調停呢？」

蘇凱倫聽了，用啼笑皆非的表情看我，可是我不在乎。他用低沉但有力的聲音說：

「你這個不懂事的小子……和邪惡的傑彭有什麼好和解的？我們唯一可行的辦法，就是打贏他們。」

「你的意思是，即使會弄得兩方千瘡百孔、兩敗俱傷，也在所不惜嗎？」

蘇凱倫聽了我的話，真的生起氣來了。他像是針對我說話似的說著：

「我們會打贏的。雖然你年紀小，但是身為一個拜索斯國民怎麼可以說那種話呢？」

我又想再說話的時候，卡爾很快地說：

「尼德法老弟，你聽我說，這其中有好幾種理由。而且，泰利吉大人請你不要責怪這個小孩子。」

我氣得臉頰脹鼓鼓的，蘇凱倫則是看起來像是很火大的樣子。卡爾對我說：

「如果雙方和解了，當然可以暫時解決燃眉之急。而且在前線作戰的士兵們也可以回到企盼他們的家人身邊。但代價就是，我們國家等於是欠了伊斯公國一筆債。伊斯公國就是貪圖這個，所以想要擔任調停者。伊斯公國原本便是不會做那種充滿愛心與慈悲之事的國家。」

「可是，只要把它想成是一種心理上的負債，就可以了吧？」

「是沒錯。但是在外交這種你來我往的扮家家酒遊戲上，那種心理負債卻是很沉重的。簡單地舉一個現實的例子，他們可能會趁著拜索斯和傑彭的戰後混亂，而侵吞兩國的商權，這或許是他們的目的之一。」

「侵吞商權？」

「沒錯。戰後會需要許多物資，說不定會形成一個新的經濟圈。伊斯公國會在混亂之中侵吞掉兩國的經濟圈。因為兩國不能虧待調停國的商人，只好善待伊斯的商人，如此一來，伊斯的商人就可以從中獲得很大的利益。」

我點了點頭，但同時又搖了搖頭。結果弄得脖子疼痛。我說道：

「我大概知道是什麼意思了。可是我聽起來不覺得有什麼了不起的。只要努力不被侵吞商權，不就好了？重要的是，在前線的人可以平安無事地回家，光是這點就很值得了吧？」

蘇凱倫好像又想說什麼，但是卡爾先開口說：

「你說得是沒錯。但是我們如果放棄可以打贏的戰爭，這樣也是很奇怪的事，不是嗎？你想想費雷爾的那些建言。」

「嗯。說得也是哦。」

蘇凱倫露出驚訝的表情，看了看我們。他吞吞吐吐地說：

「您、您的意思是確定可以打贏？」

啊！他應該不知道我們說的那些建言吧。因為費雷爾的封鎖航路戰略是最高機密，而他只是我們的護衛隊長。卡爾靜靜地點頭說：

「是的。我們擁有能夠確保戰爭勝利的戰略。而且我就是因為這個戰略而出使伊斯公國的。因為這個戰略需要伊斯公國的幫忙。當然，這是機密事項，無可奉告，請您諒解。」

蘇凱倫面帶喜悅的表情，點頭說道：

「是，我知道。我現在才知道，我護衛著如此重要的使節團。我一定不惜犧牲生命護衛賀坦特大人。」

「啊，夠了。沒關係。我們明天就會抵達巴拉坦了，不用太擔心。」

「是。可是我還是不會鬆懈警戒的。」

「可以不用太過警戒，只要照目前做的方式就可以了。對了，泰利吉大人，您是說您沒有聽說我此行是負有什麼任務嗎？」

「是。」

蘇凱倫簡短地回答之後，好像還想再說些什麼。

「軍人是不必問為什麼的。我們要做的是一接到任務就執行。」

「是，應該要這樣才對。因此只要照目前所做的來做就可以了。」

卡爾微笑著說完之後，蘇凱倫點了點頭。這時候，我覺得腳邊好像有什麼東西在碰我。我低頭一看，妮莉亞不知何時已經悄悄爬來刺一下我的腳。

「修——奇——啊——？」

「不要這樣！妳剛才聽到了吧？機密，這是機密啊！」

「哼嗯。原來真的是那時候在大暴風神殿你們指的那件事。咦，我真是好奇耶！」

「我知道妳為什麼好奇想知道。所以請妳瞭解我為什麼不告訴妳。妳知道我的意思吧？」

妮莉亞看了看我，說道：

「知道了啦。」

「很好。還有，妳已經不是小孩子了，怎麼還在地上滾來滾去啊？」

「什麼話！如果小孩子在地上滾來滾去的話，會被大人罵。我又不是小孩子，所以可以隨我的意思翻滾。」

我向妮莉亞伸了伸舌頭，然後很快地跳起來。因為她想抓住我的腳踝。蘇凱倫看到我和妮莉亞鬧得這麼瘋，乾咳了幾聲，一面走出去一面說：

「夜深了，我去找費西佛先生回來。」

「啊，可以不用去找他……」

但蘇凱倫還是逕行往外走去。幹嘛找杉森呀？他現在這個時候，應該是高高興興地與那吳勒臣城堡的大廚在一起，要不然就是在威脅酒庫的負責人吧？這時，妮莉亞一個空翻，站了起來。

她差點就踢到桌子，讓卡爾嚇了一大跳。

「修奇，修奇。我們也去找杉森吧？」

「幹嘛找他啊？他才不會去什麼危險的地方呢！」

妮莉亞把頭往兩邊搖晃，說道：

「不是不是，我是怕杉森會對別人怎麼樣。」

「那趕快走吧！」

我趕緊站了起來。我怎麼沒有想到這個！我們是使節團，不能在外國的城堡製造騷動。呵。而且我又想起今天白天和迎賓團團長的那段驚險對話。真是的，要趕快找到那傢伙才可以。卡爾又一心一意在讀書了，我想問伊露莉要不要一起去，不過我看算了。她正陷入沉思當中……一副完全呆滯的臉孔。可能她是在苦思剛才不久前我們的那段對話吧。精靈懂不懂外交是扮家家酒的遊戲呢？

妮莉亞和我各自在硬皮甲上面披了一件斗篷。冬天確實是到了，天氣冷得不得了，只要一離開有壁爐的房間就覺得脖子後面都要凍僵。妮莉亞把斗篷拉到下巴，說道：

「他會在哪裡呢？」

「第一個可能，佔據廚房。第二個可能，偷襲酒庫。」

「他會不會在那吳勒臣城主的獨生女房間窗戶下面唱求愛小夜曲啊？」

「妳說誰會做這種事？」

誰會在十一月這種天氣裡唱求愛小夜曲啊？嗯，杉森應該是做得到啦。但杉森不可能會去做那種事的，他掛在脖子上的戒指可能都被手垢弄得黑黑的了吧。我咯咯地笑著走向廚房。

果然不出我所料！可是場面比我想像的還更奇怪耶！

「怎、怎麼可以不經上面的人允許，就把犯人從押送馬車裡放、放出來啊！」

「這個嘛……喂，溫柴，你會逃跑嗎？」

溫柴沉默地指了指自己的腳踝，露出無辜的表情。蘇凱倫看了一眼圈圈纏繞捆綁著的那條繩索之後，才稍微安心了下來，杉森則是張嘴笑了起來。

那吳勒臣城堡的廚房裡聚著一些這裡的一些傭人和女侍，還有看起來像是見習騎士的人，他們都在和杉森、溫柴一起喝著酒，蘇凱倫搖著頭說：

「喂，杉森・費西佛！就算你有綁著繩索，但你這樣做，還是侵犯到了我的權限權！」

杉森把酒瓶靠到嘴邊喝了一口，然後搔著後腦杓，說道：

「哎呀。泰利吉大人是護衛隊長吧？」

「什麼意思啊？」

「所謂的護衛隊長，就是要保護我們使節團的每一個人，不是嗎？而溫柴也算是某種的使節，是吧？溫柴是我們拜索斯的戰俘，所以現在他的安危應是由拜索斯來負責。我們並不是要把他帶來留在伊斯公國吧。所以說，在伊斯公國裡即使是溫柴，你也應該負起護衛責任，是吧？」

蘇凱倫睜大眼睛看了杉森一眼。杉森嘻嘻笑著說：

「簡單地說，有句話說：『男人在喝酒的時候，連國王也不能干涉。』傳說路坦尼歐大王去見烏塔克和查奈爾時，看到兩人在喝酒，然後就等了他們一整天。我會道歉的，你不要站在那裡，過來一起喝酒吧。你在這裡的話，溫柴如何能逃跑呢？」

蘇凱倫面帶一點固執的表情盯著杉森看，但這時候，在他旁邊的妮莉亞悄悄走近，勾起了他的手臂，說道：

「去吧，隊長大人。」

蘇凱倫嚇得甩開手，然後有些靦腆地笑著，最後還是被拉到餐桌那裡。那吳勒臣城堡的傭人、女侍和見習騎士們都歡呼著歡迎蘇凱倫。杉森高興地笑著說：

「哎呀，你們也來了呀？來這裡坐著。」

我只好搖搖頭，走了過去。

這樣真是不錯。比起剛才和城主的那場宴會，現在一些做屬下的在一起開這種宴會確實比較適合我。杉森甚至還把腳蹺到桌子上，而溫柴因為杉森的關係，也不得不跟著一起蹺腳。有個女侍乾脆踢開椅子，直接坐在桌上，漲紅著臉，用兩手拿起酒杯一直喝著酒。結果那些傭人和見習騎士都鼓掌叫好。妮莉亞咯咯笑了起來，而蘇凱倫那傢伙則是用嚴謹的表情稍微皺了眉頭。不過他在這種場合當然不至於笨到會說這是不合禮儀、沒有禮貌之類的話。

我走近溫柴的身旁，想要敬他一杯酒。

「溫柴，你是不是被杉森拉來的？」

「是啊。這個王八蛋。他想喝酒就自己喝嘛。」

當場，杉森用手肘撞了一下溫柴的腰，溫柴發出呻吟聲。杉森說道：

「這傢伙，你這麼會喝酒，就不要再囉唆了。我把你帶到這裡……」

「我知道，我知道啦！媽的。謝謝。這樣可以了吧？」

「好。知道我這個人好就要說嘛。」

杉森在那邊高興嬉笑著，溫柴則是使用臉部所有的肌肉，做出一副愁眉苦臉的表情喝著酒。

妮莉亞向蘇凱倫勸酒。我一面把手伸向剛才宴會的那些豐盛剩菜，一面說：

「可是那些看守馬車的士兵為什麼會開門呢？」

蘇凱倫隊長詫異地看了看杉森，說道：

「對哦，是他們開馬車門的嗎？」

杉森笑著回答：

「是啊。他們每個人手抱一瓶酒，然後確定溫柴被捆綁繩索之後，當然也就沒說什麼了。」

「那些個混蛋！」

蘇凱倫隊長馬上就往外跑去了，我們看了一會兒他的背影，然後我問杉森：

「是真的嗎？」

「假的啦。我是趁著那些士兵暫時離開位置的空檔，把溫柴拉下來的。」

「你真是惡劣……那些可憐的看守兵。」

杉森像食人魔般地笑著，妮莉亞則是捧腹大笑著。溫柴噗哧笑著，一邊倒酒一邊說：

「我是看守我自己的士兵。我要是不想逃，我就絕對不會逃跑。」

「其他人可能很難以相信吧。」

「或許吧。」

溫柴輕輕地點了點頭。妮莉亞從剛才就一直在玩著餅乾，把餅乾往上丟，再用嘴巴接起來，她一聽到溫柴的話，驚訝地說：

「為什麼你不想逃呢？」

溫柴稍微轉頭瞄了一下妮莉亞之後，對我說：

「修奇，你跟她說，逃跑對我來說沒有好處。」

我都還沒有說話，妮莉亞就說：

「如果回到故鄉可以見到親人，要是有情人或老婆在等他，他應該會想見他們吧？」

溫柴內心裡那股難受的感覺都在他臉上浮現了。可是他苦澀地微笑著說：

「你跟她說，我回去了只會對他們更添麻煩，修奇。」

這一次也是我還沒開口，妮莉亞就先說了：

「喂！不要再這樣了。既然你都放棄祖國了，就該連習慣也放棄才對呀！我的意思是請你直接跟我說話。」

溫柴看了看妮莉亞。他嘆了一口氣，乾咳了幾聲，握了手又攤開手之後，整張臉都紅了起來，然後他轉頭對我說：

「跟她說，習慣需要慢慢地改過來才行。」

杉森長長地吁了一口氣。我覺得我沒有必要在中間傳話了。妮莉亞跳著跳著跑來，彎著腰站在溫柴前面。溫柴趕緊轉過頭去，但是妮莉亞跟著他轉的方向移動身體，一直面對著他的臉。溫柴轉頭轉了好幾次，想要避開妮莉亞的目光，結果索性把頭往下低垂，說道：

「修奇！問這個女人為什麼要這樣子！」

「看著我說話，看著我說話，看著我說話。」

妮莉亞像是在唸什麼咒語似的喃喃自語著，溫柴開始變得坐立焦躁不安。他生氣地想站起來，但杉森不讓他把腳從桌上放下來。不知何時起，所有的人都安靜下來，看著妮莉亞和溫柴。溫柴可以說是臉紅到耳根了。他慌張地說：「修奇，只要你叫這個女人走開，我可以為你做任何事。」

「跟我說話，跟我說話，跟我說話。」

「我好像沒有什麼想要的東西……」

我其實也是個滿惡劣的人。溫柴隨即轉頭對杉森說：

「你不是想學殺氣嗎？我教你。只要你讓她走開。」

杉森的眼睛立刻閃閃發光。妮莉亞驚嚇著，趕緊冷酷地瞪著杉森。杉森的嘴角突然上揚，他說道：

「真是奇怪耶！」

「什麼意思？」

「用你那個殺氣把她趕走，不就行了？」

溫柴彈了一下手指頭。然後他開始瞪起妮莉亞。妮莉亞嘻嘻哈哈地對看著溫柴。

哼嗯。真是奇怪的一幕。溫柴坐在椅子上用可怕的眼神瞪視妮莉亞，而妮莉亞則是彎著腰微笑對看溫柴。兩人的表情完全不一樣，然而鼻子相隔不到一肘距離，他們互相無言地看著對方。

砰！

結果妮莉亞一屁股坐到了地上。她一面顫抖著，一面慌張地躲到我背後。溫柴得意洋洋地笑著，廚房其他人都露出了訝異的表情。我的背後傳來妮莉亞顫抖的聲音：「可、可怕死了……哎喲！」

「溫柴好像很難改掉數十年來養成的習慣。妳不要再刁難他了。」

「可、可是也實在是太嚇、嚇人了！呼呼。」

妮莉亞就連坐在椅子上也無法挺直身體。而且她的手還不斷顫抖，根本無法拿起酒杯，只能緊握著雙手。

「真是的……可能是妳對抗太久了。」

「嗯，嗯。就算可怕，我也一直、一直撐著……」

「妳真是太固執了。溫柴那雙眼睛能讓翼龍昏過去，還讓獄魔女嚇得逃跑，妳以為妳有辦法對抗得了啊？」

「不要再說了。我現在都沒對抗了，也還是在顫抖，抖得很厲害。」

那吳勒臣城堡的人們都一副驚訝的表情，個個不敢再看溫柴一眼。溫柴噗哧笑著拿起酒杯，並且說：

「修奇，你跟她說我很抱歉。但我覺得她太固執也有錯。」

「聽到了吧？」

「這個……討厭！你這個傢伙。」

「為妮莉亞乾杯。」

溫柴以更深邃的眼神做出一個笑容。周圍好安靜，所以酒變得很沒味道。

「為了我？為什麼？」

「妳唱一首歌吧。〈愛亞・伊克利那的鞋匠米德比〉。」

「咿呀嘿咻！」

過了不久，大家全都站了起來，盡興地唱著這首歌，還有人把酒倒在別人的頭上。其中一個見習騎士和女侍跑到桌上，把盤子清到一旁，就開始跳起舞來。

一陣狂亂結束之後，大家的衣服都被酒淋得濕透了，就在酒杯漸漸都空了的時候，有個那吳勒臣城堡的見習騎士不知從何處拿來了一個詩琴。那吳勒臣的人都給予歡呼，連我們也笑著拍手叫好。

那個見習騎士微笑著，文質彬彬地說：

「今天，我們很榮幸地歡迎從遙遠西方國度，來到這個太陽升起的國家伊斯的美麗之城那吳勒臣的賓客們……」

「哦！哦！」

「哈哈哈。很好。我要開始了。」

見習騎士輕輕地撥弄詩琴的弦，並立刻唱了起來：

老舊的大地上吹著新揚起的風。
宛如隨風飛揚的草籽般的人生裡，
只會出現一次的神祕之風。
那正是魔法之秋啊！
大法師亨德列克的秋天是多麼短暫，
妖精女王達蘭妮安的秋天卻無窮無盡。

這是什麼歌呀？還提到亨德列克和達蘭妮安呢！我又再集中精神聽這首歌。

細美那斯平原上，連風也迷失方向，
一顆星落下，兩顆星升起。
但是在唱著歌的歌手記憶裡，有一顆逐漸黯淡的星。
大法師亨德列克的目光是多麼高昂，
妖精女王達蘭妮安的腳步卻消失無蹤。

妖精的歌，再也聽不到，
他們翅膀上的閃亮光芒漸被遺忘。
在波濤蕩漾湖水下的城堡裡，
回憶是美好的。
往前行進的是人類的背影。
妖精卻在影子下停住腳步。

到底是什麼意思啊？可不可以解釋一下！我滿懷緊張地等著，可是那個騎士只是繼續唱一些我聽不懂的內容。一顆星落下？這應該是在說神龍王吧。那麼升起的兩顆星鐵定是指路坦尼歐大王和亨德列克嘍？而逐漸黯淡的星星是不是指妖精女王？她是一顆逐漸黯淡無光的星星？

失去翅膀的女王也失去了光輝，
失去光輝的女王就連愛情的鎖鏈也太沉重。
不再回頭的目光，甚至連胸口的溫暖也失去了。
歲月在樹上添加的是年輪。
被遺忘的名字卻只能漸漸冰冷。

冰冷的冬風颳盡了樹上的樹葉，
落在大地的枯乾落葉之中。
可以感受到稀微萌芽的氣息裡，

被置之不理的愛情。
亨德列克彎腰看了大迷宮，
神龍王的刀刃卻轉為暗紅色。

突然間，廚房裡的氣氛變得有些淒涼。那種氣氛是帶點嚴肅而且悲壯，甚至是有點恐怖的氣氛。有個女侍害怕地想捂住耳朵，另一個傭人突然乾咳了一聲，結果被自己的咳嗽聲給嚇了一跳。神龍王的刀刃卻轉為暗紅色？

此時，突然間傳來詩琴的聲音。見習騎士嘻嘻笑著，有些不好意思地說：

「接下來的我忘記了。」

「噗哈！真是的！」

所有人都爆出了笑聲。見習騎士尷尬地笑著，其他人大都對他嘲弄又斥責了一番，可是好像沒有人因為歌曲沒唱完而覺得可惜。為什麼呢？

我想問那個見習騎士，正想走過去的時候，突然間在廚房門那裡跳進了一個黑黑的東西。那個黑黑的東西正是蘇凱倫隊長。他一進來就指著我們大喊：

「有眼睛的就給我看這邊！你們這些笨蛋！」

隨即，他身後就出現了兩名看守溫柴馬車的士兵。他們一看到從他們手中脫逃的犯人竟坐在廚房喝酒，都露出啼笑皆非的表情。但是他們根本沒機會表達難堪。因為蘇凱倫很凶狠地說：

「出去我再跟你們說。現在馬上把犯人帶回原來的地方，集合馬車前面所有的護衛兵！」

「是！」

護衛兵甚至還對他敬了禮，於是廚房那些人都對他們投以糊裡糊塗的目光。溫柴嘆了一口氣，解開腳上的繩索。杉森則是無奈地讓護衛兵把溫柴帶走。護衛兵一帶走溫柴，蘇凱倫就走近杉森，說道：

「聽說，你是在那些護衛兵暫時離開位子的時候把犯人帶走的？」

「嗯。是的。」

蘇凱倫像是氣得說不出話來的表情，看了看杉森，然後沉重地說：

「我不容許再有這種事發生。」

「我知道。我會注意的。」

杉森簡單地點頭道歉，蘇凱倫不再說什麼，就往外走出去了。杉森嘆了一口氣，跟廚房裡的人說抱歉：

「好了，真是對不起！我們這樣一搞，把這裡的氣氛都搞壞了。我要走了，各位繼續待在這裡吧。託各位的福，今晚過得很愉快。」

05

「他到底打算講到什麼時候啊？」

這是妮莉亞的抱怨聲。杉森一副看不順眼的表情，正彎著腰往下看。

蘇凱倫是刻意要讓我們看到這一幕才那樣做的。蘇凱倫正把所有的護衛兵集合起來，進行一場演說，從我們房間的陽臺可以很清楚地看到他們現在站的位置。再加上蘇凱倫鏗鏘有力的高喊聲，站在陽臺上的我們和在他前面排成一列的士兵一樣，都只好低著頭，一副畏怯的樣子。士兵們在三更半夜被叫起來集合在國外某個陌生城裡的練兵場，個個都感到荒唐不已，但是在蘇凱倫的恫嚇演說之下，也不敢有所怨言，動也不動站在那裡。

「懂了嗎？這裡不是拜索斯！你們快給我清醒過來！馬上打起精神地張大眼睛，隨時都要處在備戰狀態！你們到底知不知道什麼是軍人該有的態度？你們應有的戰戰兢兢精神，都被大海的氣息給沖掉了，完全放鬆警戒，你們到底能做什麼呀！」

我將蘇凱倫對他們的喊叫聲拋諸腦後，轉身進了房間。

「哎喲。他真是令人頭痛呢。」

「你們不要怪他。這其實是費西佛老弟你的不對。」

杉森歪著頭問說：
「是我的錯嗎？」
「是啊。不管怎麼說，這裡是別人的國家，護衛隊長的神經當然會繃得像織布機上的絲線一樣。然而由他負責押送的溫柴，竟然出他意料之外地不在馬車上，他當然會很不舒服，而且不高興啊。這是你的錯呀！」
「是，我瞭解了。可是這裡又不是拜索斯，是在別人的國家的城市裡，他這樣教訓那些士兵們實在是……」
卡爾抽了一口氣後說：
「是啊。希望他盡快結束掉。這多丟國家的臉啊。」
伊露莉一副越來越迷糊的表情。她坐立不安地陷入了沉思。不久後，她小心地問了一句話：
「那個，我這樣問有些不好意思，不過照你們說的話，蘇凱倫有做錯什麼事嗎？」
「什麼？」
「溫柴就是拜索斯王國的俘虜，而身為武官的蘇凱倫先生有護送戰俘的責任在。因此我可以理解杉森在這件事情上的錯誤，但是我不瞭解蘇凱倫在這件事情上做錯了什麼。」
「啊……蘇凱倫先生有沒有做錯不是很重要的事。我們是在談論，他現在在其他的國家，公開責罵他的屬下這件事。這對身為同胞的人來說是有些丟臉的事。」
「他的屬下做錯事了，不是嗎？因為他們怠忽職守。」
「是，沒錯。可是他可以小聲地責罵，並不是非要讓其他國家的人看到這種尷尬的場面啊。再怎麼說，天底下也沒有父母願意讓家醜外揚的吧。所以小聲地說也……」
「這不是做表面工夫嗎？」

「什麼？」

「這不是讓壞事只在自己內部解決，而好事才大肆向外界宣揚的手段嗎？」

「從某些角度來看，妳說得沒有錯。」

「可是不管是好事、壞事，這兩個都是真實的，不是嗎？為什麼一定要做表面工夫呢？」

「因為他那樣做，只會讓他的屬下更加難堪而已。難道一定要這樣傷害他們嗎？不管是誰，被罵了一定心裡多少會不舒服。而且，如果是在外國人看得到的場地被這樣罵……」

卡爾說明到這裡，做了一個微笑。

「呵呵呵。真是的，我竟想為不需要說明的東西做說明。對於優比涅的幼小孩子來說，將好的一面呈現給外國人或其他人，或是……恐怕妳是不會懂的。」

「我真的不懂呢。」

伊露莉點了點頭，卡爾只好開始抓頭皮，一面看著妮莉亞一面點頭說：

「可能我怎麼說，她都無法體會的。因為這根本不是可以用話語來解釋的。」

伊露莉凝視著卡爾一會兒，靜靜地說：

「我會再詳細地觀察，好好思考一下的。」

「謝謝妳的體諒。」

卡爾再一次打開了書本，而伊露莉也是安靜地翻開書本。到底這兩個人是怎麼辦到溫和地結束一場激辯，然後再馬上打開書本閱讀起來的呢？比伊露莉更奇怪的是卡爾，他根本不像人類呀。我眼神呆滯地伸直雙腳坐在椅子上，杉森則在沉思中。

卡爾突然闔上書本，說道：

「費西佛老弟，你還記得我告訴你的話吧？」

剛才在沉思的杉森被卡爾的突來一問，嚇了一跳，他回答道：
「什麼？啊，是啊。我記得很清楚。」
「嗯。那樣就好。」

「那，祝你們一路順風！」
卡爾揮了揮手便啟程了。蘇凱倫護衛隊長仍然有些猶豫不定的樣子，失望地說：
「真的不需要護衛隊員護送你們嗎？」
杉森點了點頭，說道：
「是的。沒有關係的。我們也不是什麼重要的人物，不過稱得上是某一類的旅行家罷了。真正的使節是卡爾，不是嗎？請您好好照顧卡爾。」
「可是我的職責也包含了保障各位的安全。」
「您不用擔心的。」
蘇凱倫搖搖頭退了下去。最後我們走到押送溫柴的馬車那裡。
「喂，溫柴啊！」
溫柴探出頭，看起來永遠都是一副沉默寡言、冷淡無比的表情。杉森笑笑地說：「到了巴拉坦要小心言行，注意你自己的身體。」
「不用你操心。」
我也笑了笑，向溫柴打了招呼，伊露莉要我代她向溫柴問候。妮莉亞則是用鼻子呼了一大口氣，跟溫柴說「祝你在旅行的路上最好得到眼疾算了」這種咒罵式的祝福。溫柴冷冷地笑了笑，叫我幫他傳話，向伊露莉和妮莉亞答話，然後再次整個人定坐在馬車的底板上。

在錫奇安湖邊，我們為要離開的卡爾和溫柴，還有原來的護衛隊員們，以及到了那吳勒臣市才加入的護衛隊員們送行。太陽從東邊的海上升起，準備開始要為旅行者照射一整天不知盡頭的旅途，而西邊的神祕湖水泛著藍色水光。卡爾一行人在錫奇安湖邊出發，已經走得好遠，消失不見了。他們離去的身影在林子裡忽隱忽現，最後消失在松林樹影間。

杉森稍微揮動了一下臂膀，輕輕地說道：

「來吧，出發吧。往神殿前進！」

妮莉亞一面笑，一面拍了一下黑夜鷹的屁股，輕盈地跳上了馬兒。面對巨型大馬，妮莉亞竟可以那樣毫不費力地一躍而上？真不簡單。其他人也全都騎上馬後，妮莉亞問道：

「要花多久時間？」

伊露莉回答：

「如果今天騎一整天的話，大概最晚在晚餐時候可以到達。」

「好吧。那沿著海邊奔馳吧！咦呀啊！」

妮莉亞立刻開始從山坡邊騎下山了。杉森搖了搖頭，跟在妮莉亞後面，我和伊露莉則按照順序接著跟上。妮莉亞騎著黑夜鷹，衝進了海水浪花不斷來去的白沙海灣。在黑夜鷹狂奔的馬蹄下，沙灘上白沙飛散，水花四濺。妮莉亞又是尖叫又是笑地喊著：

「呀啊哈哈哈！」

「哈啾！」

「濕著身子，一面吹寒風一面騎著馬兒跑，不感冒才奇怪呢。」

妮莉亞想要回說些什麼，不過馬上就打了一個噴嚏。杉森一邊唸她，一邊還是把放在背包裡的斗篷拿出來給妮莉亞。她不斷地打噴嚏，用眼神謝了杉森的好意，接過斗篷。

「啊呃呃……好、好冷，哈、哈啾，哈啾。」

「反正已經在往神殿的路上了，妳就忍耐一下吧。」

「嗯！如果走進神殿裡一次的話，三，哈啾，三個月的運氣都會不好耶。」

「那妳坐在神殿外面等好了。」

妮莉亞沒有回答，瞪了我一眼，又開始連續不斷地打噴嚏。哈啾！哈哈啾！

正是接近黃昏薄暮時分，我們按照在進入伊斯公國前所調查的資料，一路找來，最後終於看到了德菲力神殿。那是一間坐落在那吳勒臣往戴哈帕港半路上的美麗神殿。

德菲力神殿建造在山脊上稍微高一點點的地方，夕陽暮色將神殿正面染上一片紅光。剛才我們走過的平原已經漸漸暗下來，而位置在較上方的德菲力神殿仍是紅光一片，看起來像是飄浮在半空中的光之建築。

妮莉亞用敬畏的表情抬頭觀看著建築物。

「好像是只會發生好事的建築物……哈啾！」

杉森搖搖頭，沿著通往神殿的小路走去。

夕陽斜照在山腰的神殿之時，大概也正是結束了午後的經典頌讀，開始晚餐的時間吧。烤麵包的香味飄散開來。雖然越往神殿的上方飄去越淡，但是從高聳堅固的煙囪裡依舊不斷冒出香氣四溢的白色煙霧。這座神殿不像大暴風神殿那樣壯觀，外觀看起來並不起眼，會給人一種錯覺，以為只是一棟在山村中的長老宅邸般的建築物。伊露莉開心地笑了，說：

「這神殿一看就知道是德菲力神殿。」

「什麼？」

「因為有兩個門啊。」

伊露莉的好眼力，好像已經看到神殿的正門了。她說神殿有兩個門？啊，真是的。這樣的話，兩個門之中有一個是假的嘍？

伊露莉說得沒錯。小路的坡度逐漸變緩，靠近了神殿才確定看到了在正面牆壁上的兩個門。因為這裡是岔道之神德菲力的神殿，所以才會有兩個門吧？兩道門都以結實的木門板關著。

「我總覺得有一扇門是開不了的。」

「真是的……拿著神之權杖者所做的事，怎麼有時看起來好像在開玩笑的感覺。是吧？」

我和杉森一邊閒聊，一邊看著那兩道門。來猜猜看吧。

「哈、哈、哈啾！是右、右邊啦。」

我們全都回頭看了妮莉亞。妮莉亞一面擤著鼻子一面說：

「從、從附在門上的把手就可以看出來了吧，哈哈啾！」

杉森聳聳肩，從馬上跳下，然後去推右邊的門，發出了嘎吱聲。

「嚇我一跳呢？」

那個時候伊露莉笑了起來。她從馬上跳下來，走到左邊的門。我們正看著她的時候，伊露莉就跑去推門。嘎吱。打開了呢？

「有一邊是對的，並不表示另一邊是錯的吧。」

杉森和我一副鬱卒的表情。妮莉亞訝異地說道：

「好奇怪。右邊的門比較常使用、使用，哈啾！」

「因為右撇子比較多啊。」

伊露莉簡單地回答，牽著韁繩走到門內。杉森驚嘆地看看左門，再看看右門，然後自言自語地說：

「有什麼含義？」

「真有趣啊。我想他們不是故意要做了兩個門，是有什麼含義才這樣做的吧？」

杉森認真地在思考著，然後用了然於胸的口吻說道：

「有一個門故障的時候，可以用另一個門比較方便。」

一走到裡面，便看到一個寬敞的庭院，修煉士們從建築物裡跑了出來。他們看到我們開了兩個門站在那裡，覺得很好笑的樣子。在他們後面有一位祭司走了出來，上臂有點粗的祭司摸著鬍子說道：

「歡迎從神殿大門進來的客人。以必要時所需之小幸運祝福各位。」

杉森頓了一下，看了看伊露莉。伊露莉馬上站到前面回答：

「從心所行之路即是正路。我們是過路旅行者。太陽下山後，風冷露水寒，我們在想是否可借住貴神殿一宿。」

那位長得像山寨頭目的祭司，輕輕地點點頭告訴修煉士們：

「帶這幾位客人入殿，用餐及梳洗。」

此時杉森慌張地跑到前面。

「啊，那個，等一下。呃……」

然後杉森敲了一下腦袋瓜，突然在流星的馬鞍上東翻西找。

一團線球，紙張碎片，咬過剩下的麵包塊和一小片火腿，因為懶得洗隨便亂洗一番的杯子之類的食器，幾個斷掉的弓箭頭，沾到了油漬的骯髒小袋子等等，全都攤在祭司的面前，修煉士們開始竊笑起來。我覺得太丟臉了，只好抬頭看著天空，妮莉亞一面打噴嚏，一面在咯咯發笑，結果竟然開始打起嗝來，變得更嚴重了。

杉森終於拚命地找到了在卡拉爾領地時莎曼達給我們的介紹信，杉森看到了介紹信上沾到了麵包粉和油漬，不好意思地臉紅起來，畏懼地走到前面。

杉森一呈上介紹信，祭司先是一副很失望的表情。杉森愣住不知該怎麼辦，祭司沒說什麼，接過了介紹信開始讀起信來。

讀信讀了好一會兒的祭司，這時臉上才有了不一樣的光彩出現。

「原來是我們姊妹教友的介紹信啊。」

「是、是的。啊，那個，對不起。旅行真的是會讓人越來越不注重體面，把介紹信給弄髒了……」

「啊，沒關係。信只要能傳達到心意就夠了。各位是我們教壇的朋友，我們要好好接待各位。請先入殿稍作休息。有事我們再慢慢談吧。」

「好。謝謝您。」

在修煉士們帶領下，我們進入了建築物內。

簡單梳洗了一下，他們分配了兩個房間給我們。杉森和我一個房間，然後伊露莉和妮莉亞則到另一個房間。我們把背包行囊卸了下來，脫掉甲衣，放下武器，等了一會兒後，修煉士們就來找我們了。

其中一位修煉士說：「請跟我來！一天中最重要的活動現在開始了！」

看了看杉森的臉，我想我的臉可能也跟他沒兩樣。我們兩人一臉茫然地看著那名修煉士，什麼話也說不出來就站了起來。修煉士們笑了笑帶著我們出來。一出來往女孩子住的房間望去，沒見到妮莉亞，只看到伊露莉走出來。

「妮莉亞呢？」

「她說她沒有胃口……躺在床上。」

「啊，是這樣嗎。嗯。不舒服才要多吃點啊。」

帶我們出來的修煉士聽到我們的對話，說道：

「啊，剛剛那位小姐看起來臉色很不好呢，是感冒嗎？」

「是的，好像沒錯。」

「嗯。那麼用完餐後，我會拿藥給你們。如果吃了我們給的藥，大概明天早上就會像春天的小馬一樣健康了。哈哈哈。」

杉森很勉強地表示了一下謝意。春天的小馬？這神殿的人使用的語彙好低級哦。春天的小馬，在我們拜索斯就是指喜歡紅杏出牆的女人，在這裡也是嗎？

餐廳裡的感覺和山上神殿的氣氛差不多。四方牆壁上，看得到用松木做的柱子，牆壁雖然厚，卻不華麗。可以把它看作是巨大的茅舍，可是非常地舒適。

但是祭司們看起來卻不怎麼舒服。他們全都在喧譁地大吵大鬧用餐中。帶我們進去的修煉士，果然一到餐廳也笑笑地高聲喊起來：

「喂！讓開讓開！哈哈。客人們到了。」

「哦！請各位快入座！」

一時間歡呼聲四起，使得我們必須向各處行禮致意。不久後，我們以神殿朋友的身分被帶到和高階祭司一起用餐的桌子坐下，在那裡第一次見到了高階祭司。

「我看過了女祭司莎曼達的介紹信了。我是林格司特。」

還好杉森還算機伶，不至於會說出像「您好，林格司特先生」這種話來。所謂經驗，還有所謂時間累積的歷練，真是種很可怕的東西。

「是的，高階祭司。我們非常感激貴神殿對荒野中的流浪者雪中送炭，伸出友誼的手。」

高階祭司笑了笑，拿了食物給我們，彼此簡單地打了招呼。當然了，連簡單地打招呼也要用高聲嘶喊的方式才聽得到。這裡真的是神殿嗎？我看到那些開懷大笑，拿著叉子和刀子勇猛無比地玩起刀叉大賽的修煉士們，都傻掉了。在那旁邊有一位年輕祭司，一邊笑還一邊幫他們加油。呵呵，真有一套。

在略遠的另一邊，有一名修煉士跳到桌子上，被其他修煉士追著跑，一臉嚴肅的祭司看到這一幕，嚴謹地舉起手，把修煉士絆倒。修煉士跌在桌子上滾，再掉到地上翻了好幾個筋斗，周圍的修煉士們開始捧著肚子，爆笑開來。我問杉森：

「我們什麼時候逃跑？」

「我想一吃完飯……馬上閃人……」

杉森一個箭步，立刻開始把麵包往嘴巴裡塞，他的模樣，就是要把放在他眼前的食物一股腦地吞下去。高階祭司看到我們吃得津津有味的樣子，非常開心。然後他向四周大喊：

「喂！你們給我安靜點！我正在講話！聽到沒！」

高階祭司喊完後，接著對我們說：

「好了，各位來到我國是有什麼事要辦嗎？」

杉森快速地吞下麵包，有些緊張。他說：

「啊，是的。我們是和拜索斯王國的使節團一起來到貴國，但其實我們另有私人的任務要辦。我們要在貴國找尋某個人。」

高階祭司聽到我們是和使節團一起來的，表情有些驚訝，他再一次問我們：

「你們說是來找某個人？哼嗯。」

「是。正因如此，希望德菲力神殿可以助我們一臂之力。」

「有我們可以幫得上忙的事嗎？請說來聽聽吧。」

「希望德菲力的聖職者中有一位可以與我們同行。」

這是卡爾交代杉森的計畫。

因為我們並不是龍，也不是龍魂使，我們當然不可能知道，那名紅髮少女是否真為哈修泰爾家族的女兒。但是如果有一位德菲力的聖職者與我們一起走的話，就能夠用神的力量來確認紅髮少女是否就是哈修泰爾家族的女兒。因此，我們會向隨行的德菲力聖職者提出問題。那就是看到那名少女後，只要回答例如「這個孩子是龍魂使」、「不是龍魂使」那樣二擇一的答案給我們就可以了。卡爾果真聰明。

高階祭司歪著頭說：

「你們是說，需要一名冒險的同伴嗎？」

「不是，不是這樣的。我們打算明天向戴哈帕港出發，在那裡需要德菲力的權杖幫我們確認，所以我們才提出這樣的要求。一旦做完確認，完成要辦的事後，我們會將與我們同行的聖職者護送回德菲力神殿。所以最晚在後天左右就可以完成。」

「啊……是這樣嗎？我盡快幫你們問問看。」

「那就太感激您了。」

「妳喝下這服藥吧。這是祭司親自做的藥，聽說喝了這服藥以後，就可以像春天的小馬一樣，活蹦亂跳起來嘍。」

妮莉亞用奇怪的眼神看看我，又看了看那碗湯藥。

「啊……（吸鼻子）。哈啾！冷得我牙齒直打顫。」

裹在毛毯裡的妮莉亞一面發抖，一面坐了起來。她先探頭看一看碗裡的藥，馬上皺起鼻頭來。

「這個顏色怎麼這麼怪？味道也不對勁……」

「不然藥看起來都很好喝的嗎？趕快喝下吧。」

妮莉亞一手捏住鼻子，一口氣喝完那碗藥。然後她的整個臉頰鼓了起來。我焦急地說道：

「快吞下去！」

咕嚕。妮莉亞艱辛萬分地吞下那口藥，放開了鼻子。她馬上伸出舌頭，哎哎叫著：

「呃啊，啊，哎，好苦哇。」

接著杉森笑笑地說：

「哦？這樣表示藥效很好啊。」

伊露莉微微一笑，在背包裡東翻西找的，掏出了一個不得了的東西，拿給妮莉亞。妮莉亞一陣歡呼：

「是砂糖耶！」

「不要吃太多哦。小心吃壞肚子。」
妮莉亞點點頭，把手放到砂糖袋子裡，然後拿出手來開始舔手指頭。杉森嘻嘻笑著，坐在椅子上，說：
「看她這個樣子，明天馬上出發是沒問題的。」
忙著舔手指頭的妮莉亞做了一個甜得受不了的表情，手抓著袋子，回頭看看伊露莉，問道：
「所以談得怎麼樣了？哈啾！他們願意派一名聖職者幫我們嗎？（吸鼻子）」
「嗯。我們見到高階祭司了。他說會幫我們詢問一下。」
「那他有沒有說什麼時候回覆我們？」
「他沒有說呢。」
這個時候聽到了門外叩叩的敲門聲。妮莉亞說：
「請進……哈啾！」
門一打開，是高階祭司和一名年輕祭司走了進來。這名年輕的祭司年紀大約在二十四、五左右，有一頭黑髮，是個看來很爽朗的年輕小伙子。水汪汪的眼睛好像很調皮，嘴角一直掛著微笑，不過除了這些以外，看起來就像一名普通的年輕人。如果他不是穿著祭司的服裝，而是穿修煉士的服裝，應該會更合適他。
高階祭司一進來先向妮莉亞行了一個注目禮，然後說道：
「啊，這一位就是身體微恙的同伴吧。妳現在覺得怎麼樣了？」
妮莉亞馬上把沾著砂糖和口水的手迅速地藏到下面，輕輕地點點頭說：
「已經好——很多了。謝謝你。」
「好很多了嗎？真是太好了。」

高階祭司說完話，馬上指了指站在身旁的年輕祭司。

「這個小伙子下過工夫學習成為德菲力的權杖，我想你們帶他去的話，會有幫助的。就算你們沒有提出要求，他也每天吵著要下山去看看別的地方，真是太巧了。可能要麻煩了，你們願意帶他去嗎？」

呃。好奇怪的開場介紹。可是那名年輕祭司為什麼很面熟的感覺呢？啊，原來是這樣。他就是那個剛才吃晚餐的時候，在修煉士們的刀叉大戰旁加油打氣的那名祭司啊。

杉森一副不知到底該怎麼回答才好，很尷尬的表情看著高階祭司。但是他的煩惱很快就消失了。那名年輕祭司先是用失望的表情說：

「真是的！你們是兩個男的，兩個女的嘛。我加入不就是落單的那一個嗎？」

啊啊！這一幕好像在哪裡常常上演。高階祭司拳頭一揮，往那名年輕祭司的後腦杓輕快地敲了下去。年輕祭司抱著頭在屋裡竄來竄去，高階祭司用一向嚴肅的表情向嚇到的我們解釋：

「他的德行就是各位現在看到的樣子。如果你們覺得他這樣也可以的話……」

杉森非常擔心地說：

「啊，那個，不好意思，這位祭司真的擁有德菲力的權能嗎？」

然後這位年輕的祭司嘻嘻笑著說：

「當然啊。嗯。要不要我猜猜看？你呢，沒錯，一定是個男的。而且未婚，有女朋友，還是個習慣用右手的人。」

杉森在聽到他說「是個男的」時，心臟快要停了下來，等到說到後面的時候，表情漸漸地訝異了起來。

「你怎麼知道的？」

「是不是男的看了就知道，沒有戴結婚戒指就代表未婚，不過在脖子上掛了一個戒指就表示有女朋友了。插劍的吊環掛在左邊的皮帶上，就知道你是習慣用右手的人。」

杉森表情又更為訝異地看著高階祭司，高階祭司大大地嘆了一口氣。這個時候妮莉亞快速地接上話：

「喂，那你來猜猜看這個吧。哈啾！你看到那個靠在牆壁上的三叉戟了嗎？那三叉戟是這裡這位年輕人的還是那名少年的？」

年輕祭司想也不想，很快就回答：

「我不知道呢？」

「答對了。因為是我的。」

妮莉亞嘻嘻笑了一下，從口袋拿出一枚銅板。她把錢往上一丟，再接住它，用手蓋住。

「是正面，哈啾！還是背面？」

年輕祭司仍是笑笑地，很快就回答：

「我不知道呢？」

什麼？然後妮莉亞嘻嘻一笑，把手放開。手裡沒有銅板。好快的手法。銅板藏到哪裡去了？年輕祭司點點頭走向妮莉亞。妮莉亞仔細地瞧著他的時候，年輕祭司合起雙手在祈禱。那位年輕朋友連祈禱都在笑呢？突然間，他的手上發出了光芒。我和杉森正驚訝地看著這景象的時候，年輕祭司把手伸向妮莉亞。

「請不要害怕。」

他按住了妮莉亞的前額。過了不久，他手上的光芒就消失不見了。妮莉亞眨著眼睛，臉上滿是欣喜的表情。

「不會再打噴嚏了！也沒有流鼻水了！」

我和杉森非常讚嘆地看著那名年輕祭司。伊露莉靜靜地說：

「他擁有德菲力的權能。」

高階祭司嚴肅地點點頭。他說：

「就是啊。真是德菲力的不幸啊。」

我們應該同意點頭嗎？

被說成是「德菲力神的不幸」的那個年輕祭司介紹他自己，他的名字是傑倫特・欽柏。傑倫特不停地笑著，並且還說：

「啊，就算沒有各位，我也早就因為厭倦了神殿如此節省飯量，正想離開這裡去做宗教巡禮的旅行。現在能和這麼厲害的冒險家一起出發，真是太好了。」

杉森微笑著說：

「那個，我們並不是什麼冒險家。我們只是想請你到戴哈帕港去確認一件事，然後就要再回去我們國家了。」

「是嗎？真是太棒了！我也正想到拜索斯去看看。拜索斯是一個蘊藏著妖精女王和亨德列克傳說的國家，一個富有魅力的國度。雖然這有些像是我在低頭哈腰求各位，但有我在確實是可以幫助各位。可以讓我一起旅行，直到拜索斯為止嗎？到了拜索斯之後，我會藉著布教活動去遊覽各地。拜索斯的風景很漂亮吧？我已經對於帶有鹹味的海風厭倦了。拜索斯那裡應該是充滿草木的香味吧？」

「咦？啊……是。如果你願意的話，可以和我們一起去。至於拜索斯，我覺得那是一個很美麗的地方。」

「謝謝。真是太高興了。我終於可以去看雷伯涅湖，簡直像在做夢一般！在山林裡的一片海洋，傳說那是一片落到地上的天上明鏡。我真是期待。拜索斯有很多德菲力的信徒嗎？我是不太清楚當地宗派的情形，但是對於那邊的布教活動時有所聞。」

「是。我們就是經由德菲力的祭司介紹才找來這裡的。」

「太好了！德菲力的權杖將各位引導到我這裡，而你們將我引導到冒險之路！」

「啊，我們只是……」

「哇！你的劍看起來真漂亮。對了，冒險家們都會隨身拿著武器吧？我想想看，我帶著什麼武器好呢？我不會使用任何武器。啊，杉森你是戰士吧？你可以幫我選一樣武器嗎？」

「咦？啊，我是可以，但是要在哪裡選？」

「倉庫裡好像有幾件看起來是武器之類的東西。那時候我跑去那裡躲著喝酒，所以記憶很模糊。請跟我來！」

然後傑倫特就立刻拉著杉森走了出去。真是的。這位傑倫特祭司可真是太誇張了！妮莉亞看到他那副模樣，咯咯笑著說：

「要是和這個人一起旅行的話……我以後可能就會少說很多話了。」

「哈，是啊。那妳好好保重身體。我要回我房間去了。」

我向伊露莉及妮莉亞道晚安之後，就回到我和杉森的房間躺著。這個神殿的床鋪倒是有點像在故鄉的我家床鋪。它下面是用堅硬的木板鋪做的，上面是用稻草做成的床墊，然後還覆蓋一層布，完全是鄉下風味的那種床鋪。我真的已經好久沒有睡過這種床鋪。這下子一定可以做個好夢了。

可是，就在我要進入夢鄉的那一剎那，傳來一陣吵雜聲，杉森和傑倫特進了我們這間房間。傑倫特一進來，就對我說：

「你的名字是修奇嗎？你看，這個適合我嗎？」

我揉著眼睛站起來，立刻爆笑開來。

傑倫特在這黑暗的神殿房間裡製造出一股荒野的氣氛，也就是那種荒野之中與龍對峙的戰士的那種氣氛。這未免也太厲害了吧。他拿著這種武器，居然能營造出此種氣氛來？傑倫特兩手各拿一個悶棍，氣勢宏偉地張開手臂，營造出這種氣氛。想拿悶棍來和龍對峙，應該沒有什麼不好的吧。不過，旅行途中拿那個來當作保命的武器，好像有些不切實際。傑倫特換了好幾個姿勢，並且問我：「怎麼樣？我這個悶棍傑倫特看起來怎麼樣？」

我姑且不說這個荒唐的綽號，我問杉森：

「杉森，你怎麼會幫他選了這個呢？」

「拿釘頭錘或鏈枷之類的東西是比較恰當，可是傑倫特先生完全都舉不起來。」

我吁了一口氣，告訴傑倫特我的意見：

「這個，是很不錯，但不太能派得上用場。」

「可是其他的都太重了，我無法使用啊，不行。」

「你如果用這種武器，必須速度很快才可以。傑倫特先生，你有自信可以快速接近怪物身後，然後用這東西擊打牠們的後腦杓嗎？」

「啊！說得也是！這東西很短，必須接近對手之後才能打擊是嗎？杉森，走吧！」

「啊，好的……」

杉森很無奈地又被傑倫特拉走了。現在我已經睡不著了。我想去看一看傑倫特是怎麼挑武器的，所以就跟在他們背後走了。

果然，傑倫特帶我們去的地方，是位在神殿角落的一個倉庫。那裡地上堆放著一大堆看起來像是穀物袋的袋子，還有，天花板上懸掛著一捆捆的各式藥草，以及各式各樣的小袋子，透出一股倉庫特有的味道。傑倫特在提燈上點了火，跟我們走到有農具和幾樣武器掛著的地方。

杉森說：

「正如同我剛才說過的，這個是最不錯的東西。」

我和傑倫特同時搖了搖頭。杉森輕輕舉起的是一根重量少說也有二十磅的釘頭錘。嘖，真是的。我伸出手想要接過杉森拿的那個釘頭錘，結果差點砸到自己的腳。

「傑倫特先生，你沒有像杉森那種食人魔般的力氣……所以還是找個長的武器比較適合你。這一根手杖怎麼樣？」

「這個？我拿看看。」

傑倫特氣喘吁吁地舉起長長的手杖，揮了幾下，結果就把懸掛在天花板的藥草給打落了下來。於是我們趕緊把藥草撿起，又再捆綁好，懸吊到天花板上。這麼一弄下來，引來外面有人在喊道：

「是誰在裡面呀？」

「啊，是我。傑倫特。」

「你是不是又在那裡喝酒跳舞啊？」

我和杉森用懷疑的目光看了看傑倫特，而傑倫特則是用尷尬的表情說：

「我沒有常常喝酒。只是偶爾為之而已。」

「是的……」

我們一推開倉庫門，便看到一位年老的祭司。他一看到我們，很是驚訝，聽完我們解釋之後，立刻笑了起來，說道：

「傑倫特這傢伙連農具都不會用，沒想到他竟然會想用武器。你們實在是太好心了。我實在應該真心祈禱你們與德菲力神同在。」

傑倫特面對明顯針對自己的指責，也只有尷尬地笑著。這個……我們好像找了一個非常奇怪的人做同伴。

隔天早上，高階祭司為了傑倫特和我們一行人，舉行了特別的祈禱會，這使得我們用更加憂鬱的心情坐在禮堂裡。

祈禱的內容大致是祝福我們的旅程，並祈望傑倫特成為優秀的德菲力權杖這一類教誨性的、有修養的內容，但是傑倫特卻笑著和教友一起聊天，讓我們看了非常不安。

「喂，傑倫特。你要去冒險了啊？」

「是啊，小子。過幾年後就會有我的詩歌被流傳開來了。」

「嗯，歌名應該會是這樣吧，〈傑倫特的破壞〉，要不然就是〈大陸的厄運傑倫特〉。」

「你羨慕我就直接說一聲，哼，混蛋！」

在這嚴肅的祈禱時刻，傑倫特不停地在和教友交頭接耳、竊竊私語，所以高階祭司用發怒的表情很快地結束了祈禱。傑倫特連祈禱結束了都不知道，還在不停聊天，接著就受到高階祭司一次神聖的懲罰。啪！

修煉士和祭司們送我們送到前院。他們的表情像是在說「和傑倫特一起旅行一定是你們的不幸」那樣地悲傷，但又像是帶些苦笑，所以營造出來的反而不太像是送行的氣氛。不過，怎麼不見傑倫特的蹤影呢？高階祭司環顧四周之後，說道：「傑倫特到哪裡去了？」

此時，傳來一聲喊叫聲：

「這裡，我在這裡！現在可以走了！」

我從喊叫聲傳來的方向一看，看到傑倫特從馬廄牽出了一頭騾子。高階祭司一臉無奈的表情看著他，但他還是很堅決地拉騾子出來，然後語氣昂然地對高階祭司說：

「請把這個送我，謝謝您！」

「你這傢伙，帶著這頭騾子要怎麼載行李啊？」

「我冒險成功之後，應該會被稱作『大迷宮的掠奪者傑倫特』，或者『深淵魔域的勝利者傑倫特』。要不然『炎魔的厄運傑倫特』這個名字也不錯。然後我會將那些古代的寶物全部都奉獻給教壇，所以送我這麼一頭騾子應該不會有問題吧？要有投資才會有所得哦。」

杉森發出一聲怪異的呻吟，妮莉亞則是突然低頭一直盯著黑夜鷹的馬蹄。她應該是想忍住不笑才會這個樣子。這個傑倫特，好像真的把這次出發，當作是古老詩歌裡出現的那種冒險的開始。他完全無視於我們找他，是對他有非常現實性的要求，而是把我們當作只是一群冒險家。他說他會被稱是「炎魔的厄運」？我的天啊！這讓我想起了進去過深淵魔域迷宮、差點沒死掉的特克他們一行人！

高階祭司面帶著頭痛的表情說：

「帶走吧。你帶走吧。我想錯了。我讓你走的代價如果是一頭騾子，那真是太便宜了。你帶走吧。」

「謝謝您！」

「傻瓜。我還有一樣禮物要給你，怎麼可能僅僅只有騾子。你就把騾子帶走……」

「請趕快給我。」

傑倫特很快地伸出手，高階祭司則是狠狠地瞪了他那隻手。不過傑倫特還是一直微笑著。高階祭司用氣餒的表情把手伸進袍子的衣角裡，隨即拿出了一枚聖徽。傑倫特睜大他的眼睛。

高階祭司很有力地把聖徽遞給他，並說道：

「拿著這個走吧！」

傑倫特呆呆地看著自己手上的聖徽。這枚聖徽雖然和莎曼達的那枚模樣很相似，但是比較精緻漂亮，甚至還用寶石加以裝飾。傑倫特突然間開始哭喪著臉。哦，我的天啊！

「呃，這一枚是教壇本部送給高階祭司您的……謝謝您。」

「不要囉唆了。趕快走吧。」

「是。嗯，我會努力做一個不違背德菲力旨意的權杖。」

「只要不引發德菲力的憤怒就很好了。你這傢伙。」

連高階祭司的眼眶也開始紅了起來。這些人真是令人受不了。是不是因為他們常年居住在山上，再加上宗教理由而比較樂天，所以才會如此？其他修煉士們也是表情感動地看著這一幕，於是，接近庸俗之人的我、杉森和妮莉亞都不禁露出了非常彆扭不習慣的表情。當然啦，伊露莉則是面帶著洋溢溫馨的微笑。

終於，傑倫特騎上了幾乎是半強迫得來的騾子，和我們一起出發了。真是一個風和日麗的秋季早晨，我們就在這麼一場奇怪的送別之下出發了。

「不要再回來了！」

「你要是回來，我們一定不會放過你。」

「如果你一定要回來，那你回來的時候，就反穿袍子，脫下鞋子咬在嘴裡，背後掛上寫著『請打我吧』的木牌子！」

傑倫特對於這種送別的話都一一回應，所以花了不少時間。不管怎麼樣，我們好不容易出發了。杉森的表情看起來，像是對於往後我們旅行的黯淡未來，陷入了很深的苦惱之中。

多了一頭騾子，使得我們無法像昨天那般快速奔馳。傑倫特騎在騾子上，手持一根手杖，想要裝出一副槍騎兵的模樣，如此一來騾子就不跑了。這頭看起來很固執的灰色騾子，不論騎在牠上面的人做了什麼，也不管走在牠旁邊、大牠兩倍的巨馬，總之就是走牠自己的，堅決保持自己的速度。

傑倫特嘴巴不停地說話，我們就算不想知道，也知道了他許多事。

他原本是一個港口的普通少年，常常得望著暴風雨來襲的大海，看著臉色蒼白害怕的母親。他曾是一個過著這種歲月的港口少年。母親總是擔心出航的父親會回不來。結果有一天，父親真的就沒有回來了，母親則是躺臥床上，沒多久就進到墳墓裡了。傑倫特看了一眼大海之後，就往山裡走了。所以，他可以說是在山中的德菲力神殿裡長大成人的。

他的人生經驗，大致就是藉由在德菲力神殿裡讀的書和小說得到的間接經驗。所以他認為男性就該像小說裡面，那種充滿正義感勇猛不屈的男性，而女性應該都很美麗善良而且優雅。每天一成不變的宗教生活，使他這些樸素的情感更加穩固紮實。因為他有很多思考的時間，所以更容易使他這些想法根深蒂固。

難得的是，因為信仰獨特的關係，他對於自己內心的世界觀和與其不同的現實，並沒有感覺很痛苦。他的想法簡單地說就是：

「總之，人性本善，我不論何時都已準備好要助人。一有機會，我隨時會幫助他人。」

這種信仰雖然很樸素，卻堅定不移。妮莉亞雖然微笑了，但是騎在騾子上的傑倫特卻只看得到妮莉亞的腰，無法看到她在微笑。他接著說：

「對了，我要去確認的到底是什麼呢？我實在是很好奇。」

杉森轉過頭去看了傑倫特一下，開始苦惱了起來，好像是在煩惱是不是該告訴他的樣子。杉森看了看我，說道：

「怎麼辦才好？」

「當然要說啊。我來說吧？」

「哼嗯，好。你要是有說錯，我就糾正你。」

「好啊。」

傑倫特聽到我們這麼說，眼睛一直在打轉著。那種眼神看起來，像是在期待著非常有趣之事的頑童眼神。真是的。我開口說：

「是這樣的……嗯，傑倫特先生。你聽過克拉德美索這頭龍的故事嗎？」

傑倫特的臉變得很蒼白。

「德菲力神啊！你們是要去殺那頭龍嗎？想要當屠龍者……」

「不是的！你到底想到哪裡去了？」

「哦，不是嗎？啊，請不要為了擔心我而說謊。在深遠的地底下，恐怖變成掠過皮膚的風，在龍的洞穴裡颳起時，也有德菲力的加護與我同在。事實上，我是不會因為害怕就丟下同伴不管的。」

傑倫特的莊嚴臉孔可還真是好看。我說道：

「……你可能不擔心，但是我們卻很擔心。嗯，你好像知道克拉德美索的事。」

「嗯，就是把你們國家弄得變成了廢墟的那頭深赤龍，是吧？」

「是的。那麼你也知道什麼是龍魂使吧？」

「當然知道嘍。就是使喚龍的人，是吧？」

「咦？嗯……你要這麼說也是可以。不管怎麼樣，你一定也知道，沒有龍魂使的龍是很危險的吧？」

「是啊是啊。嗯。這好像是不怎麼輕鬆的話題！」

傑倫特的臉完全不是害怕的臉孔，所以他這句話在我聽來實在是很奇怪。不管怎麼樣，我喘了一大口氣，對騾子上的祭司解釋著：

「我們透過某個管道得知，克拉德美索即將再度進入活動期。」

傑倫特用糊裡糊塗的聲音說：

「不可能的！」

傑倫特發出如尖叫般的喊叫聲。我點了點頭。

「是啊，這真是一件令人焦急的事……」

「不是的！克拉德美索怎麼會甦醒呢？難道克拉德美索像人類一樣得了失眠症嗎？」

這一回變成是我和杉森糊裡糊塗了。杉森表情慌張地問傑倫特：

「這是什麼意思啊？傑倫特先生是覺得睡眠期太短了，是嗎？」

「是的。牠才進入睡眠期沒多久，竟然就要甦醒了……啊！所以你們才會去尋找龍魂使，是嗎？我知道了。我懂了。嗯。因此我要去確認的是……」

我趕緊揮動著手臂，阻止傑倫特繼續說下去，我說道：

「等等！請等一下。傑倫特先生能夠理解實在是太好了，但是我們卻有一點不懂。」

「什麼？」

「你剛才是說，克拉德美索已經甦醒是不可能的事嗎？」

「嗯。當然是不可能的。克拉德美索怎麼可能這麼快又要進入活動期呢？如果是真的，那只有一個原因。就是牠感受到龍魂使的存在，才會甦醒。」

「感受到……龍魂使的存在？」

傑倫特看了看我們每個人的臉孔，歪著頭疑惑問道：

「各位好像不知道的樣子？」

「更糟糕的是，我們還是不知道我們不知道的是什麼事。到底你剛才說的是什麼意思呢？」

「沒有什麼難的。克拉德美索在不該甦醒的時候甦醒，表示龍魂使正在呼喚牠啊！」

「龍魂使呼喚牠？你的意思是，克拉德美索的龍魂使已經存在於大陸了？」

「應該是的。咦？難道各位不是要去找克拉德美索的龍魂使嗎？」

「是，是沒錯，但是順序反過來了。」

「順序相反了？」

「我們是先知道克拉德美索甦醒，為了要使牠鎮定，才會開始尋找牠的龍魂使。」

傑倫特很高興地說：

「啊，是嗎？雖然順序相反了，結果卻還是一樣啊！這正是德菲力的岔路之道理啊！岔路它本身是岔路，但不是終點、結果啊。如果因岔路而忘記結果，才應該要煩惱呢！各位還記得我們神殿有兩個門吧？」

傑倫特露出他萬事太平的笑容，不過杉森隨即緊張地問道：

「等一下，傑倫特先生。這麼說來，克拉德美索的龍魂使早就知道自己是龍魂使，然後呼喚克拉德美索這頭龍嗎？」

「應該不是這樣吧。龍魂使本身應該不知道自己是什麼人吧。反而是原本正在睡眠之中的克拉德美索牠感受到那個龍魂使的存在，才甦醒過來的吧。」

「啊，是嗎？」

此時，伊露莉說：

「問題變得更加複雜了。」

我們全都望向伊露莉。她思索著，然後說：

「如果說，克拉德美索的甦醒一定是因為牠感受到龍魂使的存在……那麼牠一甦醒就應該會去尋找龍魂使。如此一來，我們就沒有必要去找了，不是嗎？」

「啊？」

杉森吃驚錯愕了一下，把韁繩都給放掉了，可是我卻在驚訝之餘，竟踢了一下傑米妮。結果牠跑了好一陣子，我還得再折返回去。

杉森試著冷靜下來，並且說道：

「傑倫特先生，請問你是從哪裡獲得這些知識的？」

「這個嘛，我已經記不得是從哪一本書還是哪個文獻裡頭讀到的。各位可能很難想像，在神殿裡可以看到的書籍是那麼地多吧。只要提到書，人們好像都會想到巫師，但其實他們反而沒有讀很多書，只是他們看的都是一些很難的書。而聖職者們在世界上做宗教巡禮時，同時會接觸各式各樣的書籍，於是就會帶那些書籍回到神殿。當然，他們離開的時候就會帶那些書離開……所以神殿就像是書籍的十字路口。雖然會有很多書，但是存放得不多。」
「那麼，對於你剛才說的有關克拉德美索的事，你能夠確信是正確的嗎？」
「嗯……這是很重要的事，我不敢妄做確定。」
「看來你並不能確定嘍。」
「是的，真是抱歉。」
傑倫特點頭說道。杉森又再陷入了苦惱之中。他不斷點頭，並且說：
「看來話題只是在這裡打轉而已。我們還是進行我們原來的計畫吧。」
「原來的計畫好像很好啊。雖然我不是很清楚，不過我直覺上覺得很好。」
杉森聽到傑倫特這麼說，笑著說：
「是。我們打算尋找一位很有可能是龍魂使的少女。如果你幫我們確認那位少女是龍魂使，我們要帶她到褐色山脈去找克拉德美索。」
「帥斃了！我瞭解了。」
伊露莉看了看杉森，於是杉森解釋道：
「如果克拉德美索能自己去找龍魂使，當然是再好不過的事。但是傑倫特先生說他並不確定他所說的。所以與其不顧一切懷著希望，倒不如繼續採取可行的辦法。」
「我知道了。杉森你說得對。」
妮莉亞第一次開口說話了：
「嘿！終於說到要奔馳到戴哈帕港的事了！那走吧！呀啊！」
「等等！請妳想想有人騎著騾子啊！」
我們連午餐時間也省了，就直奔戴哈帕港。於是在下午過到一半的時刻，我們趁太陽還未下山之前就趕到戴哈帕港了。傑倫特認為他是史無前例、空前絕後，第一個騎著騾子和四個騎士一起奔馳的人。不過他怎麼想並不重要。我在一座小山坡看著眼前豁然開朗的地平面時，吸進了一大口鹹海風。呼嗚嗚嗚嗚！

啪！誰呀？我被妮莉亞拍了一下背，結果害我差點嗆到口水。我怒瞪著眼睛一看，妮莉亞正呆愣地指著一個方向。

「修奇，修奇！那裡，你快看那艘船！比一座宮殿還大耶！」

妮莉亞指著的是位於港口的一邊，正在乾燥中的一艘大帆船。呵，放到地面上來，確實看起來很大！在它旁邊緩慢移動的東西，是人吧？哇啊！真是令人驚嘆！在它旁邊的建築物屋頂都只不過是到它船身的一半。鏗鏘，噹！鏗鏘，噹！遠遠地隨風傳來捶著錘子的輕快鏗鏘聲。在船塢的一邊甚至還做了一個露天的熔爐，在那裡製造船隻要用的各種鐵製品。而另一邊則是堆著像山一般高的木材和木桶。真的堆了好多好多。

傑倫特笑著說：

「有人說，打造一艘船等於是在創造一個世界，一點都不為過。航行中的船隻就是一個被大海完全包圍的孤立世界。在船裡面必須能處理所有船員的生活。如果是一百個人搭乘的船，就必須建造設計成一個世界。」

伊露莉看著船，說道：

「真是美麗啊！一個世界的縮小版……」

杉森也正以感動的眼神看著那艘船。如同城堡及宮殿般巨大的東西確實會像一個世界的縮小版，這不怎麼奇怪。然而，奇怪的是，這巨大的東西是會移動的物體。如此龐大的船竟能在水上浮著並且移動，我實在是愈想愈奇怪。

「船為什麼不會沉下去呢？」

我這句自言自語，有四個人同時回答。

「因為它是船啊。」

「因為它是做成可以浮起來的。」

「因為它已經穩固地浮在那裡了。」

「因為有水撐住它。」

我看到他們互相對看著，嘻嘻笑著說：

「好了，下馬吧！那個少女是在哪個酒館呢？」

伊露莉帶我們朝戴哈帕的港口前進。圍著這個港口都市周圍的，是一道低矮的城牆，這城牆建造在比都市還要稍微高的地方，所以我們沿著城牆走的時候，也順便欣賞到都市的全景。感覺像是沿著碗緣走著，碗的底部都一覽無遺。

我們很容易就通過了城門。可能因為我們一行人裡頭有精靈，而且還有祭司，所以沒有任何人懷疑我們。城門警備兵沒有盤問我們，就讓我們通過了。確實，這個國家不像我們國家是在戰爭時期，所以比較沒那麼嚴格管制出入人員。除了我們之外，同時也有許多商人和旅客通過城門。

我們沿著鋪有鋪路石的道路嗒嗒地前進，往越來越低的地形走去。

港口的男人確實感覺就是不一樣。天氣已經十分冷颼颼了，但是他們只把船員用的厚外套披在肩上，有的乾脆只穿一件襯衫。或許是因為這裡常年吹著鹹海風，都看不到鐵製的甲衣。大部分的男人都留了濃密的鬍鬚，頭上戴著船員帽或頭巾，眼角則是因為迎風看著航道而有很多魚尾紋，緊閉著的嘴唇給人剛毅的感覺，剛毅得好像當場就能咬開酒瓶蓋。至於身材，每個人都不是普通地高大。像杉森這樣的塊頭，竟然只算是普通的體格……所有人好像都是乘風破浪、曾和暴風與浪濤奮戰過才站在這裡的樣子，長得都很像是在水裡用腳打水之後才上來陸地上的熊。妮莉亞環顧四周，說道：

「這裡所有的人怎麼都這麼高大魁梧？」

「因為跑船是需要力氣的。」

杉森簡單地回答之後，妮莉亞噘起嘴巴。這時候，傑倫特回答說：

「因為這些男人把對抗大海的試煉當作是生活。」

「這樣的回答就比較讓人滿意了。」

伊露莉看了一下周圍。這裡的男人不像拜索斯的男人，他們看到精靈並不怎麼在意。精靈是森林裡的種族，而他們則是大海的男子漢。

伊露莉隨即點點頭說：

「我記起來了。是這邊這條路。」

伊露莉開始在前頭帶路。

港口的建築物看起來都建得很堅固。這是我到伊斯公國之後一直感覺到的，牆壁真的很厚。是因為海風的緣故嗎？還有，建築物大多看起來矮墩墩的，這應該也算是一個特色吧。到處都聞得到一股魚腥味，而且我們還看到讓人眼睛圓睜的各種海產。好幾個大漢抬著一個長得很奇怪的「魚」，從我們身旁經過，還讓妮莉亞大驚失色。

那個東西是魚嗎？形狀長得有些微彎，兩邊長有漂亮的翅膀，整個像是一個巨大的坐墊，不過後面卻拖著一個像長槍的尾巴。妮莉亞的表情看起來像怕這東西會飛起來撲向她，她說道：

「這，這是什麼魚……是魚嗎？」

傑倫特嘻嘻笑著解釋：

「這是大海的惡魔啊。」

「惡魔？」

「這是魟魚。牠被稱作『大海的惡魔』，是船員取的綽號。聽說魟魚有時會張著巨大翅膀飛到海面上，看起來簡直就像是圍著黑斗篷的大海惡魔。這個季節不太捕得到這種魚，可能是從傑彭那邊的海域捕到的吧。」

傑彭……哼嗯。這裡是伊斯公國，當然可以航行到傑彭那邊的海域嘍。伊露莉也是一副驚訝的眼神，看了看那條叫做魟魚的魚，然後又繼續帶路。

我們沿著一條充滿了風，而不是充滿了人的路，走了好一會兒。

嘎吱。

眼前這個酒館的招牌被風吹得嘎吱作響。這棟只有兩層樓的建築物招牌上面寫著「鯨魚墳墓」。怎麼會取名為鯨魚墳墓呢？杉森下了馬，在酒館前面猶豫了好一陣子，因為沒有可以綁馬的柱子。杉森往裡面喊道：

「喂，老闆！鯨魚墳墓的老闆在嗎？可以把馬綁在哪裡呢？」

「好！請等一下！」

從裡面傳來清脆的少女聲音。在這個有點沉悶的港口都市，這聲音聽起來竟有些清脆得奇怪。我們都不禁緊張了起來。是少女的聲音？那麼會不會就是她？

過了一會兒，門被打開來，從裡面跑出一個看起來像是十五到二十歲左右的少女。她穿著一件樣式簡單的毛衣裙，圍著圍裙。少女的頭髮整個綁在後面，我們一直盯著她的頭髮瞧個不停。

是火紅色的頭髮！

少女先是看了看我們一行人，然後露出非常驚訝的表情。一定是因為我們是外國人，首先我們的服裝就已經和當地不大一樣。而且，因為看到那個少女的頭髮之後都大為緊張，所以我們就這麼靜了好一會兒，都沒有人開口說話。

妮莉亞先開口說道：

「妳好！」

這一句雖然不是最為恰當的話，但也沒有什麼不妥的，是一句相當自然的話。這個少女好像這時候才察覺到自己的身分似的，她說道：

「啊，你們好！您上次有來過這裡，是吧？」

她對伊露莉說道。

伊露莉微笑著回答說：

「妳還記得我嗎？」

「是的。因為您是一位精靈，我印象很深刻。可是其他幾位我以前沒有見過。」

傑倫特很快地說：

「啊，我是伊斯人，這幾位則是從蘊藏著傳說的草原之地拜索斯來的客人。」

蘊藏著傳說？嘿嘿？那個少女隨即用羨慕的眼神看著我們。然後突然間，她輕拍了一下自己的額頭，說道：

「啊，請帶著馬跟我走。這裡是港口，沒有什麼馬，不過我們酒館還是建了一個馬廄。馬不喜歡風，是吧？馬廄是在後面。」

「啊，是。」

我們用緊張的步伐跟著那個少女走。一轉到建築物後面，果然就看到一個像馬廄的地方。哼嗯。那個少女的眼神像是在問「這個馬廄是不是很棒」，於是我們就露出「這真是個不錯的馬廄」的表情。我們是不知道馬心裡是怎麼想的啦。

把馬繫好之後，我們進到建築物裡面。一進去，妮莉亞就張大嘴巴說道：

「呃啊啊啊……！」

建築物裡面全都裝飾著一些巨大的骨頭和牙齒。我大概知道為什麼要叫做鯨魚墳墓了。這些可能都是鯨魚骨。牆上有一具巨大的肋骨（一看就知道那隻鯨魚一定很巨大）宛如建築物的棟梁般立在那裡。然後我一看吧檯，真的說不出話來了。從吧檯那邊通往餐廳的門，竟然是用巨大的頭骨（應該是鯨魚頭骨吧）裝飾而成，通向廚房的入口簡直就像進入鯨魚肚裡的感覺。可還真是令人嘆為觀止呢！

裡面只坐著兩、三個客人，滿安靜的。我猜那幾位客人應該是船員，他們都喝著看起來似乎十分烈的黑色酒類，全都沒有說什麼話，只顧安靜地喝著酒。就連我們進來了，他們也沒有抬頭看我們一眼。

那個少女很快地用抹布把一張空桌子擦一遍，讓我們坐在那一桌。

「請問各位要點些什麼？」

杉森像是不知道點什麼好的表情，說道：

「這家酒館的招牌酒是什麼呢？」

「我們這裡什麼酒都很不錯。啊，我是沒有喝過，所以不太清楚，不過我們的客人都很喜歡。」

「請問有啤酒嗎？」

那個少女用一副很好笑的表情看著我們，令我們訝異了一下。她說：「各位果然是從草原國家來的。在伊斯，我們並沒有出產釀啤酒的大麥。」

「啊，原來如此。嗯，那麼就給我那邊的客人在喝的那種酒。」

伊露莉笑著說：

「我就喝我之前點的那個。妳還記得嗎？」

「是葡萄酒吧？我當然還記得。」

接著，妮莉亞和傑倫特也點了葡萄酒。哎呀，他們也未免太沒有好奇心了吧。我和杉森一樣，點了那個名叫「那邊的客人在喝的那種酒」的酒。

那個少女動作輕快地走出去了。這時候杉森很快地用低沉的聲音說：

「好了，好像就是哦！十五到二十歲，頭髮真的很紅！」

妮莉亞點點頭說：

「那麼現在只要確定她是孤兒就可以了！」

接著，伊露莉想要說些什麼，但是杉森很快地說：

「啊，請不要擔心。伊露莉。我們之中有人很適合去問話。嗯，修奇？我知道你最行了。」

「嗯？什麼意思啊？」

「不管用什麼手段和方法，去確認她是不是孤兒啊！」

「為什麼是我？」

「因為你是我們之中臉皮最厚的。」

杉森為什麼會這麼怕和小孩子說話呢？而且那個少女已經不是小孩了，是個大女孩了。傑倫特聽到我們的對話，露出了糊裡糊塗的表情。我對杉森做出一個埋怨的表情，然後點了點頭。伊露莉的表情看起來像是很傷腦筋的樣子。嘿嘿。問人家是不是孤兒當然不是件容易的事。

過了不久，那個少女端著一個端盤走過來，然後放下了杯子。杉森有些誇張地對我送了一個眼神，要我快說。我問那個少女：

「啊，嗯，請問妳現在忙嗎？」

「咦？不會。我現在不怎麼忙。」

「我們是旅行者，對戴哈帕港有許多事想知道一下。請問可以詢問妳嗎？」

「可以啊，我會很樂意幫各位解答。」

她一邊說一邊把椅子拉了過來。隨即，在吧檯那邊，一個像是老闆的中年男子就望著我們這一桌，說道：

「喂！我不是跟妳說過不可以煩客人！」

那個少女馬上很大聲地說：

「好吵哦！爸，你安靜一點！是這幾位外國客人說有事要問我啦！」

那個老闆這才笑著又開始做他自己的事。可是，她叫他爸爸？杉森一副很洩氣的表情。哦，可惡！我們遠道來到伊斯尋找她，結果竟然不是！妮莉亞有些不悅地看了看伊露莉，不過伊露莉還是那張沒有表情的臉孔。呵，這可真是的。我雖然已經提不起勁了，但既然已經開口跟她說話了，那就不能不說下去。我一副死心的表情說：

「我叫修奇。修奇・尼德法。」

那個少女笑著說：「哼嗯。拜索斯人的名字都好奇特哦。啊，我並不是說很奇怪，只是有些不習慣。我的名字叫蕾妮。」

「蕾妮，真是好聽的名字。那妳的姓呢？」

蕾妮輕輕地笑著說：

「我沒有姓。因為我是孤兒。」

06

連我也嚇了一大跳，可是杉森卻是一副讚嘆不已的表情。杉森偷偷在蕾妮的後腦杓那邊對我豎起了大拇指，那副不敢出聲的歡呼模樣，害我差點忍不住笑出來。妮莉亞很興奮地向伊露莉做了一個不好意思的表情，伊露莉回以淡淡的笑容。啊哈！原來伊露莉早就知道蕾妮是孤兒了，所以從剛才就一直想說出來的樣子。

我鼓起勇氣，向蕾妮問道：

「啊，不好意思。但妳剛才不是叫那裡的那位先生為爸爸嗎？」

「是的。不過他不是我的親生父親。他是領養我、撫養我長大的父親，所以我叫他爸爸。」

「啊，那麼蕾妮小姐知道妳的親生父母在哪裡嗎？」

「我也不清楚。我小時候就被帶到這裡來了。聽說是一個不知從哪裡來的旅行者把我帶到這裡的。那位旅行者也不是我的父母，啊，對不起，我說得太多了。」

「沒有，沒關係的。妳繼續說。」

「哦？啊，是的。也不是什麼特別的故事。那名旅行者把我留在這間酒店，就搭船離開了，而且再也沒有回來過。呵呵。很普通的故事吧？」

蕾妮面對自己坎坷的身世，也可以談笑風生地侃侃而談。真是一位堅強的女孩子啊。是大海的強風孕育了她這樣堅毅的性格嗎？

「那妳的名字蕾妮，是怎麼來的？」

「聽說那名旅行者就是這樣叫我的。」

旅行者……到底會是什麼樣的旅行者呢？嗯。無論如何，現在是進行確認的時候了。杉森和妮莉亞緊張的地步，是到了不論是誰看到他們兩個現在的樣子，都會以為他們要對我和蕾妮進行攻擊似的。我特意清了清喉嚨，問說：

「那個，蕾妮。恕我冒昧，我想跟妳談一下。」

「咦？有什麼事嗎？」

「事實上，我們正在找尋一名少女。一名孤兒少女。我們一聽到這一位精靈說的話，就立刻前來這裡找妳。」

「是嗎？」

蕾妮非常驚慌的樣子。我在她可能想太多之前，就緊接著說：

「請不要害怕。我們認為妳可能就是我們要找的那名少女，所以才會找到這裡來的。」

「我？你們要找我嗎？」

蕾妮又驚嚇又一副不知所措的表情。要怎麼讓她冷靜下來呢？對啦，就把她帶出去就是了。

「我們絕對不是壞人。我們身負一定要找出那名少女的任務。而我們手上掌握到有關那名少女的線索只有紅髮，年紀在十五到二十左右，而且是一名孤兒。」

「和、和我一樣呢？」

「是呀。所以才會找到如此遙遠的伊斯公國來。」

「那，你們為什麼要找這樣的少女呢？」

「我們現在沒有辦法告訴妳實情，因為還未確定妳是不是我們要找的那名少女。」

「那麼，那麼你們要如何確認呢？我對小時候的記憶一點都不記得了，也沒有什麼有力的證據之類的東西可以證明我的身世……」

我手指了指傑倫特，說：

「這裡不是有位德菲力的祭司嗎？」

傑倫特驚訝地看著我，然後再看看蕾妮。蕾妮果然也是看看我，再看看傑倫特。他們這樣看來看去的表情，實在是好笑極了，不過我還是裝作一臉正經地說：

「德菲力的祭司會運用他的神力來對妳做確認。」

傑倫特對蕾妮做了一個靦腆的笑容，然後再往我這裡看了過來。

「啊，修奇，所以你們是要我做什麼樣的確認呢？只要確認她是不是你們要找的那名少女就行了，是嗎？」

「是的，沒錯。」

這個時候，蕾妮很快地說道：

「那，應該不會痛吧？是不是要準備什麼……」

不過傑倫特笑笑地回答她：

「不需要。沒有要準備的東西，已經確認好了。」

「已經確認好了？這麼快？」

妮莉亞的驚叫聲。蕾妮也是訝異的表情看著傑倫特。傑倫特嘻嘻笑著點點頭。說：

「我不確定。」

「你說什麼？」

這一次是杉森的驚叫聲。我也嚇了一跳看著傑倫特。酒店裡其他的客人亦向我們投射了異樣的眼光，不過他們一下就回復原來的狀態，談論著他們自己的事。

傑倫特一面笑一面又很誠懇地說：

「我真的不知道。我一點主意也沒有呢？可能你們提出問題的方式是錯的。」

「提出問題的方式是錯的？這句話是什麼意思？」

「你們應該有確定的尋人對象吧？如果你們要找的是紅髮少女，十五到二十左右，孤兒，而沒有其他再要確認的事情，我可以說就是這名少女沒錯。這樣一來，就沒有必要透過德菲力做確認的動作了。」

杉森表情非常地訝異。這個時候伊露莉說話了。

「啊……是這麼回事啊。這樣的話再問一次好了。」

伊露莉舉起手，將手指向了蕾妮。蕾妮慌了一下，不安地看著伊露莉指向她的手指。伊露莉維持著原來的姿勢，問傑倫特：

「德菲力的權杖啊，我依靠持杖者的神能來詢問你，這名少女是否有龍魂使的資質呢？」

傑倫特點點頭。

「她有。」

回答太簡短了，我一時間好像處在非現實、意識不清的狀態。就好像是聽到了否定的答案之後那種恍惚的感覺一樣。可是傑倫特回答得很清楚：「她有。」

我們現在應該歡呼慶祝一番嗎？還是應該要高興地手舞足蹈起來呢？但是杉森只是輕快地點點頭。他說：

「可以了，好了。」

妮莉亞失了神似的看著傑倫特，聽到杉森的話才醒過來。她拍起了手。

「什麼呀，這麼簡單！沒問題了耶！那蕾妮就是我們要找的那名少女嘍！」

杉森也是到了這個時候才笑了起來。

「哈，哈哈哈。這樣啊。真是太好了。」

伊露莉也笑了，我也開懷大笑。只有蕾妮什麼都還被蒙在鼓裡，只是一臉的吃驚。看到我們大家都放心地大笑的模樣，蕾妮止不住好奇，小心地問我們說：

「等、等一下。你們說什麼龍魂使？說我嗎？」

杉森一面笑一面點頭說：

「是的。妳就是我們要找的龍魂使。」

「龍魂使是⋯⋯呼喚龍的那個龍魂使嗎？是我嗎？我不相信！」

蕾妮開始異常地驚慌起來。她從位子上站起來說：

「我嗎？你們說我是龍魂使？」

酒店裡的客人再次將異樣的眼光向我們投射過來。但是這一次沒有再轉移視線了。他們聽到了蕾妮說的龍魂使，個個都瞠目結舌。待在吧檯裡的酒店老闆也吃驚地看著我們。我有些驚慌地說道：

「蕾妮，妳等一下。我們會說明給妳聽的。請妳坐下，不要那樣站著。妳靜靜地聽我們解釋就會明白了。」

蕾妮不知如何是好，瞧著我們這幾個人看。她似乎要立刻轉身逃離的模樣。這個時候伊露莉說話了。

「蕾妮小姐。」

「是，什麼事？」

「這件事雖然會讓妳感到意外，但請妳冷靜下來，坐下來聽我們說。我們會竭盡所能把知道的事都告訴妳，然後妳再來判斷我們的說明是不是合理的。所以，妳願意給我們一個說明的機會嗎？」

蕾妮盯著伊露莉的臉孔瞧了好一會兒後，身體晃了一下，馬上坐回了原來的位子。我環顧了一下四周，客人們隨即投以訝異的眼神，然後又把頭轉了回去。可是我確定他們對我們這邊一定是非常非常地感興趣。

此時，一直待在吧檯的酒店老闆往我們這裡走了過來。

「抱歉打擾了。我是葛雷頓。」

杉森馬上站了起來回答：

「啊，幸會。葛雷頓先生。我是杉森・費西佛。即使您沒有過來，我們也該過去跟您說明。請您也坐下吧。」

葛雷頓果然就拉了一把椅子，緊靠在蕾妮的旁邊坐下來。他開口說道：

「各位是從拜索斯來的吧？你們剛才說的龍魂使是怎麼一回事？」

「就和您聽到的一樣。我們認為這位蕾妮小姐是一名龍魂使。」

蕾妮就好像碰到了蠻不講理的醉漢，希望父親替自己解圍般地看著葛雷頓。然後葛雷頓也像父親要保護自己的女兒般，身體稍微地前傾，他說：

「你們有什麼證據證明你們的想法？」

「我們已經向這一位德菲力的祭司確認過了。」

葛雷頓看著傑倫特。傑倫特點點頭說：

「我的確認就是德菲力的確認。蕾妮小姐具有龍魂使的資質。」

葛雷頓不安地看著傑倫特一會兒，又看看蕾妮。蕾妮用淒切的眼神看著葛雷頓，而葛雷頓搖搖頭說：

「我無法相信……我無法相信啊。這種事情怎麼會……」

葛雷頓帶著挑戰性的口吻，看著杉森說：

「你們到底是什麼人？」

杉森點點頭說：

「我跟您解釋一下。我們是受大波斯菊與暴風之神艾德布洛伊的總神殿——大暴風神殿的委託，前來尋找具有龍魂使資質的少女。」

這一次，葛雷頓的表情訝異了起來。杉森沉穩地接著說：

「在我們國家，有一個家族被承諾得以擁有龍魂使的血統。」

葛雷頓點點頭。

「我知道。你是說哈修泰爾家族？」

「原來您知道。哈修泰爾家族過去曾經失蹤過一名少女。我們為了要尋找這名具有龍魂使資質的少女，東奔西走，到處走訪，最後終於在這裡找到，並確認蕾妮小姐就是我們要尋找的少女。」

我和妮莉亞用佩服的表情看著杉森。杉森竟是如此地鎮定。嗯。他表現得很不錯耶！杉森肯定的語氣裡沒有一絲可讓人反駁的餘地。葛雷頓拍了一下額頭，說道：「那麼，你的意思是說，蕾妮是哈修泰爾家的女兒嗎？」

「我們是這樣想的，沒錯。」

葛雷頓突然一股腦兒從位子上站了起來。他向坐在另一邊桌子的幾名男子高聲喊叫著：

「喂！今天營業結束了。你們快出去吧。」

那幾名男子們一副不甘心離開的眼神看著葛雷頓，不過看到葛雷頓不肯讓步的樣子，他們也就悻悻然地沒有多說什麼，就站了起來。他們付完酒錢離開後，葛雷頓就把酒店的門給關上，然後再往我們這裡走過來。

「現在很安靜了，我們就坦誠來談吧。這樣一來，按照你們說的，蕾妮是哈修泰爾家的後代，所以也就是你們國家的貴族的意思嗎？」

「是的。沒錯。」

「我的天呀……蕾妮。太棒了，是不是？」

葛雷頓茫然地看了看蕾妮，但蕾妮依舊是因受驚嚇而失控的表情。葛雷頓眼神凶狠地看著我們，他說：

「這到底算什麼？」

「怎麼了？」

「你們過了這麼久之後才來找蕾妮，這到底算什麼？為什麼一直沒找她，而是等了這麼多年後，才跑來找我們呢？對呀，我是說我們。蕾妮和我雖然是沒有血緣關係的兩個人，但是我們是在一起生活超過十五年的父女呀。蕾妮就像是我的親生女兒一樣。」

杉森沉重地點點頭。

「我可以理解。」

「你可以理解？好啊，你說得簡單。你們能理解什麼？你們什麼都無法理解！」

葛雷頓盛氣凌人的氣勢把我們壓了下來，我們好像做錯事一樣，只能退縮。杉森想再多做解釋的時候，葛雷頓嘆了一口氣，說：

「你們什麼時候要帶她走？」

「爸！」

「蕾妮呀。」

蕾妮向葛雷頓發出不願意的吶喊。但是葛雷頓握起了蕾妮的手，說：

「我不要！我不要走！我不要！」

葛雷頓默默地看著蕾妮，他說：

「蕾妮呀，為什麼我到現在都沒有給妳冠上我的姓氏，妳應該可以理解了吧？」

蕾妮看著葛雷頓，淚水快要奪眶而出。葛雷頓說話了：

「我是把妳當作親生女兒一樣撫養妳長大。關於這一點，我可以像出海的人發最毒之誓時一樣，用令人絕望的可怕海洋來發誓。但是我把妳當親生女兒對待，並不表示我有自信可以給妳幸福的生活。說不定妳找到妳的親生父母，會更幸福的。」

蕾妮搖頭，開始哭了起來。我們靜默地看著這對父女，葛雷頓拍拍蕾妮的肩膀，說：

「所以，我決定在妳找到親生父母之前，不讓妳冠上姓氏。還好，妳是貴族的女兒呢。呵呵。我連做夢都沒想到。真是太好了呀。」

「什麼，什麼太好了？爸，爸爸，你就是我的父親啊！」

蕾妮又哽咽又堅定的語氣說。但是葛雷頓搖了搖頭。

「我想了很多。我當然也想過，或許一輩子都不會找到妳的親生父母。這樣的話，妳就是百分之百的孤兒，我也擔心過這樣是不是將來對妳有不好的影響。可是，我的決定是對的。呵呵，大概這是德菲力對我的恩寵吧。」

葛雷頓的眼角，豆大的淚珠就快要滾落下來，卻反而不在意似的笑著說：

「不對，我現在講話口氣要尊敬一些吧？蕾妮小姐。」

「爸！」

蕾妮突然大喊一聲，馬上站起來，一溜煙地跑掉，在用鯨魚頭蓋骨做的廚房入口處消失不見。葛雷頓看著蕾妮的背影，粗魯地搓揉雙眼，看著我們說：「不用擔心。她會回到自己的房間的。」

「啊，是嗎？」

葛雷頓再一次眼神銳利地看著傑倫特，他說：

「德菲力的祭司所做的確認，應該是沒有什麼疑問的。那樣的話，好吧。可是有一件事要再確認一下。」

葛雷頓狠狠地看著杉森問道：

「為什麼現在才找來？你們擱置不理、不聞不問，讓我們一起幸福地生活了十五年，現在卻又來破壞這份幸福，即使你們是貴族也沒有這種權利！」

杉森結結巴巴地回答：

「那個、那個，我們不是貴族。」

「你說什麼？那你們不就是替貴族辦事的人嘍？」

「啊，那個，不是的。就像剛才我們所說的，我們是受了大暴風神殿的委託來找人的。」
葛雷頓整個人慌掉了。他仔細地端詳著我們每個人的面孔，說：
「等一下，那你們是什麼意思？你們不是哈修泰爾家的人來找蕾妮的？」
「是的。我們和哈修泰爾家的人沒有關係。」
「那你們來找蕾妮做什麼？既然你們和哈修泰爾家沒有關係。」
杉森的表情尷尬了起來。呵，真是的。這樣一來，我們的立場就有點站不住腳。和哈修泰爾家一點關係也沒有的人來找他們失蹤的女兒？那理由是……
因為卡爾並沒有告訴我們原因。為什麼父親不能跟女兒相會的理由。
難道是這樣的嗎？難道卡爾已經猜測出，蕾妮在這段歲月中過得非常幸福，因此若是告訴她有關她親生父母的事，對她來說是一件相當殘忍的事情，是這樣嗎？不會吧。應該不是。應該不至於如此。那麼理由到底是什麼呢？
杉森開始緩緩地說明這一切。就好像是為了要讓對方信服似的，杉森說話的態度既小心又誠懇。
「我國有一頭名為克拉德美索的龍。那頭龍曾經帶給我國非常大的災難。如果當時那頭龍有更多時間的話，也許我國早就因此而滅亡了。」
葛雷頓突然聽到這個好像毫不相干的故事，訝異地說：
「這故事我也聽過。不過牠不是進入了睡眠期了嗎？」
「是的。牠正睡在褐色山脈裡的巢穴之中。不過在褐色山脈的矮人們已經得知克拉德美索正在準備甦醒。」
葛雷頓像是喘不過氣來地說：

「牠會再度甦醒過來嗎？」

「是的。矮人們已經確認這一點。那頭龍如果再次醒過來的話，不僅僅是我國的問題，那頭凶猛的深赤龍會危及到全大陸。所以要有對策才行。而許多賢能之士意見交換討論出的結果是，決定讓我們去尋找可以成為克拉德美索龍魂使的人，是最安全的對策。」

「所以你們找了蕾妮？」

「是的……不曉得您知不知道，現在大陸上已經很難再出現龍魂使了。但是我們很確定哈修泰爾家的後代蕾妮小姐是龍魂使，也可以說是資質最強的龍魂使。所以我們才會千里迢迢來這裡找蕾妮小姐。」

葛雷頓臉色蒼白，口齒不清似的看著我們。然後他突然看著伊露莉，問道：

「對不起，請問您的尊姓大名？」

「伊露莉・謝蕾妮爾。」

「是，精靈是不會說謊的。聽說您們是寧可不回答，也不會說謊。他說的是真的嗎？」

「是真的。」

伊露莉太過簡單的肯定回答，讓葛雷頓像洩了氣的皮球。他突然捂住了臉，說：

「哈，真是的……今天來了一群連吵架也吵不起來的人。德菲力的祭司、精靈……今天是我最倒楣、最倒楣的一天嗎？不然的話是我……是我碰到了最淒慘的秋天嗎？……這是我的魔法之秋嗎？」

葛雷頓有一段沒一段地在自言自語著，我們看著他，無言以對。葛雷頓擊掌一拍，突然走掉。他走到吧檯裡，拿出一瓶酒來，就這樣整瓶咕嚕咕嚕地往嘴裡灌。我們愣愣地看著他灌酒的模樣，葛雷頓拿著酒瓶又走了回來。

「這樣的話，你們要帶著蕾妮這孩子到褐色山脈去找那隻龍嗎？」

「是的。」

「瘋了……你們全是神經病！這簡直就像是亨德列克和妖精女王那個時代的故事情節啊！蕾妮，在我廚房裡洗空酒瓶長大的蕾妮，要她跑到草原之國拜索斯，去見那頭龍克拉德美索嗎？去見最殘暴的深赤龍？」

「您雖然很難置信，但是……」

「夠了！精靈和德菲力祭司都確認過了嘛！他媽的。如果我現在說不可以，那我不是成了瘋子了。」

葛雷頓又拿起了酒瓶開始灌，我們都不安地看著他。葛雷頓突然放下酒瓶說：

「會變成什麼樣呢？」

「什麼？」

「萬一克拉德美索不接受蕾妮的話，會變成什麼樣呢？」

我們突然啞口無言。杉森眼睛張得大大地。咦，真是的。我們怎麼沒想過這樣的問題呢？杉森合上了嘴巴，不過馬上又接著說：「請您不需要擔心蕾妮小姐的安全。我會拚了命來保護她的。」

「是這樣嗎？所以是不是有很多像蕾妮一樣的女孩子，在你們這些騎士拚了命的保護之下死掉呢？」

葛雷頓這一番憤世嫉俗的言詞，不知為何和卡爾的感覺好接近。杉森雖然一副愧疚的表情，不過他還是再次開口說話：

「再次向您保證，我們一定會……」

「不必了！沒必要。那樣的話，這孩子還會再回來嗎？」

「什麼？」

杉森不知葛雷頓話裡的含義，一臉茫然。真是的。這樣要怎麼辦？萬一克拉德美索不接受蕾妮的話……不，這不是接不接受的問題。而是以後蕾妮要回到什麼地方去？回到哈修泰爾家嗎？不然的話再回到葛雷頓這裡嗎？我突然有一股衝動想把所有的事都說出來。哈修泰爾家不是要找回蕾妮當女兒的。他們只是在找品種改良下被當作道具的蕾妮！蕾妮一定要回到葛雷頓的身邊。這是非常確定的。

這個時候妮莉亞首先發言。

「我們都沒有權力決定蕾妮未來的去留。」

「妳說什麼？」

葛雷頓看著妮莉亞，我們大家也看著妮莉亞。妮莉亞冷靜地說道：

「我認為這是蕾妮自己要決定的問題。她畢竟不是孩子了嘛。不，就算是孩子也可以做決定吧。再怎麼說，孩子會不知道誰才是更愛她的人嗎？」

葛雷頓呆呆地望著妮莉亞。妮莉亞對自己說的話，同意般地點點頭繼續說道：

「是啊，蕾妮會知道的。我們會尊重她的決定。所以您已經掌握了很好的機會。呵呵呵。」

「妳的意思是什麼呢？」

「我們說過，我們來找蕾妮一事和侯爵家一點關係也沒有。我們和侯爵家沒有關係，所以會尊重蕾妮的意願。蕾妮如果願意回到這裡，我們當然會負責護送她回到您這裡。但是蕾妮如果願意回到貴族家的話，您也必須要尊重她的意思。我想您應該懂我說的話。這就是您獨自擔心了十五年，也沒有給她冠上姓氏的原因吧。」

葛雷頓的臉上出現了欣喜的表情。妮莉亞沒有停頓下來，她接著說：

「可是蕾妮必須和我們一起離開這件事是不變的。克拉德美索實在是太危險了。這是關係到大陸的存亡問題，這一點不管是您或是蕾妮，甚或是哈修泰爾家都沒有逃避的藉口。您可以理解吧？」

「啊，哦，我知道啊。那麼蕾妮如果成為克拉德美索的龍魂使的話呢？」

妮莉亞其中的一隻眼，輕輕眨了一下說道：

「我雖然對龍魂使不是很瞭解，蕾妮說不定會騎著克拉德美索回到這裡來也不一定。不過僅限於萬一她想要回來的情況下。」

杉森驚嘆地望著妮莉亞。我也著實為妮莉亞的表現大為讚嘆。妮莉亞的口才竟然這麼好。葛雷頓下定了決心的模樣。

「我知道了……我知道妳的意思了。這是有關大陸的存亡問題。呵呵！聽起來真像是從前的故事情節啊。簡直就像是出現亨德列克和妖精女王的那種故事情節啊。」

「您的意思是答應了？」

「可以不答應嗎？蕾妮那邊我會去跟她說。你們什麼時候出發？」

妮莉亞看看杉森。杉森快速地回答：

「當然是越快越好。明天就立刻出發也……」

葛雷頓斜眼看著杉森說道：

「我知道了。那麼就這樣決定吧。呵，至少你們還給了我們最後一個晚上相處的時間。」

「啊，是的……」

葛雷頓再次投射出嚴肅的眼神，他說：

「你們很確定吧？你們確定會尊重蕾妮的意願吧？」

「我以我的榮譽發誓。」

杉森以堅定的口吻說著。即使是路坦尼歐大王的八星復活排成一列在此宣誓，也比不上現在信念如此堅定的杉森吧。

我們從「鯨魚墳墓」酒館走了出來。當然蕾妮沒有出來，葛雷頓也沒有出來。我們把馬牽出來騎上，再一次回頭看著這間鯨魚的墳地。我們商量好今晚讓他們父女倆好好靜靜地秉燭夜談，到明天早上再來接蕾妮。

杉森對妮莉亞說道：

「喂，妮莉亞。妳真是令人刮目相看呢。」

「嘿嘿。真的嗎？可是不要再說那件事了，我心裡頭會不舒服。」

「是嗎？嗯。可是妳表現得很好呢。我也對妳說的話十分贊成。」

妮莉亞瞧了杉森一會兒，又繼續望著前方說：

「我說的話？當然是好的話嘍。是非常、非常正確的話呢。但是我說讓那個小孩自己做決定，難道你們不認為這本身就是一件很殘忍的事嗎？」

「……這也是無可奈何的啊。」

「對，是無可奈何的。還有，這是一件令人悲傷的事，也是無可奈何的。」

妮莉亞冷淡地回應，令杉森的處境相當地尷尬。

騎在騾子上的傑倫特一臉非常虔誠的面容，將頭低了下來。好像在祈禱什麼似的表情。而伊露莉則相反，她是面無表情地望著天空。我呢……

我再一次回過頭看著那間鯨魚墳墓。說不定這就是他們父女倆的最後一夜。這讓我突然想起了我爸。

爸爸在最後那一天，就像是要到朋友家去拜訪一樣，沒有什麼負擔地就離開了。然後我也跟爸爸一樣離開了拜索斯。但是我們會再見面的。把蕾妮帶去見克拉德美索，讓牠鎮定下來後，準備好寶石再交給阿姆塔特，爸爸就會回來了。

但是蕾妮呢？

「你說沒有海景的房間？我們是特地找這種房間才會進來的耶！」

「二樓都客滿了。」

「那三樓呢？」

「那是我和家人使用的房間。」

聽到旅館老闆說的話，妮莉亞氣得說不出話來。杉森嘻嘻笑著說：

「再去找別的地方已經太晚了。就在這裡睡吧。看不到海景夜色，也不是什麼大不了的事情。」

「哼。我不要！走吧。」

「什麼？喂，妮莉亞。」

「我們什麼時候才能再來這裡！不可以，我們快走。」

妮莉亞丟下這句話就走了出去。所以杉森和我向旅館老闆說聲對不起後才走了出來，一出來就看到妮莉亞踮著腳尖，在尋找著有面對海景的建築物。傑倫特嘆了一口氣，伊露莉則是笑笑的，杉森雖然在做無言的抗議，妮莉亞卻是一副非找到那樣的旅館不可的樣子。

後來我們走進了一家叫做「青旗魚之歌」，名字有點怪異的旅館。位於港口的一側，長長的海岸線上，這樣的旅館一定有夜色迷人的海景，不過就是建築物老舊了一點。哼嗯。而且距離市中心很遠。但是妮莉亞興奮地走進這家旅館，我們也因為懶得再找其他的旅館，不說二話就跟著走了進去。

不過，旅館內部倒是看起來建造得很堅固的建築物，還有，老闆也像這間旅館一樣，是外表看似邋遢，眼神卻相當堅毅的一位老人。老人看著我們說話了：

「要幾間？」

好俐落。杉森在訂房間的時候，我瀏覽了一下四周。在某面牆壁上掛著一個巨大的車輪，抓住了我的視線。哼嗯。這個老闆年輕時大概是名馬車車夫吧？可是那個車輪相當奇怪。為什麼在那個輪子的外圍上，還有一個個好端端的把手在上面呢？那樣不就不能轉了嗎？

傑倫特看到了我的眼神，說道：

「那是舵輪。老闆年輕的時候大概是一名操舵手吧。」

呃。還好我沒有大嘴巴亂說話。

總之我們訂了兩間房間，妮莉亞拉著伊露莉要去沐浴，兩人就消失了。真是受不了她們。

「怎麼會有人這麼興奮想要看夜晚海景呢？」

杉森抱怨著，然後開始對廚師固執己見。廚師雖然對杉森點的食物分量感到荒唐，不過杉森一副無論如何他一定會吃光的表情，要廚師準備超過四人份的食物，杉森向廚師大力保證他一定會掃光所有食物，一丁點也不剩。

不久後，一些酒醉的船員一塊湧進了旅館。船員們都是逛遍了市區，又輪流喝了幾攤的酒，現在才在找睡覺的地方的模樣。我們因為大廳很吵鬧，於是就帶著一瓶酒和幾個杯子上樓進了房間。

房間裡有兩張床，不過卻是上下鋪的床。呵呵，真是的。有什麼床像擺架子一樣這樣疊在一起放的？傑倫特看到了我們狐疑的表情，馬上在房間內察視了一番，看看是哪裡的問題。然後他拍了一下頭，說：

「啊，這個是模仿船上使用的床。船裡因為空間狹小，沒有辦法放下很多床位，所以才會做成上下兩層疊在一起的床。」

「啊啊，是這樣的啊。」

杉森點點頭，馬上作勢要往上鋪爬上去。我為了把他攔下來，和他耗了好一段時間。他這種大型體型怎麼可以睡在上鋪嘛！

把杉森攔了下來後，我脫去了甲衣，走到窗戶邊。

「因為妮莉亞，真是累垮我們了，不過也不是什麼壞事。」

杉森馬上走到我背後，和我一起俯視著夜晚海景。

我們看到黑色的墨黑海水，不對，是根本看不到任何東西的無盡大海，還有月光的影子閃閃發光地浮在海面上。月亮之神露米娜絲和雪琳娜雖然高掛在夜半的空中，隱約地發出藍黑色的光芒，但是除了海面上反射的閃閃月光以外，什麼也看不到。而且閃閃發亮的月光也在那一片包圍著大海的廣大黑暗之下，變得黯淡，褪了色。就像是到了虛幻的空間境界。漆黑的海水打破了遠近距離的層次，空間的界限已是晦暗不明，像不存在了一樣。掛在夜空中的星星好像就在我們的面前盤旋一般。

「景色不錯嘛。」

這真像是杉森的口吻……！啊，對哦，因為講話的人就是杉森。

杉森把放在房間角落的桌子拉過來靠在窗邊，把床當作椅子坐在上面。傑倫特就只是坐在床上，而我為了滿足自我追求獨特事物的傾向，當然就爬上了上面的床鋪，看著窗外的風景，喝起酒來。完美的房間，完美的夜晚。應該可以做個好夢吧。

窗外突然有個黑影子一閃而過。是海鷗嗎？

「嗯？蝙蝠？」

杉森探出窗外看著說道。我打算在床上轉個身子，一探究竟，卻差點滾到地上。是蝙蝠嗎？杉森鬼鬼祟祟地往窗外觀望一番，自言自語地說了起來。

「不曉得亞夫奈德怎麼樣了。」

啊，對啊。亞夫奈德。因為巫師隨從蝙蝠之死受到莫大打擊的亞夫奈德。那隻蝙蝠……伊露莉。

杉森開始嗤嗤笑了起來，我也在床上苦笑了一下。傑倫特雖然一臉的訝異，杉森卻什麼話也沒說，只是把酒杯傳給了我。這個時候聽到了敲門聲。叩叩。

「是誰？」

開門進來的是妮莉亞和伊露莉。杉森突然爆笑了開來。妮莉亞和伊露莉一副無辜受驚的表情，連我看到她們的樣子也止不住笑了起來。

「噗哈哈哈！」

「你們在笑什麼？」

「啊，哈哈哈。就，就是很想笑。嘻嘻嘻嘻！」

妮莉亞生氣到前額都堆起了皺紋。她說：

「笑什麼笑成這個樣子？不管你們了，晚安啦。」

「啊，好哇，晚安。嘻嘻嘻。」

妮莉亞在向我們道晚安的時候，杉森還是笑個不停。伊露莉只是笑笑地走了出去，完全不知道我們在笑的就是她。我和杉森一面笑一面喝酒，所以傑倫特一臉不安的表情，看著我們兩個像瘋子一樣的行徑。

「匡匡匡匡！」

是有人在敲門嗎？還是在敲我的頭呢？我猛力地甩甩頭，打算要起床，差點撞到了天花板。呃啊。我是睡在上鋪吧，所以離天花板當然近了。往窗外一看，眼睛被光線刺得快張不開來。好毒辣的陽光啊。已經是早上了嗎？哦？可是刺眼的陽光照射的角度卻很低。冬天快到了嗎？

「匡匡匡匡！」

「喂！你再敲，門就要裂掉了！」

我生氣地大叫，從床上跳了下來。杉森一腳懸在半空中，還在呼呼大睡著，傑倫特則和杉森的睡姿完全相反，是縮著身子在睡的。這個時候聽到門外急喘吁吁的聲音。

「喂！醒醒啊！你們是拜索斯來的那幾位客人吧？」

咦？怎麼會是那名少女的聲音呢……這不是蕾妮的聲音嗎？

我把衣服一件件撿起來穿上，跳開地上散亂的酒瓶，走到門口。杉森和傑倫特也揉揉眼睛，起床了。

一打開門，蕾妮衝了進來。她一看到我，就不停地搖動著我的肩膀。哇！我的宿醉好像更嚴重了。

「我求求你們，我求求你！我會和你們一塊去的！請你們救救我爸爸！好不好？拜託你！」

呃啊，頭好痛。可是蕾妮在說什麼啊？

「喂，等一下。伊斯公國裡可能沒有這項法律條文，但是我認為在一大早被人挖起來的人，應該有權聽聽事件的前因後果吧，這一點妳認為如何呢？」

杉森揮了一拳，要我停止胡言亂語，他問蕾妮：

「蕾妮小姐，妳是說葛雷頓先生出了什麼事嗎？」

蕾妮上氣不接下氣地說著：

「爸爸變得好奇怪，他病倒了，沒錯，就是生病了。他全身發熱卻又說他冷得不得了，而且不斷地在發汗。我不知道該怎麼辦才好！」

傑倫特站了起來，被陽光刺得皺起眉頭，披上了袍子。他打了個哈欠說道：

「為什麼不找醫生呢……？」

「醫生也病了！」

「什麼？」

傑倫特吃驚的表情。蕾妮像發了瘋似的飛快地解釋：

「拜託你們！快一點！求求你們幫忙！嗯？我已經去找過醫生了。但是醫生也生了重病！這個村子裡只有唯一的一名醫生。拜託你們！你們不是冒險家嗎？還有這位祭司也在……」

「啊，好吧。我們知道了。走吧。」

傑倫特一邊說一邊站了起來。我們也拿起甲衣和武器。這時，妮莉亞和伊露莉也走到房間外面。妮莉亞揉揉眼睛說道：「我們在隔壁都聽到了。我們快出發吧。」

「嗯。走吧。」

託蕾妮的福，我們像是跳樓似的下到了一樓。大廳裡只見到老闆趴在桌子上動也不動。真是的，怎麼從忙碌的早晨就開始打起瞌睡來了呢。

杉森搖搖老闆的肩膀，說：

「你早啊，我們要出去了。旅館的費用……」

匡噹！

「呀啊啊啊！」

是蕾妮的慘叫聲。什麼呀？杉森才碰了一下，老闆就整個從椅子旁跌落下去。蕾妮嚇得渾身發軟，跪坐在地上，吃了一驚的傑倫特急忙扶住她。伊露莉和我慌慌張張地走到老闆躺下的地方。老闆昏厥在地，並且不斷地在發抖。牙齒不停打顫的旅館老闆，臉上出現了紅黑色的斑點。這是怎麼一回事？此時伊露莉緊急大叫：「傑倫特！馬上做Protect from Divine Power！快！」

（防護神力效果！）

「什麼？啊，是。」

傑倫特一臉訝異狀，把蕾妮交到伊露莉手上，立即進入祈禱過程。傑倫特祈禱之後，馬上就形成了一道泛著藍色光的薄膜，把我們圍了起來。杉森用失魂喪膽的表情看著伊露莉。

「難道是……？」

伊露莉點點頭說：「這個景象似曾相識吧？」

我氣急敗壞地看著窗外。我從剛剛就一直被強烈陽光照射著的窗戶望出去。窗戶外的都市景象裡，看不到任何影子。

07

杉森先將旅館老闆背了起來，移到房間裡。我們到旅館的每個房間巡查看看投宿客人的情形。雖然投宿客人不是很多，但是全都各自患了不同的病症。我真是快瘋掉了！這裡又不像卡拉爾領地，可不是一個小領地啊！這是一個非常大的港口都市！杉森雖然面帶著恐懼的表情，但還是很快地指示大家：

「將他們都移到同一個房間去。不對，大廳比較好。修奇，把床墊、被子都拿出來。傑倫特先生，請你用神力將這整個旅館都保護起來。妮莉亞和伊露莉，妳們和我一起來搬病患吧。」

伊露莉搖搖頭說：

「不行。我們必須立刻出去。」

「咦？」

「這裡是個很大的都市，可是我們只有五個人。今天早晨開始發生這種事，由此看來，很可能是在昨天晚上進行儀式的。然後今天早晨太陽一升起，就開始有人發病。到目前為止，病患還不是很多，但是我們如果只是治療、消耗掉時間，那病患可能會越來越多。所以，我們應該趕緊去找出聖徽比較好。」

「啊，沒錯。」

傑倫特看著我們，表情看起來像是不懂我們到底在說什麼。我對他解釋道：

「你是祭司，應該知道神臨地吧？」

傑倫特的臉整個轉為蒼白，說道：

「天啊，這裡變成神臨地了？我冒險的開始也太過激烈了吧？」

「現在不是談冒險的時候。時間拖得越久，就會有越多的人死亡。快！你是德菲力的祭司，請你指引我們。要趕快找出神臨地的信物，並且將它回收。」

傑倫特點了點頭，說：

「好，我知道。可是你們怎麼對這種事這麼瞭解？」

「我們幾個星期前，經過了一處這樣的神臨地。」

傑倫特的眼睛浮現出羨慕與憧憬，可是我現在卻無法感到得意洋洋。我們催促著他往外面走出去。妮莉亞害怕地環顧了四周，說道：「影、影子……！」

港口城市特有的那種厚實石材建築物，現在卻是燦爛明亮、無陰影的灰色。灰色竟能如此燦爛明亮！可是，沒有陰影的那股怪異，讓看到的人簡直快瘋了。傑倫特也是一副嚇壞了的樣子，在看著四周圍。就在這時候——

「呃啊啊啊！」

我很快地轉頭看了看旁邊。有一個男子從距離我們稍遠的建築物裡跑了出來。不過，我怎麼看都覺得他好像已經瘋了。他口吐白沫，頭髮散亂，手則是瘋狂地揮舞著。他看了看四周，隨即朝我們這個方向跑過來。杉森拚命大聲喊道：

「可惡！他患了癲癇症！」

「嗚哦哦哦！」

杉森本想拔出武器，但隨即搖了搖頭，將劍留在劍鞘裡，就這樣舉起了他的劍，並且立刻用驚人的速度揮著劍鞘。啪！那個男的被打中之後就整個人倒下，昏過去了。

「真是對不起，沒有時間，所以只好如此了。」

杉森對這個已經昏過去的男人道歉，傑倫特則是用很敬佩的表情看了看杉森。傑倫特舔了一下嘴唇，說道：

「這、這是真的冒險啊。」

杉森用鼻子哼了一聲，接著從馬廄把馬牽出來，並且對我說：

「修奇！找些小柴棍給所有的人，不可以用武器。也給我一根小柴棍。」

「知道了。」

我很快找來一些小柴棍，遞給每個人，蕾妮一面顫抖著，一面接過棍棒，伊露莉也是帶著一副不太想拿的眼神，接了過去。妮莉亞把三叉戟反拿著，傑倫特用力緊握他那根手杖。杉森騎上馬，然後說道：

「蕾妮！妳……不，妳得跟我們在一起，這樣會比較安全。」

「咦？」

「我沒有時間解釋了！妳一定要緊跟在我們身旁才可以！」

妮莉亞隨即把蕾妮拉上去，讓她坐在黑夜鷹上頭。蕾妮好像是第一次騎馬，不知道該怎麼拉好裙子，費了一番工夫才坐好。所有人都坐上馬之後，杉森說：

「傑倫特，不對，蕾妮！請問這個城市的正中央在哪裡？」

「咦？什麼？」

「正中央！也就是城市的中心位置！」

蕾妮的眼眶裡淚水汪汪地，根本就慌張得無法說話。

「等、等一下。你們不是要去我爸那裡……」

「不是！可惡。我們現在就是為了要救妳爸爸！請相信我們所說的。」

蕾妮整個人完全六神無主，心亂得很。杉森則是一副焦急的表情。這時候，伊露莉靜靜地說：

「妳暫且先跟我們走吧。我們現在是在城市的外圍，所以那邊應該是中心的方向。」

「呀啊！」

杉森焦急地出發了，不過立刻就察覺到我們之中有人騎的是騾子，無奈地咋舌，減低了速度。我們雖然心裡焦慮，但還是只用馬匹疾走的速度跑著，並且環顧四周。

真是令人慘不忍睹的景象。

沒有影子的建築物裡，傳出陣陣的慘叫聲與呻吟聲，我還看到有些人苦喊著乾熱口渴，跑進海裡面去。可能是因為高熱引起的精神錯亂。我也看到有些人朝建築物的門搖搖晃晃地爬出來。他們這樣爬出來之後，喊了一些我聽不懂的話，然後就倒下去了。杉森跑向其中一個情況比較好的人，那個人得了惡性腳氣病，杉森對他喊道：

「拜託！你跑去市政府，叫他們快點集合所有的祭司！跟他們說這個城市已經變成神臨地了。」

那個男的聽不懂杉森的意思，用糊裡糊塗的表情看了杉森好一陣子，說道：

「什麼？你在說什麼？什麼地呀？」

「神臨地！」

雖然他還是一副很懷疑的表情，但還是挺機靈的，立刻轉身跑了起來。杉森咬牙切齒著。這時候，傑倫特心急地說：

「你知道這是誰下的詛咒嗎？」

杉森點了點頭，但隨即用驚訝的眼神看了看傑倫特，說道：

「傑倫特！你跟我們說話的時候，是如何繼續形成防護膜的？」

哎呀！我一看，我們一直被淡藍色的一層保護膜給包圍著，但是傑倫特並沒有繼續祈禱。那時候艾德琳在祈禱期間，不是都無法做其他的事嗎？我也表情驚訝地看了看傑倫特，他隨即說道：

「咦？啊，是。我是拜這個東西所賜。」

傑倫特把手伸進袍子衣角裡，拿出那枚散發著燦爛光芒的聖徽。所有人都感覺耀眼得不可思議。特別是傑倫特，他一副非常驚訝的表情，說：「哇！怎麼變得這麼閃閃發亮？」

我們覺得有些怪異地看了看傑倫特。嗯，這個，啊。德菲力的高階祭司送給他的正是這個東西。杉森表情驚訝地說：

「這個東西好像很厲害的樣子？」

傑倫特笑著點了點頭。杉森看起來像是覺得很幸運，他又再往前行進。

戴哈帕是一個很大的城市，但在心急之下行進，竟變成能短時間內橫越過去的距離。杉森環視周圍之後，說：

「應該是在這附近。那麼傑倫特……可惡！」

杉森話說到一半就生氣了起來。我一看，我們站著的地方是周圍有五條岔路的廣場。德菲力的祭司只有在出現兩個選擇時才能使用祂的權能。真是的，竟然有五條路！我們不知所措地看了看四周圍。此時，伊露莉說：

「應該是埋在土裡面。這裡都鋪著鋪路石，我們趕緊找出鋪路石被挖開、露出泥土的地方。」

「啊！妳說得對！那麼……」

「呃啊啊啊！」

怎麼了？我們很緊張地看了看妮莉亞。她正看著某個方向尖叫著。怎麼了？那裡有什麼嗎？我們望向妮莉亞看的方向。

「哦，我的天啊。德菲力啊！」

「可惡！」

在遠遠的港口方向那邊，有一股水勢正在移動著，可是並不是波浪。水面下方有一大堆東西正在移動，而且這些東西正朝向海邊走上來。

「是被水葬的屍體！都變成不死生物了！」

杉森大喊著。對了，這裡是港口城市。人們都是怎麼處理屍體的呢？他們對於那些終生與大海為伍、既愛又恨大海的船員們，最後是把他們送往何處呢？

「哇啊啊！」

從港口那邊傳來了很大聲的慘叫聲。伊露莉皺起了眉頭，說道：

「請你們在露出泥土的地方找一找。快！」

接著，她把埋選掉過頭。杉森驚訝地喊道：

「妳在做什……不行！妳如果離開防護膜的範圍，就會染上疾病！」

伊露莉搖了搖頭，說：

「我不會有事的。請你們趕快回收那個聖徽。」

伊露莉說完之後就騎馬跑了。杉森生氣地說：

「真是的！傻瓜！妳怎麼可以生氣！你如果為伊露莉著想，就趕快找泥土。」

「你生氣，我也可以生氣！你如果為伊露莉著想，就趕快找泥土。」

是妮莉亞尖銳的大喊聲音。然後我也喊道：

「沒關係！伊露莉在卡拉爾領地也沒有染上疾病。那時候艾德琳並沒有祝福伊露莉，不是嗎？」

杉森這時候才點了點頭，但又再搖了搖頭，說道：

「可是那麼多不死生物，她怎麼有辦法？」

我們全都慌張得不知該怎麼辦才好。可惡。要是有卡爾在就好了。我們就像一群沒有領導者的老鼠，不知該怎麼做。這時候，我看了一眼蕾妮。她費力地想說什麼的樣子。妮莉亞看到我的目光，隨即低頭看了一下坐在她前面的蕾妮。

「妳說什麼？喂！大家都安靜一下！」

妮莉亞把身體傾向蕾妮。蕾妮吃力地說：

「泥土……那邊公園裡有泥土……」

「快走！」

我們開始奔向蕾妮所指的方向。傑倫特深怕我們會離開防護膜的範圍，死命地跟著跑。我們經過一些建築物和巷道之後，果然就看到一個很大的公園。它是位在包圍著這個碟狀城市的環形道路的中央，是個稍高的地帶，往下方看可以遠眺到港口。這個公園也有鋪著鋪路石，但是樹木和草生長的地方則是露出了泥土。不過，這麼大的地方，要怎麼找呢？我們用茫無頭緒的眼神環視四方。這時候，我看到杉森的臉孔，嚇了一大跳。

杉森的眼裡正迸出火花。

我嚇得循著杉森的目光方向看去。在這個快燃燒起來的早晨大氣裡，裊裊上升的遊絲之間，公園的另一頭站著一個人。那個人坐在公園一邊的岩石上，一副很悠哉的臉孔。

「涅克斯・修利哲！」

涅克斯，涅克斯！這個該死的混蛋！這混蛋為什麼會出現在這裡？涅克斯抬頭瞄了一下熾烈的太陽，然後轉頭看向我們，說道：

「真是出乎我意料之外啊！你們來得很快嘛。」

我大聲嘶喊著：

「你到底在這裡做什麼？是你把這個城市變成神臨地的？」

涅克斯微笑著站了起來。杉森哆嗦地抖著下巴，下了馬。我下馬之後，做手勢要妮莉亞繼續騎在馬匹上，因為我擔心蕾妮。妮莉亞點了點頭。傑倫特表情訝異地爬下了騾子，他不禁悄悄地問我：

「這個人是誰？」

「我們國家的叛徒。他想要串通傑彭叛亂，結果事跡敗露，就逃走了。可是他怎麼會在這裡？」

杉森拔出劍來，陰沉地說：

「你在這裡幹嘛？」

「當然是在等人嘍。」

「等我們？你跟蹤我們來這裡？」

「不是。不過卻這麼巧，看到了你們在這個城市。」

我突然想到，昨晚在窗外看到的那隻蝙蝠。

「那隻蝙蝠！」

杉森表情詫異地看我。我咬牙切齒，喊著：

「原來那個吸血鬼也來了！可能因為現在是大白天，所以無法出來。原來如此。原來這個城市的疾病又是她的傑作！」

杉森眼睛睜得大大地，凶悍地瞪著涅克斯。涅克斯歪著頭說：

「真令人驚訝。你們未免也太厲害了，好像無所不知哦！」

「為什麼？為什麼要在這個和傑彭與拜索斯之間的戰爭毫無關係的國家，做出這種行為？」

涅克斯嘻嘻笑了起來，然後慢慢地拔出劍。

「我沒有義務要跟你們解釋。」

「什麼？」

這時候，杉森往前站了出去。我看到杉森握著長劍的手臂都暴出了青筋。強烈的熱氣和強烈的情緒激蕩，使公園看起來很是怪異，所有的東西都是熾熱地冒出遊絲熱氣，在這些遊絲之間，兩人互相對望著。

杉森說：

「你應該知道聖徽的位置吧？你說了，我就不殺你。」

涅克斯噗哧笑著說：

「你們妨礙我好幾次了。我也曾經想過要對你們報仇，想在更莊嚴高尚的場面殺了你們，沒想到會是在這種小地方。不過，機會既然來了，我就該報仇。」

「那就不用再說什麼了。」

杉森往前衝了出去。傑倫特害怕地大聲喊道：

「杉森先生！你出去會染上疾病的！」

可是杉森沒有往後看，直接揮舞著劍。

鏘鏘！

涅克斯這個該死的傢伙仍然一直戴著我的ＯＰＧ。他用可怕的力量向杉森揮劍。但是杉森並沒有正面抵擋那帶有巨大力量的劍。杉森輕輕地移動腳步，避開涅克斯的劍。然後杉森開始使出看起來平凡不已的刺擊動作。

涅克斯驚慌地往後退。杉森的攻擊看起來雖然極為平凡，可卻是難以躲避的攻擊招式——單純的中段刺擊，然後又一個輕輕的上下段砍擊招式。涅克斯表情非常驚嚇地往後退。而杉森則是輕輕地往前移動腳步，他的手臂一直不斷在揮動，好像在趕蒼蠅的那種輕揮動作。可是涅克斯卻對這輕快的劍的形影驚慌不已，繼續在後退著。

妮莉亞不禁讚嘆著：

「真了不起……」

我根本沒空去擦掉額頭冒出的汗，只是一直盯著杉森和涅克斯的對決。杉森仍舊像是在驅趕煩人蒼蠅的老人一樣，用劍東揮西砍著。面對這種攻勢，涅克斯卻只能一步一步地後退。涅克斯有好幾次都像要反擊似的移動肩膀，但每次都放棄，只能後退。妮莉亞吞了一口口水，說：

「杉森擋住了涅克斯的所有進路……可是杉森只是簡單地隨便揮劍而已呀。」因為杉森已經是個劍術能手了。他現在是在隨便攻擊涅克斯。他可以說是按照他經常練習的教本裡的招式照本宣科而已。可是光這樣就已經讓涅克斯招架不住。

一直被逼得往後退的涅克斯突然喊了一聲：

「呃啊啊！」

涅克斯一邊喊，一邊往後邁開一大步。隨即往後邁步的那隻腳直接又再踢了一下地面，就衝向了杉森。他好像打算純粹用力量來衝出去。杉森猶豫地退了一步。嗚嗡嗡！

我感覺脖子後面一陣毛骨悚然。在這熾熱的太陽底下，突然感到一股寒氣。從涅克斯揮出來的劍上傳來難以置信的鳴聲，杉森一面緊咬著下唇，一面往後退。沒辦法用劍格擋住了。要擋住這粗暴蠻橫的力量是不可能的事。杉森一面後退，還一面為了牽制而劈擊下方。然而，涅克斯無視於此，繼續揮砍他的劍。

「呃！」

「啊啊啊！杉森！」

是妮莉亞的尖叫聲。血！流血了！涅克斯的大腿被刺了一個很大的傷口，但他還是朝杉森的肩膀揮了下去。這個傢伙完全瘋了！因為是往下深深地劈砍下去，所以杉森的脖子才沒有被整個切砍下來，而是肩膀負了重傷。他往後退了幾步，緊抓著肩膀，說道：「什麼呀……你不想活了嗎？」

涅克斯微笑了起來。腿上的傷口使他的褲子被血沾濕，但他還是笑著。在白熾的火熱陽光底下，他的笑容銳利地閃耀著。

「傷口只要治療就行了。如果擔心犧牲的話，就不會得到結果。」

「犧牲……是啊。這種行為正是你的風格。隨時都把小犧牲的話掛在嘴上。那個小孩也算是小犧牲，是吧？」

杉森表情輕蔑地看著涅克斯，涅克斯的臉都皺在一起了，變得很難看。涅克斯大聲吼著：

「去死吧！」

涅克斯開始無情地揮劍。我再也忍無可忍了，正想衝出去。可是在那一瞬間，杉森突然吐血，往後退去。

「喀呃……喀！」

杉森急忙掩住嘴巴，妮莉亞和蕾妮同時尖叫了出來。杉森臉色蒼白地說：

「我好像得了肺病？可惡。偏偏在這個時候……」

杉森冷冷地笑著。他媽的！我不管三七二十一，就跑出去了。杉森回頭一看，面帶驚訝的表情說：

「修奇！你這小子，不要出來！」

「不要再說了！嘴裡都吐血了，還講一些傻話！你快後退！」

我穩穩地橫握住巨劍，擋在涅克斯的面前。可是杉森粗暴地抓住我的肩膀，想把我推開，害我搖晃了一下。他媽的，這種時候我也得和杉森鬥嗎？然而，就在那一瞬間，涅克斯衝了過來。真是的，可惡！

「轟隆隆隆隆！」

大地撼動了。

馬匹的嘶鳴聲，咿嘻嘻嘻！我被杉森推了一把之後，步伐不穩，一屁股坐到了地上，而衝向我們的涅克斯因為大地搖晃也無法再衝過來。這是怎麼一回事？妮莉亞回過頭，看了一下，便喊道：

「在海上面！」

海上出現了巨大的漩渦。

好像我在卡拉爾領地看到的那幅景象。不同的是，此時不是火旋風，而是水漩渦。是伊露莉！伊露莉在海上捲起了巨大的漩渦，將那些不死生物給捲了起來。從海上直伸到天際的那漩渦，看起來直徑有數十肘之大，即使是從這個距離看，也感受得到那股壓迫感。傑倫特被那幅景象嚇得發抖。連涅克斯也表情呆滯地看著這一幕，說道：「那個精靈，真是令人驚訝。她好像跟那時候一樣，召喚了那兩種……好像是風精和水精？」

我很快地站起來喊道：

「沒錯！現在她就要來了，你鐵定完蛋！現在是大白天，所以那個吸血鬼也幫不了你！一向緊跟在你身旁的那個……咦？」

那個馬夫呢？總是跟在涅克斯身旁、那個沉默不語的馬夫到哪裡去了？突然間，涅克斯的眼裡閃著異常的光芒。什麼意思？

「啊啊啊！」

我被尖叫聲嚇得往後看。我看到妮莉亞從馬上摔了下來，而且換成是一個男的騎上黑夜鷹。是那個馬夫！妮莉亞的手臂受了一個很深的傷口，傑倫特慌張地揮著手杖。可是那個馬夫一揮劍，就輕而易舉地打掉了手杖，隨即想騎馬跑掉。杉森喊道：

「你，想帶走蕾妮？」

這個該死的傢伙原來是在覬覦蕾妮！涅克斯嘻嘻笑了起來。不過，此時傳來了妮莉亞的虛弱聲音：

「失策啊，失策。」

什麼意思啊？接著，下一刻就傳來蕾妮的慘叫聲。

黑夜鷹，這匹勇猛的馬不認同這個新主人。牠前腳一抬，就把馬夫和蕾妮都給甩了下去。我和杉森互望了一下，立刻跑向蕾妮。此時此刻蕾妮最重要。她是克拉德美索的龍魂使，絕對要保護到底！

在我身後，涅克斯吼著：

「不要動！」

真可笑！即使杉森的肩膀和嘴巴都流著血，他還是費力地跑過去，而我，我一面胡亂喊叫一面跑了過去。馬夫因為從馬上摔下來，受到撞擊，所以一時無法起身，我們趁機緊抓住蕾妮。蕾妮幾乎被嚇得快昏過去了。我和杉森擋在她面前，而傑倫特和妮莉亞則是圍在她的兩旁。涅克斯跑了過來，搖頭說道：

「真是一群很會撐的傢伙！」

當然啦！我們可是純種的賀坦特男人啊！杉森全身血跡斑斑地笑著。哈哈。我也冷冷地笑著看涅克斯。涅克斯歪著頭對我們說：

「笑？有什麼好笑的？」

我噗哧笑了出來，說道：

「雖然有時會遇到一些令人不高興的傢伙，但我的人生是很快樂的。」

杉森咳嗽著，但還是笑著說：

「喀，喀喀，是啊。死在這種情況下也不錯啊。喀。我的人生散發著薔薇光芒！」

涅克斯好像聽不懂我們在說什麼。這時候，那個馬夫搖搖晃晃地站了起來。他走向涅克斯，低下頭。涅克斯說：

「算了。這是意料之外的事。」

涅克斯說到一半，突然身體搖晃了一下。馬夫趕緊扶住涅克斯。這傢伙，腿上的傷一定不輕吧？

涅克斯咬牙切齒地怒視了我們一眼之後，在那個馬夫耳邊不知說了什麼耳語。馬夫隨即把手伸到懷裡。他想拿什麼？那個馬夫從懷裡拿出一個卷軸。什麼呀，一個卷軸？涅克斯被馬夫扶著，他說道：

「今天真令人惋惜，又得說再見了。」

什麼意思啊？那個馬夫一隻手扶著涅克斯，用牙齒和另一隻手撕了卷軸。隨即，霎時間，在炎熱的太陽光底下，又再出現那道可怕的光芒。等到我再睜開眼睛，就已經不見涅克斯和馬夫的蹤影了。傑倫特無力地說：「是空間傳送術……」

杉森突然跪了下來。蕾妮和妮莉亞都嚇得趕緊跑去扶他。可是杉森靜靜地揮著手臂，說道：

「傑倫特先生。這傷可以治療得好嗎？」

「啊，可以。」

「那就好了。修奇，你在這裡找一下聖徽。」

我無法看著全身流著血的杉森，所以轉過頭去，說道：

「我知道。」

但、但是要到哪裡找呢？可惡，我開始像發了瘋似的跑來跑去。到底在哪裡呢？只要有泥土的地方，我全都跑去看。可是都得一一挖開嗎？他媽的！到底該怎麼尋找可能在地底下的東西啊？

就在這時候，遠遠地傳來噠噠的馬蹄聲。我一轉頭，看到奔馳而來的理選和伊露莉。伊露莉在馬匹還沒有完全停下之前，就跳下來，說道：

「剛才這裡怎麼有亮光？哎呀，杉森！」

「涅克斯……那個狗崽子剛才在這裡。」

妮莉亞的回答讓伊露莉的臉整個暗沉了下來。她很快地環顧四周。

「這裡有泥土。會是在這附近嗎？」

「是，好像是。」

伊露莉環顧了四周之後，也跟我們一樣不知該如何是好。公園都是一些樹木，所以到處可見泥土。到底該怎麼辦才好？在卡拉爾領地，聖徽只是埋在一個不大的十字路口。可是這裡的範圍實在是太大了！

此時，傑倫特對我說：

「修奇，我們是在找聖徽吧？」

「咦？啊，嗯，是啊。」

「那你早該告訴我呀！」

傑倫特咋舌說道。接著他立刻舉起他自己的聖徽，說：

「請各位暫時忍耐一下，一下子就好了。」

傑倫特隨即讓藍色防護膜消失不見。他兩手舉著聖徽，開始祈禱。我們全都屏息以待，他結束祈禱之後，喊道：

「Detect Divine Power!」（偵測神力！）

他舉著聖徽舉了一會兒，然後表情慌張地說：

「哎呀？怎麼會是這種感覺？」

伊露莉聳肩說道：

「這裡整個城市都是神臨地，所以當然到處都有神力存在。用偵測是無法找出聖徽的。」

我頭一次察覺到，原來伊露莉的說話聲音裡也是會有煩躁感的。不對，會不會是因為我很煩躁的關係？傑倫特趕緊又再形成防護膜。我們無言地看了看周圍。時間很急迫，可是卻沒有方法。我又再到處跑來跑去，檢視泥土。

「修奇！真是的，趕快回來！」

傑倫特高喊著。但是要趕快找到才可以！不論如何一定要找到。他媽的！但是這樣找，何時才能夠找得出來？這個城市會不斷有人死掉的！我瘋狂地跑來跑去到處尋找。

「咯，咯呵！」

突然間，我覺得難以呼吸。這是怎麼一回事？我才跑了一會兒，怎麼就喘不過氣來了？我按著暈眩的頭，彎下腰。

「咯呵，咯呃！咯咯！」

真是的，是氣喘病嗎？這是什麼病呀？難以呼吸。連我也得病了。我喘息著一屁股坐到地下。伊露莉跑來扶起我，可是我還是呼吸不順暢。

「嗚……咯！咯呃呃！呼嗚，呼。」

從我的喉嚨裡發出了哮喘聲音。可惡，怎麼偏偏在這個時候得病了？不行，我要趕快找到聖徽！可是眼前怎麼一片黑暗啊？

08

我頭痛欲裂。現在眼前除了一片昏暗外，更令人無法忍受的是這股熱氣。我喘著氣想努力張開眼睛。可是怎麼努力，就是張不開。我的頭還在嗎？我的腳還在嗎？我已經分不清上半身和下半身了，連我的手臂在哪裡，也一點感覺都沒有了。

「修奇？修奇呀。」

這是妮莉亞的聲音。我還感覺到妮莉亞的手在撫摸著我的額頭。我是憑著這股感覺，好不容易才感應到我頭部的存在，然後再經由頭部位置推測，費了九牛二虎之力終於張開了眼。

我看到了妮莉亞的臉。

「妮……莉亞。這裡是？」

「這裡是臨時救護所。是市政府搭建的。」

「臨時救護所。真是的……那麼聖……徽呢？」

妮莉亞撫觸著我的臉頰說道：

「不要擔心。現在市政府召集了許多祭司和都市警備隊員在找尋當中。有大批人力投入在那座公園裡搜索，很快就可以找到的。」

「還沒……找到啊。那麼……一定死了很多人了吧。」

妮莉亞沒有回答。我極力睜開快閉上的眼睛，說道：

「杉森……？」

「嗯。傑倫特已經幫杉森做了治療。現在是傑倫特在守護著這座救護所。」

「是嗎……傑倫特也……使用了相當多的神力啊……」

「還不至於吧。可能是傑倫特所持有的那枚聖徽，力量相當驚人吧。不過，也不可以因此就抹滅了傑倫特的辛勞才是。現在他正在全力投注於照顧病患，伊露莉也是。我也該去照顧病患了。修奇，好好睡一覺吧。」

「好的……」

我再度清醒的時候，已是晚上時分。

四周一片漆黑。大概這裡沒有人留意照明設備吧。耳邊傳來的淨是呻吟的聲音，偶爾摻雜著刺耳的哀鳴聲和哭泣聲。我感覺好像張開眼睛看到世界末日了。

我起身。

我坐在鋪於地板上的床墊上。這裡不曉得是不是公會堂之類的地方，反正就是一個有著很大的天花板和寬敞室內空間的地方。這個寬敞的室內空間，到處都擺滿了床墊和病患。

我雖然差一點就因為手臂無力而躺臥在地，不過還是努力地不讓自己倒下。我們其他的人都到哪裡去了？

我看到了不遠處有一群人聚集在那裡。裡面有位一頭紅髮的人轉過了身子。是妮莉亞。我搖頭晃腦地站起來往那邊走去。用不像是我自己的腳走過去。

「修奇？」

這是伊露莉的聲音。然後馬上有很多人在看著我。妮莉亞起身跑到我這邊來扶我。

「真是的，你幹嘛起來？怎麼不躺著呢。」

「不是的。沒關係。半夜裡疾病果真不會蔓延開來吧？」

「什麼？你怎麼會……對了。你說過你之前也經歷過這種事。」

妮莉亞扶著我，把我帶到人們坐在一起的地方。在那裡，我看到肩膀纏著繃帶的杉森，也看到伊露莉，還有滿臉憔悴的傑倫特。傑倫特費力地對我擠出了一個笑容，我點點頭坐了下來。其餘的人都不認識。我猜想大概是這個城市的市政府相關人員吧。

在這群陌生人裡面，有一位乾咳了幾聲後，說道：

「所以，照你們所說的話，只要找到那枚聖徽，就可以讓這所有的疾病都痊癒，消失不見嗎？」

杉森點了點頭。他用無奈又無力的口吻說道：

「是的，您說得沒錯。就像我們剛才所提到的，現在必須持續進行搜尋行動。晚上雖然很暗，但如果到了白天，疾病會蔓延得更加嚴重。所以說今天晚上一定要找到聖徽才行。」

「我瞭解了。」

然後剛才說話的人和其他人就一塊起身離開了。這裡只剩下我們一行人。我很辛苦地挺住一直快要倒下的身子，說道：

「原來還沒找到啊。」

「嗯。」

「蕾妮呢……葛雷頓呢？」

「蕾妮在照顧葛雷頓。傑倫特費了很大勁治療他，現在應該沒什麼大礙了。」

傑倫特再次對我露出了難得的笑容。我為了要強打起精神，用力地甩甩頭，說道：

「那麼……為什麼他們要在這個國家進行這種惡行呢？並不是傑彭和伊斯公國在戰爭，不是嗎？」

杉森非常疲倦地捂著臉說道：

「可惡。我怎麼會知道。」

「我們該怎麼辦？」

「嗯？」

我一直努力不讓自己的頭往前傾。可惡。我緊按住膝蓋，說道：

「雖然我們說要留下來，卻不能保證可以把聖徽找出來給他們。在卡拉爾領地時，因為有費雷爾和莎曼達的幫忙才輕易地找到，但是這裡是大都市啊。我們一點忙也幫不上。」

杉森沒有接話，默默地直視著地板。我舔了舔乾裂的嘴唇，說：

「我們要不要明天就出發？」

「蕾妮有可能答應嗎？」

她應該是不會答應。要她放下病危的父親和我們一起離開，她一定不會答應。我一面點點頭，一面說：

「我正想說的就是這句話。我們是不是應該說服蕾妮？」

杉森再度默默地注視著地板，不說一句話。我的眼前又是一片暈眩了。我試著闔上了眼睛再睜開。但是視野仍是朦朧一片。我的口氣非常急躁。

「蕾妮在哪裡？」

「喂，修奇。現在先稍安勿躁吧。」

「杉森。」

「暫時……暫時先等待尋找聖徽的人找出聖徽為止吧。如果找到了聖徽，葛雷頓先生也會好起來，就比較好跟蕾妮說了。現在先等等吧。」

「嗯……」

到了隔天早晨，昨晚出發前往公園的人終於找到了那枚聖徽。從他們的談話中聽到，好像是幾乎把整個公園都翻了過來才找到的。我們一行人全放下了心上的一塊大石頭，吁了一口氣。市民們向我們瞥了一眼，然後就馬上不安地看著東方的天空。即使在極度的緊張感之中，最後當然東方還是升起了太陽，身體健康的人們都急忙地奔向自己的親戚或家人。

人們發出了抱怨的聲音。他們大概以為太陽一升起，那些病患的病就會痊癒的樣子。杉森雖是一臉的無力感，不過仍是做出一個有條理的說明。他向人們解釋說，如果回收了那枚聖徽，就不會再有疾病蔓延開來，因此病患們只要好好治療，就可以痊癒了。市民們雖然眼神裡還是有些不滿，但都點了點頭。

我們拖著疲累的身體，向蕾妮說明天要出發的事。但是蕾妮猛力地搖著頭。她說：

「以爸爸現在的情況，我不可能離開他。」

我落寞地俯視著葛雷頓，然後再看著傑倫特。傑倫特雖是筋疲力盡的模樣，不過他仍是咬著牙開始祈禱。

蕾妮很驚訝地看著傑倫特，傑倫特手裡發出了光芒，然後馬上就替葛雷頓做了治療。傑倫特感到一陣暈眩就坐了下來。接著，我們觀察著讓傑倫特累倒的葛雷頓。

葛雷頓的呼吸更加地平穩了。我們看了看蕾妮。

「爸爸現在已經好了嗎？」

「是的。」

「……爸爸說過了。他說我不跟你們去的話，大陸會有危險。」

「他說得沒錯。」

蕾妮難過地看著天空。她對著天空說話：

「好吧，我知道了。我會和你們一道走。但是千萬不要拆散我和爸爸，我一定會再回來的。」

「我們會尊重妳的意願。」

「謝謝你們。你們要趕著上路吧？」

「是呀。」

「那麼，現在就要出發了嗎？」

「如果妳可以配合的話，是最好不過了。」

「我知道了……有沒有特別要準備什麼東西？」

「只要帶幾件換洗的衣服就可以了。」

「好的。那我得先回家一趟。」

蕾妮說完了話，還是沒有改變姿勢，看著天空好一段時間。我們很替她擔心，雖然在看著她，不過我們都沒說什麼話。不久後，蕾妮彎下了腰，親了一下葛雷頓的臉頰後就站了起來。

「我們走吧。」

我們一行人之中，一位是接近昏睡狀態的傑倫特，一位是受傷的杉森，另外兩位是因熬夜照顧病患而全身無力的伊露莉和妮莉亞，最後還有得病後現在已幾乎痊癒的我。非常狼狽的一行人。真是狼狽到極點了。不過這一行人之中，最令人印象深刻的，還是會被人誤以為是戴了一副假面具、板著一張臉在行走的蕾妮。

我們為了不帶給戴哈帕的市政府或者其他單位麻煩，以最快的速度收拾行李後便出發了。蕾妮和妮莉亞同騎一匹馬。她的行囊真是小得可憐。

「我沒有什麼外出的機會，所以沒有像樣的衣服，只有一些家居服。」

「什麼？哦。」

如果再拖下去的話，好像會有什麼麻煩事發生。連我們自己也不知道為什麼這座城市會發生這樣的事。雖然知道罪魁禍首是誰，不過這是一樁國際案件，因此我們也沒有辦法談論這個連我們也不知全貌的事件。

所以我們是倉皇地離開戴哈帕市的。雖然大家都很疲累了，但是我們決定要完全離開戴哈帕之後才休息。傑倫特有好幾次差點從騾子上掉下來，杉森則是因著受了傷的關係，似乎十分吃力的樣子。我也是處於神智不太清楚的狀態。

也不知到底哪來的力氣，可以讓我們克服萬難一步一步向前邁進，最後終於遠離了戴哈帕港。

的。

蕾妮是第一次離開自己的故鄉。她的臉上充滿了對四周景物不安的表情。高山也是，森林也是，野草也是，樹木也是，對蕾妮來說全都是陌生而不熟悉的東西。如果現在讓她做一件自己最想做的事，恐怕就是當場掉頭，跑回去找她的爸爸吧。蕾妮緊緊抱著妮莉亞的腰，頭是任意垂著的。

妮莉亞的表情雖然看起來也是非常疲憊的樣子，但她還是偶爾試著和蕾妮說話。可是沒多久她就放棄了。不論妮莉亞說了什麼話，蕾妮的反應都是異常地冷淡，很沒有禮貌。妮莉亞神情相當不悅，拉著韁繩，不說一句話地坐在馬背上。

伊露莉沒有什麼改變。她只是偶爾有些不捨地看著蕾妮，不發一語。

疲勞到極點的我們已經無法再向前行走，大約是在下午的時候就不得不停了下來。大家的心情已經累到谷底，根本就忘了什麼午餐之類的事，所以沒有人有力氣說話，只是一逕地用沉重的手拿出墊子隨便鋪在地上，就地睡了起來。杉森雖然說了他要負責守望，不過後來是伊露莉輕輕地讓不敵睡意的杉森躺下，她自己代替杉森靠在樹幹上守望了起來。

我把自己的身體裹在毛毯裡，一直努力想讓受到天氣影響，又尚未痊癒而顫抖的身體，無論如何要振作起來。不過後來我的耳朵裡聽到了伊露莉說話的聲音。伊露莉似乎一些疲倦的氣色也沒有，她輕柔地說：

「蕾妮小姐，妳不累嗎？」

然後過了一會兒才聽到蕾妮說話的聲音。

「什麼？哦，我不累。只是……」

「只是什麼？」

蕾妮過了好一段時間才接著說：

「我不知道您是怎麼想的……不過我覺得我們不像是要去拯救大陸的人，而是像一群邋遢的遊民。」

「妳是這樣想的嗎？」

嘻，嘻嘻！我們是遊民？就算我們不是遊民，也是全身病痛、筋疲力竭又突然逃走的一群人。我們現在這副德行，別說有什麼值得炫耀的地方了，連一點接近悲壯的氣氛都沒有的。我們現在的樣子，像是在護送拯救大陸危機的重要少女的英雄們嗎？噗哈哈哈！

突然，傑倫特說話的聲音傳來。

「人生中不會有什麼了不得的事，也不會有像英雄敘事詩裡的那種事。特別是在自己的人生裡。」

「是這樣的嗎？」

這是蕾妮的回答。我包裹在毛毯裡的身子，只露出了眼睛向外窺探。傑倫特雖然看來一副疲憊的表情，他仍在做睡前的祈禱。他微笑地說：「即使你要拯救的是整個宇宙，你的人生和其他難以計數的人生比起來，並不會有特別的價值存在。因此大部分的人們認為，只要平凡地過日子就可以了。可是他們錯了。」

「他們錯了？」

「因為每一個人的人生都是非常可貴，所以沒有人特別優秀。不是每個人的人生都很平凡，才沒有人特別優秀。」

「像這個遊民般的旅行也是嗎？噗哈。」

「哈哈。我們現在的情況，反而像是冒險中的英雄在受苦受難一樣，不是嗎？亨德列克敗給神龍王而逃走的時候，比我們現在還可憐呢。」

我差點笑出了聲音來。傑倫特啊，傑倫特。我真是受不了你。這樣受苦受難，你卻可以沉浸在冒險的幻想中，苦中作樂啊。我可以放心地睡個好覺了。

叩叩叩，叩叩！

「啊，天啊，我的骨頭呀。」

蕾妮一副怎麼會有這種聲音從人體內發出來的驚嘆表情。完全被蕾妮目不轉睛地注視著的妮莉亞，正噘起了嘴。然後妮莉亞揮舞著手臂開始準備吵醒大家。

杉森睡了一覺後，醒來的氣色好了許多。杉森對著還在香甜睡夢中的大夥笑了一下，不一會兒馬上就對著我大叫：

「我要吃飯！」

「啊！啊！啊！」

我一邊抱怨一邊翻找水桶，收集石頭。蕾妮走到我這裡來。

「那個，我雖然不太瞭解野炊的方法，不過我很想幫忙……」

「妳要幫忙？謝謝啦。妳到那裡坐著看我怎麼做，然後下一次煮飯的時候照著做就可以了。」

「什麼？哦，我知道了。」

「啊，妳說話太客氣了吧？我也不過十七歲而已。」

蕾妮和善地點點頭。她說：

「嗯。那好。我的年紀是……」

「應該差不多吧？妳不用說了。」

然後蕾妮把下巴靠在併攏的膝蓋上，好像很有興趣地看我在煮飯的樣子。

我把大石頭堆放在一起，點火後再煮開水，拿出平底鍋，一面吹口哨一面擦拭。妮莉亞相當正確地表現出她應有的態度。她對料理不會特別去注意，而只瞭解一個單純又明快的道理：那就是找個可以用餐的好位置，乖乖地躺在她的毛毯裡。伊露莉笑笑地走去看顧馬兒，好似要讓我們知道，我們這一行人裡的生命體不是只有人類而已。傑倫特窩在我旁邊不停地吞口水，一點也不像祭司的樣子。要怎麼說他呢，哎，他把手伸到平底鍋打算偷走煎餅，不過被油燙到之後，痛得哇哇大叫，一面呼喊著德菲力，一面把手指頭放到嘴巴裡吸吮著……我的天呀。他真是有製造料理氣氛的本事啊。

一個小時後，我們每個人手裡拿著一張大煎餅（我是以讓大家吃到喉嚨哽住的心情，製作了比平底鍋還大的超大型煎餅），騎上馬匹，由杉森帶路出發了。

「走吧。向錫奇安湖出發。向全是水的那吳勒臣出發。」

我們用奇怪的眼神看著杉森好一會兒。妮莉亞首先吁了一口氣說道：

「全是水的……難道你沒有一些比較有格調的形容詞嗎？」

然後我接替杉森做了回答。

「就是說嘛。讓我們邁向銀色的大地，傲立在泛藍湖面上的那吳勒臣。」

「還有這一句也可以。讓我們邁向終日照射在由水面升起、朝水面落下的陽光之下的美麗都市——那吳勒臣。」

杉森一大口把煎餅放到嘴裡，鼓著臉頰說道：

「所以嘍？我說了沒格調的話，就不去了嗎？」

「當然還是得去的嘛。」

哼。果真就像傑倫特所說的，人生並不會有什麼了不得的事。

不過人生還是要向前出發，開拓自己的視野。走吧。「向全是水的那吳勒臣出發！」

向伊斯公國的首都巴拉坦出發的卡爾一行人，謁見完伊斯君主後會再回到那吳勒臣和我們會合。所以我們也向那吳勒臣前進。

雖然蕾妮因為對旅行還沒進入狀況，看來有些疲倦，但除此之外，我們一行人沒有發生其他什麼特別的事。如果真要說有什麼事的話，就是傑倫特毫無戒心地說出自己持有的聖徽有多麼昂貴之後，妮莉亞的眼神就不時在閃爍這件事吧。

不管怎麼說，我們已經找到龍魂使少女，任務圓滿地完成了。至於前往巴拉坦的卡爾，我們也應該不用擔心。現在我們只要把蕾妮帶回到褐色山脈去，便大功告成了。哎喲喂呀，真是一段好長的旅程啊。

我們沿著海邊走，今天吹起了和昨天不太一樣，有些冷颼颼的風。繞著山脊往上走的時候，感受到即將進入冬季的森林那股死氣沉沉的氣息。然後從山上向下俯視，可以看見在遠方無止境地潑灑開似的湖水。

「是錫奇安湖。」

聽到杉森說的話，靠在妮莉亞背上的蕾妮，抬起頭來向前望去，眼睛圓睜了起來。

「那個是湖嗎？那個，不是和那邊的海水連在一起的嗎？」

妮莉亞聳聳肩膀說道：

「是一座湖。是你們國家有名的湖呢，妳不知道嗎？」

「我沒有離開過家。」

「嗯。好吧。那妳好好地看，把它記住哦。等妳老了，孫子孫女在妳膝下承歡的時候，才有故事講啊。」

蕾妮把嘴噘了起來。

「我不會嫁人的。」

噗呃！我嚇得差一點從馬上掉下來。什麼跟什麼呀？又不是小孩子了。怎麼會說出這種幼稚又可笑的話來呢。杉森也是吃驚地看著蕾妮。你看看，連那隻食人魔都嚇到了嘛。

妮莉亞晃動著手臂，一面笑一面說：

「那麼，妳要和爸爸一起生活嘍？」

「妳怎麼知道？」

蕾妮眼睛睜得圓圓的，我們大家都爆笑了出來。

目的地出現在眼前以後，我們的腳步漸漸地加快。就在湖面的陽光反射得越加刺眼的時候，我們已經一路走來，到達那吳勒臣了。

站在城門守衛的守門人，認出了我們，走來向我們打了個招呼。

「你們回來了啊。卡爾大人已經在等待各位了。」

「什麼？卡爾已經回來了嗎？」

哦？好奇怪。聽說從這裡到巴拉坦的距離和到戴哈帕港的距離是差不多的，雖然我們多滯留了一天，不過據我所知，卡爾謁見伊斯君主應該會花更長的時間的啊？

我們非常不解地走進了城裡。蕾妮用讚嘆的表情環顧著城內，為了可以讓她參觀一下，於是留下她和妮莉亞，我們其他人先行進去會見卡爾了。

我們進入了城內，就在僕人們的帶領下回到我們原來的房間。

卡爾和蘇凱倫坐在那間起居室裡，正在等著我們一行人。

「你們回來了啊？」卡爾從椅子上站了起來，非常歡迎我們的樣子。卡爾一看到受傷的杉森，表情很訝異，然後看了看其他的人，發現了傑倫特。卡爾好像一眼就看出他是誰，點了點頭，說道：

「這一位就是德菲力的祭司吧？」

傑倫特點點頭，說道：

「久仰大名了。您就是卡爾・賀坦特大人吧？我是傑倫特・欽柏。以必要時所需之小幸運祝福您。」

「從心所行之路即是正路。幸會了。快請進吧。」

蘇凱倫・泰利吉也稍微打了招呼。這時卡爾是以不安的表情環視四周說道：

「那個，妮莉亞小姐呢？還有那名少女呢……沒有找到嗎？」

杉森笑著手指向陽臺。我們全部走到陽臺邊，朝下面一看。是和妮莉亞走在一起的蕾妮，正驚嘆地到處看著城內每個東西的模樣。

卡爾看了看蕾妮，又看著杉森。杉森點點頭回答道：「那名少女的名字叫蕾妮，是傑倫特先生確認過後的龍魂使。」

「太好了！」卡爾非常地高興，又再度看著下面的蕾妮。此時妮莉亞發覺到上面在俯視她們的視線，抬頭一看，朝我們揮了揮手。

「哈囉！卡爾叔叔！」

蕾妮嚇了一跳抬頭一看，馬上又低下頭來躲在妮莉亞的背後。妮莉亞放聲大笑著不知和蕾妮說了什麼，我們聽不見。我們還是笑笑地俯視著下方。這時杉森說話了：「可是，這是怎麼回事？您怎麼這麼快就返回了呢？」

卡爾的臉上掠過一層陰影。但是卡爾仍是一面笑著一面說：

「啊，這件事我會再慢慢地向你們說明。大家看起來都是經過一番長途跋涉了吧？還有這些傷口是怎麼回事？好像有不少話可說來聽聽，不然先好好休息再來聊吧。」

杉森歪著頭，又點了點頭說：

「是。知道了。」

我們梳洗了一番，換上乾淨的衣服，吃過飯，睡了一覺，然後在用完晚餐後再一次回到了起居室。妮莉亞和蕾妮兩個人不知道是不是關在房間裡聊天，根本沒有要出來的意思。妮莉亞好像是擔心蕾妮對不熟悉的陌生環境會害怕，一直跟在蕾妮身邊。所以現在在起居室的人只有卡爾、我、杉森、伊露莉、蘇凱倫和傑倫特。卡爾先發言了。

「好吧，先聽聽你們的事。」

杉森點點頭開始說道：「好的。我們首先先去了德菲力神殿，見到了傑倫特先生，然後到戴哈帕港找到了蕾妮。傑倫特先生確認了蕾妮就是龍魂使，所以我們得到了蕾妮的監護人葛雷頓先生的允許後，正打算要折返回來。啊，那位葛雷頓先生是養育蕾妮十五餘年，把蕾妮當作親生女兒一般對待的人。但是他可以理解克拉德美索的危險性，所以答應讓我們帶回蕾妮。關於蕾妮往後的去處……不，這件事以後再慢慢說。而在那個出發的早晨，我們才驚覺戴哈帕港已經成為一塊神臨地。」

「神臨地！」

卡爾和蘇凱倫同時發出了驚嘆聲。他們突然彼此互相對看了一眼。杉森以沉重的口吻說道：

「是的。我們判斷原本要離開的那天早晨，正是戴哈帕港被神臨地化的第一天，所以我們去找都市的中心點。為什麼呢？因為那個時候在卡拉爾領地也是如此，不是嗎？」

卡爾又看了看杉森，點點頭說：

「沒錯，是這樣子的。然後呢？」

「是呀。但是我們在位於都市中心點的公園見到了涅克斯・修利哲。」

「你說什麼？」

卡爾的反問非常地低沉，好像聲音快要發不出來的樣子。傑倫特不知是不是想起了那天早晨的事，臉色很難看。我也是起了全身的雞皮疙瘩。

杉森握緊了拳頭，說道：

「我雖然和他展開一場戰鬥，但是在神臨地裡是沒有辦法全力攻擊的。很可惜我只能打到讓他受了傷向後退的程度。可惡。那個傢伙戴著OPG，在我身上留下了這個難看的傷口。可是最後是不分勝負，那傢伙就逃走了。」

「怎麼會這樣……我的天呀。他竟然在伊斯公國。好吧，你的傷勢怎麼樣？」

「是的，沒有什麼大礙。總之在戴哈帕市政府的幫助下，找回那枚聖徽後，就帶著蕾妮回到這裡來了。」

「啊，很好。真是辛苦你們了。謝謝你。傑倫特。」

傑倫特一副無論何時都開心地笑著的表情，說道：

「請別這麼客氣。我到現在才知道，原來冒險是要和英雄們在一起才安全。我只不過是努力地跟在這幾位後面隨行罷了。哈哈哈。」

然後換杉森問道：

「那麼，卡爾你們為什麼這麼早就回來了呢？」

卡爾吁了一口氣。他先看了一眼蘇凱倫，才開口說道：

「我們很順利地到達了巴拉坦。是座很美麗的城市，不過這不是重點。反正我們是以使節的身分謁見了伊斯君主。然後我就開始向他遊說，說明此行的目的，溫柴也一五一十地全部招供。剛開始的時候一切都很順利。伊斯君主一度非常地震怒，也對我說的話相當關心。」

「這都是過去的事了吧。那麼發生了什麼不好的事情嗎？」

聽到我說的話，卡爾點了點頭。

「就是說啊。就在隔天，伊斯君主突然叫人通報我們中止會談。我們非常訝異。到處打聽的結果，我們才得知在那天早晨，伊斯公國各地都已經成為神臨地了。」

我的頭好像被猛然地一擊？我覺得眼珠子都快掉出來了似的看著卡爾。傑倫特開始吁著氣。

卡爾繼續說道：

「我聽了你們的經歷，更加確定這件事情。他們說的果然是真的。」

「天呀……」

杉森咬著雙唇搖頭說道。我有一種可怕的預感。我說道：

「這樣說的話，那個希歐娜的實驗可以肯定是成功了……」

卡爾看著我說道：

「你繼續說，尼德法老弟。」

「好的……因為希歐娜在卡拉爾領地的實驗成功了……她現在可以在任何地點埋好聖徽，就把那個地方變成神臨地……她製造了這樣的武器。」

卡爾沉重地點點頭，說道：

「我的想法也一樣。」

「天呀，這樣的話，為什麼選了伊斯公國？」

大家都很緊張地看著卡爾。卡爾深呼吸了一口氣說道：

「這理由很簡單不是嗎？當然是要威脅伊斯公國不可以協助拜索斯啊。」

杉森嘴巴張得大大的。

「是這樣的啊！」

「沒錯。拜索斯派遣使節前往伊斯公國的事也不是一件祕密。可以說傑彭非常不高興我們和伊斯公國聯手合作這件事……所以他們使用了那種武器，我們要怎麼稱呼那種武器呢？可以說疾病武器嗎？反正他們是順便做個實驗，開始實行這些惡行的。」

蘇凱倫恨恨地磨著牙說道：

「一切都完了。如果傑彭開發出了這種可怕的武器……我們快回去祖國，找出對策才行！」

「現在問題是有沒有對策可想。只要有任何一個人偷偷地在都市的中心點埋下聖徽就可以了。這樣一來，隔天這個都市就會依循疾病的律法，成為一個被設定的神臨地了。等到所有的人都病倒後，不需戰爭就可以開始進行佔領，然後再把那枚聖徽挖出來，就可以使這塊地方恢復原狀了……這真是一個可以進行加工的武器啊。」

蘇凱倫沉鬱地大叫出來。我的天呀。這是一種非比尋常的武器。大概連蘇凱倫這樣的戰略高手，碰到這樣荒唐的武器也聽不下去吧。室內的溫度突然驟降了下來一般。好冷。卡爾開口說話：

「沒有辦法了。我看我們先回去吧。可以做的對策，就是在都市中央位置做好警戒工作，然後努力找出間諜，此外別無他法了。不管怎麼說，我們先回去向陛下稟告這件事吧。」

「好。那是要明天就出發嗎？」

「就這麼決定吧。」

「好，知道了。我會指示屬下們做準備。」

然後蘇凱倫走出了房間，但不是雄赳赳氣昂昂地走出去的。卡爾深吁了一口氣。他像是在自言自語般說著：

「就算是亨德列克也沒有辦法對付這種武器吧。戰爭的規則已經改變了。」

我們大家的表情都非常地沉重。傑倫特似乎對自己突然捲入了一個極端嚴重的事件裡而感到驚恐不已。即使不確定人生是不是一首偉大的詩歌，但卻是有可能在一瞬間成為壯烈的悲劇，傑倫特啊。

我看著伊露莉。她緊緊地握住自己放在桌上的雙手。伊露莉臉色蒼白地說道：

「人類……到最後竟然連神的權能也拿來當作武器使用！」

卡爾看了看伊露莉，整個頭都垂了下來。

（下集待續）

龍族名詞解說

◆武器

匕首（Dagger）：此武器由來已久，甚至摔破石頭就可以製作，由於製作極度簡單，可以說只要有人類的地方就一定有這種東西。匕首攜帶方便，容易隱藏，所以即使在火炮發達之後，仍然還是軍人無法離手的原始武器，因而型態也是千差萬別。一般說來它的長度是介於小刀（knife）與短劍（short sword）之間，但其實很難明確地區分。由於長度短，幾乎只能對近身的敵人使用，但危急時可以作投擲攻擊也是很具有魅力的特點。

銳劍（Rapier）：隨著槍炮的發達，在堡壘和甲冑已不再具有其保留價值的時代，西洋的劍已從古代又鈍又可怕的外型，搖身一變成為更加輕量化型的劍，而且可以致命性地加快劍速。銳劍為薄長且細直的劍，雖然無法直接破壞甲冑的硬殼，但在決鬥時，卻足以取下對方的性命。《三劍客》書中劍客們所使用的劍即是銳劍，使用銳劍的紳士決鬥技術是現代劍術的起源。

長劍（Long sword）：與斧頭同為使用於肉搏戰中流傳最久的武器之一。在人類學習運用金屬的過程中，劍也漸漸顯露出大型化的趨勢，依據戰鬥時有利型態的要求，有人在匕首上加上了長柄，走上了轉變為槍的另一條道路，而在度過漫長歷史之後，長劍終於在十世紀左右真正登上了歷史的舞臺。長劍可以說是站在劍類武器的歷史巔峰，劍身長約三~四呎，寬度約一吋，直而具有兩刃，但不像東方的劍上有血槽的設計。從劍的型態上就可以知道，它的機動性高，適合施展各種劍術。所以它是在金屬的冶煉技術進步到能製造出輕而強韌的金屬之後才出現的。

釘頭錘（Mace）：在大概有兩、三呎長的棍棒上安裝一個木頭或金屬做的錘，可以說是一種提高棍棒破壞力之武器。韓國的獨角鬼所用的大頭錘，也是釘頭錘的一種。釘頭錘有各式各樣的型態，有的在棍棒的尾端是包上鐵皮，有的是圓形的錘，有的則是帶刺的錘，甚至也有棍棒的棒身鑲有不等長度釘子的型態。它有多樣裝飾的可能性，在中世紀歐洲，釘頭鎚的裝飾物也可反映出釘頭鎚持有人的地位。許多騎士把釘頭鎚當作是騎士的優良副武器，將它置放於馬鞍上隨行（當然這是在釘頭鎚被製成可單手舉起揮舞的情況下）。

巨劍（Bastard sword）：劍的大型化↓甲冑大型化↓劍的大型化形成了惡性循環，最後出現的就是這種巨劍。這種劍的特徵是，可以像長劍一樣用單手握，也可以像雙手劍一樣用兩手握，所以它在四呎長的劍身上加上了一呎左右的劍柄。馬上的騎士可以一手握住韁繩，另一手揮動此劍；如果下了馬，則可以兩手握劍，對敵人施以強力的攻擊。同樣地，使用此武器時，可以一手拿盾牌戰鬥，或是丟下盾牌，用雙手給予對手一擊必殺的猛攻招式。

悶棍（Blackjack）：各位現在當場脫下襪子之後，在裡面裝滿沙子或銅錢以及小石頭，那麼就可以知道什麼是悶棍。它的製作非常簡單，被打到也不會有什麼傷害性，但是它有一個很好的特性，就是不會發出聲音這一點。用這個猛攻對方的後腦杓的話，可以讓對方無聲無息地昏倒，所以小偷們如果想安靜地侵入某處偷東西的時候，就會準備這種悶棍。

手杖（Staff）：也是普通的杖，但是比木杖（Rod）更具有武器的特性，而且也比較沉重。也有些型態是以纏繞鐵絲或鐵圈，來強化它的功能。

三叉戟（Trident）：本來是抓魚的工具。魚叉可以說是它的祖先，為了能夠在水中使用，所以特意做成阻力很低、頭部有三叉，一旦插中物體就不會掉落的型態。人魚跟其他的水中怪物都很喜歡用這種武器，就像閃電是宙斯的象徵一樣，三叉戟則是海神波賽頓的象徵。波賽頓想要折磨奧德賽的時候，就是揮動著三叉戟來引起暴風。

鏈錘（Flail）：類似鐵鏈枷或鐵錘的武器。鏈錘的棒擊部位是帶有鐵球或刺等棍棒所形成。在握柄和棒擊部位中間是用鐵鏈連接的。所以它是可以用旋轉後再揮擊的方式來進行攻擊。雖然它有運用向心力的無限攻擊可能，但是在使用技術上並不是那麼容易。

半月刀（Falchion）：刀身是彎是直，與所使用的刀法有直接的關係。如果要刺或割，那麼應該會採取直刀身的型態；但如果是要揮砍，則彎曲的獨刃刀更為理想。代表性的彎刀有回教徒用的彎刀以及日本刀。半月刀的彎度一方面適度保持了適合揮砍的特性，另一方面也給人重量感。刀的寬度非常寬，過度沉重，讓人有不適合戰鬥的感覺。韓國人在森林中開路時所用的刀就是這種半月刀，東方的游牧民族所用的寬月刀也是屬於這一類（雖然也會讓人聯想到《三國演義》中關羽的青龍偃月刀，但那是屬於大刀類，不像這個是屬於劍類）。

◆衣物／防具

鐵手套（Gauntlet）：指整套甲冑中保護手的手套部分。如果是連身鎧甲的鐵手套，甚至會用鐵皮一直包到手指的關節部分為止。最誇張的情況則是將拇指以及其外的四隻手指分別包住，幾乎不太能動。

袍子（Robe）：寬鬆的連身長衣。中世紀的修道士常作此打扮。

食人魔力量手套（Ogre power gauntlet）：簡稱ＯＰＧ。戴上此手套，就會有食人魔般的力量。

硬皮甲（Hard leather）：大致做出人形的骨架後，將鞣皮處理後的皮革貼上去，再塗上油，即可固定。因為材料具有柔軟的特性，所以能夠穿在衣服裡面，但防禦力不怎麼強。通常硬皮甲會有強化特定的部位，重量在皮甲中算是較重的。

◆怪物／種族

龍（Dragon）：歷史最久遠、結合兩種原型而產生的最強大怪物。這兩種原型是鳥跟蛇。鳥極度自由，甚至可以飛向眾神，帶有向天的性質；蛇藏在地底，行動敏捷，帶有向地的性質。結合了這兩種特性的龍不管在古今中外，都是最有名的怪物。例如伊斯蘭神話的巴哈姆特、中東地區的提爾梅特、北歐神話的米德加爾德蛇、亞瑟王傳說中出現的凱爾特紅龍與白龍、《尼布龍根之歌》中出現的吉克夫里特之龍、猶太神話中（最後也進入了基督教）出現的古蛇（撒旦）、中國的龍……牠們是寶物的看守者以及掠奪者，擁有強大的力量、無限的知識，是處女的掠奪者（跟獨角獸屈服於純潔成相反，龍則會抓純潔的少女來吃。這是很值得詳細考察的差異點），又同時是英雄的試煉與救援。

矮人（Dwarf）：起源雖在北歐神話之中，但我們目前所熟知的矮人面貌卻是透過J・R・R・托爾金（J. R. R. Tolkien）確立的。在北歐神話中，諸神透過巨人伊米爾的身體創造大地之時，這個種族就鑽到了地裡。他們是手藝極佳的鐵匠，擁有無盡的黃金與寶石，用其做出連諸神看了都訝異不止的寶物與武器。例如擲出必定命中的袞尼爾的槍、雷神索爾所持有擊中目標後會回到手上的神錘穆勒尼爾、會自動複製自己的德勞普尼爾的戒指、可以上天下海的金豬格林布爾斯提、西芙的黃金假髮、折起來以後可以放進口袋的船「斯基德布拉德尼爾」等等，全都是矮人的作品（北歐神話中，如果把矮人製作之物拿掉，那麼諸神簡直就是一無所有）。若依照托爾金所描寫的矮人來看，這一族是由偉大的鐵匠奧勒所創造出的，他們是天生的鐵匠、建築師與石工，能製作很精細的工藝品，也是礦工，善於一切需要靈敏手藝的工作。他們對寶石擁有跟龍一樣的貪欲，個性絕對不願受人支配。他們的象徵標誌就是小個子與濃密的鬍子。

炎魔（Balrog）：此怪物起源於J・R・R・托爾金的《魔戒》（The Lord of the Rings）一書。書中這可怕無比的惡魔甚至還逼使頑強的矮人們拋棄故鄉去避難，牠的象徵就是右手所拿的鞭子。因炎魔智力很高，所以對魔法也得心應手。牠甚至恐怖到連龍都能輕蔑地攻擊，幸而牠的性格比較喜歡地底下的環境，所以不常在地上出現。

巫妖（Lich）：意即封印自己的生命，可長生不死的巫師。因為已掏空所有的生命力，所以也稱得上是一種不死生物。原來的巫師，改變並清除本身的魔法後，成為巫妖，和原來的魔法水準已不可同日而語。一旦成為巫妖後，將永遠是巫妖。巫妖絕對不會死亡。但書是封印其生命力的特殊容器未被破壞。

吸血鬼（Vampire）：因為血是生命的象徵，所以無論是東方還是西方的吸血鬼，我們可發現大都是高等動物。《龍族》裡的吸血鬼則是比較接近於布蘭姆・史鐸克所描寫的人物形象，而非安・萊絲所描繪的樣子。吸血鬼一到滿月的時候就會感受到吸血的欲望，會受到銀製武器或魔法武器的傷害。他們能夠變身為蝙蝠、野狼、霧的樣子，而且在鏡子前面會照不出形影。要是暴露在太陽光底下的話，他們的身體會燒起來，而且也無法涉水。因為擁有強大魅力，所以甚至可以使異性進入被催眠的狀態。被吸血鬼咬到的人就會變成吸血鬼。

風精（Sylph）：風的妖精。

史萊姆（Slime）：型態像是果凍的一種不定型怪物。因為身體不固定，所以可以黏附在洞頂上，等敵人經過時落下把對方罩住，然後分泌消化液將其溶解。只要有一個小縫，牠就可以鑽過去，但移動速度甚慢。

不死生物（Undead）：不是存活狀態的怪物的總稱。死後還在活動的所有怪物都屬於不死生物，所以幽靈也是不死生物。

精靈（Elf）：跟矮人一樣都是源自於北歐神話，但還是因為《魔戒》一書而廣為人知。在北歐神話中，他們跟矮人一樣是從巨人伊米爾的身體中出現的種族，但矮人鑽入地下時，精靈則是留在地面上。北歐話叫做Alfen。他們生活在紐爾德的兒子豐裕之神福雷的領地中，擁有美麗的故鄉「精靈之鄉」（Alfheim）。甚至有人說福雷本身也屬於精靈之一。身高跟大拇指差不多，個性善良而愛開玩笑。但是在《魔戒》一書中，精靈的性格卻有了很大的轉變，身為最早誕生的生物，精靈可說本來是大地與世界的主人。身形瘦高，長得都很好看，追求無限的知識與品格、勇氣、善良等等。基本上精靈是不會死亡的（在《魔戒》一書故事發生的舞臺「中土」上，精靈是可以被殺害的。但是被殺的精靈能夠帶著原有的記憶復活）。他們是中土其他生命有限者無法理解的高尚生命體，會因世界的混亂和敗壞而痛苦。他們喜愛詩歌，但也不忌諱拿起劍來對抗敵人。從《魔戒》一書（正確說來應該是《精靈寶鑽》一書）出現之後，精靈與矮人間的仇恨變得眾所周知。他們的特徵是讓人驚豔的容貌與尖尖的耳朵。

食人魔（Ogre）：凶暴的食人怪物。身材高大，力量非常強。長得比巨人更像是怪物，智力薄弱，但是很會使用武器，戰鬥技巧很好。主食是迷路的旅行者，如果突然想吃宵夜，就會到村莊裡抓熟睡的人來吃。

半獸人（Orc）：是一種人形怪物，因為J・R・R・托爾金而變得有名。一般人的印象中，牠的頭是豬頭。地精這個概念是從地底的妖怪而來，相反地，半獸人的概念則既是怪物又是一種種族，跟人非常近似，甚至有一種說法說牠們可以跟人混血（在《魔戒》一書中，有一段暗示到白袍巫師薩魯曼想要做出人與半獸人混血的混種半獸人）。

巨海妖（Kraken）：是一種巨大的海怪。只要是有海的地方，都可能會冒出巨海妖的腳。也就是說，巨海妖可能同時會在波羅的海附近和馬達加斯加近海伸出牠的腳。因而無法確切得知其身軀大小與型態。

深赤龍（Crimson Dragon）：這種龍會將維持均衡與中庸當作自己生存的目的。牠的身體是深赤色，很容易跟紅龍搞混，但是因為身上有黑色的條紋，所以近看的時候就可以區別出來（不過先決條件是，你要大膽到敢走近龍的身邊）。牠的興趣是在自己的住處欣賞自己，性格上會努力跟善與惡都保持距離。所以牠不喜歡戰鬥，到了牠判斷只能用暴力手段來解決事情的時候（雖然牠的判斷常失之於武斷），牠就會凶暴到連紅龍都相形失色。在龍當中，牠可以飛得最高，很喜歡俯衝攻擊。

巨魔（Troll）：起源於北歐神話的食人怪物，智能比食人魔還低。最有名的巨魔是跟惡神洛基結婚，生下了三個孩子（趁著諸神黃昏之時將主神奧丁咬死的狼芬利爾，圍繞地球的大蛇耍孟干達，代表地獄的海爾）的女巨魔安格波達。因為皮膚很堅硬，所以防禦力非常高，就算受傷，也能夠在短時間內再生而恢復（據說可以用巨魔的血加工做成治療藥水）。雖然也會用棍棒等簡單的武器，但是更會利用自己的身體進行肉搏戰。

水精（Undine）：水的妖精。

光精（Will-o'-wisp）：光的妖精。

殭屍（Zombi）：這是起源於巫毒教的不死生物。不死生物之中原本曾經活著的，變成了屍體之後還活動著的都稱為殭屍。由於大都是靠人工性的操作來讓屍體活動，所以要是斷了和操控者間的連結，殭屍就會回復為原來的屍體。殭屍只能瞭解操控者的簡單命令，除此之外不具有什麼其他的智能，而且因為是已經死掉的身軀，所以沒有痛苦和擔憂之類的情緒。

妖精（Fairy）：他們的個子很小，有翅膀，心情好的時候，會在蘑菇附近盤旋飛舞，因為喜歡開玩笑，所以常常搞得人類很困窘。特別他們不是跟事物有直接關聯的妖精，而是身為單獨客體的存在物。在《龍族》當中的設定是，由於他們不隸屬於任何東西，也不隸屬於任何次元，對於神與人的差異，也不太感到困惑，對他人的區別力很模糊，因而是自我概念比人類優越的高等存在物。

靈幻駿馬（Phantom steed）：由巫師的意念所創造出來的馬。牠雖然算是一種幽靈馬，但只是一種意念的存在物，所以不是不死生物。如果是級數很高的巫師所創造出來的靈幻駿馬，甚至可以像雙翼飛馬那樣飛上天空。

獄魔女（Hellmaid）：地獄之女。有美麗的容貌及一對華麗的翅膀。因為其美麗的容貌是在眾人之上，可在短暫時間內迷惑男性，對其他美貌的女子反感。雖然具有利用翅膀羽毛所進行之攻擊術，但是攻擊太過強烈致使羽毛脫盡時，就會無法飛行。

◆魔法

次元門（Gate）：能打開通往異次元之門的魔法。大部分是為了移動到別處而使用。但是跟空間彎曲傳送術不同，因為它是個門，所以甚至能讓整支部隊一排排地進入。當然這只是理論，實際上要開一個這麼大的門，且維持這麼久的時間幾乎是不可能的。

無意義討論術（Lamentable Belaborment）：此魔法能使一群人熱烈沉浸於毫無用處且無意義的討論之中。在這群人熱烈討論時，巫師可以進行他自己要做的事。

狂風術（Gust of Wind）：呼喚強風的魔法。狂風雖不至於把人吹跑，但對於妨礙鳥類飛行及吹散毒雲時是很有效的一種魔法。

偵測神力（Detect Divine Power）：偵測神力的權能。

閃電術（Lightning Bolt）：極度提高某個區域的電壓，使產生閃電。這種魔法是以閃電的型態，從巫師的手指尖飛往他所指定的場所。

學徒／專家／高手：是針對魔法級數熟練程度所使用的用語。魔法依其難易度有級數之區分。學徒是指具備能夠熟悉某一級魔法最基本條件的學習者。專家則是指對某一級數有相當程度的熟練，並可自由使用之。高手則是指對某一級數內的所有魔法皆非常熟稔的程度。舉例來說，級數三的高手是指非常熟悉級數三以下所有魔法的巫師，並且成為級數四的專家可能性相當高。也就是說，他可能略知級數四中的部分魔法，也可能是級數五或級數六的學徒。換句話說，他是可以理解級數五或六的魔法，但卻還無法達到自由運用的程度的巫師。

偵測位置（Locate Object）：追蹤巫師所知道的某一特定對象的位置之魔法。可以用反偵測（Undetect）魔法來妨礙此魔法。

瑪那（Mana）：在整個世界裡均勻分布的一種能量。基本上常常因為自然力而重新配置，所以如果達到能量均衡的狀態，也就是某種熱平衡的狀態，這種能量就不會移動（也就代表著不會發生任何事情）。但是巫師重新配置瑪那時，自然力為了讓瑪那恢復到均衡狀態，所以在一定時間與一定範圍中，就會造成移動。簡單來說，全體溫度都相等的水是不會移動的。但是將水裝到水壺中去煮，因為水中各處產生了溫度差，所以就會開始對流。也就是說在短暫的時間當中發生了猶如擺脫重力影響的現象。這雖然是自然的現象，但是猛一看會以為它忽視重力的存在，如果不知道水是如何發生溫度差異，換句話說，如果不知道下面點著火，看起來就會像是魔法一樣。魔法就只是這種原理的擴大。

魔法飛彈（Magic Missile）：將空氣過度集中，形成柱狀然後對敵人加以攻擊的魔法。因為空氣壓縮的同時，裡面的水蒸氣也會液化，所以會造成光的散射，看來就像光箭一樣。依據施法者的能力，每次所能造出的個數也會隨之而不同。

隕石群落術（Meteor Swarm）：使火球墜落如空中隕石墜落般的魔法。可以使一定的區域成為焦土。

卷軸（Scroll）：含有魔法力量的魔法書。就算不是巫師也可以使用。因為必須影響時常改變的瑪那配置，所以要製作卷軸是非常困難的。

睡眠術（Sleep）：讓對方睡著的魔法。

操縱屍體（Animate Dead）：使近處的屍體動起來的魔法，是臨時性的殭屍魔法。因為不是真正地施展殭屍魔法，所以在有效時間過了之後，臨時性的殭屍會再變回屍體。

施法（Cast：唸誦咒語以施展魔法。

毒雲術（Cloudkill）：對會呼吸的生物體有極大的殺傷力，是一種製造出淡綠色毒雲的魔法。因為比空氣重所以會向下擴散，也會被風吹散。

記憶咒語（Memorize）：巫師在早晨是以記憶咒語作為一天的開始。巫師一面看魔法書，一面記憶自己能力允許範圍內的魔法。沒有記憶過的魔法是無法拿來使用的。遍布在整個世界的超自然力量「瑪那」會因巫師的力量而被重新配置，這時候，瑪那在與自然力的衝突及協調之下會產生魔法效果（就如同技術在與自然力的衝突及協調之下能轉動風車）。如果是正常狀態，瑪那會處在一種平衡狀態，不會與自然力相衝突。但是在瑪那平衡分布的狀態下，卻又很容易就製造出最初的一點點不平衡，而巫師所引發出的這一點點脫離平衡的行為，就能帶來全面性脫離平衡的結果，並且造成瑪那整個都重新配置。這種原理和混沌理論很相像。總而言之，重新配置過的瑪那會干涉自然力，並且扭曲自然力，這就成了魔法。巫師即使無法理解引起這種重新配置的最初的那一點點破壞是什麼東西，但是卻可以「感受」得到。所以每天早晨一邊做記憶咒語，一邊會感受到最初的啟動語。隨著時間的經過，瑪那的配置就會有所不同，所以也必須去感受不同的啟動語，因此巫師每天早晨都需做記憶咒語。

咒語（Spell）：施法時所唸的咒語。

警報術（Alarm）：在一定的區域裡，一有異物進入的時候就大聲響起警戒用的鐘聲。

隱形術（Invisibility）：能夠透明化的魔法。任何人都會暫時看不到被施法的對象。

時間停留術（Time Stop）：除了巫師以外，所有世界的時間都會停止。當然，此時只有巫師會變老。

空間傳送術（Teleport）：施法者可以瞬間移動到想去的地方。

尋找巫師隨從（Find Familiar）：如果能成功地使用這種咒語，巫師就可以叫出某一群動物之中最聰明的。也就是說，如果要讓蝙蝠成為巫師隨從的話，在附近的蝙蝠之中最聰明的蝙蝠就會自動地飛來巫師這裡。巫師和巫師隨從的關係結合非常緊密，巫師隨從的死亡有可能會帶給這個巫師很嚴重的損傷。

巫師隨從（Familiar）：巫師的朋友。在西歐的民間傳說裡，在巫婆的身旁會有阿諛拍馬屁的黑貓或烏鴉，牠們就相當於巫師隨從。巫師與巫師隨從的感覺是共通的，所以也可以將巫師隨從用來做偵探。

防護神力效果（Protect from Divine Power）：用來防護神力。這與防護魔法效果不同的是，這是利用自己所信奉之神的力量來阻擋住其他神力，所以即使不知道要防護哪個神的力量，也可以使用這種魔法。

變身術（Polymorph Self）：可以變化巫師外貌的魔法。被關在監獄的巫師可以變身成為雲雀從鐵窗之間逃出去，也可以變身為田鼠挖洞出去。不過，變身出來的那隻雲雀應該會是世界上最笨拙的雲雀，而變身出來的田鼠則應該會是一隻在滑稽挖洞的田鼠。巫師必須花費很大的努力去熟悉變身後的模樣。

友好術（Friend）：被施法者會對巫師示以友好，並且對於巫師說的話都認為很合理且聽得很愉快。想在商店裡殺價，或者想要通過警備隊員的時候，這是個很有用的魔法，但是很難將敵人變得像朋友。這只是要讓傷害減低到最小的方法。例如：如果遇到要殺巫師的半獸人，對其施法，可以讓牠們覺得活捉這個巫師可能比較好。

飛行術（Fly）：可以讓被施法的對象飛上天空的魔法。

◆其他用語

公會（Guild）：通常都是指中世紀歐洲的同業者團體。但是也可以廣義地指為了共同祭祀、共同酒宴、共同扶助等所組成的古公會，或者以政治目的所組成的政治公會等，都算是公會。像古公會這種組織，可以想成是現代的聯誼會，就可以明白古公會的含義。然而，最為人所知的還是中世紀歐洲的同業公會，也就是指相同行業的製造業者的組織。同業公會的由來，是因為中世紀都市文明的發達，隨著發展過程有一些工匠流浪尋找需要他們的人，後來他們停留在村落或首都圈附近，形成一個可以作為援助商圈的組織。在初期，公會成員死亡時會關照其遺族，或者成員倒閉時會給予援助，相互援助的意味非常濃厚，演變到後來，則是強調商業獨占性。也就是說，公會都只採用公會成員的商品，在一個商圈裡強制不採用非公會成員的商品。而在奇幻的世界裡，比較特別的是有一種叫做盜賊公會的組織。這是利用治安的弱點，以及魔力和神力等個人所擁有的武力過分高漲的社會裡所出現的現象。盜賊公會同樣也有公會的基本特性。也就是說，公會成員遭遇困難的時候（例如被逮捕的情況）會給予援助（幫助逃獄，或者幫忙請辯護律師，或者在意志薄弱的公會成員供出情報之前，會很好心地先把他殺死）等活動，而且同樣地，在同一個「商圈」裡面規定非公會成員是不能營業（偷竊）的。

公會會長（Guild master）：公會成員們的代表。依照公會的特徵，會長的權限會有差異，但是大部分的公會會長是鄉村的士紳，且握有非常大的權力（盜賊公會的會長甚至還握有生殺大權）。

夜鷹（Nighthawk）：指稱夜盜的暗語。

敲打者（Knocker）：第一個敲打卡里斯・紐曼的鐵砧的人。

噴吐攻擊（Breath）：龍以及某些怪物所使用的特殊攻擊方法。簡單來說，想成是吐火就行了。從以前開始，為了表現出怪物的恐怖，常會將破壞力強的火跟怪物連結在一起。使用噴吐攻擊的怪物中，最有名的還是龍，所以噴吐攻擊通常都是指龍吐出火焰。一般來說，最有名的是紅龍會吐火，白龍會吐冰氣，藍龍吐電，黑龍吐酸，綠龍吐毒氣。據說像中東神話中提爾梅特那種七頭龍，甚至可以同時使用各種的噴吐攻擊（還真可怕……）。

騎狼兵（Wolf rider）：騎乘狼隻的士兵。騎狼兵相當於人類的騎士。

屠龍者（Dragon slayer）：殺死龍的人。這是對戰士們的最高榮譽。《尼布龍根之歌》的吉克夫里特，席格爾特傳說中的英雄席格勒司，阿努高遠征隊的尹亞遜，吉卡梅斯神話中的吉卡梅斯（這裡的情況較為特殊。因為吉卡梅斯殺掉的霧巴巴，還未被確認為是一隻龍）等，都是這個榮譽稱號的持有者。由此可知有此榮譽的戰士即是最強悍的戰士，以拿龍的血來沐浴的吉克夫里特為例，是可以保有不死身軀的（當然這種情況下，通常身體某一部位會有弱點出現，艾吉雷斯曾經如此，而吉克夫里特也是，都出現了某個弱點）。

聖徽（Divine mark）：神的標誌，也就是象徵神的東西（就像基督教的十字架）。

神力（Divine power）：神的力量。嚴格地說，就是祭司的力量。透過祭司所展現的神力，會依照這個祭司的能力的不同而受到限制或增強。

詩琴（Lute）：古代的弦樂器。類似曼陀鈴，但是比曼陀鈴更大，底座較低。有十一根弦，繫弦的部分是以垂直角度纏繞在琴身後。是由來已久的阿拉伯亞路德樂器，亞路德傳到中國後就成了琵琶。所以把它想成西洋的琵琶就很容易理解了。

吟遊詩人（Bard）：這雖是莎士比亞的綽號，但原意是吟遊詩人。除了唱歌外，從和如同乞丐般的悲慘階層的人，到可以遊走在領主或高官宅邸的藝術家，身分可以是千差萬別的，很難做詳細的區隔。古代的吟遊詩人不只是詩人也是吟唱者，同時也是說書人，甚或是扮演著社會的傳媒角色的人。

甦醒（Wakening）：原本處於睡眠期的龍醒來，要進入活動期。也就是龍要起床的意思！

疾走（Trot）：馬快速走的速度，大約每小時十五公里。

祭司（Priest）：是指得到神的許可，能夠行使神的能力的聖職者（修煉士是無法行使的）。

巢穴（Lair）：比較高智能的怪物才會建造巢穴。大都是用來指稱龍的窩巢。而且眾所周知的是，龍的巢穴裡會有龍所收集的大批寶物，為了守住寶物，龍還會在眼睛上點火（在希臘神話裡，還出現龍為了守護金羊皮絕對不睡覺的故事）。

作者簡介

李榮道（이영도）

一九七二年生，兩歲起在韓國馬山市土生土長，畢業於慶南大學國語文學系。一九九三年正式開始撰寫小說，一九九七年秋在Hite網站連載長篇奇幻小說《龍族》，得到讀者爆發性的迴響，奠定了韓國奇幻小說復興的契機。後陸續出版了《未來行者》、《北極星狂想曲》、《喝眼淚的鳥》、《喝血的鳥》等多部小說，每部銷量數十萬冊，被譽為韓國第一流派小說家，尤其是《喝眼淚的鳥》被稱為韓國的《魔戒》，因為作品中的設定、語言、構圖都是全新創作，適合韓國人的情感，即使在奇幻出版市場的二〇〇三年進入低迷期，仍銷量二十萬冊。《龍族》更是全球銷量破二百五十萬冊的暢銷作品，以其無限的想像、深入的世界觀、出色的製作工藝，成為韓國奇幻文學的代表作，入選韓國國立高中教材，為韓國奇幻文學史開創時代，成為韓國奇幻小說之王。

譯者簡介

王中寧

文化大學韓語系畢業，馬山慶南大學交換學生。從十歲開始沉迷RPG，從而對奇幻文學產生了興趣。曾參與《龍族》小說、遊戲，以及《冰風之谷》、《柏德之門》、《AD&D第三版地下城主手冊》、《混亂冒險》、《無盡的任務》等小說、遊戲翻譯。

邱敏文

政治大學東方語文學系畢業，韓國漢陽大學教育系碩士學位。留學期間，數度擔任貿易即時翻譯及旅遊翻譯。畢業後在電腦軟體公司任職，負責中文化企劃，並曾擔任許多遊戲軟體的中文化翻譯工作，且開始對奇幻文學產生濃厚興趣。曾執筆翻譯《龍族》長篇小說與其他書籍六十餘冊。

幻想藏書閣 123

龍族 4：港口的少女

（全球暢銷250萬冊奇幻經典史詩鉅作25周年紀念典藏版）

作　　　者／李榮道
譯　　　者／王中寧、邱敏文
企畫選書人／張世國
責 任 編 輯／張世國、高雅婷

發　行　人／何飛鵬
總　編　輯／王雪莉
業 務 協 理／范光杰
行銷企劃主任／陳姿億
資深版權專員／許儀盈
版權行政暨數位業務專員／陳玉鈴
法律顧問／元禾法律事務所　王子文律師
出版／奇幻基地出版
115台北市南港區昆陽街16號4樓
電話：(02)2500-7008　　傳眞：(02)2502-7676
網址：www.ffoundation.com.tw
email：ffoundation@cite.com.tw
發行／英屬蓋曼群島商家庭傳媒股份有限公司城邦分公司
115台北市南港區昆陽街16號8樓
書虫客服服務專線：02-25007718・02-25007719
24小時傳眞服務：02-25170999・02-25001991
服務時間：週一至週五09:30-12:00・13:30-17:00
郵撥帳號：19863813　　戶名：書虫股份有限公司
讀者服務信箱E-mail：service@readingclub.com.tw
歡迎光臨城邦讀書花園 網址：www.cite.com.tw
香港發行所／城邦（香港）出版集團有限公司
香港灣仔駱克道193號1東超商業中心1樓
電話：(852)25086231　　傳眞：(852)25789337
馬新發行所／城邦（馬新）出版集團
【Cite (M) Sdn. Bhd.(458372U)】
11, Jalan 30D/146, Desa Tasik,
Sungai Besi, 57000 Kuala Lumpur, Malaysia.
電話：603-9056-3833　　傳眞：603-9057-6622

Cover Illustration／李受姸
Book Design／金炯均
Design Alteration／Snow Vega
文字校對／謝佳容、劉瑄
排　　版／菩薩蠻電腦科技有限公司
印　　刷／高典印刷有限公司
■2025年1月20日初版一刷

售價／550元

國家圖書館出版品預行編目資料

龍族4：港口的少女／李榮道著；王中寧、邱敏文譯　—初版—台北市：奇幻基地出版；家庭傳媒城邦分公司發行；2025.1
面：公分. –（幻想藏書閣：123）
譯自：드래곤 라자. 4, 항구의 소녀
ISBN 978-626-7436-54-7（平裝）

862.57　　113014862

ISBN 978-626-7436-54-7

Printed in Taiwan.

廣 告 回 函
北區郵政管理登記證
台北廣字第000791號
郵資已付，免貼郵票

115台北市南港區昆陽街16號8樓

英屬蓋曼群島商家庭傳媒股份有限公司城邦分公司 收

請沿虛線對摺，謝謝

奇幻基地

每個人都有一本奇幻文學的啓蒙書

奇幻基地粉絲團：http://www.facebook.com/ffoundation

書號：**1HI123**　　書名：龍族 4：港口的少女
（全球暢銷250萬冊奇幻經典史詩鉅作25周年紀念典藏版）

|奇幻基地・2025 年回函卡贈獎活動|

購買 2025 年奇幻基地作品（不限年份）五本以上，即可獲得限量隱藏版「山德森之年」燙金藏書票！

電子版活動連結：https://www.surveycake.com/s/ZmGx

注：布蘭登・山德森新書《白沙》首刷版本、《祕密計畫》系列首刷精裝版（共七本），皆附贈限量燙金「山德森之年」藏書票一張！（《祕密計畫》系列平裝版無此贈品）

「山德森之年」限量燙金隱藏版藏書票領取辦法

活動時間：即日起至 2025 年 12 月 31 日前（以郵戳為憑）

參加辦法與集點兌換說明：

1. 2025 年度購買奇幻基地出版任一紙書作品（不限出版年份及創作者，限 2025 年購入）。
2. 於活動期間將回函卡右下角點數寄回本公司，或於指定連結上傳 2025 年購買作品之紙本發票照片／載具證明／雲端發票／網路書店購買明細（以上擇一，前述證明需顯示購買時間，**連結請見下方**）
3. 寄回五點或五份證明可獲限量隱藏版「山德森之年」燙金藏書票，藏書票數量有限送完為止。
4. 每月 25 號前填寫表單或收到回函即可於次月收到掛號寄出之隱藏版藏書票。藏書票寄出前將以電子郵件通知。若填寫或資料提供有任何問題負責同仁將以電子郵件方式與您聯繫確認資料。若聯繫未果視同棄權。
5. 若所提供之憑證無法確認出版社、書名，請以實體書照片輔助證明。

特別說明

1. 活動限台澎金馬。本活動有不可抗力原因無法執行時，主辦單位有權決定取消、中止、修改或暫停本活動。
2. 請以正楷書寫回函卡資料，若字跡潦草無法辨識，視同棄權。
3. 單次填寫系統僅可上傳一份檔案，請將憑證統一拍照或截圖成一份圖片或文件。
4. 隱藏版「山德森之年」燙金藏書票一人限索取一次
5. **本活動限定購買紙書參與，懇請多多支持。**

個人資料：

姓名：＿＿＿＿＿＿ 性別：＿＿＿ 年齡：＿＿＿ 職業：＿＿＿＿ 電話：＿＿＿＿＿＿

地址：＿＿＿＿＿＿＿＿＿＿＿＿＿＿ Email：＿＿＿＿＿＿＿＿

想對奇幻基地說的話或是建議：＿＿＿＿＿＿＿＿＿＿＿＿＿＿＿＿＿＿＿＿＿＿＿＿

限量燙金藏書票

電子回函表單 QRCODE

請剪下上方點數，集滿五點寄回奇幻基地即可獲得限量燙金藏書票，影印無效。

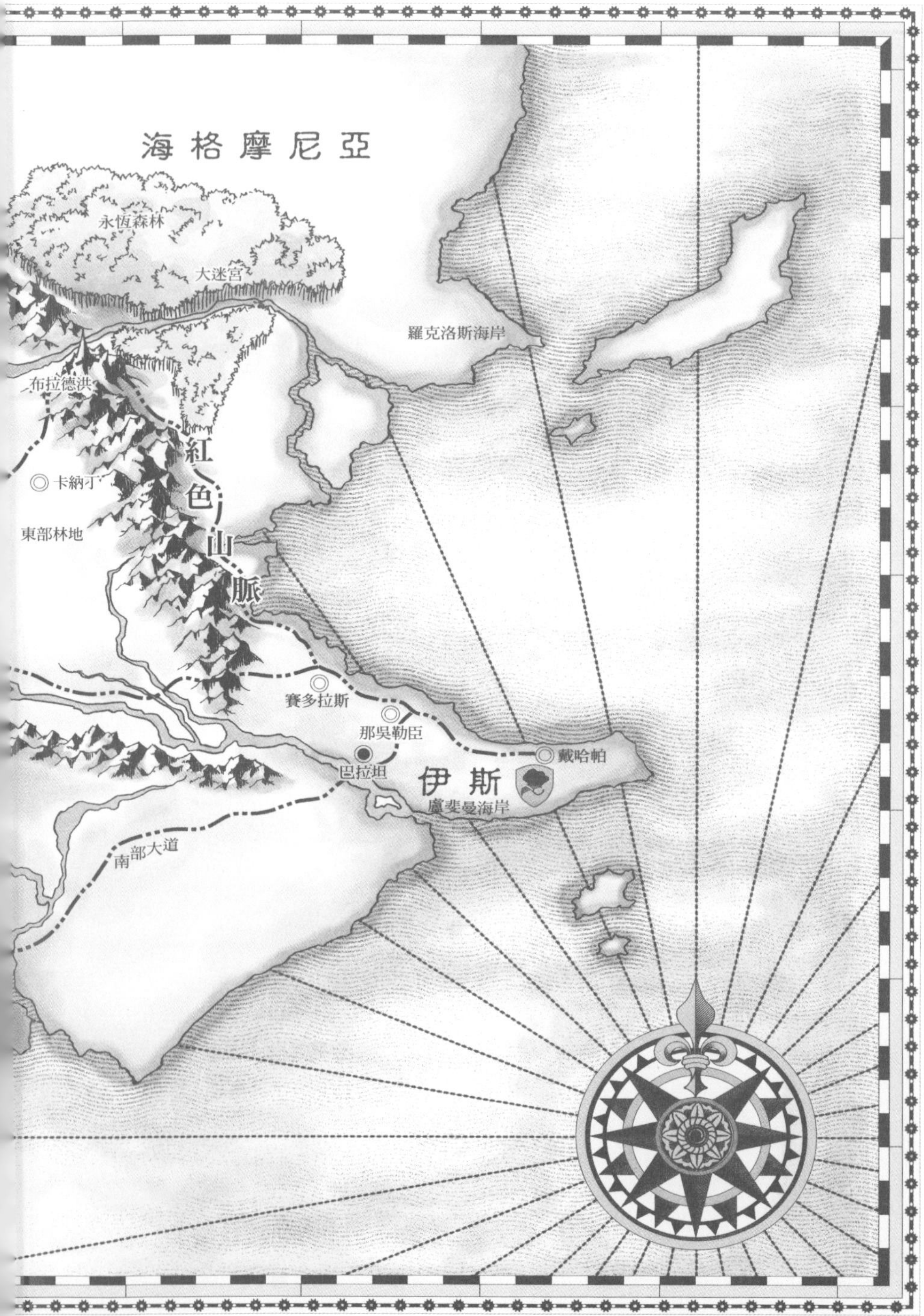
海格摩尼亞
永恆森林
大迷宮
羅克洛斯海岸
布拉德洪
紅色山脈
卡納丁
東部林地
賽多拉斯
那吳勒臣
戴哈帕
巴拉坦
伊斯
魔斐曼海岸
南部大道

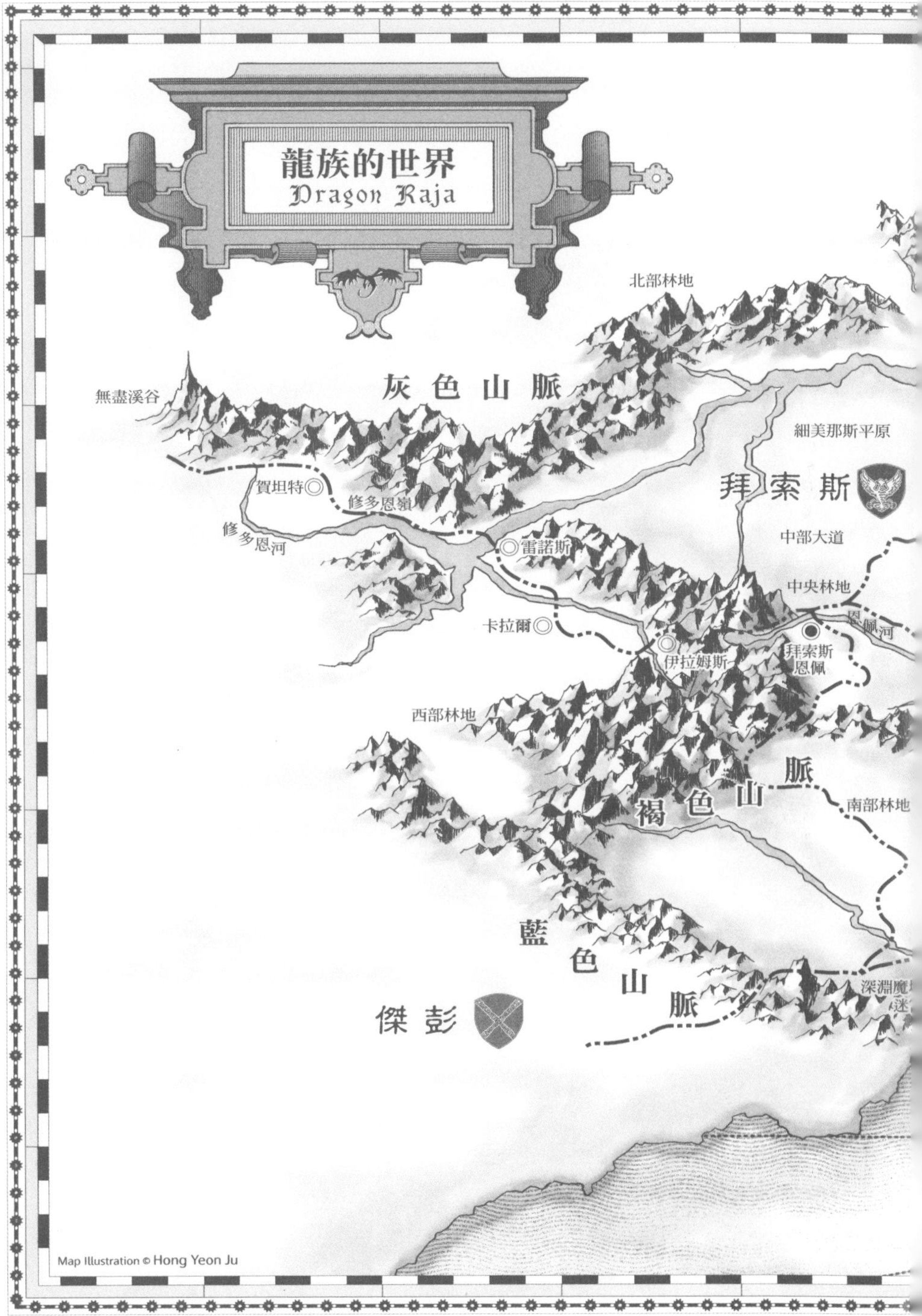

龍族的世界
Dragon Raja
北部林地
灰色山脈
無盡溪谷
細美那斯平原
拜索斯
賀坦特
修多恩嶺
修多恩河
雷諾斯
中部大道
中央林地
恩佩河
卡拉爾
伊拉姆斯
拜索斯恩佩
西部林地
褐色山脈
南部林地
藍色山脈
傑彭
Map Illustration © Hong Yeon Ju